Verlag
Gabriele Limbach

Bibliografische Information der deutschen Bibliothek:

Die Deutsche Bibliothek verzeichnet diese Publikation in der deutschen Nationalbibliografie; detaillierte bibliografische Daten sind im Internet unter: http://dnb.ddb.de abrufbar

Erste Auflage 2005

Lektorin: Heike Engels, www.heikeswelten.de
Umschlaggestaltung/Layout: Heike Jachtmann, www.printcess.de
Druck: Hohnholt-Druckerei, Bremen

ISBN: 3-00-016896-6
FL-Verlag, Bonn

Vilja Limbach

Das Haus SE

Roman

Verlag
Gabriele Limbach

Danksagung

Das Schreiben von Büchern kann einen Menschen einsam machen. Ist er doch durch die Bilder in seiner Vorstellung und die Dialoge seiner imaginativen Figuren ganz in Anspruch genommen.
Das Herausgeben von Büchern bringt nicht nur das Buch in die Welt, sondern auch die Autorin wieder in die Welt zurück. Ein Buch selbst herausgeben bedeutet für mich den Prozess des kreativen Schaffens nicht in der Mitte anderen Menschen zu überlassen, die bis zu diesem Moment nicht an diesem Schaffen beteiligt waren, ein Buch selbst herausgeben bedeutet den Schaffensakt bis zum Ende zu vollziehen, aber ohne das Wissen und die Kreativität anderer Menschen ist das nicht möglich.

Deshalb einen Dank an:

Die geduldigen Testleserinnen, Karen, Valentine, Jaqueline, Ruth und Anne.
Karen, die das Haus SE nicht nur in den kleinen Bruchstücken gelesen hat, in denen es entstanden ist, sondern auch die Legionen von Kommata und Punkten eingefügt hat, die nach den Regeln der Rechtschreibung fehlten.
Karen, ohne die das Haus SE niemals veröffentlicht worden wäre, weil ich nicht die geringste Lust verspürte, mich mit Fragen wie Kalkulation, Papierqualität usw. zu befassen.
Karen, weil sie es ertrug, dass ich stundenlang nicht ansprechbar war, da ich monatelang mehr mit den Kalimbi sprach als mit ihr.

Danke an:

Heike Jachtmann, ohne die es dieses Cover nicht geben würde.
Heike Jachtmann, ohne die es die Website nicht geben würde.
Heike Engels. die das Lektorat machte und deren Vorschläge
und Beratung dem Haus SE zu Gute kamen.

Versprochen ist
versprochen und wird nicht gebrochen: gewidmet
Frau Susanne Leutner und
Valentine Michaelis, die mich mit der Gräfin Báthory bekannt machte.

Die Welt der Kalimbi

Das Volk der Kalimbi wird aus sieben Stämmen gebildet, die sich selbst Häuser nennen. Jedes dieser Häuser hat sieben Angehörige. Die Kultur der Kalimbi verfügt über sieben Namen. Ein Außenstehender kann die verschiedenen Mitglieder der Häuser nur an ihren "Nachnamen" erkennen. So heißen alle Mitglieder des Hauses SE mit Nachnamen "SE". Die Bezeichnungen der Häuser richten sich nach den Siedlungs-, und Jagdgebieten der Stämme.

Im Roman kommen folgende Häuser vor:

das Haus SETA (etwa das Gebiet von Europa)
das Haus CAL (identisch mit Südamerika)
das Haus TSOL (identisch mit Australien)
das Haus EL (etwa das Gebiet von Asien)
das Haus SE

Der Kontinent, der die Heimat der SE war, ist im Laufe der Erdgeschichte untergegangen. Die SE haben ihren Lebensmittelpunkt in SETA.

Personenregister

Zum Hause SE gehören:

Angélique
Jüngster Spross des Hauses SE

Isasa-SE alias Helena
Schätzt ihr eigenes Alter auf etwa 20.000 Jahre und ist in den Augen der Kalimbi eine junge Erwachsene

Theodora-SE /Nefe-SE
Eine menschliches Mitglied des Hauses SE und Blutsschwester Isasas. Aus Gründen menschlicher Eitelkeit soll ihr Alter hier nicht genannt werden.

Bate-SE
Ein menschliches Mitglied des Hauses SE, Isasas Blutsschwester vor dem Untergang des Kontinents SE.

Wota-SE
Ein Mitglied des Hauses SE, das gerade dem Kindesalter entwachsen ist und hier und da ein postpubertäres Verhalten zeigt

Kartes-SE
Die „Mutter" aller SE; gebar als letztes überlebendes Kind Wota; bevor Wota erwachsen wurde, verstarb Kartes-SE. Auch Heilerin des Hauses SE

Arthur
Ein Mensch; in dritter Generation Wächter des Hauses SE

Erik
Arthurs Urgroßvater; der erste seiner Familie, der die Aufgabe des Wächters des Hauses SE übernahm

Joy
Bis heute die letzte Wächterin des Hauses SE und Urenkelin von Arthur.

Außerdem kommen vor:

Kartes-EL: „Mutter" aller EL, steht mit etwa 100.000 Lebensjahren am Ende ihres Lebensweges.

Altin-CAL: ein Mitglied des Hauses CAL

Tute-CAL: ein weiteres Mitglied des Hauses CAL

Und andere.

Die Tochter des Hauses SE

Angélique ließ erneut den Stapel Blätter sinken, den der Postbote ihr morgens gebracht hatte. Als der Türsummer die Stille des Hauses durchbrach, hatte sie aus Gewohnheit nach Tom gerufen, ganz automatisch; so, als sei er noch da. Und als ihr Irrtum sich in ihrem Bewusstsein ausbreitete, ihr klar wurde, dass Tom nie wieder zur Tür gehen würde, schossen ihr erneut Tränen in die Augen.

Weinend hatte sie die Tür geöffnet, der Postbote war erschrocken einen Schritt zurück getreten, als er der weinenden Frau gewahr wurde. Wortlos hatte er ihr das Päckchen in die Hand gegeben und war eilends verschwunden. Angélique hatte den Absender gelesen und ein schwaches Lächeln war über ihr Gesicht gehuscht, so schnell, dass sie es selbst kaum bemerkte und sich nicht daran erfreuen konnte. Kopfschüttelnd war sie ins Wohnzimmer gegangen.

Es war typisch für ihre Mutter, ihr einen Brief zu schreiben. Sie waren beide altmodisch, genau das war der richtige Ausdruck, altmodisch. Der Brief, der vom Umfang her schon einem Päckchen glich, musste Tage unterwegs gewesen sein. Jeder andere, den sie kannte, hätte Angélique einen elektronischen Brief geschrieben, nicht aber ihre Mutter. Die würde es nie lernen.

Der Brief tat ihr gut. Allein die Tatsache, dass sie Papier in der Hand hielt, gab all dem etwas Reales. Sie war in dieser schlimmen Zeit nach Toms Tod nicht allein. Beim Gedanken an ihren toten Ehemann überwältigten sie erneut die Tränen. Sie sehnte sich nach einem Glas Alkohol, nur vertrug sie den schon lange nicht mehr. So holte sie sich aus der Küche ein Glas Wasser.

Mein Liebes,

Helena und ich sind wieder wohlbehalten Zuhause angekommen, wie du ja schon weißt. Was ich dir am Telefon nicht sagen konnte, findest du auf den folgenden Seiten. Da ich deine Gewohnheit kenne, Geschriebenes zunächst durchzublättern, bevor du es in der richtigen Reihenfolge liest, bitte ich dich jetzt darum, diesmal darauf zu verzichten und der Reihe nach zu lesen. Helena und ich haben während des Fluges und auch lange danach darüber geredet - wenn ich nur die richtigen Worte finden würde - wir beide haben zu lange geschwiegen. Wir tragen die Verantwortung für diese Katastrophe, an Toms Tod.

Wenn wir dir das alles früher gesagt hätten, wäre dein Mann wohl noch am Leben. Das mag dir merkwürdig vorkommen, aber das Nachstehende wird dir alles erklären. Wir haben diesen Weg gewählt, weil du genau wie ich nicht gut zuhören kannst.

Wenn du den Brief gelesen hast, verbrenne ihn, das musst du mir versprechen, niemand darf ihn in die Hände bekommen.

Wir sind immer für dich da!

PS: Helena und ich haben diesen Brief gemeinsam geschrieben, in einem Bewusstseinszustand, den die Kalimbi geteilte Realität nennen.

Angélique erinnerte sich, dass ihre Mutter beim Abschied gesagt hatte, es sei alles ihre Schuld. Sie hatte es nicht verstanden, aber sich weiter keine Gedanken darüber gemacht. Nach Toms Beerdigung hatte sie wirklich andere Sorgen, als das merkwürdige Verhalten ihrer Eltern, an das sie gewohnt war.

Wie sie die orakelhaften Aussagen hasste, die in ihrer Familie üblich waren.

Die Frage, wer ihr Vater sei, zum Beispiel:

„Dein Vater? Warum fragst du?“ Und dann:

„Also, wenn du es genau wissen willst: Ich kenne ihn nicht. Wir haben uns für eine anonyme Samenspende entschieden."

Von Beginn an hatten ihr Theodora und Helena so den Weg versperrt, etwas über ihren Vater zu erfahren. Keine Spenderbank der Welt würde Auskunft darüber geben, wer ihr Vater war. Offensichtlich gab es Felder, über die die beiden Frauen nicht sprechen wollten, was man ihrer Aura deutlich ansah. Angélique erinnerte sich wieder an Piep, einen Kanarienvogel. Sie ist so etwa fünf oder sechs gewesen. Der Vogel saß schon den ganzen Tag bewegungslos, aufgeplustert auf seiner Stange. Das Licht, das von ihm ausging, war schwach und schien lückenhaft.

„Ist er krank?" hatte sie Helena gefragt.

„Nein, er ist alt und wird heute sterben." Trost und Zärtlichkeit waren von ihr ausgegangen. Einen Trost, den sie nicht gebraucht hatte. Noch nie war in ihrer Familie jemand gestorben. Sie konnte sich nichts darunter vorstellen. Nicht so wie jetzt, wo sie Trost und Nähe hätte brauchen können und sie gleichzeitig nicht ertrug.

Weil sie dieses Unbekannte, von dem Helena so ruhig redete, erleben wollte, hatte Angélique die restliche Zeit vor dem Käfig auf den Tod des Vogels gewartet. Sie erinnerte sich an jede Veränderung in der Aura des Tieres. Theodora war in die Küche gekommen und hatte sie gefragt, was sie da mache.

„Ich warte drauf, dass der Piep stirbt. Helena hat gesagt, dass Piep heute stirbt."

Theodoras Gesicht war ganz ausdruckslos geworden, und Angélique hatte gesehen, wie sich ihre Aura auf den Körper zurückgezogen hatte, was immer der Fall war, wenn sie sich erschrak.

„Ist das schlimm, wenn man stirbt?" hatte Angélique gefragt.

„Das weiß ich nicht, da musst du Helena fragen. Die kennt sich damit aus." Theodoras Stimme hatte bitter geklungen. Daran gewöhnt, in solchen Momenten keine Fragen zu stellen, hatte sich Angélique wieder dem sterbenden Vogel zugewandt. Der starb kurz darauf. Erst hatte sie es gar nicht bemerkt. Wie zuvor saß der Vogel unbeweglich auf dem

Boden des Käfigs. Was verschwunden war, das waren die Farben, die ihn umgeben hatten. Das hatte sie erschrocken, und wie ein Schlag hatte sie die Erkenntnis getroffen, dass tot sein bedeutete, nicht mehr diesen warmen Mantel aus Licht um sich zu tragen, der ihr so gefiel, und weswegen sie Piep gemocht hatte. Sie liebte alles, was von diesem Licht umgeben war. Und jetzt, von einem Augenblick zum anderen, war dieses Licht fort. Übrig geblieben war ein Nichts. Das wollte sie nicht, Piep sollte wieder so leuchten wie sonst. Sie hatte den Vogel aus dem Käfig genommen und vorsichtig zwischen ihren Händen gehalten, und dann war das vertraute Piepen wieder erklungen.

Von Theodora war eine Welle von Überraschung und Erschrecken ausgegangen, die Angélique in ihrer Heftigkeit verstört hatte.

„Hab ich etwas falsch gemacht?"

„Nein, das hast du nicht, meine Süße, alles ist in Ordnung." Theodora hatte ihr den Vogel aus den Händen genommen und ihn vorsichtig in seinen Käfig zurückgesetzt. „Und jetzt geh spielen, draußen ist zu schönes Wetter um hier herum zu sitzen."

Nie wieder hatte jemand über den Vorfall mit dem Vogel ein Wort verloren. Das Tier war ein paar Tage später gestorben, und Angélique hatte ihn eine Stunde in der Hand gehalten, ohne dass die Farben zurückgekommen wären. Dann erst war sie bereit, den Singvogel im Garten zu begraben. Sie konnte sich nicht erinnern, wie lange sie den Tod für ein reversibles Ereignis gehalten hatte. Jetzt schien es ihr so, als habe sie erst heute begriffen, was es bedeutete, tot zu sein.

Nach dem Tod des Vogels waren sie nach Europa gegangen.

Angélique begann zu lesen.

Helenas Perspektive

Meine liebe Angélique!
Ich hätte mir gewünscht, dir unter anderen Umständen offenbaren zu können, was ich jetzt diesem Papier anvertrauen muss. Wie die meisten Eltern haben Theodora und ich versucht, das Richtige zu tun, das zu tun, was wir für das Beste hielten. Alles, was ich tat, diente nur dazu, dir das Überleben zwischen den Menschen zu ermöglichen, und das Volk der Kalimbi zu erhalten.

Du hast seit einiger Zeit gesundheitliche Probleme, für die keiner der Ärzte eine Lösung hat, geschweige denn eine Ursache findet, was bei der eingeschränkten Sicht der menschlichen Mediziner kein Wunder ist. Bis heute haben wir dich in dem Glauben gelassen, dass die Menschen dir helfen könnten, aber das können sie nicht. Menschliche Medizin kann dir nicht helfen, weil du weder krank noch ein Mensch bist. Du bist Kalimbi. Der jüngste Spross einer Rasse, die schon weit vor den Menschen existierte. Ich sehe schon, wie du das Papier zur Seite legst, um uns anzurufen. Bitte warte noch etwas damit, lies erst zu Ende. Mit dem heutigen Menschen lebten wir seit Anbeginn zusammen. Aber schon seit Jahrtausenden verbergen wir uns vor ihren Blicken und leben scheinbar als eine der ihren unter Menschen. Das ist der Grund, warum wir dein wahres Wesen bis heute vor dir verborgen haben. Nun hat der Tod von Tom gezeigt, dass wir dir nicht länger verschweigen können, dass du kein Mensch bist.

Die Kalimbi durchlaufen im Laufe ihrer Existenz mehrere Lebenszyklen. Ich werde dir von diesem Zyklus, in dem ich mich jetzt befinde und der nicht mein letzter sein wird, erzählen, weil in diesem Zeitraum die Kalimbi entschieden haben, dich zu erschaffen. Dieser Brief soll dir zeigen, wie die Kalimbi leben und welche Ereignisse und Entscheidungen dazu führten, dass du geformt wurdest. Menschen würden es als deine Zeugung oder Geburt bezeichnen.

Jeder neue Lebenszyklus beginnt mit der Formgebung, was die Kalimbi die Zeit des Erwachens nennen.

Ob du es glaubst oder nicht, Angélique, das Schlimmste ist immer die Zeit des Erwachens: Dieser Augenblick, wenn du dieses helle milchige Licht verlässt; diese Zeit, in dem das Bewusstsein den Körper neu formt. Ich habe noch nie erlebt, dass es nicht mit einem siedenden Brennen einhergegangen wäre. Meine „Mutter" (ein menschlicher Ausdruck, Kalimbi haben keine Mutter) war immer der Meinung, es sei ein Prickeln, so als würden Tausende von Käfern durch deinen Körper jagen. Bei mir jedenfalls ist es ein Brennen. Unweigerlich folgt diesem Brennen dieses unendliche Ausdehnen der Gestalt. Es ist ein Gefühl, als blase man dich auf, um im gleichen Augenblick zusammenzustürzen auf die Größe eines Stecknadelkopfes. Glaube mir, das Schlimmste ist das Erwachen. Wenn der Körper geformt ist - und es gehört für mich zu den wenigen Dingen, die mich noch überraschen können, später diesen Körper zu sehen - kommt das Brennen zurück. Wenn du nicht verrückt werden willst, musst du dir jetzt klar machen, dass du wieder lebst. Wenn du das nicht tust, werden die unendlich vielen Eindrücke dich um den Verstand bringen. Du musst dir vorstellen, dass in diesem Augenblick mehrere hundert Fernsehprogramme gleichzeitig in deinem Kopf empfangen werden. Ich bin schon sehr alt und habe meine festen Gewohnheiten, auch für den Fall des Erwachens. Das erste, was ich tue: Ich verändere die Perspektive, lasse mich nicht mehr überschwemmen von diesen Eindrücken, die als Bilder, Stimmen und Gefühle in meinem Kopf sind. Wozu, frage ich dich, ist ein Körper sonst gut als dazu, die Perspektive zu verändern? Folglich konzentriere ich mich auf diesen Körper, den ich jetzt als den meinen bezeichne. Obwohl es natürlich genauer wäre, ihn als meinen derzeitigen Körper zu charakterisieren. Entschuldige, ich kann schon förmlich sehen, wie du beim Lesen das Gesicht verziehst, weil ich dir wieder zu sehr doziere.

Zurück zum Thema. Eine wirksame Methode ist es also, den Körper bewusst wahrzunehmen. Um das Chaos in meinem Kopf zum Schweigen zu bringen, konzentriere ich mich zunächst auf den Torso. Das ist am leichtesten. Den Körperstamm zu fühlen, gelingt meistens ohne Probleme, weil die Kraft während der Formung ausgereicht hat, diesen Teil zu bilden. Bei Händen und Füßen ist das nicht immer der Fall. Das war es auch diesmal nicht, was mich nicht beunruhigte, man braucht eine Menge Kraft, um einen vollständigen Körper zu formen. Aber wie das so ist, kaum beachtet man seine körperlichen Bedürfnisse, stellt sich der Hunger ein. Ich verstehe gut, warum deine Mutter unmittelbar nach dem Erwachen etwas essen muss. In unserem Fall ist es nicht wirklich Hunger, es ist mehr der Wunsch, jede Phase dieser Existenz erleben zu können. Die unendliche Vielfalt. Ich möchte jede meiner Muskelfasern spüren können. Was mich treibt, ist die Sehnsucht nach Ganzheit. Ja, ich glaube, es ist die Gier nach Vielfalt, die sich als Gefühl von Hunger in mir ausdehnt wie ein Feuer, und mich immer wieder in einem Körper fesselt. Ich weiß nicht, ob ich die richtigen Worte finde, um es dir verständlich zu machen: Wir beide haben bei aller Gleichheit so unterschiedliche Erfahrungen.

Wenn möglich ist der erste, dem man in dieser Zeit des Übergangs begegnen sollte, der Wächter. Ich gebe zu, dass die Begegnung für den, der für diese Aufgabe ausgewählt wurde, nicht ganz ungefährlich ist.

Ich kann dir nicht sagen, wie es geschieht, es hat etwas Automatisches, aber der Wächter spürt, dass du erwacht bist. Vielleicht senden wir einen Ruf aus. Ich finde es sehr schwierig zu beschreiben.

Auch Arthur hatte den Ruf vernommen, und er kam zu mir. Schon von Weitem konnte ich ihn wahrnehmen. Er hob sich deutlich von all den anderen Eindrücken in meinem Geist ab. Wir arbeiten, wenn es uns möglich ist, viele Jahre daran, eine stabile emotionale Verbindung zum Wächter aufzubauen, damit wir ihn erkennen, wenn wir erwachen.

Ich verfolgte sein Tun. Du musst es dir so vorstellen, als würdest du über einer Theaterszene schweben. Genauso gut aber ist es möglich, durch seine Augen zu sehen, oder gar seinen Körper so wahrzunehmen, als sei es dein eigener. Wenn die Beziehung zum Wächter stabil ist, ist diese Art der Wahrnehmung keine Einbahnstraße.

Arthur folgte also dem Ruf, und ich sah ihn schon sehr früh. Er stieg aus seinem Automobil, etwas ungelenk. Es schien so, als sei ihm der Bauch im Weg. Und er war noch genauso eitel wie als junger Mann. Das erste, was er tat, als er ausstieg, war sein Haar so mit der Hand zu legen, dass seine Glatze überdeckt wurde. Das Eisentor, das die Auffahrt zur Villa versperrte, war ziemlich verrostet. Aber was mich mehr wunderte, waren die Bäume im Park, welche ich und Erik gepflanzt hatten: Sie waren jetzt mindestens vierzig oder fünfzig Jahre alt. Erik war Arthurs Urgroßvater.

Weder der Name Arthur noch Erik sagten ihr irgendetwas. Angélique war sich ganz sicher, dass ihre Eltern diese Namen nie erwähnt hatten. Aber wenigstens Arthur schien in dieser Geschichte eine wichtige Rolle zu spielen, wenn Helena von einer stabilen emotionalen Beziehung sprach.

Was den Inhalt des Briefes selbst betraf, so fürchtete Angélique, dass Helena schwer erkrankt war. Wie es schien, hatte sie Halluzinationen.

Angélique las weiter.

Ich liebe Bäume. Das hat ganz verschiedene Gründe. Einer davon ist, dass sie noch an ihrem Platz sind, wenn man erwacht. Du kannst es wahrscheinlich noch nicht verstehen, wie man sich in der Ewigkeit nach Kontinuität sehnen kann. Das liegt wahrscheinlich daran, dass sich Menschen Ewigkeit als Unveränderlichkeit denken. Aber glaube mir, es gibt nichts, was veränderlicher sein muss als die Ewigkeit.

Ich schweife schon wieder ab.

Arthur war gekommen, und zumindest äußerlich war er vorbereitet: Er hatte einen beeindruckenden Vorschlaghammer im Kofferraum seines Wagens. Er wusste, was ihn erwartete, als Junge hatte er die Türen und Fenster meines Hauses selbst zugemauert. Damals war er in einem besseren Zustand. Ich fand es irritierend, dass er sich suchend umschaute, bevor er den ersten Schlag ausführte. Wir Kalimbi können doch fühlen, dass niemand außer Arthur im Park war. Aber Arthur war nicht Kalimbi so wie du und ich.

Nach dem Erwachen ist es schwierig für uns. Wir brauchen einige Zeit, um uns daran zu erinnern, dass Menschen anders wahrnehmen als wir. Das war der Grund, warum Arthur sich umdrehte. Er konnte die Anwesenheit von Tieren oder Menschen nicht spüren. Wie kommen Menschen mit dieser begrenzten Wahrnehmung zurecht? Das würde ich gerne verstehen. Durch ihre Augen zu sehen, ist für mich wie blind und taub sein. Ich werde es noch in Millionen von Jahren nicht nachfühlen können.

In der Zeit, die Arthur benötigte, um einen Durchgang in den Keller zu brechen, gewann ich zunehmend die Kontrolle über mein Bewusstsein zurück, oder, um in deinen Worten zu sprechen, ich wurde zunehmend wacher. Ich schlüpfte mit meiner Aufmerksamkeit in Arthur hinein. Wie mangelhaft die menschliche Sprache doch ist, um auszudrücken, was geschieht. Gut, versuchen wir es mit einem Bild. Du schlüpfst in seine Haut, in seinen Körper. Du wirst er. Du siehst, hörst, riechst, was er sieht, hört und riecht. Du fühlst seinen Körper, so wie er ihn fühlt. Es geht soweit, dass du seine Gedanken hörst. Und trotz allem bist du nicht Arthur. Ich bin wie eine Perle in einer Auster. Existierend in dieser Auster und doch kein Teil von ihr. Ja, ich bin die Beobachterin eines anderen Inneren.

Schon nach dem dritten Schlag war Arthur völlig erschöpft. Sein Herz raste, er holte keuchend Luft. Und selbstverständlich schwitzte er, was ihn dazu veranlasste, seinen maßgeschneiderten Mantel auszuziehen. Er war so fiebrig erregt, so besessen davon, diese Mauer zu zertrümmern, dass er nicht einmal bemerkte, wie der Mantel in den Unrat fiel, der die

Kellertreppe bedeckte.

Sagt man heute noch Unrat? Ich fürchte immer, dass man mich an meinem altmodischen Verhalten erkennen kann. Als der Durchbruch dann geschafft war, stürmte Arthur förmlich die Treppen hinauf. Er erinnerte sich an einen seiner Träume. Da ich bei ihm war, sah ich die Bilder, die in seinem Kopf waren genauso, als seien sie in meinem Kopf.

Manchmal ist es sehr schwer zu unterscheiden, was ich erlebe und was der Mensch erlebt, in dem man ist. Menschen sind auch da so unbewusst, vielleicht eine Unzulänglichkeit des menschlichen Nervensystems.

Es scheint für Menschen keinen Unterschied zu machen, ob sie etwas träumen oder in der Außenwelt erleben. Jedenfalls erhielt und erhalte ich durch dieses Verbundensein mit dem menschlichen Bewusstsein einen Eindruck von dem, was Menschen glauben zu sehen.

In Arthurs Traumerinnerung war die Villa lichtdurchflutet. Die Fenster waren geöffnet. Es hatte nach Rosen gerochen: Ein Duft, den er mochte.

Der Rosenduft brachte ihn zum Lächeln. Ab heute würde vieles wieder leichter werden. Er sah mich in seinem Tagtraum die Treppe herunter kommen. Ich trug ein römisches Gewand, wie Arthur es erst vor ein paar Tagen in einem alten Film gesehen hatte, woran er sich aber nicht bewusst erinnerte. Das Haar dieser Helena schimmerte kupferrot. Die Helena in seinem Kopf blieb vor ihm stehen und sah ihm direkt in die Augen. Arthur hatte das Gefühl, in ihren blauen Augen zu versinken. Er spürte den Sog, der von diesem Blick ausging, ihn gefangen hielt und ein heißes Prickeln in seinem Körper hervorrief.

Das war also die Art, wie Arthur mich sah. Es war lange her, dass ich so ausgesehen hatte. Natürlich wusste Arthur nicht, wieso er mich so sah.

Am Ende seines Tagtraums fand er sich in der Eingangshalle wieder Er konnte sich nicht erinnern, durch den Keller gegangen zu sein.

Ich befand mich jetzt wieder außerhalb seines Bewusstseins. Ich sah alles so, als schwebte ich über ihm. Die Halle war unberührt, durch die verschmutzten Scheiben drang das schwache winterliche Licht der

Sonne herein. Die teuren Teppiche waren - wahrscheinlich - von den Mäusen zerfressen worden.

Angélique, du weißt selbst, wie sehr ich ein schönes Haus mit edlen Möbeln schätze. Deswegen tat es mir leid, die Eingangshalle in einem so ungepflegten Zustand zu sehen. In der Zeit von Arthurs Urgroßvater hatte ich mehrere Dienstboten, die sich um das Haus kümmerten, obwohl es für mich nicht einfach ist, mit zu vielen Menschen zusammen zu leben. Ein Grund dafür, warum die Villa so abgelegen ist. Es ist wohl besser zu sagen: war.

Arthur fühlte die Kälte. Er ging die Treppe hinauf. Der Teppich dämpfte seine Schritte, nur hier und da knarrte eine der alten Holzstiegen unter seinem Gewicht.

Die jugendliche Frische, an die ich mich erinnerte, war aus seinem Gang gewichen. Aber an diesem Tag spürte er sie wieder. Ja, Leben durchfloss ihn. Dieses Gefühl der Lebendigkeit, das er so lange vermisst hatte. Ich konnte es deutlich sehen. Er leuchtete wie eine Fackel. Aber ich war nicht in der Verfassung, daraus meine Schlüsse zu ziehen. Wenn ich ehrlich bin, gierte ich nach diesem Leben, nach dieser fiebrigen Erregung, die aus jeder seiner Poren strömte. Ich wollte dieses Leben, von dem er nach meinem Tod glaubte, es verloren zu haben. Endlich hatte seine - oder war es meine - Einsamkeit ein Ende. Dieses jahrelange Alleinsein. Das Schweigen, zu dem er verurteilt war. Vorsichtig öffnete er die Tür. Das Schlafzimmer dahinter lag in völliger Dunkelheit. Automatisch drückte er den Lichtschalter. Nichts geschah. Er lachte über sich selbst. Das Licht ging ohne Probleme an, als er den Schalter drehte. Arthur lachte noch einmal. Er lachte vor Anspannung, freudiger Erwartung und sexueller Erregung. Er selbst spürte sie noch nicht. Aber ich konnte sie schon sehen. Seine Lebensenergie wurde von dunkelrotem Licht überflutet. Und ich mit ihm. Ich fand mich in der Dunkelheit meiner geschlossenen Augen wieder. Bilder von Blut durchrasten mich. Das warme Pulsieren des Körpers, wenn das Blut die Speiseröhre herunter läuft. Du kannst gar nicht so schnell Schlucken, wie es in dich hinein schießt. Das lebendige Gefühl, das deinen Magen erwärmt. Mein Geist taumelte, gerade jetzt, wo ich Klarheit brauchte. Es gelang mir, mit meiner Aufmerksamkeit in Arthurs Geist zurückzukehren.

Dann sah er mich, die ich bisher in der Dunkelheit verborgen war. Regungslos, als sei sie aufgebahrt, lag Helena auf dem Bett, ihre Arme auf der Brust liegend. Sein Urgroßvater hatte sie so hingelegt. Und Arthur erinnerte sich an die Zärtlichkeit, mit der sein Urgroßvater dies getan hatte. Ja, Erik hatte Helena geliebt. So wie Helena ihn geliebt hatte. Und Arthur spürte ihr Lächeln, ihre Zärtlichkeit für ihn. Jetzt würde sie ihn so lieben wie seinen Urgroßvater.

Diese Erwartung war die Ursache aller Schwierigkeiten, die Arthur und ich in den nächsten Jahrzehnten haben würden.

Du wirst dich wundern, warum ich so von mir schreibe. Aber du musst verstehen, dass der Körper auf diesem Bett nicht ich war, nicht der meine. Ich bin nicht wirklich Helena, die Form meines Körpers ist die eines Menschen namens Helena. Ich bin nicht Robert, es war eine Form meiner Existenz, bevor ich die Gestalt eines Menschen namens Helena annahm. Aber ich war es nicht. Alle diese Leben, die ich geführt habe, sind nicht meine Existenz. Es sind Mäntel, in die ich geschlüpft bin und die ich mit mir ausgefüllt habe, so dass sie heute meinen Geruch tragen. Aber ich bin keine von denen. Manchmal sind sie eine Last und ich sehne mich nach der Zeit, als alle, die mich kannten, mich mit meinem Namen ansprachen. Egal welches Erscheinungsbild ich hatte. Ich weiß, wer ich bin. Ich bin I'-SE. Sich selbst zu behalten in den Äonen, das ist die Herausforderung unseres Lebens. Dabei helfen die Dinge, die so alt sind wie ich. Oder noch älter.

Ich sah als Beobachterin, was Arthur sah und fühlte.

Arthur trat auf das Bett zu. Die Frau bewegte sich nicht. Aber er wusste, dass sie lebte. Obwohl ihre Wangen eingefallen waren und ihr Haar weiß und dünn. Das war nicht die Helena, an die er sich erinnerte.

Nein, das hier war eine alte Frau.

Ja, das stimmte, wir altern, bevor wir gezwungen sind zu schlafen. Zum ersten Mal sah ich meinen Körper. Und wie gesagt, dieses sich zum ersten Mal selbst sehen kann mich auch heute noch immer wieder überraschen. Ich musste lachen. Ich hatte mich wieder so geschaffen wie ich war, als ich ins Licht ging. Arthur hörte mein Lachen in sich. Das ist auch etwas Ungewöhnliches: Manchmal hören die Menschen uns, wenn wir in ihnen sind. Die meisten glauben, dass das, was sie hören, von außerhalb kommt.

Hinter sich hörte Arthur ein Lachen. Nichts und Niemand war hinter ihm. Aber er hatte dieses Lachen deutlich gehört, es war rechts hinter ihm. Wieder ein Lachen, diesmal vom Bett kommend. Er musste sich beruhigen. Schon wegen seines Herzens.

Dass er mein Lachen als von rechts hinten kommend empfand, durfte eigentlich nicht passieren. Ich hatte mich soweit gefangen, dass ich in meinen Körper zurück konnte, der nicht ganz vollständig war. Ich fühlte meine Arme und Beine nicht. Meine Augen waren blind. Ich sprach Arthur direkt an.

„Ach Arthur, schön, dass du gekommen bist."

Er hörte Helenas leise, zärtliche Stimme. Er spürte, wie ich ihm als Kind über den Kopf gestrichen hatte, wenn er etwas in meinen Augen Unvernünftiges getan hatte. Er kniete vor dem Bett.

Ich lag immer noch bewegungslos, mir fehlte die Kraft. Aber Arthur wusste, dass ich mit ihm sprach. „Gib mir deine Hand, Arthur."

Er schob den Ärmel seines Anzuges so hoch, dass sein Handgelenk sichtbar wurde. Ich sah mich selbst die rosafarbene Haut mit kleinen, messerscharfen Fangzähnen öffnen. Im Rhythmus seines Herzschlages schoss das Blut hervor. Es waren nicht meine Bilder. Es waren Arthurs Vorstellungen, die sich in meinem Kopf breit machten. Ich spürte seine Lebensenergie, sie brannte schon in meinem Körper. Es machte mich verrückt, ich musste ihn haben. Erneut rang ich um meinen Verstand.

Meine Rettung war, den Körper zu verlassen. Das beruhigte mich, ich lachte vor Erleichterung.

Hinter ihm erklang das leise Lachen wieder. Er wusste nicht, was zu tun war. Ich musste es ihm sagen. Als ich in den Helenakörper zurückkehrte, wimmerte ich vor Verlangen nach ihm: „Arthur, nur deine Hand. Leg sie in meine."

Er tat wie ihm geheißen. Seine Hand ruhte in der meinen. Von unzähligen feinen Fältchen überzogen. Die Hand einer alten Frau. Ich konzentrierte mich auf ihn.

„Dir ist kalt, mein Kleiner. Es wird dir gleich wärmer werden."

Zärtlichkeit überschwemmte ihn. Ein tiefes Gefühl von Geborgenheit. Und es schien von dieser Hand auszugehen. Von Helena. Er spürte, wie sie ihn festhielt, ihn an sich drückte.

Und dann nahm ich mir, was ich brauchte. Die Berührung mit seiner Lebenskraft riss mich in seinen Körper. Sein Körper fühlte sich warm an. Warm und geborgen. Seine Muskeln entspannten sich. Seine Schultern fielen herab. Seine Hand in der ihren, so fühlte er sich geborgen und gehalten, von mir. Aber es war nicht genug, er gab mir nicht genug. Ich brauchte mehr. Ich wollte mehr. Und er vertraute mir. Er vertraute seiner Erinnerung an diese nette Dame, auf deren Schoß er gesessen hatte.

„Erzähl mir vom Tod deines Vaters, Arthur."

Arthur zuckte zusammen. In Sekundenschnelle legte sich ein Panzer aus Dunkelheit um ihn. Eine Starre befiel ihn. Sein Mund war trocken. Er räusperte sich, um den Kloß aus seinem Hals zu bekommen. Ohne Erfolg.

Ich trank alles, was aus ihm herausströmte. Eine Sturzflut von Trauer. Ich berauschte mich an ihr. Es drängte mich, meine Lippen auf die seinen zu legen. Nach meinem Gefühl floss die Kraft viel zu langsam. Ich ließ mich ganz hinein fallen in seine Trauer.

„Du warst nicht da!" schrie er. Da war es, dieses neue Gefühl. Nicht mehr die Dunkelheit, die ihn erstickte, mit jedem Jahr ein bisschen mehr. Die dunkelblaue Flamme der Wut züngelte an seinem Geist. Auch die nahm ich in mir auf. Verwandelte sie in Körper. Spürte mein Gesicht. Die Hände, die ich bisher nur erahnt hatte. Aber ich brauchte mehr. Und wollte es schneller.

„Erzähl mir vom Tod deines Vaters!"

Ihm wurde schwarz vor Augen, das Brennen in seinen Händen schien unerträglich. Sein Herz raste, er sah sich wieder auf der Intensivstation des Krankenhauses. Er beobachtete erneut den Monitor, der Puls und Blutdruck seines Vaters maß. Er spürte nochmals seine Angst in Wellen ansteigen, wenn der Puls sank. Er sah wieder, wie eine Ärztin seinem Vater etwas in die Venen spritzte. Irgendetwas, das seinen Pulsschlag erhöhte und damit Arthurs Hoffnung, dass sein Vater überleben würde. Aber es nutzte nichts. Keine ärztliche Kunst hatte seinen Vater retten können. Dieses Wunder hätte nur ich oder ein anderer Kalimbi, zum Beispiel du, vollbringen können. Was nur aus seiner Sicht ein Wunder gewesen wäre. Ich musste meine eigene Gier nach Leben bezwingen. Die Wolke aus Lebenskraft, die um ihn herum war, begann bereits zu flackern.

Ich hörte die Stimme Kartes-SE: „Töte nicht den Wächter, der dir den Weg ins neue Leben bahnt." Und dann war es vorbei. Es gelang mir, das Trinken zu beenden, dank Kartes-SE. Ich gab ihm etwas von seinem Leben, von mir transformiert, zurück, füllte seinen ganzen Körper mit goldenem Licht.

Arthurs Atem ging wieder ruhig. Er lächelte. Wie lange er so kniete, hätte er nicht sagen können. Das Brennen in seinen Händen ließ langsam nach. Er öffnete die Augen. Sein Blick traf den meinen. Es ging mir etwas besser, aber ich war immer noch nicht ganz erwacht. Ich sah, dass meine Augen strahlten, blau und unendlich waren sie nun. Dieses Bild entsprach dem, was er geträumt hatte. Arthur träumte viel von mir.

Am liebsten hätte er laut gelacht. Arthur zwang sich, nicht aufzustehen, obwohl es seinen Körper drängte, sich zu bewegen.

Und immer noch stand er leuchtend wie eine Fackel vor mir: „Arthur, bitte versuch dich zu beruhigen. Es strengt mich zu sehr an, wenn du so bist."

Sein Urgroßvater wäre mir in diesem Zustand, in dem Arthur sich befand, nicht zunahe gekommen. Mit einem ungeduldigen Winken vertrieb ich ihn: „Geh, lass mich allein! Deck die Möbel im Wohnzimmer ab."

Vielleicht würde ihm das helfen, die Fassung wieder zu erlangen, bevor ich ihn aus einem Instinkt heraus umbrachte. Er sah, dass ich zitterte. Schnell, ohne ein weiteres Wort, verließ er das Zimmer. Erst jetzt schien ihm bewusst zu werden, dass sein Leben an einem seidenen Faden hing. Ich keuchte, als eine neue Welle des Verlangens in mir aufloderte. Obwohl er den Raum verlassen hatte, blieb die Verbindung bestehen. Ich blieb noch liegen und beobachtete in meinem Geist, was Arthur unternahm. ALL-SCHAFFENDES-LICHT, ich war in der Phase des Erwachens und verantwortlich für das Leben eines Wächters, der nicht auf sich selbst aufpassen konnte.

Erleichtert, etwas zu tun zu haben, riss Arthur in fliegender Hast die Tücher von den Möbeln. Staub wirbelte auf, was ihn zum Husten reizte. Sein innerer Aufruhr war unbeschreiblich, er weinte vor Erleichterung, dann lachte er ohne Übergang.

‚Versuch dich zu beruhigen!' hörte er meine Stimme in seinem Kopf. Das erste gute Zeichen. Er erinnerte sich an die Übungen, die sein Urgroßvater ihm beigebracht hatte. Nach dessen Tod und nachdem ich gegangen war, hatte er sie nicht mehr regelmäßig geübt. Und jetzt, in dieser Situation, in der ich zurückgekommen war, gelang es ihm nicht, sich mit Hilfe dieser Übungen zu beruhigen. Er versuchte es erneut, stellte sich eine ruhige See vor, deren Wellen ganz regelmäßig kamen und gingen. Das Bild zerbrach. Heftige Übelkeit überfiel ihn. Das Zimmer begann sich vor seinen Augen zu drehen.

Wie es nicht anders zu erwarten war: Ich hatte ihm eine Menge

Leben genommen.

„Hat dein Vater dich nichts gelehrt?!" Wieder sah ich mich durch seine Augen. Ich stand mit diesem schmächtigen Körper aufrecht in der Tür, so gut ich konnte. Ich hatte jede Zärtlichkeit aus meiner Stimme verbannt. Er wusste, dass ich wütend war. Er musste sich festhalten um nicht um zu fallen. Ich biss die Zähne zusammen. Konzentrierte mich auf meine Hand, die, wie ich undeutlich fühlte, den Türknauf umklammerte. „Bist du zum Sterben hierher gekommen? Willst du das? Willst du hier und jetzt sterben?!"

Ich keuchte wieder, weil ich glaubte, sein Blut riechen zu können. Er blieb starr stehen. Er musste aus dem Haus: „Du rufst dir ein Taxi und gehst nach Hause. Und du wirst etwas essen. Etwas warmes, einen Eintopf."

‚Meine Diät!' dachte er.

„Es wird dir gegen den Schwindel helfen und gegen die Übelkeit. Warte auf der Straße auf dieses Taxi." Ich ging ohne ein weiteres Wort. Denn mehr war nicht zu sagen.

Obwohl er sich sterbenselend fühlte, wagte er nicht, im Haus zu bleiben. So schnell Arthur konnte, ging er zu seinem Wagen. Ich blieb mit meiner Aufmerksamkeit bei Arthur. Verfolgte seine Gedanken.

Er wusste, Helena würde ihn rufen, wenn sie ihn brauchte. Vielleicht in ein paar Tagen, vielleicht auch in ein paar Wochen. Wichtig war jetzt: Helena war wieder zurück.

Es fühlte sich für mich immer noch merkwürdig an, dass er von mir als Helena dachte, obwohl ich vor dem großen Schlaf lange Helena gewesen bin.

Er würde sich scheiden lassen. Endlich konnte er mit der Frau leben, mit der er immer hatte leben wollen. Seine Berufung erfüllen.

Arthur hörte mein Lachen, ohne verstehen zu können, warum ich lachte. Seine Tagträume änderten sich. Er sah wieder diese junge Frau vor sich. Vorsichtig fuhr er mit seinen Fingern die Perlen ihres Rückgrates entlang. Wärme breitete sich in seinem Unterleib aus.

Ich verließ sein Bewusstsein. Noch auf diese Entfernung hätte ich ihn töten können. Warum wusste er das nicht? Warum wusste er nicht, dass ich sexueller Energie am schwierigsten widerstehen konnte?

Dieser Satz sprang Angélique wie unter Zwang in die Augen. Sie las ihn noch einmal, Tränen schossen ihr in die Augen. Sexueller Energie war am schwierigsten zu widerstehen ... Tom war tot. Sie würde ihn nie wieder berühren, sich nie wieder darüber ärgern können, dass er die Zahnpastatube nicht wieder verschloss. Sie hatte ihn verloren, für immer.

Angélique holte sich ein neues Glas Wasser. Das, was sie hier las, war doch alles verrückt, sie konnte doch sehen, dass sie eine Frau war. Jeden Morgen sah sie es im Spiegel. Natürlich war sie ein Mensch. Und sie würde noch herausbekommen, was mit Helena los war.

Die sexuelle Energie, die Arthurs Träume von seiner Helena auslösten, bereiteten mir körperliche Schmerzen. Um mich abzulenken, begann ich durch das Haus zu gehen. Zumindest diese Aufgabe hatte Arthur erfüllt. Zwar hatten sich im Park in der Zeit, in der ich schlief, Menschen aufgehalten, Obdachlose und Liebespaare vermutlich. Aber niemand hatte versucht, ins Haus zu gelangen.

Ich bewegte mich in absoluter Dunkelheit. Eine Eigenschaft unserer Rasse: Wir sehen besser als Menschen. Obwohl ich noch nicht die hundertprozentige Kontrolle über den Körper hatte, wollte ich mich so schnell wie möglich mit den Gefühlen vertraut machen, die er erzeugt. Hast du dich schon einmal damit befasst, was es für ein Gefühl in dir auslöst, zu gehen, oder zu atmen? Natürlich bewegte ich mich auch, um Kontrolle über den Körper zu erlangen. Je früher man damit beginnt, um so besser. Ich würde eine sehr gute Kontrolle brauchen, um den nächsten Schritt tun zu können. Auch wenn ich den ‚menschlichen' Aspekt meiner Existenz, einen Körper zu besitzen, noch nicht ganz beherrschte. Das, was wir Kalimbi wirklich sind, materialisiertes Bewusstsein also, hatte den Übergang aus dem großen Schlaf ins Leben bereits vollzogen.

Ich bemerkte die Katze sofort. Sie strahlte in der Dunkelheit. Eine verwilderte Katze, sehr alt. Hungrig, vielleicht der Grund, warum sie hierher gekommen war. In dieses Haus auf der Suche nach einem Menschen, der ihren Hunger stillen würde.

Tiere mögen uns. Das mag an unserer Ausstrahlung liegen. Vielleicht liegt es auch daran, weil wir nicht nach Mensch riechen. Ich glaube ja, dass die Tiere genau wie wir das Licht sehen, das alles umgibt.

Sie blieb auf der Schwelle der Wohnzimmertür stehen.

Ich setzte mich auf einen der Stühle. So blieben wir beide eine Weile regungslos. Wie sehr ich mich an menschliches Verhalten erst wieder gewöhnen musste, siehst du daran, dass ich nicht auf den Gedanken kam, die Katze mit einem Geräusch oder einer Bewegung zu mir zu locken. Wie fremdartig diese Vorstellung, durch das Bewegen einer Hand oder dem Schnalzen mit der Zunge - die ich kaum fühlte - ein Tier anlocken zu wollen. Ich lockte die alte Dame so zu mir, wie unsere Spezies es immer tut. Ich umhüllte sie mit einem warmen hellen Licht. Ich brauchte nicht lange zu warten, bis sie auf mich zukam und meine Beine umstrich. Die Katze begann zu schnurren. Ohne weiteres ließ sie sich von mir auf den Schoß heben. Der körperliche Kontakt nahm mir fast den Atem. Ich gestehe, ich fletschte die Zähne. Wie unangenehm, das zugeben zu müssen. Das sollte jemandem in meinem Alter nicht mehr passieren.

„Hallo, du wunderschöne Tochter der Bastet“, schmeichelte ich ihr. „Du hast also den Weg zu mir gefunden, trotz der Mauern, die mich verbergen. Dafür danke ich dir.“

Ich bemerkte, dass meine Hände sie streichelten. Ihr Schnurren erfüllte den ganzen Raum. Ihr Lichtmantel, der wie bei allen sterbenden Geschöpfen eng an ihr lag, hatte sich ausgedehnt. Meine Hände streichelten sie weiter, als ich meinen Mund auf ihren Kopf legte und ihr Leben in mich aufnahm. Ich glaube nicht, dass sie überhaupt merkte, dass sie starb. Ihren leblosen Körper legte ich vorsichtig auf einen der Sessel in der Bibliothek.

Ich war noch nicht soweit, jagen zu können. Aber ich konnte auch nicht warten. Würde ich nicht schnell mehr Nahrung finden, würde es nicht mehr lange dauern, bis ich meinen Körper gar nicht mehr spürte. Was mich dazu verdammen würde, bewegungslos in diesem Haus zu verweilen. Auf das nächste Tier wartend und auf das nächste, und nie genug Leben trinken können, um diese Starre zu überwinden. Bei dieser Vorstellung graute es mir. Das bedeutete für mich, lebendig begraben sein. Ich würde verrückt werden. Nicht gleich, vielleicht erst in tausend Jahren oder gar noch später. Trotz allem hatte diese Aussicht nichts Erstrebenswertes. Ich hätte Arthur nehmen sollen, so wie mein Instinkt es gewollt hatte. Diese Überlegung lenkte meine Gedanken wieder zu Arthur, dem Wächter.

Er ist unvorbereitet gewesen. Der Wächter war gekommen, und er war nicht bereit. Nein, Arthur war nicht weiter mit seiner Wächterausbildung als zu dem Zeitpunkt, als ich gegangen war. Arthur ist mir damals nicht gewachsen gewesen und ist es heute immer noch nicht. Ich schlug ärgerlich mit der Faust auf die Lehne des Sessels. Er hätte wissen müssen, dass er sich ohne das Ritual mir nicht hätte nähern dürfen. Nicht in der Zeit des Erwachens. Ich wusste nicht, ob es Unwissenheit oder Dummheit war, dass Arthur so schutzlos in diesem Haus aufgetaucht war. Gut, ich hatte ihn gerufen. Aber er hätte nicht unvorbereitet hierher kommen dürfen. Ein vorbereiteter Wächter hätte dem Ruf widerstehen können. Dass Arthur so versagt hatte, beunruhigte mich. Nicht nur, dass er dem Ruf nicht widerstanden hatte, nein, er hatte sich in Lebensgefahr gebracht, weil er das Ritual des Erwachens nicht durchgeführt hatte. Und es schien, als wenn er es gar nicht kennen würde. Womit er nicht nur sich in Gefahr brachte, sondern auch mich.

Die Zeit des Erwachens ist für alle schwierig. Das Bewusstsein ist nicht stabil genug, um sich alleine zurecht zu finden. Der ständige Wechsel der Wahrnehmungsebenen ist hochgradig belastend.

Wir haben in der Zeit des Erwachens keine klare Vorstellung davon, wer wir sind und was um uns herum geschieht. Es ist die Aufgabe des Wächters, uns während des Erwachens den Weg zu weisen. Und das hatte Arthur nicht getan. Das Schlimmste war, dass Arthur selbst sein Versagen nicht einmal ahnte. Die Wut kam so unvermittelt, dass rote Ringe vor meinen Augen tanzten. Rot, die Farbe des Zorns.

Arthur hatte nie das Licht gesehen. Schon das war ein Mangel. Ich sprang auf. Konnte meine Wut nicht mehr zügeln. Nichts wusste er. Und er würde es nie verstehen. Ich würde ihn töten, noch heute. Noch heute! Jetzt sofort! Einen Augenblick hielt ich inne, verbarg den Kopf in den Händen. Die Farbe des Zorns verblasste. ‚Töte nicht den Wächter', warnte mich erneut eine leise Stimme in meinem Kopf. Daran hatte ich mich immer gehalten. Auch als die Gemeinschaft nicht mehr existierte.

Ich wurde wieder ruhiger, erinnerte mich, dass es etwas gab, das ich als erstes lösen musste. Der Wutausbruch hatte mich viel Kraft gekostet. Ich lenkte meine Aufmerksamkeit auf meine Hände. Nur ein undeutliches Gefühl. Wie ein Nebel. Das gleiche empfand ich in meinen Füßen. Ich brauchte Nahrung. Ich würde nicht warten können. Wenn ich länger wartete, würde ich diesen Körper schon in ein paar Stunden gar nicht mehr spüren.

Es wäre einfacher, Arthur zu nehmen, dachte ich erneut. Er hatte leuchtend wie eine Fackel vor mir gestanden. Das reine Leben. Die Erinnerung daran überschwemmte mich, drohte, mich wegzuspülen. Ich hatte jede Faser seines Körpers gespürt, jeden Tropfen seines Blutes förmlich gerochen. Meine Lippen wurden trocken. Es war so lange her, dass ich das Blut eines lebenden Wesens getrunken hatte. So unendlich lange, dass die Erinnerung wie ein Schatten war. Gerade der Wächter hatte mich in dieses Chaos gestürzt.

Ich würde erst mit der Jagd beginnen, wenn es dunkel war - daraus solltest du übrigens nicht schließen, dass wir nachtaktive Jäger sind. Es erschien mir nur sicherer. In meinem jetzigen Zustand war es möglich, dass ich den erstbesten Menschen angriff, dem ich begegnete. Auch dann, wenn ein Dutzend andere dabei waren. So sicher wie die Menschen keine Aasfresser mehr sind, so sicher sind wir keine Jäger mehr. Eigentlich sind wir genau wie Menschen zu Sammlern geworden, wir sammeln das Leben, das wir benötigen. Und ein Teil von mir trauert darüber. Es scheint, als wenn der Wille zum Leben gegen den Willen zum Töten steht. Aber eine wirkliche Jagd wird nur von einem Willen bestimmt: Dem Willen zu überleben. Jäger und Gejagter haben das gleiche Ziel. Es gab Zeiten, da haben wir gemeinsam mit den Menschen gejagt. Aber das ist lange her.

Draußen begann es, dunkel zu werden. In meinen alten Kleiderschränken suchte ich nach etwas, was nicht ganz und gar von Motten zerfressen war. Glaube mir, es ist wirklich schwierig, etwas Passendes zu finden, wenn man keine Ahnung hat, was im Augenblick modern ist. Ich will nicht, dass du glaubst, ich sei eitel. Das bin ich nicht. Es ist wichtig, dass du darauf achtest, dass am Tag des Erwachens Kleidung zur Verfügung steht, die dem Stil der Zeit entspricht. Auch eine von Arthurs Nachlässigkeiten. Nun gut, diese würde ich ihm vergeben.

Sobald ich endlich etwas gefunden hatte, machte ich mich auf den Weg. Als das Haus für mich gebaut wurde, war Drumherum nichts außer Feldern. Und jetzt war das Haus von allen Seiten von Straßen umgeben, auf denen um diese Tageszeit noch Automobile fuhren. Eine für das, was ich kannte, unglaubliche Zahl von ihnen. Keine Pferdewagen, keine Fahrräder, nichts. Nur Automobile.

Die Straßen waren hell erleuchtet. Ich wusste, es war zu früh, um mein Versteck zu verlassen. Diese Welt kannte ich nicht. Es war zu früh, mich ihr auszusetzen. Alles in mir wehrte sich dagegen, mein Bedürfnis nach Sicherheit hielt mich in der Nähe des Hauses. Wohingegen das sichere Wissen, dass ich sterben würde, wenn ich nicht trank, mich weiter trieb. Und meine Wut auf Arthur.

Ich bin mir nicht sicher, ob dir bereits wirklich klar ist, was wir sind. Aber die Zeit der Lügen ist vorüber. Ich werde dir von Helena erzählen. Das macht es dir deutlicher, was wir sind.

Damals war Erik der Wächter. Ein wohlhabender, angesehener Juwelier und ein vollendeter Gentleman. Ich unterhielt mich gerne mit ihm. Seine Gegenwart war fast genauso angenehm wie die von Theodora. Ein Mensch mit einer ruhigen Seele. Selten bin ich seit dem Ende der Gemeinschaft auf Menschen getroffen, die so ausgeglichen waren wie Erik. Wir verbrachten viel Zeit miteinander. Ich durchstreifte seinen Geist. Wir haben mehr geteilt als zwei Menschen miteinander jemals teilen können.

Ich hatte nicht lange geschlafen, so dass Erik auch körperlich kaum verändert war, als ich erwachte. Welche Freude, ihn zu sehen, sein Strahlen! Sein Licht war noch genauso stark wie an dem Tag, als ich gegangen war. Und es war reifer geworden, ausgeglichener. Es war soviel strahlendes Weiß in ihm.

Angélique umklammerte die Seiten wie eine Ertrinkende. Hier waren die Antworten, diese so lange ersehnten Antworten, aber sie schienen ihr nicht glaubhaft. Sie konnten nicht die Wahrheit sein, waren es sicher nicht, und warfen, was noch viel schlimmer war, noch mehr Fragen auf. Angélique blätterte die Seiten durch, dort lagen die Antworten auf die Fragen, die sie sich nie zu stellen gewagt hatte. Angenommen, ganz hypothetisch, sie würde glauben, was dort stand: Manches wurde dann klarer. Sie kannte das, was Helena dort beschrieb, auch ihr selbst waren die Menschen am sympathischsten, die ein „angenehmes" Licht umgab. Ganz so, wie es bei Tom gewesen ist. Immer wieder hatten ihre Freundinnen Angélique gefragt: „Was findest du an dem?" Natürlich hatte sie Erklärungen gefunden, die ihre Freundinnen akzeptieren konnten. Den wirklichen Grund aber, dass er ein harmonisches Licht ausstrahlte, welches sie anzog, diesen Grund hatte sie nie genannt. Ja, sie wusste, was Helena meinte.

Wie reif Erik war, wie wenig er die Zeit des Erwachens fürchtete, nein, besser ist zu sagen, wie wenig er die Zeit des Erwachens fürchten musste, zeigte sich daran, dass er mich im Arm hielt, als ich erwachte. Damit du ermessen kannst, was das bedeutet: Erik hätte ich getötet, noch bevor ich selbst gemerkt hätte, dass die Zeit des Erwachen gekommen war, so wie ein Mensch, der schlafwandelt. Und schon in dieser Zeit hielt mich Erik in seinen Armen. Ich trank von ihm, diesem reinen klaren Quell. Aber wir wussten beide, dass es nicht reichen würde. Ich fühlte seine Furcht. Sie verdunkelte sein Licht. Erik wusste, dass ich die Gier nach Leben nicht unendlich unterdrücken konnte. Und ich fühlte den Schmerz, den das Unvermeidliche in ihm hervor rief. Nach diesem Schmerz griff ich.

„Nein!" Erik umklammerte mein Handgelenk. „Das ist mein Schmerz. Ich muss ihn tragen. Es war mir immer klar, dass das passieren könnte. Ich werde tun, was ich geschworen habe, aber den Schmerz werde ich tragen und du wirst ihn mir nicht nehmen und auch kein Gefühl, das damit zusammenhängt. Schwöre!"

Ich befreite mich aus seinen Armen.

„Ich schwöre."

Das genügte ihm. Er war ein Ehrenmann und ein Wort war ein Wort. Ich verstand nicht, warum er sich diese Gefühle als Strafe auferlegte, aber ich respektierte es. Ehrlich gesagt verstehe ich es heute noch nicht. Du siehst schon, es fällt mir schwer, dir zu sagen, was weiter geschah. Wir hatten, als der Schlaf kam, eine alte, nicht mehr besuchte Familiengruft als Ruheplatz gewählt. Jetzt aber befand ich mich in einem Schlafzimmer in Eriks Haus. Er musste mich, als er den Ruf hörte, hierher gebracht haben. In einem Zimmer zu erwachen, ist wesentlich angenehmer als in einem Erdloch oder einer Gruft. Du wirst dich da auf mich verlassen müssen. Eine Gruft ist nur unwesentlich besser als ein Erdloch.

Ich war also wach und stark genug, um mich zu bewegen, worauf ich mich konzentrieren konnte, weil Erik nicht wie eine Fackel brannte. Ich weiß, es ist schwer für Menschen. Sie werden von ihren Emotionen angetrieben. Um ins Gleichgewicht zu kommen, braucht ein Mensch eine Menge Übung. Du fragst dich, warum ich das so oft wiederhole? Weil das Leben von Menschen davon abhängt, solange sie in deiner Nähe sind.

Wir gingen die Treppen hinunter bis in den Keller. Er geleitete mich in die Küche.

„Ist das wirklich nötig?“ fragte er mich. Er war kreideweiß im Gesicht. Aber trotz allem respektierte ich seine Entscheidung und ließ ihm alle seine Gefühle. Ich gab ihm keine Antwort, weil er sie kannte.

„Wirst du Hilfe brauchen?“ Die Vorstellung, dass er mir bei dem helfen musste, was jetzt zu tun war, versetzte ihn emotional in eine Art Starre. Er beruhigte sich etwas, als ich ihm sagte, dass ich keine Hilfe benötigte.

„Ich tue es nicht zum ersten Mal. Ich verspreche, es wird schnell gehen.“Wir betraten die Küche. Ich zitterte am ganzen Leib. Mir war kalt. Normalerweise frieren wir nicht. Und so zeigte mein Zittern nur, wie wenig ich den Körper kontrollierte.

„Möchtest du etwas trinken?“

Schon die Frage von Erik zeigte, wie nervös er war. Wenn er unsicher war, flüchtete er sich immer in Konventionen.

„Ich trinke nicht.“

„Das weiß ich“, sagte er mit Schärfe in der Stimme. Er begann, auf und ab zu laufen.

„Tu mir einen Gefallen, setzt dich oder lass mich etwas gegen deine Nervosität unternehmen“, sagte ich.

„Du bist das gewohnt, aber für mich ist es das erste Mal, dass ich bei so etwas dabei bin.“

Das stimmte nicht ganz, nur erschien es mir nicht angebracht, ihn jetzt darauf hinzuweisen. Es klopfte an der Tür des Dienstboteneingangs. Erik fuhr zusammen. Ich konnte nicht mehr anders, ich nahm ihm etwas von dieser Mischung aus Angst, Mitleid und gespannter Erwartung. Und er protestierte nicht. Noch einmal klopfte es.

Erik sagte: „Herein!"

In der Tür stand eine junge Frau, etwa zwanzig Jahre alt. Rotes, zu einem Knoten gelegtes Haar, grüne Augen. Das war vermutlich der Grund, warum Erik sie gewählt hatte. Sie war 1,65 Meter groß und schlank; mager, um ehrlich zu sein. Auch ihre Kleidung wies eher darauf hin, dass sie aus ärmlichen Verhältnissen kam. Egal, was Erik geboten hatte, sie brauchte es dringend. Sie blieb auf der Schwelle stehen.

„Kommen Sie doch herein!" ermutigte Erik sie.

Sie kam ein paar Schritte in die Küche und blieb dann stehen. Ihre Angst hinderte sie daran, weiter zu gehen. Ich konnte die Furcht deutlich sehen. Ich fühlte ihr Herz rasen, fühlte ihren trockenen Mund. Sie schwitzte vor Angst. Jetzt brauchte ich einen klaren Kopf. Ich fühlte Eriks wachsende Panik. Das Zittern meines Körpers verstärkte sich. Ich hatte es so wenig unter Kontrolle, dass das Mädchen meine zitternden Hände anstarrte. Nur noch einen Augenblick und sie würde gehen.

Zwei Männer empfingen sie, ohne eine Frau als Gouvernante, in der Küche eines reichen Juweliers. Die ganze Situation war für sie so ungewöhnlich, dass noch nicht einmal ihre Not sie veranlassen würde zu bleiben. Es ging sehr schnell. Obwohl meine Beine mir nicht ganz gehorchten, machte ich ein paar Schritte auf sie zu. Sie wich zurück, aber nicht energisch genug. Sie taumelte und fiel gegen die Tür. Dann hatte ich das Mädchen erreicht.

Erik, von meiner plötzlichen Attacke überrascht, schrie auf. Genau wie das Mädchen.

Ich trank ihr Entsetzen. Sofort erlahmte ihr Widerstand. Ich legte meine Lippen auf ihren Mund und trank ihr Leben. Sie hatte einen schönen Tod.

Ich sah die Frau als Mädchen über eine grüne, von Blumen übersäte Wiese laufen, im strahlenden Sonnenschein. Nicht weit von ihr entfernt wartete ein anderes kleines Mädchen auf sie. Es breitete die Arme aus und fing sie auf, als die junge Frau ihren letzten Atemzug tat. Ihr Leben, das in mich floss, leicht, aber mit großer Kraft, durchströmte meinen Körper. Jeder Zentimeter von ihm wurde belebt, begann zu glühen, dehnte sich aus. Ich hatte das Gefühl zu schweben. Diesmal taumelte ich nicht vor Schwäche. Die Kücheneinrichtung um mich herum strahlte, als würde sie von der Sonne beschienen. Ich lachte, die Welt strömte in mich hinein..

Angélique schloss entsetzt die Augen. Diese Gefühle, dieses Phänomen hatte sie kennen gelernt.

Und dann begann die Transformation. Mein Wahrnehmungskreis verkleinerte sich wieder. Ich fühlte, wie der Bauch verschwand. Dafür bekam ich mehr Haupthaar. Deutlich fühlte ich, wie sich mein Erscheinungsbild weiter veränderte. Ich ließ es fließen, leistete keinen Widerstand. Ließ sich formen, was entstehen wollte. Und es war mir klar, welches Aussehen ich in einigen Minuten haben würde.

Es war nicht meine erste Transformation. Bis heute weiß ich nicht, was sie auslöst. Das einzige, was mir unterdessen gelingt, ist, sie zu steuern, wenn ich genügend Energie habe. Als ich jung war, konnte ich sie nicht willentlich hervorrufen.

Alles zusammen genommen waren seit dem Tod der Frau und dem Ende der Transformation nur wenige Minuten vergangen. Erik stand völlig gelähmt vor mir. Sein Lichtfeld lag eng um ihn; ein sicheres Zeichen für seinen Schock. Ich hatte noch nie in seiner Gegenwart getötet. Das war das Eine, und dazu kam die Transformation. Er blieb lange stumm, schaute nur immer wieder zu mir herüber. Nach endlos langer

Zeit strich er über mein Haar.

„Du siehst aus wie sie. Die gleichen Haare, die gleiche Figur. Sogar ihre Augen hast du." Er schüttelte den Kopf: „Entschuldige, dass ich das so sage. Sogar ihre Brüste!"

Als er das sagte, zog eine leichte Röte über sein Gesicht.

„Wie konnte das ... ich meine ... wie ist das geschehen? Du warst ein Mann!"

Mein guter Erik, dieses Musterbeispiel von Vernunft, war fassungslos. Er ergab sich jedem seiner Gedanken und Gefühle. Ich ließ es zu. Es bedeutete für ihn keine Gefahr. Das Mädchen hatte mich mit dem versorgt, was ich brauchte.

„Ich weiß nicht, wie es jetzt geschehen ist. Erinnere dich: Ich bin kein Mensch."

Ich sagte das so leicht. Für ihn war ich immer ein Mensch. Und ein Mann. Er hatte mich nie anders gesehen. Wir waren gemeinsam durch die Kneipen und die Bordelle gezogen. Kein Grund, peinlich berührt zu sein, Angélique, das hast du von deiner Mutter, im tiefsten Inneren ist sie prüde wie ein viktorianisches Mädchen. Für ein Kalimbi ist ein Bordell ein sehr nahrhafter Aufenthaltsort. Fast so gut wie die Folterkeller der Inquisition. Obwohl mir dort auch einige sehr schmerzhafte Dinge widerfahren sind. Dem LICHT sei Dank haben Kalimbi eine anderes Schmerzempfinden als Menschen. Und ich verspreche, ab jetzt nicht mehr von dem abzuweichen, was ich eigentlich erzählen will.

In diesem Augenblick war ich eben das junge Mädchen, das sein Freund vor kurzem getötet hatte. Diese Transformation hätte ich Erik nicht zumuten müssen. Mein Handeln war rein egoistischer Natur. Ich war schon so lange in einer männlichen Form, dass sie mich langweilte.

Die ganze Nacht beobachtete ich Erik sorgfältig. Er durchlief Phasen des Zweifels und der Faszination. Immer wieder berührte er meinen Körper: scheu, unsicher, sogar ängstlich. Kein Wunder bei den Moralvorstellungen, die er in seinem Kopf hatte. Keine Frau würde es dulden, dass er sie so berührte, wie er es tat. Selbstverständlich ließ ich auch das zu. Die Menschen glauben nur das, was sie mit ihren Sinnen wahrnehmen können. Alles andere hinterlässt nur das Gefühl des Zweifelns in ihnen. Gegen Morgen hatte Erik sich soweit gefangen, dass wir uns um den Rest kümmern konnten.

„Erik, wir müssen die Leiche beseitigen."

„Die Leiche?"

Erik sah auf den leblosen Körper der alten Frau, der die Küchentür blockierte.

„Ist das immer so, dass sie aussehen, als seien sie alt?"

„Ja, wenn sie so sterben, dann ja. Das Leben fließt aus ihnen so schnell heraus, dass sich ihr Alterungsprozess enorm beschleunigt. - Sogar, wenn jemand die junge Frau vermisst, wird sich niemand um diese da Gedanken machen. Eine alte Frau, die auf einer Parkbank vom Tod überrascht wurde."

Erik sah mich an.

„Ja, der Tod hat sie überrascht", bestätigte er.

Und bei all der Liebe zwischen uns wusste ich, dass er mit Tod mich meinte.

„Wie war ihr Name, Erik?" fragte ich sehr leise. Noch konnte ich mir nicht sicher sein, dass er bei Verstand bleiben würde.

„Helena", beantwortet er meine Frage.

„Du wirst mich nicht weiter Robert nennen können."

„Wie soll ich dich nennen?"

Er löste seinen Blick von der Leiche.

„Ich bin Helena", sagte ich.

Erik schluckte.

Angélique sprang auf und ging zum Telefon. Offensichtlich waren die beiden, ihre Mutter und Helena, ganz und gar übergeschnappt. Eine andere Erklärung konnte es für diesen Unsinn nicht geben. Und sie wollte auf der Stelle wissen, was den bei-

den einfiel, ihr jetzt eine so hanebüchne Geschichte aufzutischen. Doch noch bevor jemand auf dem Bildschirm des Telefons erschien, unterbrach Angélique die Verbindung.

Es war nicht alles verrückt, was in diesem Brief stand. Sie selbst war ja durchaus in der Lage, das Farbenspiel um jedes Lebewesen wahr zu nehmen, seit sie denken konnte. Viele in der Kooperation konnten das. Bis sie in die Schule gekommen war, hatte Angélique geglaubt, Menschen verfügten generell über diese Fähigkeit. In der Schule hatte man sie deswegen gehänselt, und so hatte Angélique in den folgenden Jahren mit niemandem mehr über diese Fähigkeit gesprochen. In ihrem Beruf kam ihr diese Eigenschaft zu Gute. Die Kollegen nannten sie hinter ihrem Rücken Dr. Tod , weil sie mit hundertprozentiger Sicherheit sagen konnte, ob und wann ein Patient sterben würde. Ihren Wunsch, Ärztin zu werden, hatte Helena mit den Worten kommentiert: „Heilen hat in unserer Familie eine lange Tradition."

Familie, das war auch so ein Thema, etwas, das eigentlich kein Thema war. Es gab keine Familie, weder Helena noch Theodora hatten Angehörige.

„Unsere Familie, das ist die Kooperation."

Die Kooperation war ihr Zuhause, bis sie sechs Jahre alt war. Dann hatten Helena und Theodora sie nach London in ein Internat geschickt, wegen der besseren Schulbildung. Tom hatte die Gemeinschaft immer eine Sekte genannt. Wenn die beiden eine Familie hatten, dann wurde nicht darüber gesprochen. Es gab eine Menge, worüber in dieser ihrer Familie nicht gesprochen wurde, was Angélique als sehr schwierig empfand, und was immer wieder Thema in ihrer Therapie war. Es gab für alles eine Erklärung, nur wurde nie etwas vertieft, und jetzt und hier behauptete Helena, sie sei ein Vampir.

Angélique warf das Bündel Papier zur Seite. Diesen Unsinn würde sie nicht weiterlesen. Sie holte sich ein neues Glas Wasser, stürzte seinen Inhalt gierig in sich hinein. Helena bezichtigte sich selbst eines Mordes. Das würde doch niemand tun, wenn es nicht den Tatsachen entsprach. Wütend über Helena nahm Angélique ihre Lektüre wieder auf.

Seit diesem Tag habe ich versucht, nicht mehr in der Anwesenheit von Menschen zu töten. Erik brauchte Monate, um mit dem, was er erlebt hatte, fertig zu werden. Eine Zeit lang fürchtete ich um seine geistige Gesundheit. Weil er es nicht gewohnt war, war Nahrung für mich zu beschaffen, hatte er uns alle in Gefahr gebracht, indem er die Frau in sein eigenes Haus geholt hatte. Nun ja, warum die alten Geschichten aufwärmen: Es ist vorbei und gut ausgegangen.

Das ist der Grund, warum ich seit diesem Tag nach jedem Erwachen ohne menschliche Hilfe auf Nahrungssuche gehe.

Wie schon gesagt, die extremen Veränderungen, die sich eingestellt hatten, machte es für mich sehr schwierig, alleine zurechtzukommen. Meine schlechte körperliche Verfassung tat ihr Übriges. Der einzige Vorteil des städtebaulichen Wütens war, dass die Villa in die Nähe der Stadt gerückt war. Wir haben euch Menschen beigebracht, Häuser zu bauen. Eine Horde von Aasfressern und Kulturfolgern beherrscht die Welt, aus Sicht der Evolution scheinbar die beste Mischung. Entschuldige meine Bitterkeit. Aber wir, die wir älter sind als die Zeit, wir werden alle sterben. Wenn du hier wärst, könntest du meine Tränen fühlen. Ich weiß nicht, wie ich dir auf dem Weg der Sprache vermitteln soll, welche Trauer der Gedanke auslöst, dass unsere Rasse …

Nun gut, wir sind immer wenige gewesen. Aber seit wir nicht mehr mit Menschen, sondern unter Menschen leben, weiß ich, dass wir zum Untergang verurteilt sind. Ich höre deine Frage. Es ist schwierig, sich diesem zweidimensionalen Papier, dieser unzureichenden Sprache zu bedienen, wenn man fähig ist, die Welt aus so vielen Perspektiven zu sehen. Ich habe schon Schwierigkeiten, im menschlichen Konzept von Zeit zu leben. Für mich vergeht Zeit nicht zwangsläufig linear. Oder beantworte mir die Frage, welche Zeitrechnung für mich die gültige ist: Die Christliche, die Ägyptische oder die Islamische? Ich habe so viele Glaubenssysteme sterben sehen. Meine Art des Denkens unterscheidet sich so von dem der Menschen.

Ich wollte dir erzählen, was geschehen ist, als Arthur gegangen war. Ich machte mich auf den Weg in die Stadt: Eine alte, 1,65 Meter große Frau in verschlissenen, altmodischen Kleidern. Wie ich heute weiß, der Grund dafür, warum der Wagen neben mir anhielt. Der Fahrer fragte, wo ich denn hin wolle. Ich gab ihm die vage Auskunft, ich wolle in die Stadt. Er lud mich ein, mit ihm zu fahren. Er schien mich für verwirrt zu halten. Er fragte mich aus. Wo ich denn wohnte, wo ich denn mitten in der Nacht hin wollte. Ich sei doch nicht richtig angezogen für das Wetter.

Er hatte Recht. Zwar hatte ich mit einem Blick in den Park festgestellt, dass es Herbst sein musste, aber nicht, dass wir Mitte Dezember hatten. Ich trug ein Sommerkleid und einen Herbstmantel mit den dazu passenden Schuhen. Und obwohl die Energie, die ich Arthur genommen hatte, und auch das Leben der Katze mir etwas geholfen hatten, zitterte ich und litt unter Schweißausbrüchen. Ich versuchte, mich zu beherrschen, obwohl seine Lebenskraft mir entgegenschlug wie eine Feuerwand. Ich musste überlegt vorgehen. Ein Mensch in einem Automobil mitten in einer Stadt. Es war zu gefährlich. Wohin mit der Leiche und dem Fahrzeug? Ich sah ihn mir genauer an. Ein Mann um die dreißig, braune Haare, schmales Gesicht. Aknenarben, die, so glaubte er, ihn sehr maskulin erscheinen ließen. Er war bestimmt 1,80 Meter groß. Am linken Unterarm trug er eine Tätowierung, soweit ich erkennen konnte, ein Christenkreuz, schlecht gestochen. Wahrscheinlich eine jugendliche Mutprobe. Oder ein Mannbarkeitsritual. Er machte einen sehr selbstbewussten Eindruck, keine Sekunde hätte einer seiner Zuhörer daran gezweifelt, dass das, was er sagte, nicht den Tatsachen entsprach. Er glaubte an sich. Das war der Grund für sein überzeugtes Auftreten. Seine Lebensenergie sah anders aus. Seine Gefühle sahen anders aus. Die Energie war durchzogen von braunen Flecken - Angst. In seinem Inneren überwogen Gedanken des Selbstzweifels. Er hielt sich selbst für einen Gaukler. Er gaukelte den Menschen Stärke und Zielstrebigkeit vor, damit sie ihm folgten. Sein einziger Schutz vor den

Stimmen in seinem Inneren, die ihm sagten, dass er ein Versager sei. Führen, um nicht verfolgt zu werden. Macht und Einfluss als Schutz gegen die Angst.

Ich versuchte Gefühle und Gedanken, die ich von ihm empfing, nicht an mich heranzulassen. Es ist leichter, sie zu töten, wenn man sie nicht so nahe an sich heran lässt. Eine Erfahrung, die du auch machen wirst. Menschen schlachten die Tiere, die sie essen wollen, auch nicht selbst. Es ist für sie umso schlimmer, wenn das Tier einen Namen hat.

Ich musste ihn veranlassen, den Wagen an die Seite zu fahren. Einen Unfall konnte ich nicht riskieren.

„Fahren sie bitte an die Seite. Ich glaube, mir ist übel."

Einen Augenblick lang machte er sich Sorgen um seine Sitzbezüge. Mein Aussehen allerdings ließ ihn keinen Augenblick zögern, meinem Wunsch zu entsprechen.

Er sagte: „Ich sollte sie ins Krankenhaus bringen."

Da griff ich ihn an. Als er sich die größten Sorgen um mich machte. Ich verlor völlig die Kontrolle. Mit der Linken riss ich seinen Kopf zu mir. Im gleichen Augenblick trank ich seine Fassungslosigkeit. Trank alles, was ihm eine Gegenwehr ermöglicht hätte. Ich sah, wie er starb. Er stand auf einem Berg aus schwarzem Gestein. Die Luft schien schwarz zu sein. Dunkle Wolken aus Gift umgaben ihn. Dichter, schwefliger Rauch stieg aus breiten Erdspalten empor. Magma bahnte sich seinen Weg. Er brach zusammen und lag jetzt zusammengekauert am Rande dieses Abgrundes. Er schrie und weinte ohne Unterlass. Als er starb, stieß ein schwarz gekleideter Mann ihn mit dem Fuß in die Tiefe.

Weil ich nicht gewohnt war, dass Autos so schnell fuhren, hatte ich unsere Geschwindigkeit falsch eingeschätzt. So war während meines Angriffs der Wagen von der Straße abgekommen und mit großer Wucht gegen einen Baum geprallt. Als das Lenkrad sich in seinen Oberkörper gebohrt hatte, ist er bereits tot gewesen. Ich hatte einige Mühe, meinen Körper aus dem Wagen zu befreien. Ich war zu gierig und damit unvorsichtig. Wenn ich ein Mensch wäre, sicher wäre ich in diesem Fall nicht unverletzt geblieben.

Der Verkehr auf der Straße war doch erheblich weniger geworden. Eigentlich passte mir der Unfall gut. Ich bevorzuge unauffällige Tode, die niemandem zu denken geben. Und je weiter Pathologen und Kriminalisten ihr Wissen erweitern, desto aufwändiger wird es für uns. Am Ende fürchte ich, dass nur menschlicher Unglaube oder die feste Überzeugung, die Krone der Schöpfung zu sein, uns vor der Entdeckung schützen wird.

Eine etwa zwanzigjährige Frau, mit roten Haaren, schlank, in altmodischer Altfrauenkleidung, als komme sie von einem Kostümfest, etwa 1,60 groß, verließ zu Fuß den Unfallort. Jetzt sah ich wieder so aus, wie Arthur mich in seiner Erinnerung sah. Es war die Zeit nach Mitternacht. Ich brauchte nicht mehr lange bis zur Stadtmitte.

Ich nahm mir dabei die Zeit, die Auslagen in den Geschäften anzusehen. Die Zeit nach dem Erwachen ist immer sehr aufregend für mich. Es gibt soviel zu sehen, ich muss lernen, diese Welt neu erfahren. Eine Menge von dem, was ich sah, verstand ich nicht. Ich würde Arthur fragen müssen. Was zum Beispiel ist ein Computer oder BTX? Aber ich genoss es. Ich war Herrin über meinen Körper, mein Hunger war gestillt. In dieser Nacht war ich voller Lebensfreude. Ein pulsierendes Gefühl von Freude und Leichtigkeit.

Endlich gab es einen Hinweis, den man verfolgen konnte. Etwas, das es möglich machte, die ganze Geschichte zeitlich einzuordnen. Angélique hatte keine Vorstellung davon, was BTX war, aber das ließ sich sicher mit Hilfe des Internets herausbekommen.

Ohne Verzögerung machte sie sich an die Recherche. Das Ergebnis jedoch beunruhigte sie mehr als das, was Angélique bisher gelesen hatte. BTX schien eine Datenübertragungstechnik gewesen zu sein, die es im 20. Jahrhundert gegeben hatte. Das war unmöglich, Helena sah aus wie dreißig. Das war natürlich nicht ihr wirkliches Alter, aber Anti-Aging-Programme machten vieles möglich. Wenn dieses BTX ein Hinweis auf die Richtigkeit der Darstellung war, bedeutete dies, dass Helena an die zweihundert Jahre alt sein musste. Angélique raufte sich vor Verwirrung die Haare. Sie würde noch verrückt werden.

Gegen Sonnenaufgang durchstreifte ich einen abgelegenen Park. Wegen der Kälte waren wenig Menschen unterwegs. Immer noch war diese Lebensfreude in mir. Ich sprach mit den Bäumen, schmiegte mich an sie, nur um die Lebenskraft mit ihnen zu teilen. Meine Schwestern, die jetzt schliefen so wie ich geschlafen hatte. So gab ich jedem Baum ein wenig von der Kraft in mir. Es war wunderschön. Ja, ein wunderschöner Morgen. Ich nahm mir die Zeit, ein altes Gebet meines Volkes an die Sonne zu sprechen, als ihre Strahlen sich durch Wolken und Nebel einen Weg gebahnt hatten. Die Sonne, die einzige in dieser Welt, die wie wir ermessen kann, was Ewigkeit ist.

Ich war schon auf dem Heimweg, als ich sie traf. Noch bevor ich sie sah, spürte ich ihre Energie. Sie kribbelte auf meiner Haut. Zog mein Rückgrat entlang. Dann sah ich sie auch, sie saß auf einer der Parkbänke. Eine junge Frau, die mich um gut dreißig Zentimeter überragen würde, wenn wir uns gegenüberständen. Vielleicht ist die Angewohnheit, die Größe eines Menschen einzuschätzen, ein Überbleibsel aus der Zeit, als wir Jäger waren. Automatisch schätze ich die Größe eines Menschen. Sie hatte ein rundes Gesicht, ein Doppelkinn, krause braune Haare und einen massigen Körper. Ich schätzte ihn auf mindestens hundertzwanzig Kilogramm. Das ist es, was ich meine. Wie unter Zwang schätze ich Größe und Gewicht. Sicherlich eine sehr nützliche Eigenschaft. Sich mit einem Gegner einzulassen, der zu stark für einen ist, das ist auch eines Jägers Tod. Obwohl ich heute nichts nennen könnte, das in der Lage wäre, mich zu töten.

Das Kribbeln verstärkte sich mit jedem Schritt, den ich auf sie zuging. Einen Augenblick war ich versucht, sie für einen von unserer Art zu halten. Je näher ich ihr kam, je mehr verstärkte sich in mir das Gefühl der

Verbundenheit. Ich ging weiter auf sie zu, angespannt und aufmerksam. Als sie mich kommen hörte, drehte sie den Kopf zu mir. Eine heiße Welle durchströmte meinen Körper, aus dem Kribbeln wurde ein unerträgliches Ziehen. Ich setzte mich neben sie. Sie ließ mich keinen Augenblick aus den Augen.

Als ich ihr so nah war, entdeckte ich meinen Irrtum. Sie war zweifellos ein Mensch. Sie lehnte sich zurück, schlug die Beine übereinander, zog sich eine Zigarette aus der Tasche. Während sie diese rauchte, schaute sie mich nicht an. Es machte ihr aber auch offensichtlich nicht das Geringste aus, dass ich so nahe bei ihr saß und sie ansah. Das Ziehen in meinem Körper verstärkte sich noch. Ich konnte sehen, wie Bänder aus Licht sich von ihr zu mir zogen. Verbindungen, die von ihr ausgingen. Aus Instinkt heraus errichtete ich eine Mauer um mich herum. So wie ich es dich einmal gelehrt habe. Du wähltest damals eine goldene Ritterrüstung, in der du dich gut geschützt fühltest.

Daran erinnerte sie sich. Monatelang hatten sie Alpträume geplagt, in denen sie vor unsichtbaren Ungeheuern davongelaufen war, jede Nacht hatte sie diesen Kampf ausfechten müssen. Bis zu dem Tag, an dem sie von Helena geträumt hatte und die ihr gesagt hatte, sie solle sich wehren.

Sie erinnerte sich sowieso außergewöhnlich gut, was Arbeitskollegen immer wieder überraschte. Tom war der Meinung, sie habe ein photographisches Gedächtnis.

Das war die erste Überraschung: Ein Mensch, der ohne meine Zustimmung versuchte, meine Lebenskraft zu trinken. Und sie schien es zu wissen. Es ist selten, dass ein Mensch in unser Lichtfeld eindringen kann, aber es ist möglich. Nur tun sie es nie willentlich. Überrascht, mit leicht offenem Mund schaute ich sie an. Ich machte sicher keinen souveränen Eindruck. Und sie erwiderte meinen Blick.

„Sieh an, eine Bluttrinkerin", sagte sie in einem Ton, in dem nicht die geringste Überraschung lag. Als sei es das normalste von der Welt, mir zu begegnen. Ich war fassungslos. Sie lachte. Wahrscheinlich konnte sie meine Gefühle nicht spüren. Angesichts meines Gesichtsausdruckes war es auch gar nicht nötig. Da saß neben mir ein Mensch, der mich als Bluttrinkerin bezeichnete (was eine Unverschämtheit darstellt, weil wir nur als Kinder das Blut anderer Lebewesen trinken, und ich schon seit Jahrtausenden kein Kind mehr bin), und das lag sicher nicht an meiner Kleidung. Woher wusste sie das? Das war einfach unmöglich. Schon seit Tausenden von Jahren lebten wir nicht mehr mit Menschen zusammen. Sogar wenn diese Frau mit einer von uns zusammen lebte, so wie Theodora es tut, wäre es ihr nicht möglich, mich als Bluttrinkerin zu erkennen. Das können wir nur untereinander. Ich wusste nicht, was das alles zu bedeuten hatte, aber ich würde sie töten. Jetzt grinste sie, als wenn sie meine Gedankengänge erraten würde.

„Ich haben schon lange keinen mehr von eurer Art getroffen. Du wirst also entschuldigen, dass ich dich als Kind bezeichnet habe. Jetzt sehe ich aber, dass du einer von den Alten bist.“ Sie hatte in der alten Sprache gesprochen

„Wenn du weißt, was ich bin, dann sollte dir klar sein, dass es einen Atemzug dauert, dich zu töten.“

„Das weiß ich. Aber die Kalimbi haben nie einen Wächter getötet. Ich verlasse mich darauf, dass du das auch nicht tust.“ Sie grinste mich so selbstsicher, fast spöttisch an; um meine Beherrschung war es geschehen. Mit einem Sprung war ich auf den Beinen, sie mochte größer und schwerer sein als ich, aber sie war nur ein Mensch, ein Nichts. Ich würde nur einen Atemzug brauchen. Meine Rechte legte sich um ihren Hals. Ich drückte ihre Kehle zu. Es geschah automatisch, ohne dass ich darüber nachdachte. Sie keuchte ein wenig. Blieb aber ganz ruhig sitzen. Sie machte keine Bewegung der Gegenwehr. Wie verwirrt ich selbst war, zeigte sich daran, dass ich keine Sekunde daran dachte, in ihr Bewusstsein zu gehen. Dort hätte ich Antworten auf die Fragen gefunden, die ich stellte. Ich saß rittlings auf ihr. Bereit, das Leben aus ihr zu trinken. Und diese Frau blieb ruhig sitzen. In mir sagte eine Stimme: ‚Töte sie, sie ist eine Gefahr!'

„Ist es wahr, dass Bate dich als Blutsschwester auswählte als du selbst noch ein Kind warst?"

Ich konnte nicht anders als sie loslassen. „Wer bist du? Woher weißt du von Bate?"

„Ich bin Mary und ich bin eine CAL. Und ich kenne die Rituale."

Ich glaubte ihr kein Wort.

„Scheinbar brauchst du Zeit, über alles nachzudenken. Ich werde mich wieder bei dir melden."

„Dann bist du tot."

Als Antwort zuckt sie die Schultern. Sie ging weg, ohne sich auch nur noch einmal umzudrehen.

Mein Gott, Bate hatte mich wirklich bereits als Blutsschwester ausgewählt, als ich selbst noch ein Kind war. Was sehr ungewöhnlich ist. Theodora ist ihr oft sehr ähnlich. Sie war etwas spitzbübig. Und niemand sagte ihr, was sie tun oder lassen sollte.

Ich erinnere mich, einmal, als sie sich geschnitten hatte, stellte sie sich vor mich hin mit zur Seite geneigtem Kopf, den Mund spöttisch verzogen. Die Wunde blutete sehr stark und das Blut tropfte schon von ihren Fingern. So stand sie vor mir und sagte: „Worauf wartest du? Soll ich das selbst ablecken?" Sie wusste genau, dass mich das halbverrückt machte.

Ich war jung, es war schwer für mich, dem Drang nach Blut zu widerstehen. Glaub mir, die Menschen, die mit uns zusammen lebten, kannten unsere Schwächen. Wie Bate so vor mir stand, genau wissend was sie tat, konnte ich mich nicht länger beherrschen. Der Geruch des Blutes begann den ganzen Raum zu füllen. Ich griff ihr Handgelenk und zog sie mit soviel Schwung zu mir, dass wir beide das Gleichgewicht verloren, und sie auf mir zu liegen kam. Sie hatte Augen, die einem die Seele aus dem Leib ziehen konnten. Was bei einem von unserer Art nicht ganz so einfach ist. In diesem kurzen Augenblick, den sie mich ansah, gelang es ihr. Sie wickelte mich mit den gleichen Tricks um den Finger, die sie bei den Männchen der Menschen anwendete. Ich fühlte mich wie gelähmt. Mein ganzer Schwung war mir abhanden gekommen. Ich lag starr da. Bates Mund war leicht geöffnet und sie sah mich an, als wollte sie mich küssen. Aber einen Kalimbi küsst man nicht. Statt dessen legte sie ihre blutende Hand auf meinen Mund. Das Blut tropfte in meinen Mund. Ich begann an der Wunde zu saugen.

Wie soll ich dir, die sich vor Blutwurst so ekelt, dass ihr Lebensmantel giftgrün wird, verständlich machen, was es in einem auslöst, Blut zutrinken. Es ist kein rauschhafter Zustand. Es ist, wie von deiner Lieblingsspeise zu kosten. Du weißt, du musst mehr davon haben, weil der Geschmack eine Kaskade von Erinnerungen und angenehmen Gefühlen erzeugt. Gleichzeitig gibt dir diese Nahrung das sichere Gefühl, das du nicht sterben wirst. Es ist wie Fasten brechen. Erst nachdem du lange auf Nahrung verzichtet hast, kannst du wirklich genießen, was deinen Mund füllt. So ähnlich war es für mich, Bates Blut in meinem Mund zu schmecken. Ich glaube, ich hatte diesen satten, zufriedenen Ausdruck in den Augen, den man bei Menschenkindern findet, wenn sie gestillt werden.

(Du hast mir versprochen, dass du diese Seiten vernichtest, wenn du sie gelesen hast, Angélique.)

Als die Blutgerinnung einsetzte, biss ich Bate in die Hand. Ich merkte es erst, als sie schmerzlich das Gesicht verzog. Mein Gift, das die Blutgerinnung stoppte, brannte in der Wunde. Es war, als habe man mir einen Eimer Wasser über den Kopf geschüttet. Augenblicklich stieß ich Bate von mir. „Das wollte ich nicht. Es war ein Versehen. - Wir werden jede Menge Ärger bekommen!“

Bate lachte nur. „So etwas Todeswürdiges haben wir nun auch nicht getan.“ Sie schaute auf ihre Hand: „Aber ich sollte zu den Heilern gehen, bevor ich verblutet bin."

„Aber nicht zu meiner Mutter!" war das einzige, was ich sagen konnte.

Wir hatten nichts wirklich Schlimmes getan. Da hatte Bate schon Recht. Es war etwas Unanständiges. Etwas Unangenehmes. Es gab strenge Regeln, die genau festlegten, wann und wer unter welchen Bedingungen menschliches Blut trinken durfte und wer der Spender war. Und wir hatten diese Regeln gebrochen. Und das war nicht alles, durch mich war Bate Schaden zugefügt worden. Nur die erwachsenen Kalimbi, die Lichttrinker, konnten das Gift in ihr neutralisieren, weswegen wir jetzt auf dem Weg dorthin waren. Es war, als wärest du von deiner Mutter beim Sex überrascht worden. Es war einfach peinlich, mir jedenfalls. Bate schien ihre Freude daran zu haben. Ich sagte ja schon, sie war unmöglich.

Als wir ins Haus der Heiler kamen, wurde gerade eines der Menschenkinder behandelt. Einer der Heiler legte ohne eine Bemerkung - auf die ich mich schon eingestellt hatte - Bate einen Umschlag aus verschiedenen blutstillenden Pflanzen auf. Sozusagen eine erste Hilfe, bis einer von uns sie weiter behandeln konnte. Es war Kartes, die den Dienst als Heiler versah. Der Junge, den sie behandelte, war schwer gestürzt. Sein Schienbeinknochen ragte aus seinem Bein heraus. Es ist überflüssig zu erwähnen, dass der ganze Raum von Blutgeruch geschwängert war. Aber mir war mein Abenteuer mit Bate ganz schön auf den Magen geschlagen. So hatte ich keine Probleme, diesem Wohlgeruch von Blut zu widerstehen. Genau wie die Menschen konnte ich nicht sehen, was Kartes tat, um den Jungen zu heilen. Genau wie die Menschen bemerkte ich nur, dass der Junge aufhörte zu weinen und zu schreien. Bis dahin hatten zwei Männer ihn festhalten müssen. Aber jetzt lag er ganz ruhig auf dem Boden. Er lächelte.

Kartes sagte zu ihm: „Genau wie du hat sich dein Bein bei deinem Sturz erschrocken. Jetzt werden wir deinem Kochen sagen, wo er wirklich hingehört und wie er richtig wächst. Es wird nicht mehr wehtun."

Die Männer, die den Jungen bisher festgehalten hatten, traten zur Seite. Die Heilerin brachte den Schienbeinknochen in seine alte Stellung zurück. Der Junge schien zu schlafen. Dann legte sie die Hände auf die Wunde, die dann langsam begann, sich zu schließen. Die Familie des Jungen war unterdessen zum Haus der Heiler gekommen und begleiteten die Heilung singend. Das Singen synchronisiert die Lebensenergie der Gruppe. So ist es für Kalimbi leichter, genügend Lebensenergie von mehreren Menschen gleichzeitig zu trinken, ohne den einzelnen zu schädigen. Es ist ein Kreislauf von Geben und Nehmen. Die Kalimbi gaben Lebensenergie um zu heilen, und die Menschen gaben ihnen Lebensenergie, um ihren Hunger zu stillen. Im Großen und Ganzen blieb die Bilanz zwischen Geben und Nehmen ausgeglichen.

Als das Bein des Jungen geheilt war, kam Kartes zu uns. Sie sah mich nur an. „Ich will nicht wissen, wie das passiert ist. Und ich will auch nichts darüber hören, wer hier nicht aufgepasst hat. Was auch immer zu dieser“, sie zögerte einen Augenblick, „Verletzung geführt hat, du solltest in Zukunft darauf verzichten. Das Gift schadet dir und dem Kind.“

Ich schwöre dir, wenn ich Blut in mir hätte, das mir aus dem Gesicht weichen könnte, ich wäre blass geworden wie eine weiß getünchte Wand. Bate wurde blass wie eine weiß getünchte Wand.

„Das kann nicht sein!“

Kartes, die ihren Mund auf die Wunde gelegt hatte, unterbrach, was immer sie da tat. „Ach nein? Ich kann dir drei Männer nennen, die anderer Meinung wären. Und die Kalimbi sehen es schon seit Tagen.“

Mehr sagte sie nicht, sie legte ihren Mund wieder auf den Schnitt. Wir wussten beide, dass sie Recht hatte. Die, die das Licht sehen, bemerken so eine Veränderung sofort. Heute, wo ich selbst erwachsen bin, weiß ich das natürlich. Ich vermag es ja selbst zu sehen. Und ich weiß, dass du es auch kannst. Du sprichst noch nicht einmal mit uns darüber, aber genau wie ich kannst du diese Veränderungen sehen. Es macht dich zu einer besseren Heilerin. Auch damals hat es mich natürlich nicht überrascht. Ich konnte es mir nur nicht vorstellen. Bate selbst war von alldem ganz unbeeindruckt.

„Weil Männer das nicht wissen können, gehört das Kind zum Haus der Mutter. Wer die Mutter ist, das ist ja nun für jeden sichtbar“ sagte Kartes. Einer der Menschen lachte.

Als Bates Wunde geschlossen war, kam ich an die Reihe.

„Wir beide werden uns jetzt mal unterhalten!“

In diesem Augenblick hätte ich meine hunderttausend Jahre Leben gegeben, um den Raum verlassen zu können. Natürlich würde mir die ganze Schuld gegeben werden. Ich musste kein Hellseher sein, um das zu wissen. Von mir wurde verlangt, dass ich mich beherrschte.

„Ich weiß, es hätte nicht passieren dürfen, aber Bate hat mich provoziert.“ Mit jedem Wort, das ich sagte, machte ich es schlimmer. Ich war im Nachteil, im Gegensatz zu Kartes konnte ich ihren Lichtmantel nicht sehen. Aber schon Kartes Gesicht sprach Bände.

„Ganz richtig, das hätte nicht passieren dürfen. Aber hast du überhaupt eine Ahnung, die Spur einer Vermutung, warum das nicht geschehen durfte?“

„Weil es verboten ist, das Blut des gleichen Hauses zu trinken?“

„Nein, das ist nicht der Grund, Isasa-SE.“ Kartes sprach mich mit meinem ganzen Namen an. Ich stand kurz vor der Verbannung, oder sonst einer Strafe, wobei das Konzept der Strafe nicht zur Kultur der Kalimbi gehört. Wir haben es von den Menschen übernommen. Da ein Mensch der Gemeinschaft zu Schaden gekommen war, konnte es gut sein, dass die Menschen eine Strafe forderten.

Bei dem ganzen Unsinn, den Menschen schon über uns geschrieben haben, sind sie bei einer Sache der gleichen Meinung wie Kartes: Es sind immer die Bluttrinker, die den Menschen verführen.

„Kannst du eigentlich nicht weiter als bis zu deinen eigenen Fangzähnen denken? Was glaubst du, was die Menschen sagen werden, wenn Bate oder das Kind, das sie trägt, sterben? An Kalimbigift?

Sie werden nicht sagen: Oh, die beiden Kinder haben gespielt. Die Menschen werden das als weiteren Beweis nehmen, dass wir gefährlich für sie sind. Bete, das Bates Kind nicht stirbt!"

„Dann bekommt sie ein anderes, die Menschen sind anders als wir. Sie verlieren ein Kind. Dann trauern sie etwas und bekommen ein neues. Und das Alte ist vergessen."

Das war meine Erfahrung. Aus meiner Sicht trauerten die Menschen nur einen Augenblick um ihre Kinder. Und im Gegensatz zu den Kalimbi vermehrten sie sich rasend. Es war mir unverständlich, wie sie zu einer solchen Menge von Nachkommen eine emotionale Verbindung aufbauen konnten. Ich war so dumm, weil ich als Kind das Lichtkleid der Menschen nicht sehen konnte. Das schien auch Kartes klar zu werden. Jedenfalls hörte sie auf, mir die Schuld zu geben.

„Du wirst es verstehen, wenn du erwachsen bist. Egal, wie sehr du von einem Menschen gereizt wirst, du hast die Kontrolle verloren und das darf auf keinen Fall noch einmal passieren."

„Was soll schon passieren? Sogar wenn sie uns vertreiben, töten können sie uns nicht."

„Dich schon, und das sollte dir Grund genug sein, die Menschen nicht zu verunsichern. Und sie sind nach jedem Erwachen weniger bereit, mit uns zusammenzuleben. Du musst lernen, weiter zu denken. Wir leben nicht mit ihnen zusammen, weil wir sie brauchen. Wir leben mit ihnen zusammen, um sie kennen zu lernen, um zu werden wie sie. Du bist noch sehr jung. Ich habe Menschen schon gejagt, als sie noch mit Steinen nach ihren Feinden warfen und froh waren, wenn sie die Nacht überstanden, ohne von Raubtieren gefressen zu werden. Und schau es dir jetzt an. Menschen sind gefährlich, und sie werden früher oder später diesen Planeten dominieren. Sogar wenn wir Hunderttausende von ihnen töten, werden sie uns wegen ihrer Intelligenz und ihrer Masse erdrücken. Nicht heute und nicht morgen. Aber in fünfzigtausend Jahren schon. Das ist es, was wir Alten fürchten."

Noch niemals hatte einer der Alten so offen mit mir gesprochen. Und wie du siehst, Angélique, haben die Alten mit allem Recht behalten. Die Menschen dominieren die Erde.

Kartes hatte natürlich Recht mit dem, was sie sagte. Aber was den Vorfall mit Bate angeht, das kannst du mir glauben, so einfach war es nicht. Bate wusste genau, wie man einem Bluttrinker den Kopf verdreht. Und es machte ihr Spaß. Das weiß ich heute, aber wenn man erst 2500 Jahre alt ist ... Damals war ich jung. Und mit modernen Worten gesprochen: Ich fand die Regeln, nach denen wir lebten, spießig und reaktionär. - Genug davon: Die Zeit der Koexistenz ist vorbei.

Alles das war so lange her, dass Menschen nicht in der Lage sind, die geringste Spur davon zu finden. In diesem Park, in dieser unbedeutenden Stadt taucht jedoch ein Mensch auf, der sich an diese Dinge erinnerte. Das Gefährliche war, dass ich nicht die geringste Vorstellung davon hatte, was dahinter steckte. Nur musste die Antwort auf diese Frage warten. Vorrang hatte es, in dieser Zeit anzukommen. Ich machte mich auf den Heimweg. Es ist selten, aber es kommt vor, dass ein Mensch mich überraschen kann. Das Zusammentreffen mit Mary hatte sicherlich den Boden dafür bereitet. Ich war nicht so konzentriert wie unter normalen Umständen. Die Überraschung hatte die Gestalt eines ziemlich betrunkenen Mannes. Es macht mir Mühe, dir nicht zu sagen, wie schwer oder groß er war. Aber ich will dich damit verschonen Er kam unsicheren Schrittes auf mich zu und sagte etwas Unverständliches. Man brauchte keine übersinnliche Wahrnehmung um zu erkennen, dass er wesentlich mehr getrunken hatte, als er vertrug. Ich merkte, wie ich ungeduldig wurde. Von Betrunkenen war ich in allen Zeiten sehr schnell, wie würdest du sagen, genervt, weswegen ich mir nicht die Mühe machte, seinem Gebrabbel irgendeinen Sinn abzugewinnen. Leider ließ er mich nicht an sich vorbei. Er hielt mich am Arm fest und während er mich an die Wand drückte, sagte er etwas von Wegezoll. Weil er so stank, drehte ich den Kopf zur Seite. Er lachte und versuchte mich zu küssen. Warum sollte ich ihn daran hindern? Wer sagte noch einmal, des Menschen Wille ist sein Himmelreich? Es ging so schnell. Ich ließ seinen Leichnam vorsichtig auf den Boden gleiten. Der Urin, den er während des Sterbens aus der Blase verlor, hatte meine Schuhe durchnässt.

Mein Gott, was für ein Tag!

Das erste, was ich tat, als ich nach Hause kam, war, die Katze zu beerdigen. Ich bettete sie in die Richtung der Wiedergeburt. Entschuldigte mich bei ihr, dass ich keine Geschenke für sie hatte, die ihr die Reise in das neue Leben angenehm machen würden, und dankte ihr noch einmal, dass sie mir ihr Lebenslicht gegeben hatte. Die alten Rituale für die Wesen, die uns ihr Leben gaben, taten mir gut. Es ist keine Frage des Glaubens. Führe ein Ritual aus, und es heilt deine Seele. Egal, ob du daran glaubst oder nicht. Die Leichname der beiden Männer konnte ich nicht unserer Traditionen gemäß bestatten, aber auch den beiden dankte ich, dass sie mir ihr Leben gegeben hatten.

Das Haus war in diesem Zustand nicht mehr bewohnbar. Das wurde mir klar, als ich mich in dem lichtlosen Bad mit kaltem Wasser vom Urin und Alkoholgeruch des Mannes reinigte. Dabei wurde mir mal wieder deutlich, wie sehr ich menschliche Gewohnheiten imitierte. Obwohl ich Kälte und Wärme nicht spürte, badete ich warm, wobei mir ein Thermometer half, eine „menschliche“ Temperatur zu finden. Ich kann mich ohne Probleme in der Dunkelheit orientieren, mache aber das Licht an, wenn ich einen Raum betrete. Ja, ich bin wirklich sehr menschlich geworden. Die Zeit der Koexistenz hat viel dazu beigetragen, glaube ich. Für ihre Weitsicht danke ich noch heute den Alten. Heute bin ich schon selbst eine.

Ein gut ausgebildeter Wächter würde mich in seinem Geist bemerken. Aber wenn ich Revue passieren ließ, was ich bis jetzt von Arthur wusste, nein, ich war zu optimistisch. Arthur würde mich nicht wahrnehmen.

Ich machte es mir nicht leicht. Bevor ich die Entscheidung über den nächsten Schritt traf, wog ich das Für und Wider gegeneinander ab. Bei so schweren Entscheidungen mache ich lange Spaziergänge. Genau wie du. Es ist nicht leicht, achtzig Jahre zu schlafen, oder gar fünfhundert. Das Ergebnis ist immer das Gleiche: Die Welt hat sich verändert. Und unser Überleben hängt davon ab, dass wir uns schnell anpassen. Erkenntnis, Erfahrungen, kurz, ein umfassendes Wissen über das Zeitalter, in dem man erwacht, ist nur dann schnell zu bekommen, wenn wir es uns aus den Gehirnen von Menschen nehmen. Unter normalen Umständen diente auch dazu der Kontakt mit dem Wächter. Er war darauf vorbereitet, eine zweite Person in seinem Kopf zu beherbergen. Denn vereinfacht gesagt war es das, was passierte. Aber bei Arthur? Alles, was ich bisher gesehen hatte, wies darauf hin, dass er diese Herausforderung nicht bewältigen konnte.

Ich ging wirklich lange spazieren. Ich machte mir nichts vor, ich spielte mit dem Leben des Wächters. Tat ich es nicht, spielte ich mit meinem Leben. In keinem Fall wollte ich in einem der menschlichen Krankenhäuser landen, oder in einem dieser Gefängnisse, was mich über kurz oder lang in ein menschliches Labor führen würde. Alles das waren keine erfreulichen Perspektiven. Schon gar nicht für jemanden mit unserer Lebenserwartung. Soweit unsere Rasse überhaupt fähig ist, Angst zu fühlen: Die Vorstellung, Forschungsobjekt für einen Dr. Frankenstein zu sein, machte mir Angst. Der andere Weg, den ich beschreiten konnte, war das töten. Mit jedem Menschen, den wir töten, fließt etwas von seiner Erfahrung in uns hinein. Es ist nicht systematisch, was bedeutet, dass ich unter Umständen viele töten musste. Das kam überhaupt nicht in Frage. Das Risiko dieses Weges war nicht einschätzbar, nicht in dieser Zeit. Als die Pest in Europa wütete, habe ich durch das Töten gelernt. Ein Toter mehr oder weniger kümmerte zu der Zeit niemanden. Ich blieb bei meinen Überlegungen: Das Risiko dieses Weges war zu groß Es war größer als das Wagnis, in Arthurs Bewusstsein einzudringen.

In der kommenden Nacht begann ich, in Arthurs Kopf vorzudringen. Ich musste nicht besonders vorsichtig sein. Arthur schlief und würde wieder von mir träumen. Wenn er erwachte, konnte er meine Anwesenheit wahrnehmen. Das Entscheidende war, wie er es deuten würde - wie er damit umging. So gut es ging, würde ich meine Anwesenheit verstecken. Das ganze ist auch für mich nicht spielerisch leicht, es erfordert meine ganze Aufmerksamkeit und eine Menge Energie. Vor allem dann, wenn der Wächter nicht kooperiert. Ich versuchte, die Bedingungen so ideal wie möglich zu gestalten. Die besten Umstände für mein Vorhaben bot der steinerne Raum. Ich habe ihn selbst angelegt. Es ist mein Rückzugsraum. Niemand, nicht einmal der Wächter, wusste, wo er sich befand. Mit meinen eigenen Händen habe ich ihn gebaut. Ich habe das Arbeiten mit Steinen immer geliebt. Ich liebe alles, das Ewigkeiten überdauern kann. Es tröstet mich etwas zu berühren, das schon so lange auf der Welt existiert wie ich. Etwas, das ermessen kann, was es bedeutet, Tausende von Jahre alt zu sein. Es hilft gegen die Trauer, die der ständige Wandel mit sich bringt. Der andauernde Verlust von Orten und Menschen. Es hilft, die Last des ständigen Neubeginns, zu dem uns das Leben unter Menschen zwingt, zu ertragen. Es gibt dir Antwort auf die Frage: Wer bin ich? Wo sind meine Wurzeln? Menschliche Fragen sicherlich. Für uns aber von überlebenswichtiger Bedeutung.

Ich bin nicht Helena, die Form meines Körpers ist die eines Menschen namens Helena. Ich bin nicht Robert, es war eine Form meiner Existenz. Aber ich war es nicht. Alle diese Leben, die ich geführt habe, sind nicht meine Existenz. Es sind Mäntel, in die ich geschlüpft bin und die ich mit mir ausgefüllt habe, so dass sie heute meinen Geruch tragen. Aber ich bin keine von denen. Manchmal sind sie eine Last und ich sehne mich nach der Zeit, als alle, die mich kannten, mich mit meinem Namen ansprachen. Egal welches Erscheinungsbild ich hatte. Ich weiß, wer ich bin. Ich bin I'-SE. Sich selbst zu behalten in den

Äonen, das ist die Herausforderung unseres Lebens. Dabei helfen die Dinge, die so alt sind wie ich. Oder noch älter.

Ich machte mich also auf den Weg in die verborgene Kammer. Noch jetzt tun mir alle Knochen weh, wenn ich an die Mühen denke, die ich bei ihrem Bau auf mich nehmen musste. Ich sollte mich an dem Ergebnis freuen, das den Schweiß, den es gekostet hat, süß macht wie Honig. Die Kammer besteht aus Granitplatten und Quadern, die ich selber fugenlos an Wänden, Decke und Fußboden angebracht habe. Selbst für mich, die ich diese Kunst noch in der Zeit der Koexistenz gelernt habe und die ohne Licht genauso gut arbeitet wie im hellen Sonnenlicht, eine Meisterleistung, für die ich nie das gebührende Lob erhalten werde. Nun ja! Der Raum selbst ist schon Lob genug. Eigentlich ist es nicht der Raum, sondern seine Eigenschaften, die ihn für mich so wichtig machen. Seine Lage und seine Bauart sorgen dafür, dass in ihm absolute Ruhe herrscht. Damit meine ich nicht nur, dass er von akustischem Lärm isoliert ist. Das ist er auch, es spielt in diesem Zusammenhang aber keine Rolle. Wichtig für mich ist, dass ich nicht mehr ständig der Lebensenergie von Menschen, Tieren und Pflanzen ausgesetzt bin. Etwas, das mich außerhalb dieser Kammer immer umgibt, so wie das ferne Rauschen des Meeres. Etwas, das mich dazu zwingt, einen permanenten Schutzschild aufrecht zu erhalten, sonst würde mich die Menge und die unterschiedliche Qualität der Energie umbringen - geistig töten. Ohne diesen Schutz würde ich verrückt werden. Es ist mit menschlicher Art der Wahrnehmung vergleichbar. Würde wirklich alles in die menschliche bewusste Wahrnehmung gelangen, das als Impuls in ihrem Gehirn ankommt, wären sie von einem Augenblick auf den anderen handlungsunfähig. Und dann genauso schnell tot, nehme ich an. Um meinen Schutzschirm weiter als gewöhnlich senken zu können, gehe ich in den stillen Raum. Dorthin begab ich mich also, um das gefährliche Unterfangen zu beginnen, in Arthurs Geist einzudringen. Es ist eigentlich nicht notwendig, für so ein Unternehmen in den geschützten Raum zu gehen. Nimm es als Indiz dafür, wie unwohl mir dabei war. Ich wollte möglichst optimale Bedingungen.

Ich kann mir vorstellen, Angélique, dass es für dich nicht einfach ist, immer wieder die Perspektive zu verändern. Es ist aber etwas, das du unbedingt lernen musst. Zu deiner Orientierung: Wir wechseln die Perspektive und sind in Arthurs Geist.

Arthur fühlte sich wundervoll. Er schlief in der Zeit seit Helenas Rückkehr besser als in den letzten zwanzig Jahren. Das ständige Gefühl der Erschöpfung hatte ihn verlassen. Morgens im Bad sang er, was Silvia, seine Frau, schon zu spöttischen Bemerkungen veranlasst hatte. Diese pure Lebensfreude, die er empfand, schien ihn zerreißen zu wollen. Er musste zu ihr, jede Faser seines Seins sehnte sich nach Helena. Durch sie würde er wieder jung. Sein Urgroßvater war nie krank. Mit achtundneunzig war er noch als Juwelier tätig, und er hatte geraucht wie ein Schlot. Er erinnerte sich an den Geruch seiner Pfeife. Helena hatte stundenlang mit seinem Urgroßvater im Herrenzimmer gesessen. Beide hatten nur wenige Worte gesprochen. Als Kind hatte er seinen Urgroßvater einmal danach gefragt. Die Antwort hatte er nicht verstanden. „Tante Helena und ich, wir kennen uns so lange, wir brauchen keine Worte mehr. Wir unterhalten uns in unserem Geist miteinander.“

Er hatte gerne auf Helenas Schoß gesessen. Wenn sie ihn festhielt, ging ein warmes Fließen von ihr aus, in das er sich förmlich vergraben hatte. Bilder von Höhlen hatte er gesehen. Warme, sichere Orte. Diese Orte vermisste er so sehr. Helenas Hände sind warm und weich gewesen. Und manchmal hatte sie ihm einen Kuss auf den Scheitel gegeben. Sogar als er älter wurde, ist ihm das nie unangenehm gewesen. Bei jedem dieser Küsse hatte er sich frei und grenzenlos gefühlt. Sein Urgroßvater hatte ein freies Leben geführt. Er, Arthur, dagegen war in Mittelmäßigkeit versunken. Er war nicht mehr als ein kleiner Spießer. Seine

Ehe war unerträglich konventionell. Die Themen, über die er mit Silvia sprach, waren ohne Bedeutung, ihre Ehe war in Alltäglichem erstarrt. Sein Urgroßvater hatte geraucht, ohne sich weiter Gedanken darüber zu machen. Silvia hatte nicht eher Ruhe gegeben, bis er das Rauchen aufgegeben hatte, wegen seiner Gesundheit. Er aß fettarm wegen seines Cholesterinspiegels. Er rauchte nicht wegen seines Herzens.

Er hörte Silvias Worte: „Gesunde Ernährung, ausreichend Bewegung, einen ausgeglichenen Lebensstil und du wirst über hundert so wie dein Urgroßvater Erik." Was hätte er ihr entgegnen sollen? „Erik war der Wächter, das war der Grund für seine gute Gesundheit?" Nein, das konnte er auf keinen Fall sagen. Das glaubte ihm keiner, bis heute hatte er es ja selbst nicht geglaubt. Auch er war ein Wächter. Seine Verpflichtung zum Schweigen hatte ihn zu diesem mittelmäßigen Leben gezwungen. Nun, dieses Leben war jetzt zu Ende. Sein Leben als Wächter hatte begonnen.

Er spürte die Kraft, die in ihm war. Jede seiner Muskeln. Seine Augen schienen ihm weit aufgerissen. Er dachte schneller, als er es je vorher getan hatte. Das Blut pulsierte in seinen Adern. Er brauchte Bewegung, er musste raus, laufen, rennen. Im Schrank des Ankleidezimmers fand er den Jogginganzug, den Silvia ihm zu irgendeinem Geburtstag geschenkt hat. Er zog ihn an und betrachtete sich im Spiegel, was seinem Überschwang einen leichten Dämpfer versetzte.

Silvia wartete mit dem Frühstück auf ihn, als sie ihn in dieser ungewohnten Bekleidung sah.

„Was ist denn in dich gefahren?"

„Was soll in mich gefahren sein? Du willst doch immer, dass ich gesünder leben. Also tue ich es."

Sie hob beide Hände, als wolle sie ihn besänftigen. „Schon gut, Arthur."

So stand er in der Küche. In Sportanzug und Hausschuhen. Ein wirklich groteskes Bild. Er räusperte sich, was mehr wie ein Knurren klang.

„Wo sind diese Turnschuhe?"

Silvia drehte sich nicht um. „Na, wo werden sie sein? Im Schuhschrank, wo sie hin gehören“, entgegnete sie ihm kühl und ohne ihn anzuschauen. Ohne ein weiteres Wort verließ er das Haus.

Draußen empfing ihn die kühle Luft eines strahlenden Wintertages. Arthur sehnte sich nach diesem freien, unendlichen Himmel. Die kalte Dezemberluft brannte in seinen Lungen. Die Stärke, die er fühlte, schien ihn zerreißen zu wollen. Arthur begann in Richtung Park zu laufen. Das würde seine Strecke werden. Er sah Helena vor sich. Sie nahm ihn in den Arm. Er presste sie an sie. Sie küsste seinen Hals. Er bekam keine Luft. Überrascht wurde er etwas langsamer, lief aber weiter. Dann war Helena wieder bei ihm. Sie lagen auf seinem Bett. Helena an Silvias Stelle. Er schob seine Hände unter ihre Kleidung. Zog sie auf sich. Helena küsste wieder seinen Hals. Er keuchte.

Ich ermahnte mich selbst, die Position der Beobachterin nicht aufzugeben. Tat ich es, würde ich selbst bald im Strudel seiner Gefühle sein. Und er in den meinen.

Er spürte ihr Saugen an seinem Hals. Er taumelte, stieß mit dem Bein gegen eine Parkbank, stürzte, fand das Gleichgewicht wieder. Arthur musste sich setzen. Schwarze Flecken tanzten vor seinen Augen. Ein Hustenanfall schüttelte ihn. Er rang nach Luft. Sein Herz raste. Pfeifend atmete er ein. Arthur schloss die Augen. Er konnte diesen kleinen verkrampften Ball sehen, der sich in seiner Brust bewegte. - Noch bewegte er sich. Nein, er würde nicht sterben. Wenn er starb, würde Helena da sein. Sie hatte es ihm versprochen, hier alleine auf dieser Bank würde er nicht sterben. Das Stechen in seiner Brust ließ nach. Die schwarzen Flecken waren verschwunden. Langsam machte er sich auf den Rückweg.

Ich fand, seine sexuellen Phantasien hatten etwas Altbackenes.

Silvia hatte nicht mit dem Frühstück gewartet. Sie hatte bereits begonnen den Tisch abzuräumen. Nur sein Gedeck stand noch auf dem Tisch.

„Du siehst ja furchtbar aus. Komm setzt dich und trink erst mal eine

Tasse Kaffee." Sie schenkte ihm ein. „Du kannst doch nicht einfach so losrennen. Du bist manchmal so unvernünftig."

„Wie es scheint, kann ich dir nichts recht machen", wehrte er sich gegen ihre Vorwürfe und nahm seinen Ärger nicht wahr. Sie antwortete nicht. Das war das Schlimmste. Wenn sie einfach jede Auseinandersetzung mit ihm in ihrem Schweigen erstickte. Um diesem Schweigen auszuweichen, griff er nach der Zeitung. Silvia räumte in der Küche auf.

„Ist das nicht schrecklich? In der Laurenziuspassage haben sie die Leiche eines Obdachlosen gefunden. Bist du nicht der Meinung, dass die Stadt etwas dagegen unternehmen muss, dass Menschen auf der Straße erfrieren? - Ich meine, es ist draußen noch gar nicht so kalt. Wo soll das enden, wenn wir erst richtigen Winter haben? Letztes Jahr sind in der Stadt fünf Obdachlose erfroren. Aber niemand kümmert sich darum. Was sagst du dazu?"

Er gab nicht mehr als ein brummendes Geräusch von sich. Ein Obdachloser, der erfroren war bei Temperaturen um die Null Grad? Er wusste, was geschehen war.

„Wenn ich das schon höre", sagte Silvia. „Es gibt genügend Notunterkünfte, eine Ausdehnung des Angebotes erscheint der Stadtverwaltung nicht notwendig. Der Tod des Mannes sei wohl eher auf sein hohes Alter zurück zu führen, schreiben sie. Als wenn das etwas an der Misere ändern würde. Und als wenn das noch nicht des Unglücks genug wäre, ist auch noch ein Mann mit seinem Wagen von der Straße abgekommen. Ohne erkennbare Ursache, schreiben sie."

Arthur hörte ihr nicht mehr zu. Arthur wusste, dass Helena getötet hatte. Er musste zu ihr.

Ganz tief in seinem Inneren entstanden Bilder voller Blut und Gewalt.

Dann fuhr er ins Büro. Bei der Gelegenheit lernte ich Autofahren. Ich erwähne es nur, damit du dir vorstellen kannst, was ich mit dieser Art des Lernens meine. Es dauerte ein paar Tage, bis er zu mir kam. Seinen Geist hatte ich zu diesem Zeitpunkt bereits verlassen. Er kam wieder durch den Keller, es war immer noch der einzige Zugang zum Haus. Er schien auf den ersten Blick in einer etwas besseren Verfassung zu sein als zum Zeitpunkt des Erwachens. Es kann aber auch daran gelegen haben, dass ich in einem besseren Zustand war.

„Entschuldige, dass ich jetzt erst komme. Ich hatte so viel zu tun. Du glaubst gar nicht, was ich im Büro alles um die Ohren habe. Davon macht sich niemand eine Vorstellung. Es ist so schwer, gutes Personal zu finden, so dass vieles an mir hängen bleibt."

Es war absurd: Dieser Mann saß in meinem Wohnzimmer, dessen Fenster nach wie vor zugemauert waren. Die alten Glühbirnen spendeten nur wenig Licht, so dass für ihn alles in einem Halbdunkel erscheinen musste, und er beschwerte sich über seine Arbeit. Wobei er nicht vergaß darauf hinzuweisen, dass es ihm so schlecht geht, weil er so unersetzlich ist. Ich fragte mich wirklich, was er für ein Bild von mir hatte. Teile dieses Bildes hatte ich gesehen. Was ich jetzt erlebte, war allerdings neu für mich.

„Hier ist es kalt. Findest du nicht?"

Aus reiner Gewohnheit nahm ich ihm das Kältegefühl.

„Ich weiß es nicht, Arthur."

Er sah mich wirklich erstaunt an. „Es ist eiskalt hier drin, dass du das nicht merkst." Ein dünner Pfeil Aggressivität schoss auf mich zu. Als ich es aufsaugte, entstand ein leichtes Kribbeln in mir. Wie sollte ich jemandem erklären, der nicht in der Lage war, die Veränderungen in meinem Körperfeld wahrzunehmen, was hier in diesem Augenblick zwischen uns geschah?

„Meine Spezies fühlt keine Wärme und Kälte. Das solltest du wissen."

„Natürlich nicht. Wie könntest du auch." Er machte ein Gesicht, als sei es ihm gerade wieder eingefallen. Aber er hatte keine Ahnung. Dunkle Flecken der Scham durchzogen seine Aura. Vorsichtig zog ich auch diese an mich. Als Antwort lächelte er. Wir saßen in diesem für seine Augen kaum erleuchteten Zimmer, ich und ein Kind, das nicht einmal die einfachsten Grundlagen meiner Existenz kannte.

„Dein Vater, was hat er dir von mir erzählt?"

Die Verlegenheit und Angst, die als Antwort auf mich zuschossen, wärmte einen Augenblick meinen Körper.

„Er hat gesagt, dass du ein Vampir bist. Und dass meine Familie schon seit langem deine finanziellen und rechtlichen Interessen vertritt".

Vampir, wie ich dieses Wort hasste. Nichts an dem, was Menschen Vampiren zuschreiben, trifft auf uns zu. Ich liebe die Sonne. Spiegel, so finde ich, sind ein unentbehrliches Hilfsmittel, ein annehmbares Äußeres zu pflegen. Und der Geruch einer Alkoholfahne vertreibt mich genauso wenig wie Knoblauch. Und um es nicht zu vergessen: Von Blut wird mir übel.

„Mein Vater hat nicht geglaubt, dass du während meiner Lebzeiten wiederkommst. Selbstverständlich habe ich deine Vermögenswerte mit der nötigen Sorgfalt verwaltet und ich kann sagen, auch recht erfolgreich vermehrt." Lindgrüne Zufriedenheit strahlte in ihm auf. Er zog einen dünnen Ordner aus seiner Aktentasche. „Wenn du dir die Abrechnung ansehen willst?"

Er war auf die erfolgreiche Verwaltung meines Geldes sichtlich stolz. Ich brauchte einen Wächter und hatte einen Buchhalter. Arthur reichte mir die Papiere herüber.

„Schon gut." Ich hielt die Hand hoch, um ihn abzuwehren.

„Du solltest dir das ansehen. Vertrauen ist gut, Kontrolle ist besser."

Ich knurrte. Arthur entsetzte es. Woran ich nicht ganz schuldlos war. Ich sah, was er sah. Mein Körper war etwas größer als gewöhnlich, meine hochgezogene Oberlippe gab meine Fangzähne frei. Lange, spitz zulaufende Zähne wie bei einer Schlange. Ich veränderte mich nicht wirklich. Es war nur ein Bild von mir in Arthurs Kopf, das ich in sein Denken zerrte, deswegen sah er mich so. Blauschwarze Angst umgab Arthur. Und ich ließ sie ihm. Angst, die man trinkt, hat einen erdigen Geschmack. Sie liegt schwer in deinem Mund. Zunächst ein wenig bitter, wird sie dann zu einer Energie, die dich angesichts ihrer Stärke erzittern lässt. Dieses Erlebnis gibt ihr etwas Süßes. Ein dunkelblaues, erdiges Sinneserlebnis.

Ich musste ehrlich zu mir sein. Fakt war, ich brauchte einen Wächter und hatte diesen Buchhalter. Ich würde also das nehmen, was Arthur mir bieten konnte. Als Arthur mich nicht mehr als blutsaugenden Vampir sah, sondern ich mich wieder in die attraktive Zwanzigjährige verwandelt hatte, als die ich sonst in seinem Kopf herumspukte, war es an der Zeit, den Zustand des Hauses anzusprechen.

„Arthur, das Haus muss in einen bewohnbaren Zustand versetzt werden. Da ich annehme, dass es finanziell kein Problem ist, sollten wir so schnell wie möglich damit beginnen."

„Es wäre doch viel besser, wenn wir dir ein neues Haus kaufen. Die Renovierung wird ein Vermögen verschlingen. Ich habe Freunde, die uns ein gutes Angebot machen würden", unterbrach er mich.

Warum widersprach er mir ständig? Und genau das war es, was er tat. Ich konnte förmlich sehen, wie er sich gegen meine Wünsche wehrte. Was mir schwer fiel, war, zu verstehen warum. Ging es ihm um Unabhängigkeit? Unabhängigkeit von mir? Wenn ich in sein Bewusstsein ging um dort eine Antwort darauf zu finden, stand ich einem Konglomerat von Motiven gegenüber. Das war für mich nicht einfach. Die Wächter, mit denen ich bisher zu tun gehabt hatte, wurden schon sehr früh dazu angehalten, sich über ihre Gefühle und Motive im Klaren zu sein. Wenn ich einen Menschen tötete, strömte zwar ebenso eine Menge undifferenzierter Gefühle in mich hinein, aber naturgemäß war es in diesem Augenblick nicht wichtig, diese zu differenzieren. Ich brauchte nur die Lebensenergie, die diese Gefühle trugen.

„Ich will dieses Haus behalten. Du wirst es wieder herrichten lassen."

Meine Stimme hatte eine Spur von Schärfe. Arthur zuckte zusammen, als habe ihn jemand geschlagen.

„Natürlich, ganz wie du willst. Ich werde sofort entsprechende

Angebote einholen."

Offensichtlich hatte er die Dame mit den Fangzähnen noch nicht vergessen. Ich musste vorsichtiger mit ihm sein.

„Wirst du in der Zeit hier wohnen?" fragte er mich. „Es wäre sicher besser, du würdest in der Zeit bei mir wohnen. Dann könntest du auch meine Familie kennen lernen."

Bei Arthur zu wohnen lehnte ich selbstverständlich ab. Kalimbi sind keine Erbtanten.

Schließlich war benannt worden, was Angélique schon lange geahnt hatte. Sie selbst war ein Vampir. Angélique begann zu lachen, voller Erleichterung. Endlich war die Wahrheit ans Licht gekommen, die Zeit des anders als die anderen sein vorüber. Zu guter Letzt hatte sie doch noch erkannt, was sie wirklich war. Die Wahrheit katapultierte sie weiter aus der Gesellschaft hinaus als alles andere in ihrem Leben. Jede Faser ihres Körpers, jeder Funke ihres Verstandes wusste, dass es die Wahrheit war, die sie so lange vermisst hatte. Sie war ein Vampir! Freude und Erleichterung war das, was sie fühlte. Mit neuem Interesse las Angélique weiter.

Ich hätte besser auf Arthur gehört. Die Renovierung des Hauses zog sich hin und war sehr anstrengend. Ich las viel, durchstreifte die umliegenden Städte und Dörfer, je besser die menschliche Polizei und die Medizin wird, desto vorsichtiger muss man zu Werke gehen. Wir benötigen ein großes Jagdrevier und wir müssen mit diesem vertraut sein. Schon deswegen hasse ich es, umzuziehen.

Das einzige Vergnügen, das ich mir in dieser Zeit gönnte, war jeden Tag von einem anderen Handwerker ein wenig zu naschen. Obwohl es dumm war, diese Art Lebensenergie zu trinken. Es macht die Menschen krank. So mancher der Handwerksmeister klagte über den hohen Krankenstand in seinem Betrieb, was die Arbeiten zusätzlich verzögerte. Alles in allem gibt es aus dieser Zeit nur zwei Dinge zu berichten. Ich lernte Theodora kennen und die Frau aus dem Park hielt ihr

Versprechen. Sie hatte ich schon fast vergessen. Nein, das ist falsch, mein Alltag war so mit anderen Dingen angefüllt, dass ich mich nicht weiter um die Frau kümmern konnte. Sie nahm es mir ab. Sie stand eines Tages einfach vor meiner Tür. Mit der gleichen Gelassenheit, mit der sie mich im Park angesprochen hatte, stellte sie sich jetzt vor:

„Hallo, ich bin Mary." Ihr Lächeln war so breit wie ihre Hüften. Dieser Mensch verschlug mir die Sprache.

„Darf ich reinkommen? Oder passt es gerade nicht?"

Ich zögerte, weil ich nicht abschätzen konnte, was es mit dieser Mary auf sich hatte. Sie in mein Haus zu lassen, dabei hatte ich ein ungutes Gefühl. Ich unterdrückte die Panik, die in mir aufstieg und mich drängte, die Frau auf der Stelle zu töten. Ohne ein Wort winkte ich Mary in mein Haus.

„Altin-CAL, das Lebensspendende Licht schickt mich zu Isasa-SE. Ich wusste, dass du die Handwerker im Haus hast. Deswegen dachte ich mir, ich warte bis zum Abend, bevor ich vorbeikomme, so dass wir ungestört sind", sagte Mary im Plauderton.

Ich fand meine Gelassenheit wieder, jedenfalls einigermaßen.

„Altin schickt dich also? Du redest von Dingen, von denen du eigentlich nichts wissen solltest, in einer Sprache, die du nicht kennen dürftest. Und du behauptest, du bist die Botin eines Wesens, das noch nicht einmal in euren Mythen auftaucht?"

Ich erzeugte einen Schwall Angst in ihr. Ganz kurz nur erlag sie diesem Gefühl, das ich in ihr hervor rief, dann war sie wieder ganz gelassen. Mary hatte offensichtlich die Schulung eines Wächters durchlaufen.

„Altin-CAL sagte schon, dass du sehr misstrauisch bist. Ich bin Mary, Altins erste Wächterin, und jetzt Altins Botin. Altin bittet dich ins Haus der CAL zu kommen."

„Aus welchem Grund?"

„Das wurde mir nicht anvertraut. Altin-CAL sagte und ich zitiere: ‚So wie ich I'-SE kenne, wird sie auf die Art der Menschen reisen. Deswegen gib ihr als Gastgeschenk das hier'." Mary reichte mir ein Flugticket.

„Danke." Ich lächelte, so wie wir Kalimbi es tun, ließ das Lächeln als Energie zu ihr fließen, und sie spürte es. Die Koseform meines Namens hatte ich solange nicht mehr gehört. Das versöhnte mich mit Mary. Sie drängte mich nicht, sondern ließ mir Zeit, mich zu entscheiden. Ich könnte dir jetzt eine Menge guter und kluger Gründe nennen, warum ich mich kurze Zeit später Hals über Kopf in ein Flugzeug nach CAL, ich meine Südamerika, setzte. Der wahre Grund ist gewesen, dass ich mich danach sehnte, Kalimbi zu treffen, Wesen meiner Art. Und dass mich jemand aus dem Hause CAL zu sich einlud, das war ungewöhnlich und schon seit etwa siebentausend Jahren, es können aber auch achttausend gewesen sein, nicht geschehen. Durchaus ein Grund, gespannt zu sein.

Während des Fluges versuchte ich mehr aus Mary heraus zu bekommen, als die Information, dass Altin mich eingeladen hatte. Es war offensichtlich, dass Altin sie zum Schweigen verpflichtet hatte. Auf meine Bemerkung hin, dass Altin immer schon ein Geheimniskrämer gewesen sei, lachte sie nur. So ließ ich mich also überraschen. Die erste Überraschung erlebte ich am Flughafen, wo wir von einer Limousine abgeholt wurden. Das war nicht meine Vorstellung von einem unauffälligen Leben. Wir fuhren durch die Stadt in eines der besseren Wohnviertel, wie hätte es auch anders sein sollen. Das Gelände, das unser Ziel war, glich einer Festung: Videoüberwachung, Wachmänner und Zäune. Das war es nicht, was mir missfiel. Sicherheit hat für die Kalimbi einen hohen Stellenwert. Nur trugen alle Menschen, denen wir begegneten, weiße Gewänder, die mit Tüchern in den Farben des Regenbogens verziert waren. Und es gab eine ansehnliche Anzahl Menschen, die das Anwesen bevölkerten. Ja, man kann sagen, es war ein emsiges Treiben.

Mary führte mich durch eine helle, großzügig gestaltete Halle, in der weißer Marmor dominierte. Die Einrichtung dagegen war eher sparsam, aber nicht weniger edel. Aus einigen der angrenzenden Räume drang Musik. Es waren einschmeichelnde Töne, die Ruhe und Harmonie im menschlichen Geist erzeugen. Niemand sprach uns an. Jeder versuchte, uns nicht zu beachten. Oder besser, Mary nicht zu beachten. Nur in den Lichtkörpern der Menschen, die uns begegneten, konnte man ihre Neugier erkennen. Sie schienen Marys Rückkehr geradezu herbeigesehnt zu haben.

„Sind all diese Menschen ständig hier?" Ich konnte nicht glauben, dass sich Altin mit all diesen Menschen umgab. Mich strengte der Gang durch diese Unzahl von Gefühlen und Energien an. Gut, ich war es nicht mehr gewohnt, das war sicher ein Grund für den Druck, den ich empfand. Ich fühlte das Bedürfnis, von jemandem zu trinken.

„Ja, natürlich, das ist das Zentrum des Tempels", beantwortete Mary meine Frage fröhlich, geradezu euphorisch.

So etwas hatte ich schon vermutet. Wie verrückt die CAL wirklich waren, davon machte ich mir in diesem Moment noch keine Vorstellung.

„Sie warten schon auf dich. Ich freue mich, dich kennen gelernt zu haben I'-SE." Mary, mein Scout durch dieses Schloss, schien nicht die Absicht zu haben, diesem Familientreffen beizuwohnen.

Altin nahm mich schon an der Tür in Empfang.

„I'-SE, wir haben so lange auf dich gewartet. Ich befürchtete schon, du würdest nicht aus dem Licht zurückkehren, obwohl du für diesen Schritt noch zu jung bist. Um so größer war die Freude für uns alle, als wir merkten, dass du erwacht bist."

Altin! Wärme und Liebe umspülten mich, schmeichelnd und wohltuend wie Samt. Eine Beschreibung, die menschlicher Wahrnehmung näher kommt. Es war, als wenn Altins Fingerkuppen langsam Wirbel für Wirbel meinen Rücken herunter glitten. Auch die anderen umhüllten mich mit ihrer Liebe. Von mir kam Erleichterung, Freude und Rührung. Wie hatte ich die Nähe meiner Artgenossen vermisst, diese Art, mit ihnen zusammen zu treffen. Sich auf diese energetische Art auszutauschen, die

Menschen so fremd ist.

Außer Altin-CAL und Tute-CAL war noch Kartes-EL anwesend. Als ich Kartes-EL begrüßte, verneigte ich mich leicht.

„Ich sagte doch, dass Isasa die Tradition der Kalimbi selbst ist", kommentierte Altin meine Verbeugung. Der Spott, den Altin dabei ausstrahlte, war nicht zu übersehen oder besser zu überfühlen. Als Antwort schickte Kartes mir ein Lächeln.

„Sind wir die letzten, die noch am Leben sind?" Diese Furcht hatte mich unvermittelt getroffen.

„Nein, viele von uns schlafen und wie immer hatten nicht alle Lust zu kommen. Du weißt doch, wie das ist", antwortete Altin. Von Tute kam ein beruhigendes Streicheln.

„Du bist hungrig, Isasa, möchtest du etwas essen?" fragte Tute.

Ich verneinte. Dann genossen wir vier unser Zusammensein. Es wurde schon morgen, als Altin das verbale Schweigen zwischen uns brach.

„Die SE halten sich noch an die Gebote des Lichttrinkens?"

„Wie du schon sagtest, die SE sind Traditionalisten, wir halten uns an die Gebote."

Die Haltung der beiden anderen wurde aufmerksamer. Jetzt kamen wir also zur Sache.

Von Altin kam eine vorsichtige Skepsis, mit einer Spur von Berechnung. Offensichtlich war Altin sich nicht sicher, wie das Element Mut (das bedeutet Altin in menschliche Sprache übersetzt) weiter verfahren sollte, um das angestrebte Ziel zu erreichen.

„Die Kalimbi haben sich immer an die gegebenen Umstände angepasst. Das ist der Grund, warum wir bis heute überlebt haben. Jetzt leben wir in einer Zeit, in der unser Überleben gefährdet ist. Nur noch ein Haus der sieben Häuser der Kalimbi ist groß genug, um das Ritual der Formgebung ohne die Hilfe der anderen Häuser zu vollziehen. Auch die SE haben das Kartes, ihr Element der Formgebung, verloren."

Altin schaute mich an. Als Altin Kartes Namenlosigkeit erwähnte, übermannte mich erneut Trauer.

„Alle Kalimbi trauern mit um das Element der Formgebung des Hauses SE.“

Der Trost, den die anderen mir schenkten, tat mir gut.

Du musst wissen, Angélique, dass die Kalimbi sich nicht als männlich oder weiblich verstehen. Dieses bipolare Denken der Menschen ist uns ganz und gar fremd. Die Kalimbi verstehen sich als Teile des ALL-SCHAFFENDEN-LICHTS. Unsere Namen drücken dies aus. Wir sind als Ganzes und als Individuen ein Element der Schöpfung.

„Wenn die Kalimbi überleben wollen, dann werden sich die Häuser wieder vereinigen müssen“, fuhr Altin fort.

Ich war die einzige, die schockiert und überrascht war. Offensichtlich stimmten die EL, deren ältestes Element Kartes war, diesem Ansinnen zu.

„Die EL stimmen zu?“ vergewisserte ich mich.

„Die EL stimmen zu“, bestätigte Kartes.

„Die Wiedervereinigung der Häuser kann doch nicht das Ziel sein. Wenn die Häuser sich erneut zusammenschließen, kann das doch nur bedeuten, dass die EL und die CAL bereit sind, die Geburtenbegrenzung aufzugeben. Habt ihr vergessen, warum dieses Gebot erlassen wurde?“

Dieses Ansinnen erschütterte die Grundfesten unserer Zivilisation. Die Vereinigung der Häuser war unannehmbar. Altins Pläne gefährdeten unser Überleben, mehr als das der Menschen. Ich konnte meine Empörung kaum zügeln.

„Nein, das haben wir nicht“, schaltete sich Tute ein.

Tutes Versuch, mich zu beruhigen schlug fehl. Ich wollte mich nicht beruhigen. Altin stand auf, verließ den Raum und kam mit einem menschlichen Jungen von etwa fünf Jahren auf dem Arm zurück. Vorsichtig, um den Jungen nicht zu wecken, setzte sich Altin, und zärtlich streichelte er den Jungen.

„Dieses Menschenkind habe ich gestern in einer Mülltonne gefunden.“

Der Junge legte im Schlaf seine spindeldürren Arme um Altins Hals. Man konnte sehen, wie Viren und Bakterien sein Leben zerfraßen. Sicher, er würde nicht daran sterben, aber er war jetzt schon in seiner Entwicklung um Jahre zurück. Noch immer konnte man die Wirkung von Drogen in seinem Lichtkörper sehen.

„Das, Isasa, ist die Realität. Die Menschen werfen ihre Kinder auf den Müll. Sie vermehren sich ohne jedes Maß, aber ihre Nachkommen haben den Wert von ein paar Münzen. Sie zerstören diesen Planeten, der auch unsere Lebensgrundlage ist. Und wir sind die einzigen, die in der Lage sind, ihnen Einhalt zu gebieten.“

Ich sah, wie die roten Flammen meiner Wut den Raum erfüllten. Die anderen wichen angesichts dieser Energie zurück.

„Es ist weder unsere Aufgabe noch unser Recht, uns über die anderen, die mit uns diese Erfahrung teilen, zu erheben!“

Jetzt ging rote Wut von Altin aus. „Isasa, dein orthodoxes Reden geht mir manchmal so auf die Nerven. Die Regeln, welche die Kalimbi sich gaben, als die Menschen wenige waren, hatten ihren Sinn. Aber heute sind diese Regeln ganz ohne Bedeutung. Es gibt Milliarden von ihnen, schon alleine das zeigt doch, dass die Gebote des Lichttrinkens überholt sind. Genauso wie die Beschränkung der Formgebung.“

Altin hielt mir den Jungen entgegen. Was von Altin ausging, war pure Provokation. Kartes-EL und Tute-CAL taten ihr Möglichstes, die Auseinandersetzung zwischen uns beiden zu beenden. Ich begann zu zittern, ganz leicht nur.

„Isasa, bitte iss etwas. Dann wird es dir besser gehen. Und wir können vernünftig miteinander reden.“ Ruhe, Zuneigung und Verständnis kamen von Tute.

Ich nahm den Jungen und trank sein Leben ohne Aufmerksamkeit, achtlos. Die Gefühle, die von Altin kamen, zeigten mir, dass es nicht Altins Absicht gewesen ist, mich zu dieser „Tat“ zu provozieren. Natürlich ging es mir mit dem Leben des Kindes im Körper schlagartig besser. Ich war nicht mehr so gereizt und konnte mich besser gegen die zahllosen Lebensimpulse der Menschen abschirmen, die uns umgaben.

Ich legte den Leichnam in der rituellen Bestattungsposition der Kalimbi auf den Boden. Dann dankte ich ihm für das Leben, das er mir geschenkt hatte. Keiner der anderen schloss sich bei diesem Ritual aus. Auch Altin nicht. Obwohl Altin auch heute noch diese Rituale als altmodisch und überkommen betrachtet.

„Ich nehme an, dass es im Tempel des Lichts kein Problem ist, eine Leiche verschwinden zu lassen." Ich konnte meinen Sarkasmus nicht zurückhalten. Welche Heilsbotschaften man im Tempel des Lichts auch verkaufte, der Sinn des Ganzen lag ja auf der Hand.

„Er wird dorthin zurückkehren, wo ich ihn gefunden habe. Sie sind Nahrung für uns, das ist etwas, das wir nicht ändern können." Natürlich hatte Altin Recht.

„Du sagst, meine Ausdrucksweise ist dir zu orthodox. Dann will ich es moderner formulieren. Die Beschränkung unserer Population und die Ernährungsregeln dienen zum Schutz unserer Nahrungsquellen und sichern damit unser Überleben. Und du solltest in deinem Alter weiter denken als bis zu deinen Fangzähnen."

Altin steckte diese Zurechtweisung ohne sichtbare Regung weg.

„Um was wir dich bitten wollen ist, dass du als ein Element der Formgebung fungierst. Das ist alles. Das Haus der CAL soll wieder vollständig sein."

„Ihr wollt ein Kind schaffen?" Ich zweifelte an Altins Verstand. „Sag mir deinen Namen."

Altin lachte. „Ich bin nicht verrückt. Es besteht also kein Grund, mich zu töten." Aber er sagte seinen Namen, kein Kalimbi ignoriert diese Aufforderung, wenn ihm sein Leben lieb ist.

„Altin, ich teile deinen Schmerz über die Situation der Kalimbi. Aber ein Kind zu erschaffen, das halte ich nicht für den richtigen Weg. Kann sich dein Haus um dieses Kind kümmern? Wie wollt ihr es ernähren, ohne dass die Menschen dieses Kind bedrohen und dadurch unsere Existenz bekannt wird? Kann das Haus CAL das Kind schützen bis zum Tag der Verwandlung? Alles das sind Fragen, auf die du mir keine befriedigende Antwort geben kannst. Glaubt ihr, dass diese Scharade hier, dieser Versuch, eine neue Religion zu stiften, tragfähig ist?" Was ich sagte, unterstrich ich mit dem Gefühl der Versöhnung.

„Für deine Ironie besteht kein Grund." Tute-CAL war wirklich gekränkt. „Wir alle haben uns schon als Götter ausgegeben und so für Sicherheit und Nahrung gesorgt. Und wir geben den Menschen, wonach sie suchen: Glück, Zufriedenheit, Struktur und Ordnung und einen Sinn für ihr Leben. Diese Menschen suchen keinen Gott mehr, was sie suchen ist eine Religion ohne Gott. Sie suchen den Gott in sich, die Erleuchtung, die für sie die Omnipotenz des ALL-SCHAFFENDEN-LICHTS in ihnen selbst ist, erschaffen für ihre eigenen menschlichen Bedürfnisse. Das LICHT als Bedürfnisbefriediger ihres Egos. Reichtum, Gesundheit, und die Freiheit von Angst. Das zu erfüllen ist die Aufgabe ihres Gottes. Das alles geben wir ihnen im Tempel des Lichtes."

„Ich glaube nicht, dass das Haus der SE die Absicht hat, das Handeln des Hauses CAL zu beurteilen. Welche Wege die Häuser gehen, um ihre Existenz zu sichern und das Wissen um die Kalimbi zu verbergen, das entscheidet jedes Haus selbst", vermittelte Kartes zwischen uns beiden.

„Ich kritisiere nicht den Weg, den die CAL gehen. Ich habe Zweifel daran, dass die Formung eines Kindes zu diesem Zeitpunkt und unter diesen Bedingungen erfolgreich ist. Die Sicherheit des Kindes hat immer absoluten Vorrang. Oder halten die CAL und die EL das nicht mehr für das Wichtigste?"

„Doch, die Sicherheit des Kindes hat Vorrang", stimmte mir Kartes-EL zu.

„Sogar wenn wir die sieben Elemente und das Element der Formgebung zusammen bekommen, müssen wir uns doch mit der Frage beschäftigen, ob die Bedingungen stabil genug sind, um das Kind zu schützen, zu ernähren und zu erziehen. Und ich bezweifle es".

„Ich bedauere, dass ich das Haus SE immer wieder an seine Verluste erinnern muss, aber wird deine Meinung nicht vom Tode des Kindes Fil-SE beeinflusst?" schaltete sich Altin wieder in unser Gespräch ein.

Kartes stöhnte auf, als meine Trauer und meine Wut den Raum überschwemmten. Altin verzog das Gesicht vor Schmerz, Tute, die genauso unvorbereitet getroffen wurde, sackte etwas in ihrem Sessel zusammen.

„Du warst nicht dabei. Fil war noch keine fünfhundert Jahre alt. Die Menschen haben uns tagelang gejagt, und als ich schon glaubte, wir seien entkommen, fanden sie uns. Die Menschen haben Fil mit ihren Sensen und Äxten in Stücke geschlagen. Du hast Fils Schreie nicht gehört. Und ich konnte Fil nicht helfen. Ich habe sie alle getötet. Keiner der Mörder, keiner seiner Kinder und keiner seiner Kindeskinder blieb am Leben. Ihre Häuser sind erloschen. Fils Schreie, das Entsetzen, die Angst und der Schmerz dieses Kindes jedoch sind nicht erloschen. Ich spüre all das jeden Tag."

Wir schwiegen, jeder von uns zog sich auf sich zurück, um seine Lebenskraft zu sammeln.

Das, was Fil widerfahren war, das wollte ich mit dir nicht erleben. Auch deine Sicherheit, Angélique, hatte für die Häuser der Kalimbi immer absoluten Vorrang.

„Wir alle haben Kinder verloren und wir alle fühlen ihren Schmerz."

Tute wollte das, was ich gesagt hatte, nicht abschwächen oder herunterspielen. Nein, was Tute sagte, stellte die Verbundenheit wieder her. Mein Blick fiel auf den Leichnam des Jungen. Auch er ist ein Kind gewesen. Ein Kind aus einem Mülleimer. Und die einzigen, die ihm Wärme gegeben hatten und Respekt entgegenbrachten, sind die gewesen, die ihm sein Leben nahmen. Es tat mir nicht leid, dass ich den Jungen getötet hatte.

Was unsere Nahrung betrifft, sind wir eine hoch spezialisierte Rasse, nach der Verwandlung können wir uns nur noch von lebenden

Menschen und Tieren ernähren, wobei Tiere nur sehr begrenzt als Nahrung dienen können. Wahrscheinlich ein evolutionärer Vorteil, in diesem Ökosystem haben wir keine Nahrungskonkurrenten - Altin würde das so ausdrücken. Wie ich heute weiß, ist Altin der Meinung, dass sich die Kalimbi von ihrer mündlich überlieferten mythologischen Weltsicht trennen müssen, um weiter existieren zu können. Altin plädiert für das naturwissenschaftliche Weltbild der Menschen. Auch darüber sind wir geteilter Meinung.

Wenn ich töten muss, töte ich unterschiedslos jeden Menschen, auch Kinder. Nicht alle Kalimbi handeln so wie ich. Ich glaube, dass die Kalimbi kein Recht haben, selektierend in das Leben einzugreifen, auch nicht dadurch, dass man bestimmte Menschen tötet und andere am Leben lässt.

Trotzdem gab für mich der Anblick des toten Menschen Jungen den Ausschlag, ich würde mich nicht an der Formgebung eines Kindes beteiligen. Ich wollte keines unserer Kinder für den Mülleimer zeugen.

Mary betrat den Raum, der Teppich dämpfte ihre Schritte, als sie auf Altin zuging.

„Es ist Zeit für den Morgensegen."

Unwillkürlich schaute Altin zum Fenster:

„Wie lange sind wir denn schon in Klausur?"

Mary lachte kurz.

„Ihr habt wieder die Zeit vergessen. Ihr seit schon zwei Tage hier drin. Und die Menschen vermissen dich.„

Altin machte eine bedauernde Geste.

„Du weißt doch, dass wir ein schlechtes Zeitgefühl haben. Hast du den Jetlag gut überstanden?"

„Mach dir keine Sorgen, ich komme schon zurecht."

„Ich mache mir Sorgen, Mary, du arbeitest zu viel und schläfst zu wenig."

Mary verzog das Gesicht zu einer Grimasse.

„Bist du auch so gluckenhaft wie er?" fragte sie mich.

Ich brauchte einen Augenblick, um zu begreifen, dass sie damit Altin meinte.

„Es ist die Verpflichtung der Kalimbi, sich um das Wohlergehen der Wächter zu sorgen."

Mary schaute mich etwas spöttisch an und wandte sich dann an Altin:

„Sie ist wirklich konservativ bis in die Knochen."

Das war also Altins Meinung über mich. Mary legte Altin die Arme um den Hals, so wie eine Geliebte es tun würde und legte ihre Lippen auf Altins Mund. Altin ließ etwas Lebensenergie in ihren leicht geöffneten Mund fließen. Ihre Augen begannen zu glänzen, ihre Haut wirkte jünger und ihre ganze Erscheinung machte einen gesunden und lebhaften Eindruck. Das ist einer der Effekte, den das Lichttrinken auf einen Menschen hat. Man konnte deutlich sehen, wie das Lichttrinken Mary sexuell erregte. Vielleicht ist das der Grund dafür, warum Vampire und Sexualität in menschlichen Mythen so eng miteinander verknüpft sind.

Auf Kartes-EL hatte der Vorgang einen ganz anderen Effekt. Eine Welle von Unwillen ging von ihr aus. Die CAL ließen einen einfachen Wächter von sich trinken. Was nicht nur in den Augen des stockkonservativen Traditionalisten, als den Altin mich sah, ein Bruch der Gebote war.

Mary, auf diese Art gestärkt, trennte sich von Altin und ging auf den Leichnam zu. Sie kniete sich neben ihn und strich ihm über das Haar, vorsichtig, so wie man es bei einem toten Tier tun würde, das man auf der Straße gefunden hat.

„Müsst ihr ihn hier so liegen lassen? Er ist schon leichenstarr."

Sie sagte es mit einer Stimme, als rüge sie ungezogene Kinder. So, als habe sie gesagt: „Müsst ihr immer mit schmutzigen Schuhen über den Teppich laufen?"

Man sah, dass an Altin diese Rüge nicht spurlos vorbeiging.

„Tute wird den Jungen gleich wegbringen. Und ich gehe den Morgensegen sprechen“, beeilte er sich zu sagen.

Auf diesen Morgensegen war ich gespannt, weswegen ich mich Altin anschloss. Altins Ziel war ein lichtdurchfluteter Raum (was sollte man von einem Tempel des Lichts auch anderes erwarten), die Luft war von Weihrauch geschwängert. Es waren etwa zwanzig Personen, die auf Altin warteten. Die Hälfte von ihnen trug diese weiße Kleidung, die das Erkennungszeichen der Gruppe war. Altin ging an die Stirnseite des Raumes und setzte sich auf ein Kissen, das man für ihn bereit gelegt hatte. Ich selbst hielt mich im Hintergrund.

Altin und ich sind etwa gleich alt. Kalimbi unseren Alters beherrschen eine Vielzahl von Möglichkeiten der Nahrungsaufnahme, etwas, das ein Kalimbi in jungen Jahren lernen muss, und was dann normalerweise kein Problem darstellt. Zwar ist unser Nahrungsangebot beschränkt, aber die Möglichkeiten es zu erlangen sind um so vielfältiger.

Altin führte die Gruppe virtuos zu seinem Ziel. Nach etwa dreißig Minuten des gemeinsamen Rezitierens religiöser Texte, Lieder und einiger anderer Techniken hatte er das Energiefeld jedes Einzelnen der Menschen mit denen der anderen Anwesenden synchronisiert. Etwas, das Menschen nicht wahrnehmen können. Menschen empfinden diesen Zustand als Extase, überschwängliches Glücksgefühl und grenzenlose Freude, alles zusammen genommen ein emotionaler Zustand, den Menschen als angenehm empfinden und der das Potenzial hat, sie süchtig zu machen.

Ich bewunderte Altins Disziplin; obwohl der Raum schon angefüllt war mit Lebensenergie, die wie eine Sinnflut aus den Menschen herausströmte, trank Altin erst, als auch der letzte Mensch in diesen Strom mit eingebunden war. Ich selbst trank nicht, ich verspürte keinen Hunger, weil das Leben des Jungen noch in mir war. Nach diesem Frühstück stand Altin von seinem Platz auf und die Menschen, die ihm gerade noch als Nahrung gedient hatten, umringten ihn, berührten seine Kleidung, manche versuchten, ihm die Hand zu küssen, was Altin mit dem strahlendsten Lächeln verhinderte. Im Vorübergehen berührte er einen der Menschen an der Stirn.

„Meditiere in den nächsten Tagen, wie das ALL-SCHAFFENDE-LICHT durch dein drittes Auge fließt, dann werden deine Kopfschmerzen vergehen."

Ja, wir sind alle schon Götter gewesen, und heute waren wir es anscheinend schon wieder. Nicht die Meditation würde die Kopfschmerzen des Mannes heilen. Altin hatte, während er ihn berührte, sein Energiefeld normalisiert. Das war das ganze Wunder.

Als habe er es mit lästigen Kindern zu tun, scheuchte Altin schließlich die Menschen fort.

Wir trafen Kartes alleine an. Die Leiche war von Tute weggebracht worden. Von Kartes ging Ärger und Unglaube aus.

„Mary, deine erste Wächterin, sagte, dass sie eine von fünf ist. Ihr habt fünf Menschen in unsere Geheimnisse eingeweiht. Das finde ich sehr viel."

„Der Tempel und die damit verbunden Aufgaben erfordern eine so hohe Zahl."

Von Kartes kam eine Woge von Verachtung.

„Einer würde genügen, die Aufgaben eines Wächters zu erfüllen: Den Schlaf der CAL zu bewachen, ihnen den Weg zurück ins Leben zu zeigen, wenn sie erwachen und kein Kalimbi da ist, um diese Aufgabe zu tun, und die Menschen in der Zeit des Erwachens vor den Kalimbi zu schützen. Das sind die Aufgaben des Wächters, und nicht die Organisation eines „Tempels". Es ist schon ein Risiko, dass sich vier der CAL, die erwacht sind, in einer Stadt aufhalten, auch wenn diese sehr groß ist. Es ist ein Risiko, eine religiöse Gruppe zu initiieren. Aber es ist bodenloser Leichtsinn, fünf Wächter zu wählen!" Pures Unverständnis schlug uns von Kartes entgegen. „Und es ist mir ganz und gar unverständlich, wie ihr diesen fünf, denen schon die Vorraussetzungen fehlen, die Aufgabe des Wächters zu übernehmen, auch noch von eurem Licht trinken lassen könnt. Das Haus CAL weiß doch, dass ein Wächter in der Lage sein muss, den Lichtkörper der Kalimbi erkennen zu können. Das ist die Mindestanforderung an einen Wächter."

Bei diesen Worten von Kartes erfüllte mich tiefe Scham, auch ich hatte aus einer Schwäche heraus - weil ich Erik so sehr liebte - einen Wächter gewählt, der meinen Lichtkörper nicht sehen konnte. Noch heute danke ich jedem Gott auf dieser Welt, dass Kartes zu aufgebracht war, um meine Scham zu bemerken.

„Hat das Haus CAL seinen Wächter gesagt, dass die Wächter sterben werden, nachdem die Menschen unser Licht das erste Mal getrunken haben und es keinen Kalimbi mehr gibt, der bereit ist, sie mit seinem Licht zu ernähren?" fuhr Kartes fort.

Schon Altins Anblick war Antwort genug. Sein Lichtkörper war zusammengeschrumpft und lag eng um ihn.

„Also habt ihr es ihnen nicht gesagt!"

„Die Zeiten haben sich geändert. Wir können nicht mehr nach den Regeln, die vor 50.000 Jahren galten, leben."

Altins Versuch, das Handeln der CAL zu rechtfertigen, brachte Kartes noch mehr auf. Sie gab einen zischenden Laut von sich.

„Ich rede nicht von diesem Trinkvieh da draußen, das du gerade gemolken hast. Ich rede von Menschen, die bereit waren, etwas für die Kalimbi zu tun, was für die Menschen nicht ganz ungefährlich ist. Die Grundlage dieser Übereinkunft ist seit Tausenden von Jahren Vertrauen, Ehrlichkeit, Offenheit und Zuverlässigkeit beider Seiten, und nicht das, was ihr anbietet: Manipulation, Betrug und Illusion. Diese Dinge sind nicht die Grundlage unserer Zukunft."

Schweigend, jeder auf sich selbst zurückgezogen, warteten wir Tutes Rückkehr ab.

Nicht nur ich weigerte mich, dem Wunsch der CAL zu entsprechen, auch Kartes hatte ihre Meinung geändert und damit war für die CAL die Formgebung nicht mehr zu erreichen. Ein anderer Kalimbi hätte während des Rituals der Formgebung an meine Stelle treten können, aber Kartes war zu diesem Zeitpunkt das einzige Element, das die Formgebung des Kalimbikindes ermöglichen konnte. So trennten wir uns also nach zwei Tagen, ohne die Formgebung eines neuen Kindes beschlossen zu haben. Dieses Treffen war vielleicht der ausschlaggebende Moment, warum du geformt wurdest, Angélique.

Zu diesem Zeitpunkt konnte ich dem Wunsch der CAL nicht entsprechen. Ich fand die CAL einfach zu sorglos. Der Tempel des Lichts ist ohne viel Aufsehen nach ein paar Jahrzehnten verschwunden, und niemand brachte ihn mit den Kalimbi in Verbindung, aber bis heute ist mein Vertrauen in die CAL erschüttert.

Bevor die Kalimbi die Geburtenkontrolle einführten, gab es eine große Zahl von Häusern. Jedes Haus bestand aus siebenmal sieben Zellen und jede Zelle aus sieben Elementen und dem Element der Formgebung. Auch heute noch brauchen wir sieben Elemente, sprich Personen, und eine Person, die das Kind austrägt, was wir als Formgebung bezeichnen. Seit die Kalimbi die Geburtenkontrolle eingeführt haben, besteht jedes Haus nur noch aus diesen acht Personen. Die Kartes ist die einzige, die, solange sie die Aufgabe der Formgebung hat, einen menschlichen weiblichen Körper behält - was die Kalimbi, die ihre Form frei wählen können, als große Belastung und Opfer empfinden. Das ist der Grund dafür, warum die Kalimbi dem Element Kartes Respekt zollen.

Kartes und ich machten uns gemeinsam auf den Weg zum Flughafen. Uns beiden hatten die letzten zwei Tage eine Menge Energie gekostet, am Airport angekommen, trank Kartes deshalb das Leben des Taxifahrers.

„Besser ihn als den Piloten, findest du nicht?“ fragte Kates mich auf dem Weg zum Counter. Ich lachte, Kartes hat einen so trockenen Humor, genau wie du.

„Ich mache mir um die Wächter Gedanken, welche die CAL so bedenkenlos einsetzen.“ Kates-EL teilte meine Besorgnis. Auch sie war schwer enttäuscht.

„Ich nehme an, dass die CAL sie sterben lassen oder töten, wenn sie sie nicht mehr benötigen, oder wenn die Gefahr besteht, dass die Wächter bemerken, dass sie abhängig gemacht wurden. Die CAL sind auf einem schlechten Weg. Nur können wir sie nicht daran hindern.“

Wie um mich abzulenken fragte Kartes:

„Wann haben wir uns das letzte Mal gesehen? Es muss schon eine Weile her sein.“

„Als die Menschen von SETA CAL entdeckten. Du hast Nefe-EL nicht mitgebracht, geht es ihm gut?“ Einen kurzen Augenblick spürte ich Trauer von Kartes ausgehen.

„Er ist tot.“

„Konntest du sein Leben trinken oder starb er, weil du schliefst?“

„Nein, das Nefe ließ mich sein Leben trinken, bevor ich das letzte Mal schlief. Seitdem lebe ich ohne das Nefe und ohne Wächter, was nicht immer einfach ist. Wir sehen uns gern als die gefährlichsten Jäger dieses Planeten, Jäger, die sogar die Menschen in ihrem eigenen Revier jagen können. Aber wenn wir ehrlich zu uns sind, dann brauchen wir die Menschen nicht nur, um uns zu ernähren. Die Wahrheit ist, dass wir nicht Jäger, sondern Symbionten sind. Und ich hoffe, dass die CAL das noch erkennen, bevor sie sich selbst in den Abgrund gestürzt haben, auch wenn es nicht besonders edel ist, ein Symbiont zu sein.“

„Kartes, das ist eine menschliche Beurteilung.“

„Ja, das stimmt, und es ist nur ein Beweis für die Richtigkeit meines Urteils. Mit jedem Jahrtausend, das wir unter ihnen leben, werden wir etwas menschlicher, was nicht unbedingt ein Vorteil ist. Wir sollten öfter zusammen kommen, um unsere eigene Identität nicht ganz zu verlieren", schlug Kartes vor.

„Ich weiß nicht, ob das helfen würde. Hast du schon mal darüber nachgedacht, dass der Weg der Kalimbi vielleicht der ist, mit den Menschen zu verschmelzen? Um in Altins Worten zu sprechen: Wir haben wahrscheinlich die gleichen evolutionären Wurzeln wie die Menschen."

„Das kann nicht dein Ernst sein. Wir sind nicht kompatibel", gab mir Kartes zur Antwort und offensichtlich war sie verwirrt und bestürzt.

„Es hat noch nie jemand versucht. So wie ihnen haben uns bis heute die Mythen unserer Entstehung genügt, um unsere Existenz und unsere Wurzeln zu begründen."

Kartes gab einen verächtlichen Laut von sich.

„Isasa, die Menschen haben die Kleidung erfunden, warum nicht wir? Weil wir keinen Schutz vor dem Wetter benötigen. Warum haben die Kalimbi keine Verwendung für die Schrift? Weil schon das Gedächtnis eines Individuums der Kalimbi weiter zurückreicht als das Wissen der Menschen. Ich bin fast 100.000 Jahre alt, ich werde bald sterben und trotzdem wirst du dann alles wissen, was ich weiß, weil wir als die Kinder des ALL-SCHAFFENDEN-LICHTS ein wirklich kollektives Gedächtnis besitzen, anders als die Menschen. Wir haben vielleicht die gleichen Wurzeln wie sie. Es ist möglich, dass die Kalimbi eine Mutation sind; nur sind wir die ersten, die aufrecht gingen und von daher ist es wahrscheinlicher, dass die Menschen die Mutanten sind. Aber das ist für uns nicht wichtig. Wir sind Kalimbi, wir sollten die Welt nicht nach dem Muster der Menschen erklären wollen. Eine Maus lebt in der Welt der Mäuse, du wirst nie einen Adler aus ihr machen können."

„Wir sind Adler, die unter Mäusen leben. Warum, Kartes, wunderst du dich, dass wir ein Fell bekommen? War es nicht das, was wir wollten, als wir uns entschieden, mit den Menschen zu leben?"

„Es war nicht auszuschließen, dass sich die Menschen in dieser Art über den Planeten ergießen würden. Und unser Weg ist es immer gewesen, uns an die Welt anzupassen."

„Die Menschen haben den Weg gewählt, die Welt an die Menschen anzupassen."

„Weil sie immer noch Angst haben, gefressen zu werden. Und dank uns ist das nicht ganz unbegründet."

Als ich gehen musste, hielt mich Kartes am Arm fest.

„Ich hatte einmal einen Wächter, der mir sehr nahe stand. Er vertrieb mir die Einsamkeit, weil er in der Lage war, sich am Rande meines Geistes zu bewegen. Meine Hoffnung, dass er das Nefe werden könnte, erfüllten sich nie. Jahr um Jahr sah ich, wie sehr sich dieser Mensch um das Leben seines letzten Nachkommen sorgte. Der Wächter sprach von nichts anderem zu mir als von dieser Sorge. Ich habe diesen Wächter sehr geliebt."

„Du hast das Kind gewählt?"

„Ja, das habe ich, obwohl das Kind den Lichtkörper nicht sehen konnte, obwohl ich wusste, dass es ein Fehler ist. In meinen Augen war dieses Kind taub und blind und ich verglich es immer mit seinem Vorgänger, aber das machte es auch nicht leichter. Ich hatte die Wahl getroffen und tat es, weil der Wächter mir so nahe gekommen war wie kein Mensch lange vor ihm. Es war deine Schwäche, I'-SE, lass nicht deinen Wächter dafür bezahlen."

So trennten wir uns dann wieder, um erneut alleine unter den Menschen zu leben, mit der Einsamkeit und den Einschränkungen, die für uns damit verbunden sind.

Das erfreuliche war, dass die Handwerker ein gutes Stück vorangekommen waren. Und das blieb auch so. Ich wollte sie endlich aus dem Haus haben und verzichtete darauf, von ihnen zu trinken.

Ich hatte mir Kartes-ELs Worte zu Herzen genommen. Ich hatte vor Jahren eine Entscheidung getroffen und es war nicht Arthurs Schuld, dass ich falsch gewählt hatte.

Ich traf mich mit Arthur in einer Eisdiele. Ich mag diese Jahreszeit, in der alles, was einen umgibt, voller Leben ist. Gierig nach Sonne und Licht tummelten sich die Menschen auf den Straßen und Plätzen und in den Eisdielen. Ich wusste nicht genau, ob es nicht noch zu kühl war, um sich diesem Genuss hinzugeben. Ich konnte mich doch nur auf das Thermometer verlassen. Dieses Thermometer hatte siebzehn Grad angezeigt - offensichtlich warm genug. Sogar Arthur, dem ich gegenüber saß, hatte seine Krawatte etwas gelockert. Er hatte ein kleines Mädchen mitgebracht, das er mir als seine Enkelin vorstellte. Keinen Moment zweifelte ich daran, dass es sein erster Versuch war, mir meinen neuen Wächter schmackhaft zu machen. In diesem Fall war ich allerdings fest entschlossen, mich bei meiner Wahl nicht von ihm beeinflussen zu lassen.

„Siehst du, ich habe es dir ja versprochen. Alles wie neu, die Heizung funktioniert wieder, der Kamin wird dir im Winter nicht den ganzen Rauch ins Zimmer blasen. Das einzige, was du dir wirklich noch anschaffen solltest, ist eine neue Küche."

„Ich esse nicht." Ich schenkte ihm ein Lächeln, das er nicht bemerkte, weil er es nicht fühlen konnte. Ich verbot mir den Gedanken an Erik, der so etwas immer gefühlt hatte, und verzog stattdessen das Gesicht zu einer Grimasse. Wenn ich besser mit ihm zurecht kommen wollte, musste ich das mehr üben.

„Was ich meine, ist, dass das Haus jetzt wieder eine menschenwürdige Unterkunft ist."

„Ja, es ist wirklich angenehm, dort zu wohnen. Ich finde es sogar recht luxuriös. Die meisten Menschen wohnen nicht so. Nun ja, kommen wir zu etwas anderem."

Arthur räusperte sich, etwas war ihm sichtlich unangenehm, sichtbar für Kalimbi.

„Hier, bitte." Er schob mir einen braunen Briefumschlag zu. „Ich könnte es dir überweisen, das wäre mir wirklich angenehmer. Das hier hat so etwas von einem Bittsteller."

„Mach dir keine Gedanken. Bankverbindungen sind überprüfbar, Bargeld ist mir lieber. Was ich brauche, ist ein Auto."

„Ein Auto?" Er schaute mich an, als hatte ich etwas Unmögliches von ihm verlangt.

„Ja, ein Auto, ist das ein Problem?"

„Für ein Auto braucht man einen Führerschein. Man muss Fahrstunden nehmen. Du kannst nicht einfach so los fahren." Er redete mit mir, als sei ich sechs Jahre alt.

„Ich fahre genauso gut wie du. Was immer ich an Papieren brauche, besorg sie, du bist der Wächter."

Er war bestürzt. „Du kannst doch nicht von mir verlangen, dass ich etwas Illegales tue. Ich bin Anwalt."

„Es gibt zwischen mir und dir eine Übereinkunft, ich sorge für deine Gesundheit und ein langes Leben, und du deinerseits hilfst mir, meine Existenz vor den anderen Menschen zu verbergen."

„Das hast du mit meinem Urgroßvater abgemacht, aber nicht mit mir."

„Und ganz nebenbei bist du der Nutznießer eines ansehnlichen Vermögens, dessen Herkunft du als Anwalt auch nicht wissen wolltest."

„Was bedeutet das?" Seine Augen verengten sich wahrhaftig zu Schlitzen.

Das erschreckte ihn doch mehr, als ich vermutet hatte. Ich argwöhnte, dass er fürchtete, der Fiskus sei hinter mir her.

„Es gab mal eine Zeit, da war meine Fähigkeit, Menschen ohne verdächtige Spuren zu töten, sehr gefragt. Ein Geschäft, das immer schon gut entlohnt wurde. Oder glaubst du wirklich, ich hätte dieses Geld mit meiner Hände Arbeit erworben?"

Genau so liefen die Gespräche zwischen uns immer ab. So sehr ich mich auch bemühte, ich fand keinen Zugang zu Arthur. Obwohl es für ihn offensichtlich wurde, dass ich meinen Teil der Vereinbarung einhielt, was ihm im Übrigen sein Arzt bestätigte. Der stellte bei

Routineuntersuchungen fest, dass sein Patient wie durch ein Wunder von beginnendem Rheuma und Prostatahypertrophie geheilt war, und der wahrscheinlich ein glühender Verfechter von Selbstheilungsmodellen wurde.

Die nun folgenden Seiten waren in der Handschrift von Theodora verfasst. Das war der einzige Unterschied, den Angélique feststellen konnte. Sowohl Helena, als auch Theodora, bedienten sich des gleichen Stils. Ohne eine Bildübertragung hätte man am Telefon nicht sagen können, mit wem man sprach, so ähnlich waren sie sich.

Theodoras Perspektive

Die schwere Erkrankung meiner Oma, wie du siehst haben wir Familie, oder besser: Ich hatte eine Familie, hatte mich in meine Heimatstadt zurückgebracht. Die Straßen meiner Kindheit zu durchstreifen war meine Art, von meiner Oma und meiner Kindheit Abschied zu nehmen. Ich war fest entschlossen, nicht mehr hierher zurück zu kehren. Diese Straßen jetzt erneut entlang zu gehen, die ich so lebhaft in Erinnerung hatte. Die vertrauten Gebäude wieder zu sehen. Es gab mir ein Gefühl von „nach Hause kommen". Die vielen Veränderungen versetzten mich in Erstaunen.

Da, dieses Eckhaus: Die Wunden, die ein längst vergangener Krieg in sein Fleisch geschlagen hatten, waren verschwunden. Ich erinnerte mich noch, wie ich mir auf dem Weg von der Schule nach Hause diese Wunden angesehen hatte, um eine Antwort auf die Frage zu finden, wie diese Löcher in der Hauswand wohl entstanden waren. Oder der leere, wie tot wirkende Garten, den diese unüberwindlich hohe Mauer vor Äpfel stehlenden Barbarenhorden schützen sollte. Ich erinnerte mich noch gut an den Tag, an dem ein lautes Geschrei die Luft erfüllte und der Feind unerbittlich schimpfend und drohend auf dem Balkon dieses geheimnisumwitterten Hauses erschienen war. Der Schrecken über dieses unerwartete Auftauchen war mir so in die Glieder gefahren, dass ich ohne meine Beute die Flucht ergriffen hatte. Nur mit knapper Not war ich über den Festungswall entkommen. Heute reichte mir dieser Wall bis zur Schulter. Ich musste lächeln.

Meine nächste Station war die Villa. Damals ist sie sehr abgelegen gewesen, sie lag scheinbar unberührt mitten in diesem Park, in dem ich als Kind gespielt hatte. Ganz alleine hatte ich dort gespielt. Keine meiner Freunde war bereit, das Loch in der Mauer zu durchschreiten, um diese verwunschene Welt zu erforschen und ihren Gefahren zu widerstehen.

Genau wie damals versperrte ein Tor die Auffahrt zum Haus. Das

Haus hatte sich nicht verändert. Der Efeu hatte in den letzten Dekaden mehr von der Hauswand erobert und hatte sich daran gemacht, einen Teil der Fenster zu verdecken. Aber sonst erschien mir das Haus unverändert, soweit ich es von meinem Platz aus sehen konnte. Ich begann, das Grundstück zu umrunden in der Hoffnung, das Loch in der Mauer sei noch an seinem Platz.

Nein, das war nicht irgendein Haus. Das hier war mein Schloss, meine Welt: Seit ich denken konnte, hatte ich mir gewünscht, in diesem Anwesen zu wohnen. Abends in meinem Bett hatte ich mir ausgemalt, wie es sein würde, durch die Räume zu gehen, hatte genau gesehen, wie die Zimmer eingerichtet waren, und die Luft einzuatmen und mich mit den Geistern dieser Gemäuer zu unterhalten. Jetzt, wo ich Schritt für Schritt diesen Teil meiner Kindheit umrundete, erinnerte ich mich. Der Grund, warum niemand bereit gewesen ist, mit mir in diesem Park zu spielen, war, weil alle glaubten, das Haus werde von einer Hexe bewohnt. Hannes behauptete sogar, er habe einmal gesehen, wie die Hexe aus dem Kamin geflogen sei. Nicht, dass ich es damals nicht für möglich gehalten hätte, nein, das war es nicht. Ich vermute mal, ich habe es geglaubt. Allerdings machte es mir keine Angst. Das Loch in der Mauer war verschwunden. Und so machte ich mich wieder auf den Weg zum Tor. Eine Frau kam die Auffahrt herunter. Ihr rotes Haar schimmerte im Sonnenlicht. Eigentlich hatte ich keinen Grund stehen zu bleiben. Doch ich blieb stehen, als habe man mich hypnotisiert. Die Frau öffnete das Tor und grüßte freundlich.

„Wohnen Sie hier?“ sprach ich sie an.

„Ja, das tue ich. Ich habe Sie schon beobachtet.“

Das war mir schon ein bisschen peinlich.

„Ich habe als Kind oft im Park gespielt, der sich gar nicht verändert hat. Er hat immer noch etwas Verwunschenes.“

„Ich mag es so. Nur das Loch in der Mauer, das habe ich schließen lassen. Sie haben früher hier in der Nähe gewohnt?“

„Oh ja, ich kannte Ihre Mutter. Entschuldigen Sie, aber es muss Ihre Mutter gewesen sein. Sie sehen ihr so ähnlich. Die gleichen roten Haare und die gleiche Statur." Einen Augenblick lang schaute sie an mir vorbei. Den Blick ganz weit in die Ferne gerichtet, so als erinnere sie sich an etwas, das schon Jahre her war.

„Ach so, ja, da sind Sie nicht die Einzige, der unsere Ähnlichkeit auffällt. Als Kind war das ganz anders. Da waren alle der Meinung, dass ich meinem Vater wie aus dem Gesicht geschnitten sei."

„An Ihren Vater kann ich mich nicht erinnern." Hoffentlich war ich jetzt nicht in ein Fettnäpfchen getreten.

„Ich würde Sie gerne zu einer Tasse Tee einladen, wenn Sie etwas Zeit haben."

Ohne zu überlegen, sagte ich ja. Gemeinsam gingen wir den Weg zum Haus entlang. In dem Augenblick, in dem ich die Diele betrat, hatte ich das Gefühl, nach Hause zu kommen. Es schien mir, als kenne ich jeden Stein dieses Hauses schon seit Ewigkeiten. Ich erinnerte mich, so oft von diesem Haus geträumt zu haben. Es war dieses Gefühl, alles das schon einmal erlebt zu haben. Ein Dejà-vue, genau das war es. Die Stimme der jungen Frau brachte mich wieder in die Wirklichkeit zurück.

„Wenn es Ihnen nichts ausmacht, gehen wir in die Küche."

Die Küche hatte sich genauso wenig verändert wie das Äußere des Hauses. In der Mitte des Raumes stand der große Tisch, an dem mindestens zehn oder zwölf Personen Platz fanden. Durch die Fenster fiel ein mildes Licht herein. Sogar der alte Holzofen stand noch an seinem Platz. Im Winter strömte dieser Ofen eine angenehme Wärme aus. Ich erinnerte mich an die dickwandigen Tassen mit dem blauen Rand, aus denen ich oft Kakao getrunken hatte. Die Milch machte die Mutter meiner heutigen Gastgeberin allerdings auf einer kleinen Kochplatte warm. Wenigstens im Sommer. Sie tat es extra für mich. Kakao mag ich auch heute noch am liebsten warm.

Diese Küche wieder zu betreten, der mir so vertraute Geruch, das alles löste eine Flut von Geborgenheit in mir aus.

„Ich war oft hier bei Ihrer Mutter. Jedes Mal, wenn ich kam, machte sie mir einen Kakao."

„Mit drei Löffeln Zucker." Wieder lächelte sie wie ein Mensch, der sich an etwas erinnert.

„Das hat Ihnen Ihre Mutter erzählt?"

Sie gab mir keine Antwort und ich hatte das Gefühl, dass ich nicht weiter in diese Richtung gehen sollte.

„Meine Mutter war, glaube ich, ganz froh, dass ich nicht den ganzen Tag auf der Straße verbrachte. Ich meine, dass es da jemanden gab, der sich um mich kümmerte. Ein wenig jedenfalls. Obwohl Ihre Mutter sehr zurück gezogen lebte", sagte ich.

„Das ist eine Eigenart meiner Familie. Wir haben alle wenig Kontakt zu Menschen - möchten Sie sich das Haus ansehen?"

Ich hatte es nicht gewagt, meine Gastgeberin darum zu bitten. Nahm das Angebot also freudig an. Jeder Schritt, den ich in diesem Haus machte, beruhigte mich und verstärkte das Gefühl, nach Hause gekommen zu sein.

Am Ende der Führung wäre ich gerne geblieben, um so mehr als dass sich auch in dem Haus selbst nichts verändert hatte. Es war als sei Helena gar nicht weg.

„Vielen Dank für den Tee und die Führung. Wir haben uns gar nicht miteinander bekannt gemacht. Ich heiße Theodora."

„Helena", gab sie zur Antwort. Ich war völlig perplex.

Helena gab mir die Hand, bevor ich etwas sagen konnte.

„Kommen Sie nach Hause, Theodora." Von ihrer Hand ging ein warmer Fluss aus, der sich wie tausend Ameisen meinen Arm hoch bewegte.

Erschrocken befreite ich meine Hand. Das durfte nicht sein. Alle sagten, dass ich mich darauf nicht einlassen dürfe. Das sind die ersten Schritte, die mich wieder in diese andere Welt hinein bringen würden. Das durfte nicht sein. So viele Jahre hatte ich darum gekämpft Ordnung in mein Leben zu bekommen. Ich würde nicht hierher zurückkommen.

Es ist schon ein Fehler gewesen, zum Park zu gehen. So schnell ich konnte, fuhr ich nach Hause.

In der Nacht träumte ich, ich stand am Rand einer Klippe. Die war so hoch, dass ich beim herunter schauen das Meer nicht erkennen konnte, obwohl es ein heller schöner Tag war. Ich sprang herunter, weil ich unbedingt am Meer entlang gehen wollte. Und mitten in der Luft schwebte eine alte Frau auf mich zu, auf einem Baumstamm sitzend, mit einer Hakennase, die eine große Warze zierte. Ihr Haar war dünn und flatterte im Wind. Sie trug einen grünen Rock, ein eiserner Harnisch bedeckte ihre Brust. Aus dem freien Fall, in dem ich mich befand, landete ich genau auf diesem Baumstamm. Die Alte grinste mich an, wobei ich ihren letzten Zahn sah. Eine Hexe par excellence. Sie sagte etwas, das sich anhörte wie „Kalimbi hat lange auf dich gewartet." Dann landeten wir sanft in einem Büro, wo ich den Mietvertrag für das Haus im Park unterschrieb.

In den nächsten Nächten intensivierte sich mein Traumleben noch. Drei Tage nach meinem Besuch bei Helenas Tochter träumte ich: Eine Frau, die ich bin und gleichzeitig nicht, rennt durch eine schmale Gasse. Links und rechts stehen Gaslaternen, deren Flammen kaum Licht spenden, so dass die ganze Gasse in beleuchtete Zonen und Zonen der Dunkelheit aufgeteilt ist. Hinter ihr ist eine Gestalt, manchmal menschlich, dann wieder ein Tier. Die Frau, die ich bin, versucht, dem Untier zu entkommen, das sie verfolgt. Während sie läuft, verwandelt sich der Boden unter ihren Füßen in Treibsand, so dass sie kaum noch voran kommt und der Verfolger sich unerbittlich nähert. Wenn die Frau, die ich bin, sich zu ihm umdreht, verändert er immer seine Gestalt. Aber je näher er kommt, um so deutlicher sieht man, dass es ein Mensch ist. Die Frau, die ich bin, kommt jetzt kaum noch weiter. Sie bleibt stehen, weil sie ganz und gar erschöpft ist, und im gleichen Augenblick erreicht sie der Jäger. Trotz der Dunkelheit, die uns umgibt, erkenne ich, dass es jetzt eine Frau ist, etwas kleiner als die Frau, die ich bin. Die Frau küsst mich und in diesem Augenblick habe ich gar keine Angst mehr.

In dieser Zeit schlief ich zunehmend schlechter, was nicht nur durch die intensiven Träume verursacht wurde. Eine innere Unruhe trieb mich schon nach wenigen Stunden Schlaf aus dem Bett. Ich versuchte zu lesen, konnte mich aber nicht darauf konzentrieren. Um dem mich beengenden Raum zu entkommen, machte ich lange Spaziergänge durch die nächtlichen Straßen. Ich hatte nie Angst, auch sehr spät noch durch die Stadt zu gehen. Ich wusste einfach, dass mir niemand etwas anhaben konnte. Ganz im Gegenteil, ich war gefährlicher als alles, was mir auf meinen Streifzügen begegnen würde. In manchen Nächten pulsierte mein Körper, meine Schritte waren kraftvoll und federten etwas. Meine Augen waren besser als je zuvor. Meine ganze Wahrnehmung war besser geworden. Einen Menschen, der hinter mir ging, spürte ich schon, bevor ich ihn hören konnte. Mein Nacken begann in solchen Fällen zu kribbeln.

Ich ging nicht mehr zur Arbeit. Ich vergaß es ganz einfach. Dann ignorierte ich die Anrufe und Schreiben, die ich bekam. Viel wichtiger als das war diese neue Art des Sehens, des Denkens und des Fühlens zu erforschen. Ich konnte das feine Gespinst aus Farben sehen, das alle Menschen umgibt. Nicht nur die Menschen, alle Lebewesen. Ihre Gedanken waren in meinem Kopf. Weil ich nur noch wenige Stunden in der Nacht schlief, begann ich im Wachsein zu träumen. Tagelang lag ich fast bewegungslos auf dem Sofa oder auch auf dem Boden. Durchstreifte meine Träume. Es war eine unendliche Flut von Bildern und Gefühlen, die sich da in meiner Wohnung ausbreitete.

Ich lag in einem einfach gezimmerten Bett, in meinen Armen schlief eine Frau. Ihre Atemzüge gingen ganz ruhig, schon ewig hatte sie sich nicht bewegt und ich tat es auch nicht, um sie nicht zu wecken. Im Zimmer war es sehr kalt, bei jedem Atemzug kondensierte die Luft um ihre Nase. Dem schaute ich stundenlang zu. Und genoss das Farbenspiel aus Rot, Blau und Grün, das von ihrer schwarzen Haut ausging. Es gab

Momente, wo diese Farben in mich hinein flossen, jede von ihnen schmeckte anders. Das Rot hatte den Geschmack von Vanille. Grün dagegen schmeckt etwas metallisch und Blau wie Himbeeren. Danach fühlte ich mich immer gesättigt, nein, noch mehr als gesättigt, es war wie neu belebt.

Fast berauscht war ich, als ich zusammen mit einem anderen, von dem ich nicht weiß, ob es Mann oder Frau war, in diesem römischen Theater war. Weder mich noch meine Begleitung interessierten die Gladiatorenkämpfe oder die anderen Spiele, die dargeboten wurden. Das Berauschende war für uns diese Wolke aus Emotionen, die über dem ganzen Zirkus lag. Das Licht flutete unaufhaltsam in mich hinein. Es war mein Ehrgeiz, es zu steuern, trotz seiner Intensität. Zunächst gelang es mir gut, nicht die Kontrolle zu verlieren. Darum handelte die Wette mit meinem/meiner Begleitung. Das Licht verursachte nur ein feines Kribbeln in meinem Körper. Und ich triumphierte schon, ich würde gewinnen. Von einem Augenblick zum anderen brach es dann über mich hinein. Meine Kontrollen versagten. Mein Körper wurde von der Gewalt des Lichtes förmlich in die Höhe gerissen und ich schwebte über diesem Schauspiel. Ich war nicht mehr in meinem Körper, das fühlte ich ganz genau. Panische Angst überkam mich. Ich riss die Augen auf. Aber die Bilder hörten nicht auf. Ich sah zwar die Einrichtung des Zimmers, in dem ich war, gleichzeitig schwebte ich ohne Körper über dieser Arena. Dann stürzte ich zurück, rasend schnell. Diesmal klammerte ich mich an meinen Körper, der in der Mitte aufgerissen wurde. Blutig und stinkend quollen seine Gedärme hervor. Ich spürte den rauen Teppich an meinem Gesicht, ich hatte keine Schmerzen, aber meine Hände pressten sich gegen meinen unversehrten Leib und ich schrie, schrie und schrie. Und während ich so dalag, beugte sich mein Begleiter zu mir hin und sagte: „Ist es nicht phantastisch? Darum lebe ich so gern in Rom!“

„Es ist besser als töten“, hörte ich eine Stimme antworten.

Ich will dir jetzt nicht alle Ereignisse erzählen, die mich in diesen Tagen beschäftigten, in denen ich in diesen anderen Welten gelebt habe. Nicht alle davon waren unangenehm oder beängstigend, es gab auch viele, die ich als angenehm empfand. Zuerst hörte ich die Stimmen ganz leise. Aber mit der Zeit wurden sie lauter. Manchmal war das sehr störend. Zum Beispiel, wenn ich telefonierte, dann war es sehr schwierig, die verschiedenen Stimmen zu unterscheiden. Deswegen dauerte es nicht lange, bis dass ich den Hörer nicht mehr abnahm. Außerdem ist es schwer sich auf etwas anderes zu konzentrieren, wenn die Stimmen zu laut sind. Die Dinge, die ich erlebte, die Stimmen, all das strengte mich sehr an. Die Stimmen unterhielten sich zum Teil in Sprachen, die ich nicht verstand, die mir jedoch bekannt vorkamen. Manches aber verstand ich. Und das schien auch für mich bestimmt. Eine der Stimmen sagte immer das gleiche: „Das sind nicht deine Erinnerungen. Es sind die meinen. Wende dich von ihnen ab." Oder sie sagte: „Komm nach Hause." Die Stimme sagte die Wahrheit. Diese Bilder wurden mir von jemand anderem eingegeben. Und obwohl ich diesen jemand tage und nächtelang in den Straßen suchte, konnte ich ihn nicht finden. Diese Nervosität und Unruhe, die es mir unmöglich machten lange in meiner Wohnung zu bleiben, besserten sich in den Wochen nicht, ganz im Gegenteil, ich wurde zunehmend gereizter.

Ich nehme mal an, dass es nicht lange dauerte, bis Verena bei mir vorbei kam, um nach dem Rechten zu sehen. Schließlich wurde sie dafür bezahlt, ein Auge darauf zu haben, dass ich nicht wieder verrückt wurde. Verena vom Verein zur Wiedereingliederung psychisch Kranker. Ich nannte es träumen, aber sie nennen es anders. Paranoid-halluzinatorische Psychose. Sie lassen dich nie wieder in Ruhe. Sie nennen es Betreuung, aber eigentlich kontrollieren sie dich nur. - Lange vorbei.

Ich konnte nicht richtig verstehen, was sie sagte. Die Dinge und Ereignisse, die ich sah, nahmen meine ganze Aufmerksamkeit gefangen. Ich erinnere mich noch, dass ich die Tabletten nahm, die Verena mir gab.

Aber an mehr kann ich mich nach so langer Zeit nicht mehr erinnern. Das ganze war sowieso unsinnig. Ich hatte so viele Psychopharmaka im Leib, die reichten für Monate .

Angélique hielt inne, las nicht weiter. Psychopharmaka wurden schon seit mindestens fünfundsiebzig Jahren nicht mehr zur Behandlung psychischer Erkrankungen verwendet. Sie erinnerte sich, dass ihr Professor den Einsatz von Medikamenten in der Psychiatrie als die Barbarei des 20. Jahrhunderts bezeichnet hatte. Das war der zweite Hinweis darauf, dass sowohl Helena als auch Theodora älter waren, als es schien. Beide waren Vampire. Die Frage war nur, wie bekommen Vampire Kinder.

Es war ein Sonntag, so gegen sechs Uhr morgens, als Helena zu mir kam. Plötzlich stand sie vor mir. Sie war wunderschön. Sie trug ein strahlend weißes Kleid. Ihre Haar fielen lose herab und schimmerten wie poliertes Kupfer. Ihre Haut war fast durchsichtig. Die ganze Gestalt war wie durchscheinend. Ich taumelte in ihre Arme. Ihr Licht hüllte mich ein. Warm und angenehm. Sie roch so gut. Ich schmiegte mich an sie, so wie ich es als Kind immer getan hatte. Genau wie damals legte sich dieser Mantel aus Zärtlichkeit und Geborgenheit um mich. Wie hatte ich glauben können, dass Helena tot sei. In diesem Augenblick wusste ich, dass sie am leben war. Die Stimme in meinem Kopf, das war die ihre, und jetzt in diesem Augenblick rief sie mich nach Hause. Das war es, was die Stimme die ganze Zeit von mir gefordert hatte. Sie sagte:

„Komm nach Hause."

Augenblicklich machte ich mich auf den Weg zum Haus im Park.

Am Bahnhof wartete Helena auf mich. Sie war nicht allein, ein älterer Mann, den ich bereits in meinen Träumen gesehen hatte, war bei ihr. Es ging mir so schlecht, dass ich kaum noch einen vollständigen Satz heraus brachte. Helena legte, ohne ein Wort zu sagen, ihren Arm um mich. Der Mann, der sie begleitete, trat unwillkürlich einen Schritt zurück und rümpfte die Nase. Heute weiß ich, dass ich fürchterlich gestunken haben muss. Es war schon etwas her, dass ich mich um meine Körperpflege gekümmert hatte. Als wir in Arthurs Wagen saßen, fühlte ich mich bereits besser. Meine Nervosität ließ merklich nach. Ich hörte nur noch eine Stimme, die zwar immer noch sehr laut war, die Botschaft verstand ich jedoch: „Ganz ruhig, ich werde dir helfen, hab keine Angst mehr!"

Ich erinnere mich nicht an die Einzelheiten der Fahrt, nur noch daran, dass Arthur mich unentwegt im Rückspiegel beobachtete. Er sagte: „Sie ist verrückt."

„Sie ist nicht verrückt. Sie ist das Nefe", gab ihm Helena zur Antwort. Und was war ein Nefe?

Als wir in der Villa ankamen, war die Stimme verstummt. Und auch die Bilder schienen sich von mir entfernt zu haben.

„Du solltest schlafen", sagte Helena.

„Ich finde, unser Gast sollte lieber baden. Ich will Ihnen nicht zu nahe treten, aber Sie stinken", sagte Arthur zu mir gewandt.

Helena, die mich keinen Moment los ließ, stimmte ihm zu. Dann gaben sie mir etwas zu essen. Wobei ich erst da merkte, dass die Körperpflege nicht das einzige war, das ich in den letzten Tagen vernachlässigt hatte. Das erste Mal schlief ich traumlos. Heute weiß ich natürlich wie stark Helenas Einfluss an diesem Tag war. Von dem Zeitpunkt an, in dem sie mich am Bahnhof in Empfang genommen hatte, hatte sie jedes meiner Gefühle reguliert, und meine Wahrnehmung beeinflusst. Darum hatte ich mich so schnell erholt.

Als ich wach wurde, war es schon dunkel. Eine kleine Lampe brannte neben meinem Bett. Helena saß bei mir. In meinem Kopf war es ganz still. So beängstigend es ist, wenn die Träume beginnen, genauso schlimm ist es, wenn die Stimmen und Bilder dich verlassen haben. Dann ist die Welt leer und stumpf. Für mich ist auch das beängstigend, es ist, als wenn ich amputiert worden wäre.

Ganz in Ordnung war ich immer noch nicht. Helena strahlte in einem hellen klaren Licht wie ein Engel. Der strahlende Glanz, der von ihr ausging, reichte bestimmt eine Armeslänge weit. Eine ganze Zeit sprachen wir nicht. Ich versuchte mich an die ungewohnte Welt ohne die Stimmen zu gewöhnen.

„Gut geschlafen?“ Helena gab mir einen Kaffeebecher. „Kakao mit drei Löffeln Zucker.“

„Wie spät ist es?“

„Fünf Uhr morgens.“

„Sie haben die ganze Nacht hier gesessen?“

Helena schüttelte den Kopf. Ich schloss die Augen, zum einen, weil eine neue Welle von Müdigkeit mich überkam, zum anderen irritierte mich das Licht, welches von Helena ausging. Als ich das zweite Mal erwachte, war ich allein. Der Tag lugte durch die Vorhänge. Wenigstens körperlich fühlte ich mich erholt. Zu meinem Leben gehörte, dass ich mich in fremdartigen, unerklärlichen Situationen wieder fand. Und das war eine solche Situation. Hier gab es mehr Fragen als Antworten. Ich war ohne jemandem Bescheid zu sagen in diese Stadt gefahren und wurde von zwei Menschen, die ich nicht kannte, vom Bahnhof abgeholt. Die brachten mich in Helenas Haus, deren Tochter nicht nur den gleichen Namen trug, nicht nur das - nein, sie war ihrer Mutter wie aus dem Gesicht geschnitten.

Angélique war ihrer Mutter ebenfalls wie aus dem Gesicht geschnitten. Je älter Angélique wurde, um so deutlicher trat ihre Ähnlichkeit hervor.

Mir hatte man so oft gesagt, dass ich mich irrte (ich war ja auch irre), dass es für meine Vermutungen ganz einfache Erklärungen gab und dass meine Annahmen falsch seien, so dass ich vorsichtig geworden war, allzu merkwürdige Fragen zu stellen. Auch dann, wenn jede einzelne davon gerechtfertigt war. Auf einem der Stühle fand ich saubere Kleidungsstücke, die ich anzog. Von meinen eigenen Sachen fand ich nichts. Meine Hoffnung, unbemerkt das Haus verlassen zu können, zerschlug sich, als ich auf der Treppe Helena begegnete. Sie trug so etwas wie einen Karateanzug. Das weiße Licht, das von ihr ausging, war unverändert intensiv. Was nur bedeuten konnte, dass ich unverändert halluzinierte.

„Du siehst schon viel besser aus als gestern."

Ihr Lächeln erzeugte ein warmes Gefühl der Zuneigung in meinem Bauch.

„Hast du Hunger? Ich bin mir nie sicher, wann ihr Menschen etwas essen müsst."

Ich musste lachen: „Sie reden genauso komisch wie Ihre Mutter. - Nein, ich habe keinen Hunger."

„Dann einen Tee." Sie schob mich förmlich ins Wohnzimmer.

Eigentlich wollte ich unbedingt hier weg. Die ganze Situation war mir unangenehm. Wer weiß, was ich als nächstes tun würde. Gehorsam aber setzte ich mich und nahm die angebotene Tasse Tee.

„Es ist gut, dass du hierher gekommen bist."

Ich musste lachen. Eine Halluzination hatte mich in dieses Haus geführt und diese Frau hielt es für ein Glück. Ich wollte etwas sagen, aber Helena stoppte mich mit einer Handbewegung.

„Hör mir einfach zu. Kannst du dich noch daran erinnern, wie du", sie machte eine kaum merkliche Pause, „meine Mutter kennen gelernt hast? Du sagtest ‚Du bist aber eine schöne bunte Dame.' Du standest gut zwei Meter von mir entfernt. Und du hattest keine Angst."

Helena hatte gesagt, ich hätte zwei Meter von ihr entfernt gestanden. Sie hatte nicht von ihrer Mutter gesprochen. Während meiner Träume hatte ich es gewusst, Helena, meine Helena, war nicht tot. Es ist ihre Stimme gewesen, die mich hierher gerufen hatte. Aber das war nur eine Halluzination. Das war nicht real. Konnte einfach nicht real sein. Genauso ist es gewesen. Das Farbenspiel, das Helena - welche auch immer - umgab, hatte mich als Kind fasziniert und ich hatte keine Angst vor ihr.

„Die Stimmen, die du gehört hast, haben dir gesagt, dass du hierher kommen sollst. Außerdem haben sie dir gesagt, dass die Dinge, die du siehst, nicht deine Erinnerung sind. Zum Beispiel die, als du mit dem Mann Namens Erik getanzt hast. Erik sagte, dass er einmal das Vergnügen haben würde mit dir tanzen zu können, habe er sich nicht träumen lassen. Du hast gelacht und gesagt, dass man bei einem Kalimbi mit allem rechnen müsse."

Das konnte sie auf keinen Fall wissen, es war unmöglich. Helena erzählte das, als sei sie in meinem Film dabei gewesen. Das war genau das, was mich krank machte. Das Gefühl, jemand sei in meinem Kopf.

„Das kannst du nicht wissen. Das sind Angelegenheiten, die du nicht wissen kannst." Ich merkte, dass ich in Panik geriet, die plötzlich wie durch Zauberhand wieder verschwand. Das strahlende Weiß, welches von Helena ausging, bekam eine kurze Weile einen braunen Schleier.

„Du brauchst keine Angst zu haben. Hör mir bitte zu. Kannst du dich an den Tag erinnern, an dem du mit dem Fahrrad gefallen bist? Du hattest dir beide Hände und die Knie aufgeschlagen."

Jetzt, wo Helena es erzählte, erinnerte ich mich. Ich war einen Schotterweg entlang gefahren und beim Bremsen gestürzt. Ich blutete sehr stark und die Abschürfungen waren voller kleiner Splitter. Zuerst war ich zu Helena gefahren, nicht etwa zu meinen Eltern oder meiner Oma. Bis zum heutigen Tag hatte ich es wirklich vergessen. Nein, man hatte mir beigebracht es zu vergessen. In der Küche hatte Helena die Wunden vorsichtig abgetupft. Und dann hatte sie ihre Hände über die Verletzungen gehalten. Zunächst hatte ich ein leichtes Kribbeln gefühlt, dann war es einen Moment lang ganz heiß geworden. Aus ihren Händen war ein grünes Licht gekommen. Aber die Verletzungen waren in diesen wenigen Minuten vollständig verschwunden. Ich fragte sie: „Wie hast du das gemacht?"

„Es ist ein Zaubertrick", hatte sie geantwortet. Meine Eltern hatten mir kein Wort geglaubt. Ich war eben ein mit Phantasie gesegnetes Kind.

„Ich erinnere mich, du sagtest, es sei ein Zaubertrick." Ich durfte mich nicht von ihr verwirren lassen. „Deine Mutter sagte, es war ein Zaubertrick. Als Kind habe ich das geglaubt, aber es ist ja klar, dass es so ein Sprühverband war. Oder so etwas ähnliches."

„Ein Sprühverband?"

Ihre Aura verfärbte sich erneut, für einen Atemzug lang wurde sie zu einem dunklen Rosa.

„So kommen wir nicht weiter. - Egal, was sie dir einreden wollen, du bist nicht verrückt. Du kannst dich auf deine Wahrnehmung verlassen. Wenn Du ehrlich bist, dann siehst du die Farben doch jetzt auch."

Angélique war so erleichtert, dass auch Theodora die Aura von Menschen sehen konnte. Diese Fähigkeit hatte sie also von ihren Eltern geerbt, die Vampire waren, wie absurd.

„Ja, ich sehe sie", gestand ich widerstrebend, eine Abweichung von der Norm einzugestehen, damit hatte ich keine guten Erfahrungen gemacht. „Jetzt sag mir endlich, was dass hier alles soll! Oder ich gehe auf der Stelle."

Mein Gegenüber schien einen Moment darüber nachzudenken, was sie jetzt als nächstes tun sollte. Dann hatte sie anscheinend eine Entscheidung getroffen

„Wie schon gesagt, du bist nicht krank. Du hast nur eine besondere Veranlagung, die man nicht oft bei den Menschen findet. Diese Veranlagung ist die Erklärung, warum du diese Bilder siehst, meine Stimme hörst und das Lichtkleid von Menschen sehen kannst."

Mir hatten schon so viele Leute abgefahrene Geschichten erzählt, da kam es auf eine mehr oder weniger auch nicht an. Ich schenkte mir noch einen Tee ein. Dabei fiel mir auf, dass Helena ihre Tasse noch nicht angerührt hatte.

„Allerdings gebe ich zu, dass die Erklärung für deine Erlebnisse phantastisch ist. Und vermutlich schwer zu glauben." Sie lächelte und fuhr fort:

„Ich bin ein Vampir. Das einzige Wort in deiner Sprache, das es für uns gibt. Es wird uns nicht gerecht und ist eine Beleidigung, so, wie dich eine Geistesgestörte zu nennen."

Ich bekam einen Lachanfall. Tee tropfte auf den Teppich. Und Tränen liefen mir die Wangen herab.

„Und jetzt bist du hinter meinem Blut her. Und dafür der ganze Aufwand!" brachte ich zwischen zwei Lachanfällen heraus. „Mann, du bist ja noch irrer als ich."

Es ist immer ein gutes Gefühl jemanden zu treffen, dem es noch schlechter geht als einem selbst. Nur war mir das wirklich zu verrückt.

„Es tut mir leid, aber unter der Bedingung, dass du mich aussaugst, muss ich jetzt leider gehen."

Anstatt aufzustehen, wie ich es vorhatte, blieb ich starr sitzen. Ich konnte mich nicht bewegen. ‚Steh auf!' dachte ich, aber der Körper bewegte sich nicht. Tatsache war, dass ich ihn nicht mehr fühlte. Ich wollte aufstehen, ich sah meine Beine, meine Hand, welche die Teetasse hielt. Noch einmal dachte ich: ‚Steh auf!' Ich konzentrierte meinen ganzen Willen darauf, so wie bei einem Tausendmeterlauf, wenn du nur noch das Ziel vor Augen hast, und deine Beine sich automatisch bewegen. Nur bewegten sich meine Beine nicht. Der Wille aufzustehen schien auf dem Weg zu meinem Körper zu versickern.

„Entschuldige mich einen Moment. Ich bin gleich wieder da."

Ich konnte nicht antworten. Nicht einmal die Augenlieder bewegten sich noch. Ein Stupor, eine Regungslosigkeit, dachte ich mir. Psychiater haben für jede menschliche Regung einen Namen. Ich hörte alles ganz genau. Das Ticken der Uhr, das leise Sieden des Tees in der Kanne. Ich war wach und konnte mich nach wie vor nicht bewegen.

„Theodora, meiden Sie jede Aufregung. Das fördert den Ausbruch der Erkrankung", hatte Verena gesagt.

Ich war dem Tode geweiht. Einer wirklich Irren in die Hände gefallen. Das wurde mir klar, als Helena mit einem Messer zurückkam. Sie begann sich auszuziehen, wenn ich gekonnt hätte, hätte ich jetzt aus Leibeskräften geschrieen. Als nächstes schob sie den Ärmel an meinem rechten Arm bis zum Ellbogen hoch.

„Ich bin nicht auf dein Blut erpicht. Wie es scheint, bist du aber nur durch einen sicht- und fühlbaren Beweis davon zu überzeugen, dass ich die Wahrheit sage. In diesem Moment kannst du deinen Körper nicht spüren. Du wirst den Schnitt ebenfalls kaum spüren, das Messer ist sehr scharf."

Ich konnte meinen Arm wieder spüren. Stell dir vor, du trägst deinen Arm wochenlang in einer Schiene und dann kannst du ihn plötzlich wieder bewegen. Es ist, als sei er gerade wieder an deinem Körper angekommen. Genauso war es.

Es war ein schneller, sicherer Schnitt an meinem Unterarm entlang. Helena hatte recht, ich spürte ihn wirklich kaum. Aber ich spürte ihn. Der Schnitt war tief und blutete ziemlich heftig. Ich rechnete damit, dass sie sich gierig auf diese Wunde stürzen würde.

Mein Gott, mach doch, dass ich mich wieder bewegen kann. Ich saß bewegungslos in einem Horrorfilm. Eine nackte Frau, warum eigentlich nackt, schnitt mir eine zehn Zentimeter lange Wunde in den Arm, um mein Blut zu trinken. An dieser Stelle wurden meine Erwartungen das erste Mal enttäuscht. Helena trank mein Blut nicht, sie hielt den Arm, so dass das Blut aus der Wunde in eine kleine Schale lief, die sie mitgebracht hatte.

„Nur als Beweismittel für deinen zweifelnden Verstand", sagte sie.

Ich hörte nicht auf die Wunde anzustarren. Helena hielt immer noch meinen Arm fest. Dann hielt sie ihre linke Hand mit der Handfläche nach oben über die Wunde. Ein transparenter grüner Ball schien in ihrer Hand zu liegen.

„Hast du es gesehen?" fragte sie mich.

Ja, ich hatte es gesehen und ich war sicher, dass es keine Halluzination war.

„Dann machen wir jetzt weiter."

Helena dreht ihre Hand und fuhr langsam, damit ich alles genau sehen konnte, die Verletzung entlang. Ohne eine Spur schloss sich der Schnitt. Das einzige, was übrig blieb, war das Blut auf meiner Haut. Helena zog sich wieder an und setzte sich wieder mir gegenüber.

„Gleich gebe ich dich frei, so dass du dich wieder bewegen kannst. Dann kannst du gehen oder du kannst bleiben, ganz wie du willst."

Ich war wieder Herrin über meinen Körper. Und ich blieb sitzen. Mein Blick fiel auf die Schale mit dem Blut. Helena würdigte diese Schale mit keinem Blick.

Es stimmte also, ich hatte mir das alles nicht eingebildet. Das, was gerade geschehen war, es war keine Halluzination. Merkwürdigerweise beruhigte mich das. Ich saß in diesem Horror, und die Vorstellung es mir nicht einzubilden beruhigte mich. Ich war verrückt.

„Stört es, wenn ich rauche?"

Helena schüttelte den Kopf.

„Wenn du ein Vampir bist", ich spürte ein angespanntes Lachen in mir aufsteigen, „dann müsstest du dieser Schale da doch kaum widerstehen können?" Ein Kichern entfuhr mir.

„Ich trinke kein Blut. - Eine Nahrungsmittelallergie, wenn du so willst."

Helena war selbst schuld, ich brach erneut in ungehemmtes Lachen aus. Was ich zu unterdrücken versuchte. Ich wollte nicht noch einmal in diese Starre fallen.

„Ich sagte ja schon, dass der Begriff uns nicht gerecht wird. Der menschliche Mythos vom Vampir hat mit uns nichts zu tun. Ich trinke kein Blut. Mein Volk verehrt die Sonne als Symbol des Lebensspendenden Lichts. Niemals würde ich es verpassen, zum Sonnenaufgang die Gebete ans ALL-SCHAFFENDE-LICHT zu sprechen. Knoblauch stört mich nur insoweit, als dass es einen schlechten Atem macht. Habe ich etwas vergessen? Ach ja, Silberkugeln, ich bevorzuge Silberschmuck, wie du sehen kannst." Helena hielt mir die Kette entgegen, die sie trug.

„Feuer, geweihtes Wasser und auch christliche Symbole können mir nichts anhaben. Warum auch, ich habe so viele Religionen kommen und gehen sehen, warum sollte die hier verbreitete gefährlich für mich sein? Ich bin ein lebendes Wesen, ich bin sterblich, so wie du es bist. Da ich keine gottverlassene Untote bin, haben diese Dinge für mich genauso wenig oder soviel Bedeutung wie für dich."

Jetzt lachte ich nicht mehr. Ganz langsam sickerte es in meinen Kopf. Diese Frau mir gegenüber meinte jedes Wort, das sie sagte, ernst. Ich steckt mir noch eine Zigarette an.

„Wenn du also ein Vampir bist", ein Schatten huschte bei meinen Worten über ihr Gesicht, „also wenn du so was bist, du aber kein Blut aus den Leuten saugst, was willst du dann von mir? - Was …, ich meine, was mache ich hier, wenn du nicht mein Blut willst?"

Ich schwöre, seit Jahren hatte mich niemand mehr so liebevoll angesehen wie Helena in diesem Moment.

„Du bist hier, weil ein kleines Mädchen Namens Theodora zu mir sagte ‚Du bist aber eine schöne Dame'. Nur wenige Menschen können einen Kalimbi erkennen, wenn sie ihn sehen. Die wenigen, die das vermögen, haben sehr viel mit uns gemeinsam. Es in deiner Sprache zu erklären, ist fast unmöglich, den Menschensprachen fehlen dafür die Worte. Die Lichttrinker und die Menschen, die das Licht sehen, wir sind Seelenverwandte. Oder nenne es Blutsgeschwister."

„Und das ist meine Gabe oder Veranlagung, von der du gesprochen hast?"

„Ja, die Bilder, die du siehst, sind meine Erinnerungen."

„Was?" Meine Zweifel meldeten sich wieder, ich musste mich zurück halten um nicht aufzuspringen.

„Kannst du dich entsinnen, wie wir beide das Träumespiel gespielt haben?"

Natürlich konnte ich mich ans Träumespiel erinnern. Es ist einer meiner Lieblingsspiele gewesen. Ein Spiel, das ich nur mit Helena gespielt hatte. Wir waren gemeinsam auf abenteuerliche Reisen gegangen. Zum Nordpol, zu den Indianern, aber auch auf den Mond. Wir hatten Prinzessinnen aus Lebensgefahr gerettet und geheimnisvolle Schriften entziffert. Die Träumspiele: Zuerst hatte Helena mir eine Geschichte erzählt. Ihre Worte verwandelten sich in meinem Kopf in Bilder, je weiter sie die Geschichte spann, umso lebhafter wurden diese Eindrücke. Immer kam die Zeit, wo ich ihre Stimme in meinem Kopf hörte. Als Kind fand ich es normal, dass ich ihre Stimme hörte, obwohl sie nicht die Lippen bewegte. Das war bei weitem noch nicht alles. Nachdem ich ihre Stimme hören konnte, dauerte es nicht lange, bis dass wir beide uns gemeinsam in der Geschichte bewegten, als wenn man Mitspieler in einem Fernsehfilm wird, den man sich gerade ansieht. Das war für mich so normal, dass ich mich wunderte, warum andere Erwachsene ihre Geschichten nicht genauso erzählten. Richtig spannend wurde das Träumespiel für mich dann, wenn ich Helena Geschichten erzählte, sie meine Stimme in ihrem Kopf hörte und wir in meinen Geschichten mitspielten.

Ich vermute, du erinnerst dich an die Träumespiele, die Helena und ich mit dir gespielt haben, Angélique? Helena und ich, wir wussten nicht genau, wie du dich entwickeln wirst. Und wir waren sehr froh, dass du meine Fähigkeit zeigtest.

In dieser Zeit beunruhigten meine Bemerkungen und Erzählungen meine Eltern noch nicht. Sie waren froh, dass sich jemand um ihren Sprössling kümmerte. Das war erst der Fall, als wir in eine andere Stadt zogen und ich ihnen immer noch erzählte, dass ich mit Helena geredet hatte. Das Ende dieses Teils der Geschichte kennst du ja jetzt. Die Wahrheit ist aber auch heute noch, dass ich unser Spiel auch mit Helena spielen konnte, als wir getrennt waren. Ja, ich erinnerte mich ans Träumespiel.

„Ja, daran erinnere ich mich sehr gut. Und ich habe es viele Jahre vermisst. Warum bist du weggegangen?“ Ich merkte, wie mir die Tränen in die Augen schossen.

„Diese Medikamente, die in deinem Körper sind, machen es für uns schwieriger in Kontakt zu treten. Ich hielt es für zu gefährlich, dich weiter zu unterrichten.“

„Unterrichten?“

„Kannst du dir nicht denken, was zwischen uns passierte?“

Was für eine Frage, woher sollte ich das wissen? Manchmal geht mir Helena ganz schön auf die Nerven. Ich schüttelte den Kopf.

„Dein Geist und mein Geist sind nicht mehr als Gestalt gewordene Energie. Und da wir beide Energie sind, können unsere Energiefelder miteinander kommunizieren. Und das tun sie, wenn wir das Träumespiel spielen. Du hast diese Fähigkeit schon als Kind gehabt. Du spaziertest in meinem Geist herum, als sei es ein offenes Buch. Das war ein weiterer Grund, warum du heute hier bist. Und eine Herausforderung für mich. Nicht alles ist und war für deine Augen geeignet.“

Ich musste schlucken, weil ich ahnte, was Helena damit meinte. Mein Traum von der sterbenden Frau fiel mir wieder ein. Ich konnte nicht sprechen. Wäre es doch nur eine meiner Wahnvorstellungen.

„Wenn du weiter in meiner Nähe geblieben wärst, dann hätte ich dich Schritt für Schritt gelehrt, die Verbindung willentlich zu unterbrechen oder aufzubauen. Aber auf diese Distanz ist das nicht so ohne weiteres möglich.“

„Entschuldige, aber das ist doch alles ziemlich abgefahrenes Zeug. Das kann ich doch nicht wirklich glauben.“

Sie lachte: „Du bist wirklich stur.“

Eine Meinung, die sie bis heute aufrecht erhält. Ich bin nicht stur, man kann mir nur nicht jeden Bären aufbinden.

Auch bei der nun folgenden Demonstration hielt sie es nicht für nötig, mich vorzuwarnen. Ich sah mich aus ihrer Perspektive. Quasi saß ich mir selbst gegenüber. Ich sah, wie sie mich sah. Es war so deutlich wie zu den Zeiten, als wir das Träumespiel miteinander gespielt hatten. Danach war ich bereit, alles zu glauben, nur nicht bereit alles zu fragen, weil mir vor der Antwort graute, die ich bekommen würde.

Dass Helena ging, um neuen Tee zu machen, verschaffte mir etwas Zeit, meine Gedanken zu ordnen. Vernünftig wäre gewesen, ohne weitere Verzögerung das Haus zu verlassen, solange ich das noch konnte. Es war mir klar, dass meine Bewegungslosigkeit von Helena verursacht worden war, was sie wahrscheinlich jederzeit wiederholen konnte. Wenn sie mich jedoch hätte umbringen wollen, dann wäre ich wohl schon tot. Mein Blick fiel bei diesen Gedanken auf die Schale mit meinem Blut, die immer noch unberührt auf dem Tisch stand. Mir schnürte sich die Kehle zu. Lass dich nie von der Angst beherrschen, dann bringen dich die Monster um. Das hatte Helena immer gesagt, wenn ich vor etwas Angst hatte. Egal, ob in unseren Träumen oder in meinem Alltag.

Helena kam zurück.

„Warum war es so wichtig keine Angst zu haben, wenn wir träumten?"

„So viele Fragen für den ersten Tag. - Wir trinken kein Blut, wir trinken Lebenskraft. Jedes Gefühl ist Lebenskraft und Angst ist eine starke Kraft. Für mich sind starke, unkontrollierte Emotionen wie die Einladung zu einem Festmahl. Das Zusammenleben mit mir ist nicht ganz ungefährlich." Helena lächelte. Wenn ich jetzt so darüber nachdenke, achtete ich schon bei dieser Begegnung vor allem darauf, wie sich ihr Lichtkörper veränderte. Ob ihr Mund lächelte, kann ich heute gar nicht mehr sagen.

Es gelang mir nicht genau mir vorzustellen, was sie meinte, nur hatte ich Angst seit ich hier war. Jetzt musste ich also fürchten als Festmahl zu enden. Was meine Angst erneut steigerte und mich wahrscheinlich noch köstlicher machte. Ein Kreislauf, der sich nicht durchbrechen ließ.

„Ich hoffe, du hast gefrühstückt." Galgenhumor war das einzige, zu dem ich noch fähig war.

„Ja, ich wusste doch, dass es für dich nicht unbedingt beruhigend ist, das alles zu erfahren."

Ich nahm mir noch eine Tasse Tee. Es ist erstaunlich, wie viel man trinkt, wenn man nervös ist.

„Ich bin also hier, weil du mich als Kind so nett fandest?"

„Auch, du bist hier, weil ich dir etwas vorschlagen will."

„Was?" Das überraschte mich nun völlig. „Was willst du mir vorschlagen? Dass du mich zum Vam ..., ich meine zu dem machst, was du bist? So wie bei Dracula?"

Ich war mir nicht sicher ob ich das wollte, nein, ich wollte es eigentlich nicht. Meine Existenz vom Tod anderer Menschen abhängig machen? Ich hoffte nur, dass ich wirklich eine Wahl hatte.

„Das kann ich nicht, auf diese Weise pflanzen sich die Kalimbi nicht fort. Kalimbi, so nennen wir uns selbst, die ersten, die sich selbst erkannten. Du wirst wohl ein Mensch bleiben müssen."

„Ihr saugt Menschen nicht das Blut aus, um sie dann per Transfusion von Vampirblut in einen von euch zu verwandeln?"

Äußerlich blieb sie ganz ruhig, aber ihre Aura bekam wieder diesen rötlichen Schimmer. Ich wollte einen Vampir auf keinen Fall in Wut versetzen.

„Schon gut, es ist nur, weil das alles so unglaublich ist."

„Was ich dir anbieten kann, ist ein langes, von Krankheiten freies Leben für dich und für das deiner Kinder, das deine Fähigkeiten hat."

Ich würde ihr nicht auf die Nase binden, dass die Sache mit den Kindern an einigen biologischen Hindernissen scheitern würde. Das würde sie noch früh genug erfahren. Jetzt bist du der lebende Beweis, dass man bei Kalimbi mit allem rechnen muss.

Ich war etwas enttäuscht. Vampire bieten doch normalerweise die Unsterblichkeit.

„Keine Unsterblichkeit?"

„Das liegt nicht in meiner Macht. Ich bin kein Gott. Auch die Kalimbi müssen sich den grundlegenden Gesetzen des Lebens unterwerfen. - Die Ewigkeit ist erschöpfend. Das Einzige, wozu sie dich zwingt, ist anhaltender Wandel. Nur Menschen sehnen sich nach ihr", sagte Helena müde und, wie es mir schien, gelangweilt.

Genauso sah sie in diesem Moment aus, müde und erschöpft. Was mich zu der Frage brachte: „Wie alt bist du?"

„Ich? Das weiß ich nicht mehr. Älter als alles, was Menschen geschaffen haben."

Helena stand auf und kam mit einer Pfeilspitze aus einem schwarzen Stein zurück.

„Das hier ist die erste Spitze, die mein Lehrer nicht als unbrauchbar auf den Müll warf. Ich hänge an diesen Dingen, sie sind es, die mir so etwas wie ein Gefühl für Zeit geben. Und ich gebe mir sehr viel Mühe, diese kleine Spitze über die Zeiten zu retten."

„Du hast das selbst gemacht?"

„In der Zeit der Koexistenz, als Kalimbi und Menschen zusammen lebten. Damals war ich noch ein Kind."

„Aber die Spitze kommt aus der Steinzeit!"

Helena nahm mir das Artefakt wieder aus der Hand.

„Ja, auch für mich ist das lange her. Heute leben die Kalimbi verborgen unter den Menschen. Unsere Kultur ist zerstört. - Das ist ein Grund, warum ich dich brauche. Es ist leichter für mich unter euch zu leben, wenn ich Menschen als Vorbilder habe."

„Vorbilder gibt es doch wirklich genug, dazu brauchst du doch nicht mich."

Das erschien mir doch etwas fadenscheinig als Grund. Da gab es doch offensichtlich etwas, mit dem Helena nicht herausrücken wollte. Schöne Vorraussetzungen für eine fruchtbare Zusammenarbeit.

„Nur damit ich es nicht falsch verstanden habe, wenn ich als deine, wie soll ich sagen, Gesellschafterin, bei dir bleibe, dann sorgst du mit deinen Zauberkräften dafür, dass ich nicht mehr krank werde. Also gar nicht mehr, keinen Schnupfen", ich schaute auf meine Zigarette, „keinen Krebs und keine Psychosen mehr bis ans Ende meines Lebens?"

Helena nickte nur.

„Und was versteht ein Vampir", schnell korrigierte ich mich, weil es mir immer noch nicht geraten schien einen Vampir zu verärgern, „ein Kalimbi, der schon in der Steinzeit gelebt hat unter einem langen Leben?"

Ich kann heute noch nicht in solchen Zeiträumen denken.

„Auch das weiß ich nicht genau."

„Schon klar. Du bist nicht Gott, eine grobe Schätzung reicht vollkommen, hundertfünfzig oder zweihundert Jahre?"

Helena lächelte, als habe sie diese Frage erwartet.

„Zweihundert Jahre, für Menschen ist das eine lange Zeit", sagte sie mehr zu sich selbst, „wenn das ALL-SCHAFFENDE-LICHT es will, wirst du mit meiner Hilfe achthundert oder tausend Jahre alt. Älter als tausend Jahre ist niemand der Blutsgeschwister geworden, von denen ich weiß."

Mir verschlug es die Sprache! Tausend Jahre, das war die Unsterblichkeit. Vor tausend Jahren hatten die Menschen noch geglaubt, die Erde sei eine Scheibe.

„Näher kann ich dich nicht an die Unsterblichkeit heranbringen. Das biete ich dir an."

In mir tobte ein Sturm unterschiedlichster Gefühle. Wenn das, was Helena sagte, der Wahrheit entsprach, dann bot mir einer einen Schluck aus dem heiligen Gral für ein wenig Gesellschaft. Ich war irritiert, ungläubig, ängstlich angesichts dessen, was das für mich bedeuten konnte, und gleichzeitig euphorisch. Unfähig, ihr zu antworten, ging ich hinaus in den Garten.

Ich dachte über alles nach, was ich erfahren hatte. Versuchte das Für und Wider abzuwägen, aber ehrlich gesagt, war es der Hunger, der mich zurück ins Haus brachte. Dieses ganz banale Bedürfnis war an diesem Tag ausschlaggebend für meine Entscheidung. Schutz vor dem Tod, vor

Krankheit und materieller Unsicherheit, das gab den Ausschlag. Keine edlen Motive. Helena würde sagen, die ganz kreatürlichen Bedürfnisse eines Menschen.

Helena war in der Küche.

„Es ist schon spät. Ich dachte mir, dass du langsam Hunger hast." Angeliefertes Essen stand auf dem Tisch.

Sie hatte sich umgezogen, trug diesen langen grünen Rock aus meinem Traum. Jetzt erst fiel mir auf, wie klein und zierlich sie war.

„Ich habe es mir überlegt. Ich bleibe erst mal hier", sagte ich und holte Besteck aus dem Schrank.

Am nächsten Morgen wurde ich sehr früh wach, ich hatte schlecht geschlafen. Meine Träume sind ziemlich wirr gewesen. Aber ich hatte den deutlichen Eindruck, dass es meine gewesen sind und nicht die von Helena. Wenn das alles überhaupt möglich war. Sicher war alles nur eine große Täuschung, Taschenspielertricks. Nur weswegen sollte sich jemand soviel Mühe machen? Es war mir egal, ob es stimmte, was Helena sagte. Und warum sollte es stimmen? Wenn es Vampire gab, hätte die Wissenschaft sie längst gefunden. Es war also zumindest unwahrscheinlich. Aber sie nahm mich so wie ich war, stempelte mich nicht als verrückt ab. Das war mir mehr wert als alles andere.

Der Tag brach gerade an. Normalerweise bin ich keine Frühaufsteherin. Leider gab es zu dieser frühen Stunde noch keinen Kaffee, ich vermutete Helena schon in ihrem Bett, oder in ihrem Sarg. Bei der Vorstellung, dass sie tagsüber schlief, um nicht von der Sonne verbrutzelt zu werden, lachte ich in mich hinein. Das zeigte ja schon, dass ich einem Schwindel aufgesessen war. Kein Vampir konnte die Sonne vertragen.

Das einzige, was ich in der ganzen Küche fand, waren Tee, Kaffee und etwas Kondensmilch. Es gab keinen Krümel Brot im Haus oder sonst etwas Essbares. Ich brühte mir einen Kaffee auf und durchstreifte das Haus. Es war ein wenig schönes, aber beeindruckendes Haus, mir etwas zu dunkel, aber weitläufig; voller alter Möbel und wahrscheinlich genauso alter Bilder. Ich verstand nicht viel davon. Nur eines wurde mir bei meinem Steifzug klar: Die ganze Einrichtung musste eine Menge Geld gekostet haben, und es bedurfte einer Hundertschaft von Putzfrauen, um alles sauber zu halten.

Helena fand ich auf der Terrasse, sie trug wieder einen Karateanzug und machte wohl auch solche Übungen.

„Stör ich?"

Sie machte die Bewegungen zu Ende.

„Schon wach?" fragte sie mich.

„Ich habe nicht gut geschlafen." Ich reichte ihr meinen Becher Kaffee. Ich fühlte mich ziemlich verunsichert durch diese knappe Antwort.

„Auch einen Schluck?"

Sie sah mich wirklich mit vor Ekel verzogenem Gesicht an, nur einen Moment lang, dann hatte sie wieder dieses glatte ausdruckslose Gesicht. Die Aura, die sie umgab, war ein Stück auf sie zugerückt und hatte einen grell grünen Stich.

„Nein, danke, wir vertragen menschliche Nahrung nicht so gut. Es kommt zu Vergiftungserscheinungen. Das ist nicht so schön, als dass ich euer Essen freiwillig zu mir nehmen würde. Gehen wir rein, morgens ist es noch ziemlich kühl."

Ich kann mir heute nicht mehr erklären, warum wir dir, Angélique, nicht sagten, dass du Kalimbi bist, als die „Nahrungsmittelallergien" bei dir anfingen. Heute ist uns klar, dass es Vergiftungserscheinungen sind.

Ich folgte ihr in die Küche, einen Raum, der diesen Namen wirklich nicht verdient hatte. Wir saßen uns gegenüber, diese Frau, die von sich erklärte mich schon als Kind gekannt zu haben, obwohl sie augenscheinlich mindestens zehn Jahre jünger war als ich. Die behauptete, ein Vampir zu sein und dass meine Wahnvorstellungen aus ihrem Kopf stammen. Ja, sie hatte mir eine gute Show geboten, und ich hatte keine Erklärung dafür, warum sie das tat. Aber das war doch alles viel zu verrückt um wahr zu sein.

„Und, wie soll das jetzt hier weiter gehen? Du sagst, ich bin eine Blutsdinges, was immer du damit meinst, und das ist der Grund, warum ich krank bin, und du hast die Lösung des Problems.“

„Ja, und ich weiß, dass du Angst hast, dafür gibt es aber keinen Grund. Alles, was geschieht, ist so, wie es ist, ganz natürlich.“

Nichts an dem, was hier passierte, oder was diese Frau mit diesem starren Gesicht mir erzählte, war normal. Mit jeder Sekunde war ich davon mehr überzeugt.

„Ich werde jetzt gehen.“ Ich war entschlossen, mich diesmal nicht zurückhalten zu lassen. Auch von mir selber nicht.

„Das ist alleine deine Entscheidung. Ich werde dich nicht aufhalten. Die Blutsgeschwister wählen die Kalimbi, es ist nie anders gewesen.“

Ich verstand kein Wort von dem, was sie sagte.

„Na, dann ist ja alles klar. Alles Gute.“

Helena brachte so etwas wie ein wehmütiges Lächeln zustande. Machte aber keinen Versuch mich zurück zu halten.

Wenn ich mich heute zurück erinnere, wird mir klar, dass meine Schwierigkeiten schon im Zug nach Hause begannen. Ich dachte darüber nach, was mir da widerfahren war, und es wurde mir klar, dass ich das Opfer eines Experiments geworden war. Noch konnte ich nicht durchschauen, welcher Art dieser Versuch war, oder mit welchem Ziel diese Versuchsanordnung ausgewählt worden war. Nur würde ich mich auf diesen Quatsch nicht einlassen. Im Briefkasten fand ich neben der üblichen Werbung ein Schreiben meiner Firma, in dem man mir freundlich mitteilte, dass sie sich gezwungen sähen mein Arbeitsverhältnis fristlos zu beenden, und eine kurze Nachricht meiner Betreuerin, dass ich mich doch umgehend bei ihr melden sollte. Wegen der Kündigung war ich wie vor den Kopf geschlagen. Was sollte ich jetzt machen? Ich weiß nicht, wie lange ich im Wohnzimmer saß und auf diesen Brief starrte, ich konnte das nicht glauben. Ich bin doch nur ein paar Tage krank gewesen. Ich würde morgen einfach wieder hin gehen. Andere waren auch schon mal krank und bekamen nicht sofort die Kündigung.

Am kommenden Tag machte ich mich wie jeden morgen auf den Weg ins Büro, ich fuhr gut eine Stunde mit der Straßenbahn. Normalerweise las ich oder schlief noch etwas in dieser Zeit. An diesem Tag war ich für beides zu angespannt. Ich brauchte gute Argumente, wenn ich mit meinem Chef sprach. Er war durchaus jemand, mit dem man sprechen konnte, und es war auch nicht das erste Mal, dass ich ein paar Tage gefehlt hatte.

Es waren allerdings nicht ein paar Tage, wie ich glaubte, ich hatte fast zwei Wochen gefehlt ohne ein einziges Lebenszeichen. Damals spielte das für mich keine Rolle. Ich dachte während der Fahrt verschiedene Möglichkeiten durch, was ich sagen würde. Was mich sicherer machen sollte, hatte den genau gegenteiligen Effekt. In meinen inneren Dialog mischte sich eine andere Stimme, die Zweifel anmeldete, dass ich meinen Job wieder bekommen würde. Das war nicht das beunruhigende, der Grund, warum ich erfolglos bleiben würde, war beängstigend. Die Stimme sagte, dass meine Arbeitslosigkeit ein Teil der Versuchsanordnung sei. Ich versuchte, dagegen zu halten, was sinnlos war. Die Stimme meinte, ich selbst habe keinen Überblick über das gesamte Geschehen. Kurz vor der Firma gab ich mich geschlagen. Egal, ob die Stimme recht hatte, sie würden mich nicht wieder einstellen. Ich fuhr nach Hause zurück. Was die Stimme mit Lob quittierte. Sie sagte:

„Sehr gut! Damit haben wir ihnen einen Strich durch die Rechnung gemacht. Nur wird das leider nicht ausreichen, du musst noch mutiger sein. Sie wollen testen, wie belastbar du bist, damit sie später ihre medizinischen Experimente mit dir machen können. Das müssen wir verhindern.“

„Ist das der Grund, warum diese Frau mir den Arm aufgeschnitten hat?“

„Scheint ja so, als wenn du gelegentlich doch mal was begreifen würdest.“ Die Stimme lachte höhnisch, „ohne mich hätten sie dich längst in den Klauen.“

Ich konnte nicht genau feststellen, woher die Stimme kam, oder zu wem sie gehörte, und sie war auch nicht immer nett zu mir. Sie hielt mich offensichtlich für etwas begriffsstutzig, die Stimme ließ mich nicht alleine, und sie hatte Erklärungen für Geschehnisse, die ich mir nicht erklärten konnte.

Die Bilder, die mich schon einmal gequält hatten, ließen auch nicht auf sich warten. Sie nahmen an Intensität noch zu, so dass es mir unmöglich wurde meine Umgebung wahr zu nehmen. Ich begann durch die Stadt zu irren ohne zu wissen, wo ich war, weil meine Aufmerksamkeit auf das gerichtet war, was ich in meinem Geist sah. Soviel kann ich darüber nicht sagen, das meiste habe ich vergessen. Ich muss Tage durch die Stadt geirrt sein, Tag und Nacht hatten für mich keine Bedeutung. Ich lebte ganz in diesen Bildern, die nicht nur bedrohlich waren, manche erinnerten mich an die Geschichten, die ich mit Helena in meiner Kindheit erlebt hatte.

Einmal fand ich mich in einer wundervollen Landschaft wieder. Der Himmel über mir war strahlend blau. Die Landschaft selbst wurde von sanften Hügeln gebildet, die von Blumenwiesen geziert wurden. Das Blau des Himmels wurde noch übertroffen vom Strahlen der Pflanzen. Jede einzelne Blume, ja jeder Grashalm hatte ein vielfarbiges Strahlen um sicher herum. Ich war umgeben von einer betäubenden Fülle von Leben. Eine Ameisenkolonne vor meinen Füssen erschien mir wie eine rotbraun strahlende Straße, so dass ich es nicht gewagt hätte auch nur eine davon zu zertreten. Das hätte eine unheilbare Wunde in die Gesamtheit dieser Landschaft geschlagen. Die Harmonie dieser Welt wäre vermutlich auf immer zertreten gewesen. Genauso empfand ich das, was ich dort erlebte. Eine Welt im Einklang, wo alles, was war, am richtigen Platz war. So ging ich denn vorsichtig weiter, sorgfältig darauf bedacht alles zu sehen, zu riechen und in mich auf zu nehmen, das mir begegnete. Ohne die Harmonie dieses Ortes zu stören. Nach einer Zeit der Wanderung entdeckte ich auf einem der Hügel ein Haus. Ich ging darauf zu und im Näher kommen sah ich, dass dieses Haus ganz aus Holz bestand. Es war recht groß und passte sich doch ohne zu Stören in die Umgebung ein. Drei Stufen führten auf eine Veranda, auf der ein Schaukelstuhl stand, den aber im Moment meiner Ankunft niemand benutzte. Ich wurde etwas unsicher. Schließlich konnte ich nicht so unangemeldet ein fremdes Haus betreten. Und das wollte ich unbedingt. Also rief ich einige Mal „Hallo!" Niemand schien mich zu hören. So ging ich um das Haus herum, hier oben auf dem Hügel hatte man einen unendlich weiten Blick ins Land. Flüsse waren zu erkennen, ausgedehnte weite Wälder, aber auch Gebiete, die mich an Sumpf oder Moor erinnerten.

Ich kann mein Erschrecken kaum in Worte fassen, als direkt neben mir eine Gestalt erschien, ohne dass ich sie gehört oder gesehen hatte. Sie war einfach da.

„Es war nicht meine Absicht, mich ohne Ihr Wissen auf Ihrem Grundstück aufzuhalten."

Von der Gestalt ging ein strahlendes, warmes Licht aus, das in mir ein Gefühl von Wärme und Angenommensein hervorrief, das ich kaum ertragen konnte. Ich begann zu weinen vor Erleichterung und Glück, das mich zu ersticken drohte.

„Niemand ist in meinem Land, ohne dass ich davon Kenntnis habe. Also sei ganz unbesorgt, du bist willkommen."

Die Gestalt, die sich als Herrscherin über diesen Ort vorgestellt hatte, sah ganz anders aus als alles, was ich kannte. Sie war hoch gewachsen, wobei ihr Oberkörper im Verhältnis zu den Beinen recht kurz war. Die Beine waren nach menschlichen Maßstäben recht lang und muskulös, wie bei einem Marathonläufer oder Radfahrer. Ihre Hände machten einen kräftigen Eindruck, eigentlich hatte ich erwartet, kräftige, sehnige Finger zu erkennen, diese Finger aber waren ganz glatt. So glatt wie die ganze Haut dieses Wesens. Die Haut schimmerte weiß, sie hatte überhaupt keine Ähnlichkeit mit menschlicher Haut. Fast schien es, als könne man durch sie hindurch sehen. Die Augen lagen tief in den Höhlen, der Mund wurde durch zwei kaum sichtbare Erhebungen über den Eckzähnen geprägt. Das Auffälligste an ihr war, dass diese Gestalt keine Geschlechtsmerkmale hatte.

„Wer bist du?"

„Ich bin Isasa-SE, das bedeutet in deiner Sprache „Das Element Glück des Hauses SE"."

Ich verstand kein Wort, fühlte mich aber nach wie vor angenommen und geborgen.

„Wenn es dir nichts ausmacht, würde ich gerne hier bleiben."

„Du bist mir willkommen! Nur eines darfst du nicht: Du darfst nicht ohne meine Erlaubnis und Begleitung dort hinüber gehen."

Die Gestalt deutete nach links, wo diese Landschaft sich extrem vom Rest unterschied. Ein dunkelblauer Vorhang durchschnitt vom Himmel bis zum Boden das gesamte Land.

„Was ist das?"

„Diesen Teil meiner Welt darfst du nicht betreten, das wäre sehr gefährlich für dich„, wiederholte die Gestalt nur, ohne mir eine weitere Erklärung für dieses Verbot zu geben.

Ich gab mich damit zufrieden. Es war nicht ganz so, wie ich es hier schildere. Daran krankt dieser ganze Bericht, dass sowohl ich als auch Helena gezwungen sind Worte zu finden, die Menschen verstehen können. Unser Gespräch war nicht gesprochen. Es ist mehr so: Ich denke etwas und noch bevor dieser Gedanke beendet ist, erhalte ich die Antwort auf das, was ich sagen wollte, und umgekehrt. Ich weiß bereits, wie die Antwort lautet, bevor Helena den Satz ganz zu Ende gedacht hat. Damals war mir nicht klar, dass ich in Helenas Geist war, und dass das, was ich sah, Helenas wirkliches Erscheinungsbild war.

Helenas Perspektive

Obwohl Theodora gegangen war, hörte sie natürlich nicht auf in meinem Geist spazieren zu gehen, unkontrolliert, aber mit großer Macht. Immer wieder bemerkte ich sie und versuchte Theodora in Bereichen meiner Seele zu halten, die von Menschen als schön und harmonisch empfunden werden. Was mir nur sehr unzureichend gelang. Immer wieder fand ich sie in Teilen meiner Seele, die für Menschen dunkel und erschreckend sind. Und es war nicht zu übersehen, dass sich ihr Geist zunehmend verwirrte, und dass sie immer weniger in der Lage war zwischen dem, was sie selbst ist, und dem, was ich bin, zu unterscheiden. Ich konnte nicht einfach zusehen, wie sie verrückt wurde. In den vielen tausend Jahren, die ich schon auf der Welt bin, gab es nur vier Menschen, die so waren wie Theodora. Das ist ein so kostbares Geschenk, dass ich es nicht einfach abweisen durfte. Hoffentlich wirst auch du einmal auf das Element Nefe treffen. Ich begann Theodora zu suchen, und ich fand sie, mit Arthurs Hilfe, wie ich gerechterweise sagen muss. Der Zustand, in dem ich Theodora antraf, war jedoch alles andere als erfreulich. Einen Augenblick lang überlegte ich sogar, ob ich sie töten sollte, was der Tradition unserer Rasse entsprochen hätte. Nur durfte ich mich von ihrem äußeren Erscheinungsbild nicht täuschen lassen. Theodoras Wangen waren eingefallen, die Haut war blass, das Haar verfilzt und sicher Wohnstadt von Parasiten, ihre Kleidung war nur noch den Flammen anzuvertrauen. Obwohl unser Geruchsinn bei weitem nicht so gut entwickelt ist wie der menschliche, stank sie sogar für mich unerträglich. Mit Sicherheit lebte Theodora schon seit Wochen auf der Straße.

Was mich veranlasste über ihren Tod nachzudenken war das absolute Chaos in ihrem Lichtkörper, der wie ein zerfetzter Mantel an ihre hing. Als ich mich vor sie kniete, tasteten ihre Hände nach mir, obwohl ihr Blick durch mich hindurch ging.

„Du bist Isasa.“ Das rettete ihr das Leben. Sie erkannte mich, obwohl ich eine andere Form hatte.

„Komm ich bring dich nach Hause. Hier kannst du nicht bleiben.“

„Wer ist die schwarze Frau da bei dir?“ Theodora schaute links an mir vorbei, wo außer für Theodora niemand war.

„In diesem Raum ist außer dir und mir niemand.“

„Ich kann sie doch sehen!“ Theodora war wütend.

„Ja, das weiß ich, aber in diesem Raum kannst du sie nicht sehen. Schau dich um, wo ist diese Frau, die du siehst?“ Theodora schien mich nicht zu verstehen. Rein mechanisch ging sie neben mir her. Die Augen auf einen imaginären Raum gerichtet. Ich führte sie die Treppe hinunter, musste ich doch fürchten, dass Theodora, geistesabwesend wie sie war, stürzen würde.

Es war nie leicht das Nefe durch diese für Menschen bedrohliche Phase der Verbindung zu bringen. Leicht war es nur in der Zeit der Kooperation. Bate-SE, selbst noch ein Kind hatte mich ausgewählt, was Menschen und Kalimbi überraschte, bin ich doch selbst noch ein Kind gewesen. Nachdem die Wahl getroffen war, bestand weder für die Menschen noch für die Kalimbi ein Zweifel daran, dass Bate ausgebildet werden würde. Bate hatte über Jahre gelernt Geist in meinem Geist zu sein, ohne sich dabei zu verlieren.

Was Theodora anging, fürchtete ich allerdings, dass ich das Nefe verlieren würde. Außer Bate hatte ich in der Zeit, die ich lebe, noch sieben andere Nefe gehabt, drei von ihnen verlor ich an den Wahnsinn. Das sind Erinnerungen, die noch heute meinen Lichtkörper verblassen lassen. Bei Theodora würde ich es nicht zulassen, dass sie verlor ging.

Theodora redete unablässig und unverständlich. Ich brachte sie zum Wagen, wo Arthur schon auf uns wartete. Er fühlte sich sichtlich unwohl. Als Arthur Theodora ansah, war seine Betroffenheit ihm deutlich ins Gesicht geschrieben.

„Die Frau muss in ein Krankenhaus.“

Er half mir, sie in den Wagen zu verfrachten. Seine Nervosität war deutlich zu fühlen. Ich schickte ihm beruhigende Energie, konnte nur hoffen, dass er sie wahrnahm.

„Arthur, ich brauche dich jetzt. Ich kann nicht gleichzeitig Autofahren und mich um Theodora kümmern. Fahr uns einfach zu mir. Und mach dir keine Sorgen, vertrau mir."

Ich brauchte so viele Worte, wenn ich mit Arthur zusammen war. Was längst nicht die gleiche Wirkung und Beredsamkeit hat wie die Kommunikation über Energie. Oh, ich jammere schon wieder über Arthurs Unzulänglichkeit. Gerechterweise will ich noch mal sagen, dass ich ohne ihn Theodora nicht so schnell gefunden hätte, jedenfalls nicht schnell genug um das Schlimmste zu verhüten. Gott sei Dank war Arthur da, in diesem Augenblick, in dem ich mich um Theodora kümmern musste.

Arthur brachte uns nach Hause. Und ich hatte Zeit mit Theodora das Träumespiel zu spielen, obwohl es an diesem Tag kein Spiel war. Schon während der Fahrt begann ich damit. Ich nahm Kontakt mit ihr auf, indem ich für uns beide eine gemeinsame Welt in ihrem Kopf erschuf. Was ihre Seele brauchte war Weite, ein freier Blick, das Gefühl von Sicherheit und Verbundenheit mit der Erde. Ich schuf also ein Bild in ihr, das diese Gefühle auslösen würde. Vielleicht könnte man es als archetypische Vorstellung bezeichnen. Egal, wichtig war nur, dass es wirkte. Theodora war ziemlich überrascht sich an einem solchen Ort wieder zu finden.

„Träume ich?" fragte sie mich.

„Ja, so ähnlich", gab ich ihr zur Antwort. Theodora begann sich umzusehen, ihre Schultern sackten etwas nach unten. Ihr Atem wurde ruhiger, ein Lächeln ging über ihr Gesicht.

„Das ist sehr schön. Die Aussicht ist sehr schön. Und es ist außer dir kein Mensch da. Das finde ich auch schön. Weißt du, es ist alles so verwirrend." Sie schaute erneut in die von mir geschaffene Landschaft.

Wir standen auf einem Plateau, das die Spitze des höchsten Berges der Umgebung bildete. Die Berge, die uns umgaben, waren aus ockerrotem Fels, durchschnitten von tiefen Tälern. Wind kam auf und fuhr durch Theodoras Haar. Das war ein Element, das Theodora selbst in diese Landschaft mit einbrachte. Ich schaute Theodora an, aber sie war sich ihres Handelns nicht bewusst. Sie genoss den Wind, so wie sie es in der materiellen Realität getan hätte. Sie hob den Kopf zum Himmel und kniff die Augen zusammen, als die Sonne sie blendete.

„Es ist wunderschön hier. Findest du nicht, dass von allem ein leichtes Schimmern ausgeht?"

Natürlich war das so, es war meine Art der Wahrnehmung, in der sich Theodora befand.

„Ich habe viele schreckliche Dinge gesehen, auch eine Menge Schönes, das will ich nicht verleugnen. - Es gab so viel Blut und Tod."

Theodoras Erscheinungsbild veränderte sich merklich. Sie wuchs ein Stück und war jetzt so groß wie ich, und die Spezies der Kalimbi ist im Durchschnitt um die 1,80 Meter. Ihr Haar war gewachsen und reichte ihr bis auf die Schultern, die etwas breiter geworden waren. Sie schaute mir direkt ins Gesicht. Ihre Wangenknochen waren etwas stärker ausgeprägt und die Stirn etwas höher. Das Entscheidende für mich aber war die Art, wie sie stand: aufrecht, mit beiden Beinen auf dem Boden, ganz ausbalanciert. Ihre Atmung ging ganz ruhig, und ich konnte sehen, wie der Fluss des Atmens ihren ganzen Körper durchströmte. In dieser Haltung war keine Angst mehr, kein Wahnsinn schimmerte in ihren Augen. Was mich erstaunte, war, dass Theodora einen Stab in der linken Hand hielt, der so groß war wie sie selbst. Sie trat einen Schritt auf mich zu, ich entblößte meine Fangzähne. Theodora setzte sich genau vor meine Füße. Ich schaute auf diese Frau hinab und war peinlich berührt, dass ich nicht die Stärke hatte ihre Gegenwart zu ertragen ohne mich bedroht zu fühlen. Ich beeilte mich und setzte mich ihr gegenüber. Sie schaute mir wieder in die Augen. Ein liebevolles, etwas trauriges Lächeln spielte um ihre Lippen. Sie schwieg, ließ mich aber nicht aus ihrem Blick. Unterdessen hatte ich meine Gelassenheit wieder gefunden, so dass ich fähig war in diesem Augenblick zu verharren.

„Es ist so viel Tod und Gewalt um dich herum. Es muss sehr schwer sein diese Last zu tragen“, sagte Theodora.

„Es ist ein Teil meines Seins.“ Ich zuckte die Schultern

Theodora, die bis dahin ihren Stab auf ihren Beinen mit beiden Händen festgehalten hatte, strich mir mit der rechten Hand über die Wangen.

„Ja, das ist es.“ Es war nicht mehr als eine Feststellung, es klang kein Vorwurf mit, keine Trauer, nur Klarheit.

„Es muss sehr schwer sein, töten zu müssen, was einem selbst so ähnlich ist, wie die linke der rechten Hand gleicht, und dabei sich selbst nicht zu verlieren.“

So hatte ich mir das nicht vorgestellt. Theodora war einwandfrei die Seele, die diese Welt dominierte, ich kam mir vor wie ein kleines Mädchen. Aber so ist das Nefe, man weiß nie, was wirklich in ihm steckt. Wir schwiegen wieder.

„Das Nefe, Theodora, schafft den Ausgleich zwischen den Jägern und den Gejagten, zwischen dem Opfer und seinem Mörder. Das ist zugleich die Aufgabe, die Fähigkeit und die Herausforderung an das Element des Ausgleichs.“

„Ich sehe, was du dir von mir erhoffst, und ich stimme dem zu. Ich werde das Element des Ausgleichs sein: Nefe-SE.“

Theodora zog mich auf die Beine, nadelspitze Fangzähne bohrten sich in meinen Hals. Das leicht saugende Gefühl verriet, dass Theodora von meinem Blut trank. Und ich tat es ihr nach. Diese Szene brachte ich in diese gemeinsame Imagination ein.

Ich kann mir vorstellen, dass das, was ich dir hier schildere, für dich sehr verwirrend sein muss. Denn sicher sind dir weder an Theodora noch an mir jemals Fangzähne aufgefallen. Der Grund liegt auf der Hand. Theodora ist ein Mensch und ich trinke kein Blut mehr und habe folglich auch keine Fangzähne mehr. Ich finde es schwierig, Worte und Bilder zu finden, die du verstehen kannst, um dir Dinge zu erklären, die sich noch deinem eigenem Erleben entziehen.

Wir Kalimbi unterscheiden nicht zwischen dem, was Menschen Realität nennen, und dem, was Menschen als Traum oder Imagination bezeichnen. Kalimbi unterscheiden zwischen materieller Realität und energetischer Realität. Wobei beide Ebenen für uns real sind. Das, was ich dir hier schildere, ist energetische Realität. Versuche es erst einmal so hin zu nehmen, es kommt die Zeit, wo du es verstehen wirst. Vielleicht wird es dir in Zukunft möglich sein, die Welt auf dem Weg der Kalimbi zu erfahren. In der energetischen Realität formt sich die Welt nach unseren Vorstellungen, jedenfalls zum großen Teil. Theodora wollte das Element Nefe des Hauses SE verkörpern, und dass sie Blut von mir trank, das sind meine sicherlich archaischen Vorstellungen von einer solchen Verbindung. Sozusagen der Archetyp der Kalimbiehe, so wie sie in unseren Mythen erzählt wird.

Theodoras Perspektive

An das, was Helena hier schreibt, kann ich mich nicht erinnern. Das einzige, was ich von dieser Fahrt noch weiß, ist, dass ich endlich Ruhe fand. Ja, so ist es. Wenn ich mich heute erinnere, ist da ein Gefühl von Ruhe und Gelassenheit. Obwohl ich mir gut vorstellen kann, was Arthur für ein Gesicht machte, als ich so verdreckt in seinem Wagen saß.

Helena wusch mich, wozu ich selbst wohl nicht in der Lage war und verbrannte meine Kleider. Ich bin froh, dass sie nicht auf die Idee kam mir die Haare zu scheren. Irgendwoher wusste Helena, dass die Menschheit unterdessen wirkungsvollere Mittel hatte um Läuse zu bekämpfen.

Ich wachte vom angenehmen Duft frisch gebrühten Kaffees auf, den Helena mir auf einem Tablett ans Bett brachte. Ich lugte unter einer riesigen, altmodischen Bettdecke hervor, und diese, mir so fremde und doch so vertraute Frau stand mit einem Tablett an meinem Bett.

„Ich war für dich extra bei einem Bäcker", sie sagte es wie ein Kind, das seiner Mutter zum Muttertag das Frühstück vorbereitet. Sie war wirklich stolz. „Ich hoffe ja, dass diese Auswahl deinem Nahrungsbedürfnis entspricht."

Ich konnte mich nicht mehr halten. Ich lachte, bis mir die Tränen kamen. Ihr Blick auf Kaffee und Brötchen schwankten zwischen Ekel und Unglauben, dass diese Dinge wirklich essbar waren.

„Ja, das ist auf jeden Fall richtig. Ich bin total ausgehungert."

Ich nahm ihr das Tablett ab und verbrannte mir als erstes die Zunge am Kaffee. Schlagartig verschwand der Schmerz, der damit verbunden war.

„Der Kaffee ist heiß! Und noch mal werde ich dir den Schmerz nicht nehmen. Das macht Menschen unvorsichtig."

Ich verstand nur wenig von dem, was Helena sagte, trank aber meinen Kaffee etwas vorsichtiger.

„Jetzt bin ich schon wieder hier und ich kann mich nicht daran erinnern, wie ich hierher gekommen bin."

„Das ist nicht so wichtig wie die Frage, ob du bleiben wirst", war Helenas Antwort. Deine Mutter ist nicht gerade eine Meisterin der Konversation.

Sie saß auf der Kante des Bettes, und ihre Aura strahlte hell und golden. Dieses Strahlen schien den ganzen Raum zu erfüllen. An dieser Schönheit konnte ich mich kaum satt sehen. In dieser Anfangszeit sah ich sie nur in diesem Zustand. Da ahnte ich noch nicht, dass dieses überirdische Strahlen nur dann auftritt, wenn Kalimbi getötet haben.

„Du musst die verschiedenen Ebenen deiner Wahrnehmung unterscheiden lernen, und wenn du gesund bleiben willst, musst du lernen, sicher und ohne jedes Mal darin zu versinken diese verschiedenen Ebenen zu betreten und dich darin zu bewegen."

Ich muss nicht erwähnen, dass ich auch davon kein Wort verstand. Nur eines war mir klar, ohne Hilfe würde ich früher oder später auf Nimmerwiedersehen in einer Psychiatrie verschwinden. Und in diesem Augenblick war es mir egal, wer mir Hilfe versprach. Hauptsache, ich bekam sie.

Was mich schon erstaunte, war, dass alle meine Halluzinationen aufgehört hatten. Immer wenn ich hier war, hatte ich damit keine Probleme, auch wenn ich nicht die geringste Ahnung hatte, warum das so war. Und es war nicht zu leugnen, dass die Halluzinationen zurückkehrten, wenn ich die Stadt verließ. Wenn das also kein Grund zum Bleiben war. Früher, gerade nach meinem Unfall, habe ich mich oft gefragt, ob Helena mich wirklich dem Irrsein überlassen hätte, wenn ich damals gegangen wäre. Helena macht mich gerade darauf aufmerksam, dass sie mich selbstverständlich dem Wahnsinn überlassen hätte, da die Kalimbi das Selbstbestimmungsrecht der Nefe respektieren. Also auch akzeptieren, wenn ein Mensch die Verbindung ablehnt und aus diesem Grund den Verstand verliert.

So blieb ich in diesem merkwürdigen Haus, bei diesem verwunderlichen Menschen. Die erste Zeit trödelte ich herum, ich genoss die Zeit, die ich ganz für mich alleine hatte, ohne äußere Zwänge, wie sie durch Berufstätigkeit oder Klinikaufenthalte entstehen. Das tat mir gut und nie kam von Helena eine Aufforderung, etwas „sinnvolles“ zu tun. Etwas, das ich doch jeder Zeit erwartete. Du weißt, wie unser Leben ist, und ich erinnere mich, dass du uns in deiner Jugend mal als reiche Müßiggänger bezeichnet hast. In diesen ersten Wochen waren das genau die Fragen, die ich mir stellte. Helena schien eine Art festen Tagesablauf zu haben, ging aber nicht arbeiten. Wo wir hin gingen waren Fußballspiele, jedes Wochenende saß ich in einem Stadion, oder alternativ dazu auch schon mal bei einem Boxkampf, wo ich mich zu Tode langweilte. Boxkämpfe sind mir heute noch zuwider, wenn Helena dort essen geht, bin ich nicht dabei. Wenn wir von dort zurückkamen, hatte sich das Farbenspiel um Helena verändert. So lernte ich sie kennen, eine Frau, die Tage damit verbrachte, mir unbekannte Sportübungen zu absolvieren, zu lesen, und in einem großen Atelier Steine und Holz zu bearbeiten. Ich fand, Helena solle ihre Arbeiten ausstellen, ihr einziger Kommentar dazu war:

„Das könnte zuviel öffentliches Interesse erregen.“ An Selbstbewusstsein hat es Helena noch nie gemangelt. Menschen halten sie oft für arrogant.

Einmal traf ich sie in strömendem Regen mit Malutensilien unter einem Sonnenschirm sitzend.

„Diesen Baum malst du doch jetzt schon seit Wochen, jeden Tag, bist du nie damit zufrieden?“

„Ich male nicht jeden Tag den gleichen Baum, Theodora, ich male einen Baum im Regen. Nur für Menschen ist das der gleiche Baum wie gestern. Für mich ist das ein anderer Baum, so wie es gestern ein anderer war und morgen sein wird.“

Heute verstehe ich, was sie meint, damals konnte ich mich nur an die Stirn fassen.

Nach einer Zeit der Eingewöhnung begannen wir mit den Übungen, die mir halfen meine Fähigkeit zu kontrollieren. Auch hier will ich dir nicht seitenlang schildern, wie wir vorgingen. Als Kind haben wir beide dir vieles davon beigebracht. Im Vergleich zu mir fiel es dir unbeschreiblich leicht. Obwohl ich Isasa in einer Art begegnete wie ich keinem Menschen begegnen konnte, blieb sie mir fremd. Es schien mir, als lebte ich in zwei Welten. In unserem geteilten Geist verstand ich Isasa, fühlte, was sie fühlte und sah sie so wie sie sich selbst verstand. Nach unendlich langer Zeit, so schien es mir, war ich dann in der Lage gemeinsam mit Isasa unsere geistige Umgebung zu gestalten. Daran erinnere ich mich noch so gut wie an den Tag, an dem ich endlich Fahrrad fahren konnte. Isasa und ich schwebten in einem völlig weißen Raum, der sich unendlich ausdehnte. Und dieses Weiß umgab uns beide, so wie Nebel einen umschließt und erst zurück weicht, wenn man sich durch ihn hindurch bewegt. In mir war ein Gefühl tiefer Gebogenheit und Liebe. Mich erfüllte unendliche Freude, und ich wusste, dass ich alles war, das existierte. So wie alles, was existierte, ich war. Ich kann es nicht anders beschreiben.

„Das ist Gott", sagte ich zu Isasa, wobei ich meine Tränen kaum zurück halten konnte. Ich war endlich zu Hause angekommen.

„Für die Kalimbi ist das hier der Anfang und das Ende des Seins. Der Ort unserer wirklichen Geburt. Hier ist der Mittelpunkt des Elements Isasa-SE. Und ich bin nicht Gott, genau wie du bin ich nur ein Teil des schöpfenden Universums. Oder besser eine Spiegelung, so wie Dinge sich in einer Glasscheibe spiegeln. Weiter als bis hierher kann ein menschlicher Geist nicht in diesen Raum vordringen."

„Soll das bedeuten, dass du das kannst?"

„Weiter ist nicht der richtige Ausdruck, ich sehe das anders als du. Ich bin kein Mensch."

„Empfindest du nicht diese reine Liebe?" Das konnte ich nicht glauben.

„Nein, das nehmen Kalimbi hier nicht war."

„Dann erklär mir, was du siehst."

„Das kann ich nicht", war I'-SEs Antwort.

Wie schwiegen unendlich lange, nein, eigentlich kann ich das nicht sagen. Zeit war etwas, das es hier nicht gab. Ich trieb durch dieses Wesen, das reine Liebe war, solange bis das Isasa mich vorsichtig berührte.

„Es gibt hier keinen Unterschied zwischen dem Gedanken und der Form. Für Menschen ist es schwer hierher zu gelangen. Aber umso einfacher ist es, aus Gedanken Form zu schaffen. Versuch es, denk an etwas, das dir sehr am Herzen liegt."

Ohne Worte zweifelte ich, und das entfernte diesen Raum etwas von mir.

„Versuch es!" ermunterte mich Isasa, was in Wirklichkeit ebenfalls wortlos geschah. Tabs, unser Hund, fiel mir ein und in der Sekunde, wo ich an ihn dachte, stürmte er auf mich zu, laut und aufgeregt bellend, so wie er es immer getan hatte, wenn ich aus der Schule kam. Ich nahm ihn in den Arm, fühlte ihn und vergrub mein Gesicht in seinem Fell. Ich sah zu Isasa hinüber, die lachte, so dass ich die Spitzen ihrer Fangzähne sehen konnte.

„Ein langweiliger Ort für einen Hund."

Um uns herum entstand eine Wiese mit dem für die Kalimbi typischen Schimmer. Ich war nicht überrascht, keine Sekunde lang. Es war alles so natürlich, in meiner Hand fühlte ich den roten Kunststoffball mit dem Tabs immer gespielt hatte. Offensichtlich hatte auch Tabs den Ball bemerkt, er setzte alles daran, dass ich ihn warf. Was sowohl Tabs als auch dem Ball fehlte war dieses Schimmern, das von der Wiese ausging.

„Daran erkennst du, ob etwas aus meinem oder aus deinem Geist kommt", hatte Isasa zu diesem Phänomen gesagt.

Damit war meine Ausbildung abgeschlossen. Ich hatte alle Werkzeuge an die Hand bekommen um mit einem Kalimbi zu leben. Das zu tun, war eine ganz andere Aufgabe. Und es kann sein, dass ich auch das noch nicht ganz gelernt habe. Aber ich habe ja noch eine Menge Zeit.

Obwohl ich also alle diese Erfahrungen machte, war es wirklich eine Herausforderung, dieses alles in den Alltag zu übertragen. Und immer wieder überraschte mich Helena. Ich dachte immer als Mensch von ihr. Einmal brütete ich über ägyptischen Schriftzeichen, weil ich mich entschieden hatte, Ägyptologie zu studieren. Etwas, das mich wirklich begeisterte, ständig lag ich Helena damit in den Ohren. Zeigte ihr alles und erklärte ihr alles, was mich selbst gefangen nahm. Helena hörte mir höflich, aber ziemlich gelangweilt zu. Dass mir das entging, lag wohl an meiner eigenen Begeisterung. Diese Übung jedenfalls brachte mich zur Verzweiflung, den ganzen Tag schon hatte ich versucht heraus zu bekommen, was dieser geheimnisvolle Text nun beinhaltete. Das einzige, das ich herausgefunden hatte, war, dass es staatliche Dokumente sein mussten.

„Was machst du?" fragte mich Helena, als sie spät nachts nach Hause kam. Ich fragte nie, wo sie gewesen ist, ich gebe zu, dass ich damals Angst vor der Antwort hatte.

„Ich versuche, das hier zu übersetzen. Schon den ganzen Tag, wie du siehst mit mäßigem Erfolg." Du wirst dir denken können, was passierte. Helena nahm sich dieses Blatt und überflog es kurz.

„Es sind Teile einer Gerichtsakte. Es geht um Raub oder so etwas."

„Du kannst das lesen?"

Helena nahm mir den Stift aus der Hand und begann mit der Übersetzung.

„Das glaube ich einfach nicht."

„Ich bin Kalimbi." Diese Antwort hasse ich wie die Pest.

An solchen Vorfällen wurde mir deutlich, dass Helena kein Mensch war. Sie konnte es lesen, weil sie dort gelebt hatte, zu dieser Zeit an diesem Ort. Vielleicht ein Jahrhundert oder ein Jahrtausend lang.

Ich hegte ja den Verdacht, dass sie mich zum besten hielt, und diese Übersetzung sich als totaler Reinfall erweisen würde. Die gute Bewertung, die ich für diese Übung von meinem Professor erhielt, entkräftete diesen Verdacht nachhaltig.

Nach einiger Zeit genoss ich diese Art zu leben aus vollen Zügen. Ich konnte meine Zeit frei einteilen, beschäftigte mich mit all den Dingen, die mich schon immer gefesselt hatten. Durch die Arbeit mit Isasa lernte ich Bereiche meiner Seele und meines Geistes kennen, die mir bis dahin verschlossen gewesen sind, oder von denen sie mir erzählt hatten, dass sie pathologischer Natur waren und unbedingt geändert, bekämpft werden müssten. Und alles das floss aus braunen Umschlägen, die uns Arthur einmal die Woche brachte und die Helena achtlos auf einen Tisch warf. Was Arthur offensichtlich als sehr befremdlich empfand.

„Willst du nicht nachzählen?“ oder „Vertrauen ist gut, Kontrolle ist besser!“ Einmal sagte er: „Ich könnte dich betrügen und du würdest es nicht einmal merken.“

Wie immer verzog Helena keine Miene.

„Betrügst du mich, töte ich dich.“ Sie sagte es voller Gleichmut, wie man sagt, eine Hand wäscht die andere.

Es war keine Drohung, es war die Feststellung einer Tatsache.

Arthur kam einmal die Woche und Helena massierte ihn. Sie hatte extra einen Massagestuhl dafür angeschafft.

„Warum machst du das?“

„Ich gleiche sein Energiefeld aus. Das ginge auch ohne körperlichen Kontakt, aber so kann Arthur es besser akzeptieren.“

„Würdest du das bei mir auch machen?“ Ich hoffte, dass sie den begehrlichen Ton in meiner Stimme nicht gehört hatte. Ich bin sicher, dass diese Bemerkung der Auslöser für das Kommende war.

Erst dachte ich, ich schliefe, nur dauerte das nicht lange. Es wurde mir klar, dass ich wach war, und dass das, was ich erlebte, wirklich geschah. Um es kurz zu machen, ich hatte ziemlich wilden Sex mit Helena. Die Details gehen dich natürlich nichts an, schließlich bist du meine Tochter. Und in der Zeit aus der ich stamme, reden Eltern nicht mit ihren Kindern über diese Dinge. Also sind auch Fragen sinnlos. Nur um deiner unstillbaren Neugier einen Riegel vorzuschieben.

Ich tastete in meinem Bett nach Helenas Körper, nichts. Ich schlug die Augen auf und war alleine im Zimmer. Helena war nicht da, wo sie nach meinem Erleben hätte sein sollen. Unterdessen war ich erfahren genug, ich wusste, dass das, was ich wahrgenommen hatte, und zwar mit allen Sinnen, mit meinem ganzen Körper, von dem noch ein wohlig-entspanntes Gefühl kam, in dem, was Isasa eine geteilte Realität nannte, erfahren hatte. Sie ist in meinem Kopf gewesen und hatte diese Dinge mit mir getan. Oder besser wir mit uns. Das ging zu weit, das mit mir zu tun, dazu hatte sie nicht das Recht. Sie hatte es nicht einmal für nötig gefunden mich um Erlaubnis zu bitten. Ich hatte noch keinem Menschen erlaubt, ungefragt mit mir Sex zu haben. Und das würde ich auch keinem Kalimbi erlauben. Ja, ich war tief verletzt, und wütend. Ich würde Helena zur Rede stellen. In dieser Stimmung fand ich sie Blumen gießend im Wintergarten.

„Ich hoffe, es hat dir gefallen“, war das erste, was sie sagte.

„Was fällt dir eigentlich ein!“ schrie ich sie an. „Glaubst du eigentlich, du kannst mit mir machen, was du willst?! Nein, das kannst du nicht. Mein Körper gehört mir, und du kannst ihn nicht einfach benutzen, wann und wie es dir gefällt. Und mich dann auch noch fragen, ob es mir Spaß gemacht hat. Du selbstgefälliges Arschloch!!“

„Nefe!“

Obwohl ich wütend war, hörte ich ihre Warnung und zog meine Lebensenergie auf mich zu.

„Wag das nicht noch ein einziges Mal!“

„Du hattest schon lange keine menschliche Partnerin mehr. Man konnte deutlich sehen, dass du diese Art der Energie vermisst. Was liegt also näher, als diesen Weg zu gehen?“

War ich vor einer Minute noch voller Wut und Empörung, so war ich jetzt genauso überrascht. Das ist Sex, für Helena eine Art von Energie. Nicht mehr und nicht weniger. All die menschlichen Konzepte, die sich darum ranken, haben für die Kalimbi keine Bedeutung. Das wurde mir in diesem Augenblick schlagartig klar. Und noch etwas anderes wurde mir bewusst, was mir die Schamesröte ins Gesicht trieb.

„Du kannst so was sehen? Ich meine, immer, alles?“

„Ja, natürlich, Sexualität, egal ob mit einem anderen Menschen oder alleine, verändert das Energiefeld. Sogar was du isst oder trinkst, ob du schläfst oder nicht, verändert das Energiefeld.“

Was interessierte mich an dieser Stelle menschliche Ernährung.

„Du kannst sehen, wenn ich mit jemandem geschlafen habe?“

„Ja, natürlich, ehrlich gesagt erkenne ich sogar, wenn du gerne mit jemandem schlafen würdest.“ Helena verzog wirklich gequält das Gesicht. „Manchmal ist es recht anstrengend mit dir durch die Stadt zu gehen. Und ich bin doch immer wieder erstaunt, wen du alles attraktiv findest.“

Ich fühlte mich, als habe mir jemand die Kleider vom Leib gerissen.

„Das ist ja schlimmer als nackt durch die Stadt zu gehen. Also, das muss ich erst verdauen. Und bis ich das getan habe, wirst du solche Sachen wie heute Morgen nicht mehr machen.“ Helena weiß ganz genau, wann ich es ernst meine. Und das meinte ich ernst.

„Versprochen, obwohl ich das Aufheben, das man in dieser Kultur um die Fragen von Sexualität macht, nicht verstehen kann. Es ist ein Teil eures biologischen Wesens.“

‚Nur unseres Wesens?' fragte ich mich.

„Willst du damit sagen, dass es bei euch nicht hier und da einen netten Kalimbi gibt, den du gerne flach legen würdest?“

Von Helena ging das Äquivalent eines gerührt mitleidigen Lächelns aus.

„Die Kalimbi kennen keinen Sexualtrieb, so wie ihn biologische Wesen erfahren.“

„Das muss ja ziemlich langweilig ein.“

„Menschen“, entgegnete sie mir kopfschüttelnd.

Mit einer Sache hatte sie auf jeden Fall recht, ich war schon ziemlich lange ein Single. Das änderte sich zwar im Laufe der Zeit, aber es war immer kompliziert. Die einen beendeten die Beziehung, weil sie den Eindruck hatten, sie seien das dritte Rad am Wagen. Andere hatten anscheinend Angst vor Helena. Deren Benehmen allerdings immer untadlig war. Egal, ob wir als Studentinnen-WG auftraten oder als Geschwister. Wie du dir sicher denken kannst, traten wir in diesen Zusammenhängen nicht als Liebespaar auf. Das glaubten die Frauen, mit denen ich Beziehungen hatte, früher oder später sowieso. Nur lassen Helena und ich die Menschen in dem Glauben, der ihnen als das passende Erklärungsmodel behagt. So sind wir auch bei dir vorgegangen und das erwies sich bei Toms Tod als nicht mehr gut zu machender Fehler.

Die Erfahrung jedenfalls hat mich gelehrt, beide Welten sorgfältig voneinander zu trennen. Ich habe hier und da schon mal eine Affäre. Manchmal frage ich mich wirklich, wie meine Vorgänger das hin bekommen haben.

Als bei dir das Thema Verhütung anstand, war ich ganz froh, dass wir beide die charakteristischen Veränderungen deiner Aura zu deuten wusste. So blieb es mir erspart, dich zu einem Zeitpunkt darauf anzusprechen, wo du selbst diesen Gedanken noch weit von dir gewiesen hättest. So wie es bei meiner Schwester gewesen ist. Die wehrte sich mit solcher Vehemenz gegen die ängstlichen Andeutungen meiner Mutter, dass die es kaum noch wagte das Thema anzusprechen. Aber das waren andere Zeiten. Außer mir gibt es niemanden mehr, der sich daran erinnert. Genau wie sich niemand mehr an mich erinnert. Alle sind tot: meine Eltern, meine Geschwister, deren Kinder. Es gibt niemanden, der sich noch an mich erinnert, mit dem ich gemeinsam Erlebtes noch einmal erinnern könnte. Ich bin allein, dieses Alleinsein hatte ich nicht erahnen können, als ich Isasas Angebot annahm. Die Einzigen, die mir geblieben sind, das sind die Kalimbi, die Einzigen, die begreifen können, was es bedeutet, das hinter sich zu lassen, an das man sich gebunden fühlt.

Du und Wota, ihr seit mir geblieben, bei euch beiden weiß ich, dass ihr mich überleben werdet, und dass ihr euch an mich erinnert. So wie es sein muss, Kinder begraben ihre Eltern.

Angélique rieb sich die Augen, draußen war es dunkel geworden. Automatisch ging ihre Hand zum Lichtschalter der Stehlampe. Nein, sie würde das Licht nicht einschalten so wie sie es gewohnt war. Das war ein neuer Beweis dafür, dass sie kein Mensch war. Trotz der Dunkelheit konnte sie lesen, was ihre Eltern geschrieben hatten.

Theodora und Helena hatten eine Beziehung, um die sie viele Menschen beneiden würden. Eine Art von Verbundenheit, die Angélique in diesem Moment wahrscheinlich noch gar nicht ganz erfassen konnte. Und das Geschenk dieser Beziehung, das Geschenk, das ihr Nicht-Menschsein beinhaltete, war eine unbegrenzte Fähigkeit Menschen zu heilen, ganz anders, besser, als sie das als Mensch bisher gekonnt hatte. Wie oft hatte sie den Kampf gegen den Tod verloren, durch das Erbe der Kalimbi würde sie diesen Kampf ab heute gewinnen. Sie hatte Menschen immer helfen wollen und jetzt konnte sie es endlich.

Denn eines wurde aus diesen Zeilen deutlich, sie war nicht wie die anderen Vampire. Sie war nicht erwacht wie ihr Helena es von sich beschrieben hatte. Sie war geboren. Angélique hatte noch nie das Gefühl gehabt, dass ihr Körper nicht vollständig sei. Sicher war sie war auch ein Mensch..

Helenas Perspektive

Als ich das Kind in meinem Bewusstsein bemerkte, spielte ich gerade mit dem Schäferhund, der nachts das Grundstück bewachte. Es war Wota, das bis zu deiner Formgebung letzte überlebende Kind der SE. Ich hatte Wota irgendwann aus den Augen verloren, nachdem Kartes-SE gestorben war. Wie Wota in den letzten Jahrhunderten überlebt hatte, war mir schleierhaft.

Schwanzwedelnd und begierig darauf, dem Stock erneut hinterher zu jagen, brachte er seine Beute zu mir zurück.

„Wissen Se Frau Schwarz, Se sollten nich mit den Hunden spielen. Dat is nich jut für de Tiere." Die Sorge um die Einsatzfähigkeit seiner Hunde war Dieter wirklich anzusehen.

„Es wird ihnen bestimmt nicht schaden, Dieter."

Die einzige Antwort von Dieter war ein skeptisches Brummen.

„Wissen Se, was ich nich verstehe, dat die Hunde dat so mitmachen. Ich glaub, Se haben en Händchen für die Tiere. Aber jut is dat nicht, wat Se hier machen."

Ich konnte ein menschliches Lachen nicht zurück halten.

Rex (ein wirklich origineller Name für einen Wachhund) brachte den Stock erneut zurück. Ich streichelte ihn, Rex rollte sich auf den Rücken und ich kraulte das weiche Fell an seinem Bauch.

„Ne, Frau Schwarz, wat machen Se mit de Tieren?"

Dieters Anwesenheit hatte ich schon am Tor gefühlt. Ich mochte ihn. Er war sich seiner Kraft bewusst. Seit Jahren war ich niemandem mehr begegnet, der sich seiner Energie so bewusst gewesen ist wie Dieter. Der nie einen Schritt zu viel tat. Dessen Bewegungen präzise und elegant waren.

„Un du?" Dieter kniete sich neben den Hund um ihn jetzt seinerseits zu streicheln. „Du bist doch ene Wachhund." Er schüttelte den Kopf.

„Verzeihen Sie ihm, Dieter. - Wenn es nach mir ginge, dann würde es auf diesem Grundstück überhaupt keine Wachhunde geben. Aber mein Onkel besteht darauf. Obwohl, ich kann sehr gut auf mich selber aufpassen."

Ich spürte seine Zweifel. Nur war er viel zu höflich sie zu äußern.

„Schaden tut et ja auch nix."

„Sehr diplomatisch."

Jetzt war es an ihm zu lachen.

Nur einen Atemzug lang sah ich eine Gestalt vor mir. Spürte deren Erregung. Und aus weiter Ferne die Gier nach Blut.

Dieter sah mich besorgt an.

„Jut, wird wohl Zeit dat ich jee. Jute Nacht."

Ich eilte ins Haus, ich musste das Kind finden. Und ich würde nicht viel Zeit haben. Schon dieser flüchtige Eindruck, den ich empfangen hatte, zeigte, dass das Kind dringend Hilfe brauchte.

Ich fand Theodora lesend im Arbeitszimmer.

„Keine Störung, absolut keine!" sagte ich ihr.

„Was ist denn los? Ist was passiert?" Die Frage war berechtigt, nur fehlte mir die Zeit für lange Erklärungen.

„Frag nicht! Und ich will auf keinen Fall gestört werden. Ruf Arthur an! Sag ihm, es ist ein Bluttrinker in der Stadt!"

„Was soll denn das alles bedeuten?" rief mir Theodora nach.

Das Gewölbe, in das ich mich zurückgezogen hatte, lag noch unter dem eigentlichen Keller. Der Eingang war sorgfältig verborgen und nur mit viel Mühe zu entdecken. Kein Lichtstrahl, kein Geräusch drang in den Raum. Die Wände bestanden aus massiven Steinquadern, die fugenlos aufeinander passten. Auch der Boden war mit Steinplatten belegt.

Ich legte mich flach auf den Boden.

‚Alles kommt vom Licht, alles geht zum Licht. Alles ist Licht. Die wahre Form ist Licht. Alles das ist, war Licht, ist Licht und wird Licht sein. Das Wesen des Geformten ist das Wesen des Lichtes. Ich, I'-SE, bin Licht. Die wahre Form ist Licht. I'-SE ist Licht. Licht ist an keine Form gebunden, die Form ist das Licht. I'-SE ist Licht.

Ich wiederholte diese Wahrheit unablässig. In unserer Sprache haben die Worte einen melodischen Klang, der dem Rhythmus des Universums entspricht. Der Sinn ist also gar nicht so entscheidend. Ich spürte wie sich mein Körper begann aufzulösen. Ich bewegte mich wie von einer Welle getragen. Das erste Anzeichen dafür, dass du den Körper aufgibst, und wieder reines Licht wirst. Und dann war ich Licht, oder wie ihr heute sagen würdet, ich war reines Bewusstsein. Die Ebene der körperlichen Existenz lag hinter mir. Das weiße milchige Licht umgab mich. Es war nur Stille. Da war nur I'-SE. Als risse ich mich selbst an den Haaren zurück, entfernte ich mich etwas aus dem mich umgebenden weißen Licht. Vielleicht ist das unser Himmel. Ich schwebte über diesem friedvollen Ort. Ich war nicht hier, um dort zu verweilen und mich daran zu erinnern, wer ich wirklich war. Angelockt von diesem weißen Licht unter mir erinnerte ich mich, warum ich hierher gekommen war. Ich musste das Kind finden. Und hier in diesem Raum würde ich seine Spur am leichtesten entdecken. Ich musste das weiße Licht meiden. Keine Form, nur Sein, reines Sein ganz unabgängig von der Materie. DAS ist Freiheit. Das Licht zog mich ein Stück auf sich zu. Um ehrlich zu sein, fiel es mir schwer mich dagegen zu wehren. Ich konzentrierte mich wieder auf. das Kind. Und dann sah ich es. Es schwamm in einem Meer von Blut. Voller Angst, Todesangst. Und ich weiß, was Todesangst ist. Das Kind klammerte sich in diesem Blutmeer an etwas fest, das ich nicht erkennen konnte. Trotz seiner Bemühungen, sich von dem Strudel fern zu halten, der sich in der Mitte des Meeres auftat, glitt es immer weiter darauf zu. Ich war wirklich erschrocken. Das Kind war in der Phase des Übergangs. Nirgendwo war ein Helfer zu erkennen. Bis auf diese Holzpuppe. Das war es nämlich, an das sich das Kind klammerte. Hier würde ich ihm jetzt nicht helfen können. Nicht auf dieser Ebene. Ich musste das Kind in der physikalischen Welt finden. Es ist nicht einfach mit dem begrenzten

Wortschatz, den menschliche Sprachen für diese Phänomene haben, zu erklären, was geschieht. Ich will es mal so formulieren. Die Veränderung des Fokus verändert das, was man wahrnimmt. Einzig und allein Konzentration ist der Schlüssel. Um mich herum entstand ein Zimmer. Ein Zimmer in dieser Stadt. Das Kind stand gebeugt über einem Menschen, der in einem Bett lag. Mehr musste ich von hieraus nicht sehen. Dort musste ich hin, nur dort konnte ich wirkungsvoll handeln. Einen unendlichen Augenblick überkamen mich Zweifel. Würde ich genügend Energie haben? Aber ich hatte keine Alternative. Mein ganze Energie, meine ganze Konzentration, mein ganzes Sein richtete ich auf dieses Zimmer, genau so wie ich es tun würde, wenn ich erwachte. Ich war in diesem Zimmer, ich konnte jede Einzelheit sehen, hörte die Geräusche, roch den Raum, das Blut und den Menschen. Alles erfüllte mich, durchdrang mich, erfüllte mich. Ich war Licht. Und ich wurde Materie. Der Körper formte sich neu. Das Brennen setzt ein. Erinnerungen an meine vergangenen Leben setzten ein. Desorientierung war die Folge. Wer war ich? Wo war ich? Was war ich? Ich fixierte den einzigen festen Punkt in diesem Gleiten durch die Erinnerung. Das Kind. Es erschien mir unendlich lange, bis dass der Körper sich geformt hatte. Ich war so verwirrt, dass ich erst an der Reaktion des Kindes bemerkte, dass ich körperlich war.

Das Kind fuhr vom Bett zurück. Starrte mich mit glitzernden Augen an. Ich taumelte und obwohl ich meine Hände in diesem Moment nicht fühlte, hielt ich mich am Gestell des Bettes fest.

„I'-SE!“ Trotz seiner panischen Angst erkannte es mich. Eine Welle von Erleichterung erreichte mich.

„Was tust du hier?“ fragte ich es.

„Ich jage.“ Ich ging auf es zu und nahm es in meine Arme. Mein Körper färbte sich rot vom Blut, das seine Kleidung durchnässt hatte. Blutstropfen aus seinem Mund spritzten mir ins Gesicht.

„Das ist keine Jagd, das ist ein Schlachtfest. Du kannst das ganze Blut doch gar nicht trinken!" hielt ich dem Kind vor.

„Doch, das kann ich!" widersprach es mir.

Ich habe wirklich kein Händchen für Kinder, weder für menschliche noch für unsere. Das Kind versuchte, sich von mir loszureißen um sich erneut auf seine Beute zu stürzen.

„Nein", ich hielt es fest, „wir werden jetzt nach Hause gehen." Wie banal das klang. Es verfehlte seine Wirkung nicht. Nach Hause gehen, in Sicherheit sein, das Einzige, wonach sich dieser verwirrte Geist sehnte. Das Kind versuchte nicht mehr zum Bett zu gelangen. Der Mensch, der jetzt auf dem Bett lag, starr vor Angst und Schwäche, hatte sich so lange er konnte, mit allen Mitteln gegen den Angriff gewehrt. Möbel waren umgestürzt, Bilder von der Wand gefallen. Porzellan zerschlagen. Alles Spuren eines verzweifelten Kampfes, den der Mensch nicht gewinnen konnte. Jetzt lag er auf dem Bett. Das Kind hatte ihm mit den Zähnen, aber auch mit einem Messer, das es immer noch in der Hand hielt, schwere Verletzungen zugefügt. Der Hals wies tiefe Bissspuren auf. Die Arterie schien aber unverletzt. Das Blut, das durch das ganze Zimmer gespritzt war, stammte aus dem halb abgetrennten Handgelenk der Frau und aus einem tiefen Schnitt im Bauchraum, der unverständlicherweise die Baucharterie nicht getroffen hatte. Trotz allem blutete sie stark. Lange würde sie nicht mehr leben. Ich musste mich beeilen. Ich ging zum Bett, das Kind direkt hinter mir. Ob die Frau mich überhaupt noch wahrnahm? Da war ich mir nicht sicher.

„Ich werde dir helfen. Hab keine Angst!" sagte ich zu ihr. „Dir ist etwas schreckliches geschehen, aber ich werde dich gesund machen. Vertrau mir!"

Ich nahm ihr die Schmerzen. Die Energie, die davon ausging, fuhr wie eine heiße Welle durch mich hindurch. Sie entspannte sich sichtbar. Dann wurde sie bewusstlos. Ich musste mich beeilen um die Wunden noch zu schließen. Was nur solange möglich ist, wie der Mensch noch lebt. Mit dem Handgelenk begann ich. Jeder Mensch hat eine ideale

Vorstellung von seinem Körper in sich. Einem Körper, der heil und unverletzt ist. Was wir tun, ist den Körper selbst an dieses Bild von Gesundheit zu erinnern. Ich kann es dir nicht anders erklären. Ich pflanzte sozusagen eine Vorstellung von ihrem gesunden Körper in ihren Geist. Der zweite Schritt ist dann, dem Lebensfeld des Menschen neue Lebensenergie zu schenken. Ich ließ Energie über meinen Mund in die Wunden fließen, die sich daraufhin schlossen. Nach der Behandlung atmete die Frau ruhig und entspannt. Sie war sehr schwach, würde aber überleben.

„Die Kalimbi danken dir für dein Leben." Ich sagte es in der alten Sprache, so dass nur das Kind mich verstand. In diesem Augenblick fühlte ich mich unseren Bräuchen näher als seit unendlichen Zeiten.

Meine Lippen berührten ihre Brust dort, wo die Schlüsselbeine zusammen treffen. Als ihr Leben in mich floss, wurde mir erst bewusst, wie dringend ich es gebraucht hatte, wie schwach ich war. Ich begann meine Hände zu spüren. Ich sah, wie die Frau starb. Ein Wirbelsturm ergriff sie. Er trug sie hinauf, immer höher. Und sie lachte, ergab sich ganz der Kraft dieses Windes, ließ sich tragen. Sie breitete die Arme aus und flog mit dem Wind. Dieser kräftige Freund ihrer Seele trug sie bis zum Ende dieses Planeten und darüber hinaus. Und die Frau wurde still. Glitt weiter mit ausgebreiteten Armen durch das Firmament. Dann weiter durch das All, solange, bis dass sie in der Sonne verglühte. Ich konnte nicht anders, ich strich ihr vorsichtig über das Gesicht.

Das Kind saugte an einem der Blut durchtränkten Bettlaken. Der Geschmack des Blutes schien es zu beruhigen. Seine Augen funkelten wie fiebrig. Genauso vorsichtig, wie ich die Tote berührt hatte, fasste ich das Kind an der Schulter:

„Gib mir das! Du darfst kein Blut mehr trinken. Es wird dich umbringen. Das Blut ist es, das dich so verrückt macht."

„Das ist nicht war, du lügst. Du willst das alles nur für dich haben."

Todesangst stand in seinen Augen. Ich erinnerte mich an meine Zeit des Übergangs. Sicher, ich bin nicht so verwirrt gewesen. Als die Zeit gekommen war, hatten mich die Lichttrinker bereits von den Menschen isoliert. Und ich wusste selbst, dass mich das Blut vergiftete. Das ist nämlich genau das, was passiert. Unser Körper kann aus dem Blut keine Energie mehr gewinnen. Noch ein Grund dafür, warum die Wohnung aussah wie ein Schlachthof. Das Kind hatte im verzweifelten Bemühen, seinen Hunger zu stillen, nicht nur Unmengen von Blut getrunken, die gleiche Menge hatte es auch erbrochen. Auf dem Boden waren ganze Lachen von Blut.

„Hör mir zu, ich bin I'-SE, du erinnerst dich an mich. Ich gehöre zum gleichen Haus wie du. Das weißt du. Du kannst dich darauf verlassen, dass ich dir helfe. Mein Licht ist in dir Fleisch geworden."

Zitternd nickte das Kind.

„Gut, was du erlebst ist die Zeit des Übergangs. Du wirst erwachsen. Ich werde dir dabei helfen. Das verspreche ich beim ALL-SCHAFFEN-DEN-LICHT. Wir können hier nicht ewig bleiben. Und nach diesem ...", ich unterbrach mich, „so wie es hier aussieht, wird kein Mensch glauben, dass es sich um einen natürlichen Tod handelt." Das Kind hörte mir nicht mehr zu. Ich rüttelte es. „Du gehst zur Eingangstür, es darf niemand das Haus verlassen oder betreten. Das ist deine Aufgabe. Und du darfst kein Blut trinken. Bitte tu es nicht, versuch mir zu vertrauen!"

Ich konnte nur hoffen, dass es das Haus nicht verließ. Und angesichts dessen, was ich tun musste, hoffte ich, dass niemand das Haus betrat. Jeder Tote machte die Sache noch komplizierter. Das Kind torkelte förmlich aus der Wohnung. Aus der zweiten Wohnung der Etage drang Musik. Also wählte ich den nahe liegenden Weg. Ich klingelte. Der junge Mann, der öffnete, schien durch mich hindurch zu sehen. Seine Lebensenergie war an manchen Stellen völlig verblasst. Andere wieder leuchtend intensiv. Aber auch ohne diese Beobachtung war klar, dass er mehr Drogen nahm, als ihm bekam. Ich stand nackt und blutverschmiert vor seiner Tür und er sagte:

„Wie krass! Komm herein, mein schöner Engel. Ich wusste, dass es dich gibt.“ Mit diesen Worten zog er mich in seine Wohnung.

„Die Flügel, sind die nicht unheimlich schwer.“ Er kicherte. „Für so einen kleinen Engel wie dich hätten sie doch eine andere Größe verwenden können.“

Wegen seines unablässigen Kicherns war er kaum zu verstehen. Und ich hatte nicht die Zeit für Konversation. Immer noch kichernd begann er meinen Körper zu streicheln. Wobei er so etwas sagte wie, ob die Federn nicht im Sommer zu warm seien. Dieses unablässige Kichern. Ich glaube fast, ich tötete ihn nur, damit dieses Kichern aufhörte. Es war leicht. Er sank in meine Arme, als er starb, in dem Augenblick, als er in einen strahlenden Engel eindrang, wobei er sich an dessen Flügeln festhielt. Glaub mir, ich habe Tausende von Toden gesehen, jeder ist anders. Aber dass jemand stirbt, während er mit einem Engel kopuliert, das hatte selbst ich noch nicht gesehen. Bis heute weiß ich nicht, ob es sein Tod war, den ich sah, oder ein Teil seiner Halluzinationen. Wahrscheinlich war seine Seele schon zu weit weg, um den Tod des Körpers zu erleben.

Die beiden Wohnungen eine Etage tiefer waren leer. Im Erdgeschoss wartete das Kind auf mich. Es kauerte an der Wand und summte leise vor sich hin.

„Alles in Ordnung?“ Ich nahm das Kleine in den Arm, wiegte es einen Moment.

„Ich werde sterben, wenn ich kein Blut mehr trinken kann. Ich habe Angst.“

„Du wirst nicht sterben. Ganz sicher nicht. Ich lebe doch auch noch. Du bleibst hier. Es ist gleich vorbei, und dann gehen wir nach Hause.“ Das Kind war mindestens so geistesabwesend wie der junge Mann.

Noch zwei Wohnungen, in denen Menschen waren. Drei Menschen in zwei Wohnungen. Ich machte mit den beiden Menschen weiter. Es würde nicht einfach sein, einer von beiden würde wahrscheinlich versuchen zu entkommen. Ohne weiteres öffnete ich die verschlossene Tür, man lernt eine Menge, wenn man so alt wird wie wir. Glücklicherweise steckte der Schlüssel in dem Türschloss. Die ich wieder verschloss, als ich die Wohnung betreten hatte. Ich musste mich konzentrieren, durfte mich von meiner eigenen Gier nach Leben nicht überwältigen lassen. Die beiden Menschen waren im Schlafzimmer. Vielleicht gelang es mir, den einen zu töten, während der andere noch schlief. Das Licht aus den Energiezentren des Körpers zu nehmen dauert etwas länger als direkt durch den Mund, hatte aber den Vorteil, dass dabei ihre Körper nicht altern. Ich konnte kein Haus voller alter Menschen hinterlassen. Das wäre mehr als eine Schlagzeile wert. Vom Flur her hörte ich das Kind wimmern. Vorsichtig ging ich auf den Menschen zu der links lag. Ohne dass meine Lippen ihre Haut berührten, trank ich. Eine weitere Verzögerung. Die Frau stöhnte leise. Dann erwachte sie. Ihre Fäuste trafen meinen Rücken. Die Frau neben ihr schlug die Augen auf. Sie schrie. Dann attackierte sie mich so heftig, dass ich mich zunächst ihr zuwenden musste. Die andere Frau war schon ziemlich geschwächt. Wie ich es hasse, wenn sie leiden.

Die zweite Frau, die merkte, dass ihre Angriffe sinnlos waren, rannte zur Tür. Als sie bemerkte, dass der Schlüssel nicht an seinem Platz war, brach ihr Kampfeswille. Sie sackte zusammen. Ich trank ihr Leben aus ihrem Nacken. Ihr Leben verlöschte einfach. Eine Kerze in absoluter Dunkelheit, deren Flamme erstarb. Einfach so. Der Tod der anderen Frau war bei weitem nicht so friedlich. Unterdessen war diese aus dem Bett in Richtung Telefon gekrochen, war aber schon zu schwach den Hörer abzunehmen. Als ich zu ihr zurück kam, weinte sie. Ich hätte sie gerne getröstet, brachte jedoch keinen Ton heraus. Ich trank den Rest ihres Lebens. Ihr Tod war grauenvoll. Ein Mann, der Ähnlichkeit mit ihr hatte, schlug sie ans Kreuz. Als ich ihr Leben getrunken hatte, schien mein Körper zu explodieren. Ich dehnte mich im ganzen Haus aus. Sah jeden der Menschen, die ich getötet hatte und den Menschen, den ich noch töten würde. Es dauerte nur kurz. Dann war ich wieder ich, und der Hunger war gestillt.

Das einzige, was ich in der letzten Wohnung fand, war ein Säugling in seinem Bett. Die Eltern waren nicht im Haus. Wie ich es bei der Katze getan hatte, umschmeichelte ich das Kind mit beruhigendem Licht. Es begann zu lachen und streckte seine Arme nach mir aus. Ich nahm das Kind auf. Es hatte seidenweiches Haar. Es gab ein glucksendes Geräusch von sich, als ich seinen Bauch streichelte. Das Kind lag, Laute des Wohlbehagens ausstoßend, in meinem Arm, als ich sein Leben trank.

Was hätte ich denn tun sollen? Sollte ich das Kind den Flammen überlassen?

Wie ich später in der Zeitung las, brannte das Haus, wie ich gehofft hatte, bis auf die Grundmauern ab. Das Kind und ich gingen durch die Kanalisation. Ich hatte fünf Menschen töten müssen um unsere Sicherheit zu garantieren. Heute, aus der Distanz, frage ich mich, ob es notwendig war, alle Bewohner zu töten. Nun gut, die „dämonische" Art, wie ich an den Ort des Geschehenes gelangt war, hatte viel Energie gekostet. Weswegen ich es normalerweise bevorzuge ein menschliches Transportmittel zu wählen. Meine Füße, zum Beispiel. Etwas zu essen ist notwendig gewesen Und ich trug die Verantwortung für dieses halbwahnsinnige Kind.

Wir pflanzen uns nur sehr selten fort. Im Gegensatz zu Menschen brauchen wir dazu nicht nur zwei Mitglieder unserer Spezies. Um ein Kind zu zeugen brauchen wir ein ganzes Haus: Jemanden, der in der Lage ist, den Geist des Neugeschaffenen zu verkörperlichen, und noch einige Vorraussetzungen mehr. Das ist der Preis dafür, dass wir so lange Leben. Es führt dazu, dass wir unsere Kinder mit jedem Mittel verteidigen. Reine Kalimbikinder sind schon nach etwa einem Jahr körperlich ausgewachsen und brauchen dann das Haus nicht mehr um zu überleben. Trotz allem ist der Verlust der Häuser, die Tatsache, dass wir vereinzelt in der Welt leben, für unsere Kultur, unsere Spezies, eine Katastrophe.

Wenn die Häuser noch in der alten Form existieren würden, hätten wir das Kind längst über seinen Zustand aufgeklärt (und sicherlich auch dich viel früher informiert) und für einen geordneten Übergang gesorgt. So, wie es für das Kind notwendig gewesen wäre. Woher sollte das Kind wissen, dass das Blut Gift für es ist, dass in der Zeit des Übergangs Blut zu trinken seinen Geist vergiftet? Mit der Folge, dass es auch körperlich sterben wird. Etwas, das Jahrhunderte dauern kann. Und dieses Kind trank schon lange Blut, das es umbrachte.

Angélique schien kein reines Kalimbikind zu sein. Sie hatte noch nie das Bedürfnis gehabt Blut zu trinken. Und sie war ganz normal aufgewachsen. Blieb die Frage, wenn sie kein richtiges Kalimbikind war, was war sie dann?

Die Flucht durch die Kanalisation war uns gelungen. Niemand hatte uns gesehen. So dass es unwahrscheinlich war, dass irgendjemand eine Spur fand, die zu uns führte. Jetzt hatte ich endlich die Zeit, mich um das eigentliche Problem zu kümmern. Dachte ich. Als wir das Haus betraten, nahm uns deine Mutter in Empfang. Das Kind griff Theodora sofort an.

„Töte nicht den Wächter!"

Im letzten Augenblick konnte ich das Kind von ihrer Kehle reißen. Bei meiner damaligen Größe ein Kind von 1,80 Meter fest zu halten, war nicht so leicht.

Theodora war zurück gewichen und kreideweiß.

„Was machst du noch hier? Hatte ich dir nicht gesagt, du sollst das Haus verlassen!" schrie ich sie an. Das Kind knurrte.

„Nein, das hast du nicht!"

Das ist das, was mich an deiner Mutter schon als Kind beeindruckt hat. Dass sie immer genau weiß, was sie will, und nicht bereit ist, nachzugeben. Sie ist einfach eigensinnig. Deswegen diskutierte ich jetzt nicht mit ihr. Das Kind und ich, wir waren beide blutverschmiert. Zu allem

Überfluss verpestete der Gestank der Kanalisation das ganze Haus.

„Bevor du mir irgendwas erklärst, werdet ihr beide euch waschen!" Theodora hatte natürlich recht, es wäre mir allerdings lieber gewesen, deine Mutter hätte mir nicht geholfen das Kind in die Wanne zu bringen. Ich wiederhole mich, deine Mutter ist einfach stur. Also badeten wir das Kind gemeinsam. Wobei ich immer fürchtete, dass Theodora von ihm angegriffen würde.

„Es ist kein Mann." Theodora stand mit den verschmutzten Kleidern in der Hand da und starrte das Kind an. „Ich meine, es hat kein ..."

„Es ist ein Kind, wir sind nicht geschlechtlich determiniert", fuhr ich sie an. Ich war nervös und gereizt. Natürlich war ihre Überraschung verständlich. Wir hatten nie darüber gesprochen, warum auch. Aber für eine Spezies, die sich in zwei Geschlechter unterteilt, und wo die Zugehörigkeit zu einem der Geschlechter ein Eckpfeiler der eigenen Identität ist, muss es befremdlich sein, einem „Neutrum" gegenüber zu stehen.

„Wir nehmen im Rahmen der Transformation das Geschlecht an, das der Körper hat, der als Vorlage dient." Das schien deiner Mutter zunächst einmal zu genügen. Jedenfalls ging sie dem „Jungen" frische Kleider holen.

Wie man jemanden als Jungen bezeichnen kann, von dem man gerade selbst gesehen hat, dass er nicht über weibliche oder männliche Geschlechtsorgane verfügt, na ja, Menschen halt ...

Nach dem Bad brachte ich das Kind in die Kammer. Die Gegenwart deiner Mutter machte alles noch gefährlicher, als es normalerweise gewesen wäre. Sie brachte sich in Gefahr. Sicher, sie wusste es nicht, würde aber auch nicht bereit sein zu gehen.

Ich brauchte Stunden, um das Kind soweit zu beruhigen, dass es bereit war alleine in der Kammer zu bleiben. Die Tür hatte keinen Verschlussmechanismus. Ich hatte es nie als Versteck oder Verließ geplant. Ich musste jetzt darauf vertrauen, dass das Kind in der

Kammer blieb.

Ich musste nach Theodora sehen. Die stand an der Verandatür und starrte nach draußen, in den neu entstehenden Tag.

„Was sind wir denn für dich? Beute? Eine Herde Schafe, aus der du dich bedienen kannst wie es dir gefällt? Tötest du einfach irgend jemanden? Oder bevorzugst du eine bestimmte Gruppe? Oder ein bestimmtes Geschlecht? Nein? Wie kann ich das glauben. Ob es ein Mann oder eine Frau ist, für dich sind wir ein Haufen Energie. Was kümmert dich, ob diese Energie weiblich oder männlich ist!“ schrie Theodora.

Ich sah ihre Wut, die Verzweiflung, die Unsicherheit und Angst, die sich hinter ihren Worten verbargen. Ich sah sie als weit ausholende Eruptionen in Theodoras Aura.

Noch nie war sie so unmittelbar damit konfrontiert worden, dass die Kalimbi, So ist es nicht. Jedes Individuum hat seinen eigenen Geschmack. Niemand von euch ist gleich. Und es macht schon einen Unterschied, ob es sich um ein weibliches oder männliches Exemplar handelt. Genau wie es einen Unterschied macht, ob jemand jung oder alt ist. Ich bevorzuge Alte, ihre Energie ist schwächer, aber facettenreicher.“ Ich wusste nicht, warum sie noch Öl ins Feuer goss. Theodoras Emotionen schossen als rote Flammenwand auf mich zu. Unwillkürlich öffnete ich mich der Energie. Ich fühlte Theodoras Energie in mir pulsieren. Mein Körper dehnte sich etwas aus. Theodora gab ein gurgelndes Geräusch von sich und stürzte auf den Boden. Ihr Körper krümmte sich, sie presste die Hände gegen die Brust, dann gegen den Hals als ersticke sie. Ihre Augen quollen hervor. Ich erschrak, mit aller Kraft versuchte ich die Verbindung zu beenden. Ich schloss die Hülle aus Licht, die mich umgab. Zog sie immer weiter auf mich zu, bis dass das Licht nur noch ein Punkt in mir war. So wie wir es tun, bevor der Schlaf beginnt.

Theodora lag wimmernd und zusammen gekrümmt auf dem Boden des Wintergartens. Die Augen geschlossen. Speichel lief aus ihrem

Mund. Ihr Atem ging so flach, dass ich ihn kaum wahrnahm.

„Oh Gott, nein!"

Ich nahm ihren sterbenden Körper in den Arm. Ich merkte, dass ich zitterte. Theodoras Kopf war zurück gefallen, ich stützte ihn. Vorsichtig öffnete ich Theodoras Mund. Unsere Lippen berührten sich. Ich konzentrierte mich darauf, Lebensenergie langsam von mir zu Theodora fließen zu lassen. Die Kraft tropfte in Theodoras Mund. Ich fühlte, wie das Licht von dort wieder aus Theodora heraus floss.

„Trink!" Ich schüttelte den leblosen Körper. „Du sollst trinken!" Erneut ließ ich den Strom aus Licht in Theodoras Mund fließen. Auch jetzt floss die Kraft aus Theodora hinaus.

„Bleib hier!"

Theodoras Körper verkrampfte sich. Ein gelblich-grüner Schwall Erbrochenes schoss aus Theodoras Mund und traf mich im Gesicht. Dann machte ich einen neuen Versuch, Theodora Leben einzuhauchen. Und dann trank Theodora gierig, verzweifelt, kraftvoll. Feuer rann durch ihre Adern, verbrannte ihren Hals und riss ein wirbelndes schwarzes Loch in mir auf. Theodora krallte sich an mir fest. Ich löste meine Lippen von denen Theodoras. Deren bleiches Gesicht hatte wieder Farbe bekommen. Ich nahm sie auf den Arm und trug sie in ihr Zimmer. Vorsichtig legte ich sie auf ihr Bett. Theodora schlug die Augen auf.

„Was ist passiert? Mir wurde plötzlich schwarz vor Augen. Und jetzt kann ich mich an nichts erinnern."

Ich fuhr mir mit der Zunge über die Lippen. Ich hatte nicht den Mut, Theodora anzusehen.

„Um ein Haar wärst du Opfer eines Vampirs geworden."

Theodora sah sie mich ungläubig an, ihr Mund war leicht geöffnet.

„Du meinst, ich war tot?"

„Noch nicht ganz. Aber es hat nicht viel gefehlt. Ich musste dir etwas von meiner Energie geben." Ich wagte immer noch nicht, Theodora anzusehen. Schließlich hatte ich sie fast umgebracht.

„Ja, ich erinnere mich", ihre Augen waren halb geschlossen. Ihr Blick ging in die weite Ferne ihres Inneren, „du hast gesagt, ich soll trinken. Wir waren in einer Wüste, durch die sich ein riesiger Fluss wand. Der veränderte sich ganz schnell. Einmal war er reißend und die Wassermassen, die er transportierte, rissen alles mit sich. Und in der gleichen Sekunde wurde aus diesem Fluss ein leise plätschernder Bach. Ich wollte dort hinein. Diese Leere, dieses Ödland verlassen. Mich von diesem Fluss weiter tragen lassen. Mit ihm auf die Reise gehen. Verstehst du?"

„Ich verstehe", flüsterte ich. Mehr brachte ich nicht hervor.

„Ja, so war es. Ich wollte mit dem Fluss schwimmen und die vielen Länder sehen, die er noch durchzieht. Um alles kennen zu lernen, das an seinen Ufern ist. Aber du wolltest mich nicht gehen lassen. Du hast mich festgehalten. Du hast mich am Arm festgehalten. Auch deine Gestalt hat sich immer verändert. Einmal warst du nur Licht, so wie ein Regenbogen. Und einmal warst du ein großer, dunkelhaariger Mann, den ich noch nie gesehen habe. Du hast mich die ganze Zeit am Arm festgehalten. Auch als ...", Theodora stockte. Sie sah mich an.

„Du warst ganz blass, es war keine Farbe in dir." Theodora schaute wieder nach innen, so als versuche sie sich zu erinnern.

„Du warst einen ganzen Kopf größer als ich. Deine Haut war kalt und weiß wie Marmor. Du hattest kupferrotes Haar. Und ich konnte deine Fang..., Fangzähne sehen. Das hat mich so erschrocken, dass ich weglaufen wollte. Es gelang mir, mich loszureißen. Ich bin weg gelaufen. Auf den Fluss zu. Bevor ich ihn erreicht hatte, standest du wieder vor mir. Du hast gesagt, ich soll dir vertrauen und trinken. Und dann hast du mich geküsst. Aus deinem Mund ist Blut gekommen. Kaltes, metallisch schmeckendes Blut. Das hat mich so geekelt, dass ich mich übergeben habe. Das Blut ist sofort im Boden versickert. Ich konnte sehen, wie es aus mir herausläuft. Und dann hast du wieder gesagt, dass ich trinken soll. Und du warst so verzweifelt. Als du mich wieder geküsst hast, war das Blut ganz warm und süß. Und mein Körper wurde ganz warm davon. Dann verschwand die Wüste. Und jetzt liege ich hier in meinem Bett. Sag mir, was passiert ist!"

„Du hast deinen Tod gesehen, Kleines. Wenn du stirbst, wirst du wieder dort sein, um mit dem Fluss zu schwimmen. Versuch, etwas zu schlafen. Ich werde dir etwas kochen."

„Lieber nicht. Wie viele tausend Jahre ist es her, dass du das letzte Mal etwas gekocht hast? Benutzten die Menschen da schon Feuer?"

Ich lachte, diese Bemerkung deiner Mutter brachte mich mehr auf den Boden zurück als alles andere. Theodora hätte fast ihr Leben verloren, aber nicht ihren Humor.

„Ich erinnere mich nicht genau, ich glaube aber nicht."

„Und übrigens nenn mich nicht Kleines! Ich bin jung, nicht klein."

Es ärgert sie immer, wenn ich sie so nenne, sogar in einer solchen Situation ließ sie es nicht unwidersprochen.

Ich brauchte etwas Ruhe, um die nächsten Schritte zu planen. Es würde nicht leicht sein, doch für mich war es nicht gefährlich. Die Menschen um mich herum waren gefährdet. Arthur hatte wahrscheinlich schon die nötigen Schritte unternommen. Ich erinnerte mich an meine Zeit des Übergangs. Was das Kind in den letzten Monaten oder schon Jahren - wer wusste das schon - durchgemacht hatte, konnte ich mir aus eigener Erfahrung nicht vorstellen. Noch bevor ich selbst es bemerkte, hatten die Alten es gewusst. Wenn alles normal verläuft, ist die Zeit des Übergangs längst nicht so schwierig wie in diesem Fall. Das erste Anzeichen, dass man erwachsen wird, ist die Tatsache, dass das Kind nicht mehr regelmäßig zum Jagen geht. Obwohl die Alten sagen, wann sie dich holen kommen, macht einem die Zeit des Übergangs Angst. Es besteht nämlich durchaus die Möglichkeit dabei zu sterben. Wie du siehst, kennen auch die Kalimbi die Angst vor dem Tod. Ohne diese Angst wäre der Übergang ganz einfach. Die letzte Nacht vor der

Isolation verbrachte Bate mit mir. Wofür ich ihr bis heute dankbar bin. Sicher, das gehört zur Tradition, aber trotzdem: Ich hatte Angst. Sie hielt das alles mit mir aus. Wir waren alleine im Tempel des ALL-SCHAFFENDEN-LICHTS. Nur wenige Lichter brannten. Die Anweisungen für diese Zeit sind einfach, bereite dich durch Gebet auf deinen Weg vor. Das taten wir, gemeinsam beteten wir zu unseren Göttinnen um Beistand.

Die Personalisierung des Göttlichen ist etwas, das die Menschen in das religiöse Weltbild der Kooperation mit einbrachten. Ich betete, dass sie mir die Angst nahmen, mich beschützten. Mich hielten, während ich starb. Denn das würde geschehen. Ich würde sterben. So standen Bate und ich stundenlang vor unseren Göttern. Wir gehen nicht vor unseren Göttern in die Knie, und es ist für uns undenkbar, vor ihnen auf dem Bauch zu liegen. Unsere Göttinnen lieben uns, weil wir ihre Kinder sind, und sie schauen wohlwollend auf uns, weil wir selbstbewusst und stark sind und uns an sie wenden, weil wir sie lieben, so, wie sie uns lieben. In unserer Kultur gibt es keinen richtenden oder strafenden Gott, dem man sich unterwerfen muss. Natürlich können wir unsere Göttinnen verärgern, aber Vergebung erlangen wir in diesen Fällen nicht durch Unterwerfung oder Strafe. Die Einsicht darin, dass man sich nicht richtig verhalten hat, und warum das so ist, das versöhnt das ALL-SCHAFFENDE-LICHT mit dir. Priester oder Priesterin vollziehen die Rituale. Sie sind aber nicht die Mittler des göttlichen Willens. Den musst du selbst ergründen.

Lange habe ich diese Dinge vernachlässigt, diese Rückbesinnung, um ein Haar hätte ich sie verloren. Diese Zeit ohne Wurzeln - das war eine schlimme Zeit. Ich erinnere mich; einmal tötete ich einen jungen Christenpriester in seiner Kirche. Mit beiden Händen streckte er mir sein Holzkreuz entgegen, sah er doch den Leibhaftigen vor sich, während er vor Angst auf die Knie sank, rezitierte er unablässig lateinische Gebete. Ich zog ihn auf die Beine. Ich zog seinen Kopf zurück, damit er gezwungen war mir ins Gesicht zu sehen.

„Ich bin nicht der Teufel und auch keiner seiner Dämonen. Der einzige Grund, warum ich dich töten werde, ist der, dass dein Latein so schlecht ist, dass es meine Ohren beleidigt. Noch nicht einmal die Bewohner abgelegener Provinzen sprachen ein solch miserables Latein.“

Hätte ich es auf Latein gesagt, dann bin ich sicher, hätte er es nicht verstanden. Das war der einzige Grund, warum ich ihn tötete. Ich tat es, weil ich es konnte. Weil er meine Ohren beleidigte, dieser ungebildete Wilde. Als ich sein Leben trank, hatte ich keinen Hunger. Ich tötete ihn aus Überheblichkeit. Ich zerstörte eine Erfahrung des ALL-SCHAFFENDEN-LICHTS, weil ich mich für etwas Besseres hielt. Tiere werden wir erst, wenn wir vergessen haben, wer wir sind, und woher wir kommen. Deswegen gehe ich das Risiko ein, dass jemandem diese Blätter in die Hände fallen. Ich will, dass du weißt, wer du bist und woher du kommst. Du wirst töten müssen, aber du sollst kein Mörder werden. Das ist der Respekt, den die Kalimbi immer ihrer Nahrung entgegen brachten.

In der Nacht, bevor mein Erwachsenwerden begann, war ich noch mit unseren Wurzeln verbunden. Sie lebten in uns und wir mit ihnen. Leider minderte das meine Angst nicht lange. Wir beteten, oder besser, ich versuchte es. Immer wieder schweiften meine Gedanken ab. Bate und ich unterhielten uns über alles Mögliche. Die letzte Ernte, wer mit wem liiert war, Dorfklatsch eben. Mit fortschreitender Nacht wurde meine Angst schlimmer. Ich begann, herum zu laufen. weil ich hoffte, dass dies meine Unruhe mildern würde. Bate nahm mich in den Arm, was ich nicht länger als ein paar Minuten aushielt. Wenn ich nicht herum lief, weinte ich. Immer wieder wandte ich mich an das ALL-SCHAFFENDE-LICHT. Ohne Erfolg, das LICHT hatte mir den Rücken zugewandt. Trotz Bates Anwesenheit war ich allein. Ich würde sterben und war ganz allein. Meine Angst beherrschte mich so, dass ich für vernünftige Argumente nicht mehr zugänglich war. Sicher, während des Übergangs kann ein Kalimbi sterben, aber das ist selten, und die Alten waren ja nun der lebende Beweis, dass die Verwandlung ein natürlicher Prozess in unserem Leben ist. Das wiederholte Bate gebetsmühlenartig, ohne dass ich es hörte.

Bei Sonnenaufgang wusch ich mich und zog ein weißes Leinenkleid an. Das Symbol der Lichttrinker. Es repräsentiert den Zustand, den der Bluttrinker anstrebt. In einer Prozession wurden ich von Kalimbi und Menschen in die Höhle geleitet, in welcher der Übergang stattfinden würde. Die Höhle diente der Gemeinschaft seit Beginn der Koexistenz zu diesem Zweck. Man brauchte gut eine Stunde um sie zu erreichen. Und es war kein angenehmer Weg. Es gab Stellen, an denen konnte man nicht gerade stehen. Ständig stieß ich mir den Kopf. Genau wie die Menschen. Nur die Alten fanden den Weg ohne Blessuren.

Dann hatten wir unser Ziel erreicht, vor uns öffnete sich eine große Halle. Nacheinander verabschiedeten sich Menschen und Kalimbi von mir, zurück blieb die undurchdringliche Dunkelheit und Kartes-SE.

Fern ab von meinem gewohnten Tun und Lassen, ohne die gewohnten Beschäftigungen und dem Blutgeruch der Menschen, beruhigten sich meine Gedanken. Fern ab von Menschen, mit denen ich aufgewachsen war, wurde mir klar, wie sehr die Kalimbi ihr Bedürfnis nach Blut, dem Blut von Menschen, unterdrückten. Obwohl es für uns die Nahrung ist, die sich am besten verwerten lässt. Mit meinen Gedanken erstarb mein Zeitgefühl. Die Stille und die Dunkelheit waren wie eine Wüste. Und ich entfernte mich immer mehr von der Oase, in der ich bis dahin gelebt hatte. Bis zum Tag der Verwandlung hatte ich gelebt wie die Menschen. Ich schlief bis zu zehn Stunden am Tag. Was für ein Kalimbikind Durchschnitt ist. Genau wie die Menschen feierte ich die Feste zum Wechsel der Jahreszeiten. Dankte zum richtigen Zeitpunkt der Göttin für die Ernte. Meine Tage, Wochen und Jahre waren voller Zeitgeber. In der Dunkelheit zerflossen alle diese Begriffe. Wurden für mich bedeutungslos. Ich fühlte, dass es für mich nur eine Zeit gibt: die Gegenwart. Sicher, die Menschen, mit denen ich zu dieser Zeit zusammen lebte, dachten und handelten mehr in Rhythmen, heutige Menschen dagegen versuchen, die für sie begrenzte Ressource Zeit zu managen. Für die Kalimbi, die nach menschlicher Einschätzung Unsterbliche sind, ist es überlebenswichtig, in der Gegenwart zu sein. Die Trauer um das Verlorene und der Schmerz über die gescheiterten Träume sind es, welche vernunftbegabte Wesen, so wie Menschen oder uns, quälen. In dieser Höhle begriff ich, dass ich, Isasa-SE, nur war, nicht mehr war als reine Existenz, jetzt in diesem Atemzug.

Dann begann das Sterben. Der Blutentzug rückte die Seite meiner Existenz wieder in den Vordergrund, die ich hier ablegen sollte. Meinen Körper aus Fleisch, der sich von Blut ernährte.

Das ersten Anzeichen war ein Würgen. Blut aus meinem Magen schoss mir in den Mund. Bei Menschen hatte ich das schon gesehen. Noch nie hatte ich das bei einem Kalimbi beobachtet. Ich erbrach das Blut, das ich erst vor Stunden, Tagen, ich wusste es nicht, getrunken hatte. Kartes hielt meinen Kopf so, wie sie es bei Menschen tat. Unerwartet überschwemmte mich Panik. Ich hatte noch nie Blut erbrochen, ich war nie krank, Kalimbi waren nicht krank. Das dies geschah, war ein sicheres Anzeichen dafür, dass ich sterben würde. Die Alten logen, der Grund dafür, dass wir so wenig waren, bestand darin, dass die meisten Kinder während dieser Prozedur starben. Menschenkinder starben auch. Ich schlug nach Kartes, heute erinnere ich mich nicht mehr, ob mein Angriff Erfolg hatte. Kartes sagte etwas, etwas, das mich beruhigen sollte. Ich glaubte ihr kein Wort. Was Kartes zu bemerken schien. Kein weiteres Wort wurde während meines Sterbens gesprochen. Nein, ich darf es nicht sterben nennen. Ich starb nicht, ich verwandelte mich. Nachdem ich mehrmals erbrochen hatte, die Dunkelheit füllte sich mit dem Geruch von Blut, hatte ich etwas Ruhe. Mein Sehen veränderte sich unmerklich. Ich sah etwas leuchten. Und es war anders als die Farben, die man mit geschlossenen Augen sehen kann. Umrisse wurden sichtbar. Nur bevor ich mir darüber klar werden konnte, was es war, zerfetzte etwas mein Rückgrat. Ein sengender Schmerz durchfuhr mich. Als er abklang, fühlte sich mein Rücken an, als sei er angefüllt mit einer klebrigen gallertartigen Massen. Lehnte ich mich an einen Stein, schien dieser in mir zu versinken. Die gleichen sengenden Schmerzen durchzogen in der folgenden Zeit meinen ganzen Körper. Angst hatte ich nicht mehr. Ich sah Kartes jetzt so deutlich vor mir, dass ich die Einzelheiten ihres Gesichtes erkennen konnte. Das beruhigte mich und ich konnte ihr zuhören.

„Am Anfang, als das ALL-SCHAFFENDE-LICHT sich seiner selbst gewahr wurde, schuf es, um nicht mehr alleine zu sein, die Kalimbi. Nur durch den Willen des LICHTS formten sich die Körper der Kalimbi. Und so ist es bis zum heutigen Tag. Der Wille formt den Körper. Wir sind LICHT vom ALL-SCHAFFENDEN-LICHT. Genauso wie das ALL-SCHAFFENDE-LICHT sich seiner bewusst ist, so sind auch die Kalimbi sich ihrer bewusst. Als Kinder des ALL-SCHAFFENDEN-LICHTS, als Lichtwesen, durchwanderten die Kalimbi die Unendlichkeit der Sterne, und sie erfreuten sich an der schaffenden Freude des ALL-SCHAFFENDEN-LICHTS, das sich in allen Formen zeigt. Und genau wie das LICHT wünschten sich die Kalimbi die Materie zu erleben. Und so betraten die Kalimbi diese Welt um die Erde zu erfahren. Die Kalimbi waren die ersten Lebewesen, in denen das LICHT sich seiner selbst bewusst ist.

Auch die Kalimbi können die Materie nicht erfahren, ohne sich deren Gesetzen zu unterwerfen. Das erste Gesetz, dem die Kalimbi gehorchen lernten, ist dieses: Materie kann nur aus Licht entstehen. Deshalb trinken die Kalimbi Licht, damit sie in der Materie leben können.

Unsere Kinder trinken das Blut der Tiere, die wir jagten um die Materie zu erfahren. Aber dann kommt der Zeitpunkt, an dem sich alle Kalimbi wieder an ihr wahres Wesen erinnern. Dann wird ihr Wunsch übermächtig, zum LICHT zurück zu kehren. Und so geben die Kalimbi den Blut trinkenden Körper auf um wieder zu Geist zu werden. Und solange die Kalimbi neugierig sind auf das, was sich in der Materie zeigt, werden sie hier verweilen, als LICHTWESEN. Getragen von der Vielfalt des sich ausdrückenden LICHTS. So wie es das ALL-SCHAFFENDE-LICHT bestimmt hat, als es die Kalimbi zu seinen Gefährten und Kindern machte."

Eine Neue Welle des Schmerzes durchdrang mich. Ich würgte erneut, diesmal vor Schmerz. Das Gefühl, dass sich mein Körper verflüssigte, nahm zu. Ich war mir sicher, dass er sich auflöste. Wie sollte ich so überleben? Neue Verzweiflung überkam mich.

„Ich flehe dich an, Kartes-SE, lass mich etwas trinken, nur ein wenig Blut. Ich halte diese Schmerzen nicht mehr aus." Kartes schüttelte den Kopf.

„Das Blut ist nicht deine Rettung, es wird dich vergiften."

„Wie kannst du mich so leiden lassen?" presste ich zwischen den Zähnen hervor, weil eine neue Schmerzwelle meinen Körper verkrampfen ließ. „Du bist meine Mutter!"

„Benutze nicht die Begriffe der Menschen", sie hielt mich immer noch. Ihre Hände waren rot von Blut, das mir aus jeder Pore zu dringen schien. Ich glaubte, einen Teil meiner Haare in ihren Handflächen zu erkennen. Sie fielen mir aus.

„Ich bin nicht deine Mutter. Ich bin Kartes-SE, das, welches den SE Form gibt. Meine Aufgabe ist es, dem Licht der SE Form zu geben."

Während sie mich so zurecht wies, verkrampfte sich mein Körper erneut. Ich biss auf etwas hartes, das ich vom Boden aufgehoben hatte, so dass mir einer meiner Zähne abbrach.

„Warum hilfst du mir nicht? Was habe ich dir getan, dass du mich so hasst?"

So ging es unendlich lange, ein nicht enden wollendes Leiden. Die Schmerzen waren unbeschreiblich. Bei jeder neuen Schmerzwelle grub ich meine Finger tief in den Boden. Der Untergrund erwies sich als so hart, dass meine Nägel abbrachen und schon nach kurzer Zeit meine

Fingerkuppen bis auf die Knochen aufgerissen waren. In meinem Hass versuchte ich, Kartes anzugreifen, war aber bereits zu geschwächt, um mehr als ein oder zwei Schritte machen zu können. Das einzig Positive, das ich zwischen zwei Schmerzattacken bemerkte, war, dass mir die Höhle zunehmend heller erschien. Kartes Gestalt strahlte in einem weißen Licht. Das sagte ich ihr.

„Das ist gut. Was du siehst ist das, was du sein wirst, wenn du endlich den Glauben aufgibst einen Körper zu besitzen, der Blut braucht um zu leben, und der dich jetzt so unerträglich foltert."

Kartes war nicht bei Verstand. Wie sollte ich meinen Körper aufgeben? Wenn Menschen ihren Körper aufgaben, waren sie tot.

Kartes schien meine Gedanken gelesen zu haben.

„Du bist kein Mensch. Du bist Licht. Konzentriere dich nicht auf den Körper, wende dich zum Licht!"

Mein Gott, ich war kein Licht, ich war dabei zu verrecken. Ich spürte keinen Knochen mehr in mir. Schon lange hatte ich es aufgegeben zu schreien. Oder mich auf eine andere Art gegen den Schmerz zu wehren. Ich lag stumm und bewegungslos. Meine Zähne waren mir aus dem Mund geflossen. Ja, das stimmt, genau so war es. Zunächst hatte ich es für Blut gehalten, aber das war schon lange nicht mehr in mir. Ich zweifelte noch und hielt es für eine Halluzination, aber als sich meine Hand, die Kartes hielt, in gleicher Art und Weise auflöste, versuchte ich dem Grauen dieses Anblicks zu entkommen. Ohne jede Kraft blieb ich gefesselt an Ort und Stelle.

Dort, wo meine Hand gewesen ist, schimmerte es jetzt schwach weiß-bläulich.

„Jeder Teil deines Körpers wird sich auf diese Art verändern. Nach Menschenmaß wird es noch Jahre dauern, oder Jahrhunderte. Und solange wird der Schmerz nicht enden."

„Warum?" fragte ich Kartes.

„Weil du es so willst. Sei mutig und gib diesen Körper auf!" Mit geneigtem Kopf sah sie mich an. „Ich bin das, welches die Form gibt. Warum, glaubst du, dass ich hier bin?"

„Du bist meine Mutter!"

„Nein, das bin ich nicht!"

Warum spielte sie diese Spiele mit mir?

„Dann sag es mir doch einfach, warum du hier bist."

Wenn mir die Zunge aus dem Mund floss, würde ich Kartes nicht mehr fragen können. Und was schlimmer war, ich würde Kartes nicht mehr verfluchen können.

„Konzentriere dich auf deinen Körper. Solange bist du jeden Teil von ihm spürst."

„Kartes, das sind Kinderspiele. Ich sterbe!" Das Wahrnehmen des eigenen Körpers lernen die Kalimbi schon in den ersten hundert Jahren ihrer Existenz. Es ist die Grundlage jeder weiteren Entwicklung. Das kann ich heute ruhig und sachlich sagen. Aber in der Zeit der Transformation waren Kartes Worte schlimmer als die Schmerzen. Als Kartes mir die von meinem Körper durchnässten Schuhe auszog und diese bläulichen Füße hervor kamen, gab ich auf. Und tat was Kartes sagte. Da verstand ich endlich, warum diese Dinge uns schon so früh gelehrt werden. Es gelang mir trotz der krampfartigen Schmerzen, die mich noch nicht verlassen hatten, meinen Körper in allen Einzelheiten genau wahr zu nehmen, auch die Teile, die ich schon verloren hatte.

„So ist es gut, du spürst diesen Körper ganz genau. Gehe mit deiner Aufmerksamkeit etwas tiefer, tiefer als das Fleisch. Dort findest du deine wahre Form", hörte ich Kartes Stimme.

Ich verstand, was sie meinte, mein Körper erschien mir jetzt wie eine Schale. In dieser Schale verborgen aber war das, was ich wirklich war. Nur gab es da keine Form, so wie Kartes es sagte. Ich konnte nicht mehr sprechen, mein Gesicht war vollständig zerflossen. Trotzdem sagte ich:

„Da ist nichts, da ist nur ein weißer Raum ohne jede Grenze." Genau das war es, das ich spürte. Ich spürte es nicht nur, ich sah es auch.

„Sag mir deinen Namen!“

„Ich bin Isasa-SE.“ Sicher hatte Kartes kein Wort verstanden.

„Isasa-SE, wähle die Form. Spüre sie, sie ist bereits in dir vorhanden.“

Kartes wiederholte diesen Satz noch häufig, wobei sie mich immer wieder nach meinem Namen fragte. Mein Blutkörper war unterdessen vollständig aufgelöst. Und ich bin mir sicher, dass Kartes meinen Lichtkörper sehen konnte. Das war nicht das Problem. Ich fühlte ihn nicht. Mein Geist war nicht in ihm. Vielleicht ist es besser zu sagen meine Seele war nicht in ihm. Das, was I'-SE ausmacht, war in diesem weißen Raum voller Unendlichkeit. Und während Kartes um meine Seele kämpfte, um die Form, in diesem unablässigen Frage-Antwort-Spiel, nahm meine Erscheinung langsam Gestalt an. Ich fühlte, wie das Licht, das mich bisher nur umgeben hatte, sich um mich in mir sammelte. Eine Form annahm. Die ich kannte, die mir vertraut war. Das war ich!

Und dann war es vollbracht. I'-SE, was in unserer Sprache bedeutet, das Glück des Hauses SE, war neu geboren. Und fühlte sich schrecklich. Damals wusste ich noch nicht, dass sich dies bei jedem Erwachen wiederholen würde. Wahrscheinlich hatte ich Kartes nicht genau zugehört. In dieser Zeit in der Höhle brachte mir Kartes alles, na, fast alles, bei, das man als erwachsene Kalimbi wissen muss.

Als die Verwandlung beendet war, kauerte ich, ohne meinen Körper ganz zu fühlen, auf dem Boden. Noch ganz gefesselt von den Visionen, die ich hatte. Kartes kniete neben mir.

„Wie ist dein Name?“

„Isasa-SE.“

„Du bist Isasa-SE. Und du hast dich selbst aus Licht erschaffen. Von heute an wirst du Licht trinken und dich so immer neu erschaffen.“

Kartes-SE legte ihren Mund auf den meinen.

„Trink!“

Beim ersten Schluck dachte ich noch, es sei Blut, das aus ihrem Mund kam, aber ich bemerkte meinen Irrtum sehr schnell. Ein klares, reines Licht floss in mich hinein. Durchströmte mich. Löste dieses Gefühl des Berstens in mir aus.

Kartes löste sich von meinen Lippen. „Es ist genug.“

So unerwartet vom Leben abgeschnitten zu sein erschreckte mich. Wieder stieg Angst in mir auf. Wovon würde ich leben, wenn Kartes mich nicht ernährte. Und das tat sie bestimmt nicht. Ich wusste nicht, wie ich selbst an dieses nährende Licht gelangen sollte.

„Immer noch so voller Angst? Das Licht zu trinken ist genauso wie Blut trinken. Wir können von jedem lebenden Wesen Lebenskraft erhalten. Das ist ab heute deine einzige Nahrung; die einzige, die du verträgst. Trinke kein Blut mehr. Du würdest es nicht mehr verwerten können.“

Gemeinsam verließen wir die Höhle, in dieser neuen Form sah ich den Weg deutlich vor mir. Und ich fror nicht mehr so erbärmlich. Neben dem Schmerz war die Kälte das, was mir am meisten zu schaffen gemacht hatte.

Wir erreichten die vorgelagerte Ritualhöhle. Dort hatten sich Menschen und Kalimbi versammelt; herbei gerufen durch einen der Wächter, der mein Erwachen gespürt hatte.

Kartes hatte es gesagt, nur war es nicht im Geringsten ausreichend, um mich auf das vorzubereiten, was mich jetzt traf. Die Höhle war voller Licht, voller Farben, so intensiv, dass die wenigen Sonnenstrahlen, die hereinfielen, verschwanden. Unwillkürlich schloss ich die Augen. Ich musste stehen bleiben. Obwohl alle Anwesenden stumm da standen, war ein Tosen in meinem Kopf. Ein Konglomerat von Gefühlen, die ich als Brennen, Rauschen, Kühle oder Summen wahrnahm. Und jeden Tropfen davon sog ich auf, ganz unwillkürlich, was mich weg zu schwemmen drohte. Bilder blitzten auf. Erinnerungen von mir oder, wie ich heute weiß, von den Menschen, die sich in diesem Raum befanden. Für mich war es alles gleich. Ich verlor mich selbst in dieser Sturzflut.

„Du bist Isasa-SE. Zurückgekehrt aus dem Ewigen. Besinne dich auf die Form, besinne dich auf dich. Wende dich ab von dem, das dich bestürmt, denn das ist vergangen, nur Isasa-SE ist geblieben. Besinne dich auf die Form! Du bist all dies, das du fühlst nicht, du bist Isasa-SE." Ich hörte Kartes Stimme neben mir. Mich beruhigte nicht das, was sie sagte, sondern der Rhythmus, den die Sätze bildeten. Die Menschen und Kalimbi fielen in diesen Rhythmus ein. Das entscheidende aber war, dass es die Lebensenergie aller Menschen in Einklang miteinander brachte, so dass der Sturm in meinem Inneren an Kraft verlor, und zu einem stetigen Strom von Lebenskraft wurde.

Kartes ließ meinen Arm keine Sekunde los. Besser als ich wusste sie, wie unberechenbar Kalimbi nach dem Erwachen sind, und erst recht, wenn sie so jung sind, wie ich es war.

Ein Mann trat auf mich zu. Ich kannte ihn, konnte mich aber auf seinen Namen nicht besinnen.

„Ich bin gekommen um in den SE weiter zu leben, zum Wohle derer, die vor mir waren, und derer, die nach mir kommen."

„Die SE danken dir für das Leben, das du ihnen anvertraust." Ich war so durcheinander, dass ich kaum in der Lage war die rituelle Antwort zu geben. Ich wollte sein Leben, musste es haben, jetzt, hier und sofort. Das war das einzige, das meine Gedanken beherrschte. Er war strahlend weiß, seine Lebensenergie war ganz und gar ausgeglichen. Und trotz seines Alters ragte sein Lebenskleid gut eine halbe Armeslänge von ihm ab, berührte das meine: Es war, als wenn brennendes Feuer an meinem Körper herunter rann. Ich riss ihn an mich, bog seinen Kopf mit solcher Gewalt zurück, dass Kartes wahrscheinlich fürchtete, dass ich ihm das Genick brach. Ich trank sein Leben, es war wie das Schmelzen von Schokolade im Mund. Das Einzige, was ich sah, als er starb, war sein Lächeln, er winkte mir zu. Unwillkürlich wollte ich zurück winken, so dass sein Leichnam mir fast aus der Hand gefallen wäre. Die Zeit reichte gerade noch, um ihn vorsichtig vor mich zu legen, dann setzte die Transformation ein. Ich war innerlich so ruhig und gesättigt, dass ich es einfach geschehen ließ, ohne Erschrecken oder sonst eine gefühlsmäßige Reaktion.

Das Singen um mich herum erstarb. Die Angehörigen seines Hauses kamen zu mir. Sie begrüßten mich mit dem Namen des Mannes, den ich gerade getötet hatte. Ab jetzt war ich an seiner Stelle Teil seiner Familie. Vielleicht ist das der Grund, warum ich so lange meinen Wächter in einer Familie suchte. Eine Methode, die mir nicht mehr angemessen erscheint.

Zu meinen ersten Pflichten gehörte es, den alten Körper des Mannes beizusetzen. Es wurde alles verbrannt, das ihm je gehört hatte. Alle diese Rituale waren mir vertraut. Immerhin hatte ich Jahrhunderte Zeit gehabt, bei ihrer Durchführung dabei zu sein.

Was ich jetzt tun musste, war ich nicht gewohnt. Ich war nicht Kartes. Ich ging in die Kammer zurück. Das Kind war wieder blutverschmiert. Ich war unfähig, nur ein einziges Wort zu sagen. Es hatte getötet. Ich hockte mich auf den Boden der Kammer und verbarg mein Gesicht in den Händen. Wenn ich ein Mensch wäre, hätte ich geweint. Welches Leid brachte das Leben im Verborgenen für uns alle. Es machte uns zu Mördern, beraubte uns unserer Identität. Schon wieder war ein Leben sinnlos verloschen, weil dieses Kind nicht in der Geborgenheit seines Hauses, seines Erbes, aufwuchs.

Ein Schrecken, der mich wie Eis erstarren ließ, fuhr in mir hoch. Theodora! Ich suchte ihren Geist und fand ihn. Sie schlief. Wie ich es erwartet hatte, quälten sie wilde Träume. Aber sie war am Leben.

Das Kind lag zusammen gekauert in einer Ecke und wimmerte unablässig. Dieses Klagen zerriss mir das Herz. Ich wusste, was ihm bevorstand, und hatte nicht die Absicht so vorzugehen, wie Kartes es bei mir getan hatte. Ich hatte eine Taschenlampe mitgebracht, so dass der Raum für das Kind nicht völlig dunkel war.

Ich kniete mich vor das Kind, und das erbrochene Blut seines letzten Opfers durchweichte meine Hose. Alle Bemühungen waren umsonst, wenn es seinen Namen nicht mehr wusste. Für die Kalimbi gilt jemand dann als tot, wenn er seinen Namen nicht mehr weiß. Was ein eindeutiges Zeichen dafür ist, dass er den Verstand verloren hat, sprich, sich seiner nicht mehr bewusst ist. Deswegen hatte ich das Kind bis jetzt nicht mit seinem Namen angesprochen.

„Sag mir deinen Namen!"

„Wota-SE."

Ich war so erleichtert, dass Kind hatte mir seinen Kalimbinamen genannt. Einmal habe ich erlebt, dass ein Kalimbi die Frage nach seinem Namen mit seinem Menschennamen beantwortet hatte. Kartes-CAL und ich hatten augenblicklich sein Leben getrunken. Der einzige Weg, der uns dann bleibt. Jetzt wird dir wahrscheinlich klar, warum ich so unendlich erleichtert war.

Vorsichtig berührte ich Wota-SE an der Schulter. Er schnappte nach mir und seine Fangzähne gruben sich tief in meinen Arm.

Ich gab einen Laut der Überraschung von mir. Nein, ich war dazu wirklich nicht geeignet, einen Kalimbi durch die Metamorphose zu begleiten. Ich hatte wahrscheinlich auch nach Kartes geschnappt, aber Kartes ist schnell genug gewesen, weil Kartes damit gerechnet hatte, dass ich dies tun würde.

Dann traf mich ein neuer Schwall Blut. Wirklich, wenn ich nicht so verantwortungsbewusst wäre, nichts hätte mich weiter in diesem Loch gehalten. Und noch nach zwanzigtausend Jahren ziehe ich meinen Hut vor Kartes, die diese Aufgaben bei mir übernommen hatte. Ich begann, Wota die Geschichte unseres Volkes zu erzählen, so wie Kartes es bei mir getan hatte, damit Wota in dieser Zeit des Übergangs nicht vergaß, was es war und wo seine Wurzeln waren.

„Wir waren die ersten, die aufrecht gingen. Lange vor den Menschen. Es gab niemanden, der uns ähnlich war. Die Kalimbi waren die geliebten Geschöpfe des ALL-SCHAFFENDEN-LICHTS, gemeinsam jagten wir die anderen Tiere und tranken ihr Blut. Am Anfang tranken alle Kalimbi Blut. Die Kinder und die Alten, und alle Kalimbi lebten gemeinsam und jagten gemeinsam. Zu dieser Zeit gab es die Häuserder Kalimbi noch nicht. Kein anderes Geschöpf, in dem sich das ALL-SCHAFFENDE-LICHT erlebte, war uns gewachsen, weil wir gemeinsam jagten.

Erst als Kinder und Alte starben, wurde uns schmerzlich bewusst, dass wir dem ALL-SCHAFFENDEN-LICHT Schaden zufügten. Wir starben, weil wir keine Nahrung mehr fanden, obwohl wir die Welt auf neuen Wegen durchstreiften. Zuerst starben die Kinder, erst als unsere Hoffnung mit ihnen gestorben war, lösten sich auch die Körper der Alten auf.

Nur wir, die wir in der Zeit des neuen Zeitalters gelernt haben Licht zu trinken, haben überlebt. Dass du diesen Körper jetzt abstreifst, bedeutet, dass du das alte Zeitalter hinter dir lässt.

Die Kalimbi waren voller Gram darüber, dass sie dem ALL-SCHAFFENDEN-LICHT, das sie selbst aus reiner Freude geformt hatte, Schmerzen bereitet hatten. Das sollte und soll nie wieder geschehen. Die Kalimbi trennten sich in die sieben Häuser. Sie jagen nun nicht mehr gemeinsam, und sie töten nicht mehr bei jeder Jagd.

Weil die Kalimbi weise gehandelt haben, war das LICHT wieder mit ihnen versöhnt. Und so konnten wir weiter leben, um nach unendlicher Zeit des Alleinseins zu erkennen, dass ein anderes Wesen des LICHTS es den Kalimbi gleich tat. Die Menschen, niemand sonst ist uns so ähnlich. Sie sind wie wir, sie sind sich ihrer selbst bewusst, sie können das Licht sehen. Ihre Ähnlichkeit mit uns macht sie zu der perfekten Nahrung für die Lichttrinker. Ohne sie werden wir nicht überleben. Vergiss das nie, töte nur, wenn du musst. Als die Kalimbi das Wesen der Menschen erkannt hatten, gaben sie dem LICHT das Versprechen, nur zu töten, um selbst nicht zu sterben, das ist ein Schwur, an den auch du gebunden bist. Weil das LICHT uns liebt, lehrte es uns zu trinken ohne zu töten. Das ist es, was von einer Generation der Lichttrinker an die andere weiter gegeben wird. Kartes-SE hat es mich gelehrt, und ich werde es dich lehren."

In der Zeit, in der ich dem Kind das erzählte, so wie ich es jetzt dir erzähle, denn auch du, Angélique, bist an den Schwur gebunden, schlug Wota seinen Kopf gegen die Wand vor Schmerz, schrie, trat nach mir, und brachte sein Leid und seiner Angst auf jede nur erdenkliche andere Art zum Ausdruck. Sprechen konnte Wota schon sehr früh nicht mehr. Ich sah seine Zunge aus seinem Mund fließen. Das brachte erneut die Erinnerungen an meinen eigenen Übergang hervor. Und die Erinnerungen machten es mir schwer, mich auf die Ereignisse in der Gegenwart zu konzentrieren.

Sein Blutkörper löste sich mehr und mehr auf, und ich versuchte, Wota den Übergang dadurch zu erleichtern, dass ich ihn Licht trinken ließ. Was ich in dem Augenblick begann, als der Lichtkörper des Kindes für mich das erste Mal sichtbar wurde.

„Gib diesen Körper auf. Es ist der Leib deiner Kindheit. Jetzt, in diesem Augenblick will sich dein Lichtleib formen, ein neues Leben entsteht. Wehr dich nicht dagegen! Schau mich an, ich lebe und bin den gleichen Weg gegangen. Spüre die Form in der Form!"

Stumm und verzweifelt sah mich Wota an. Es verstand nicht, was ich meinte. Meine Verzweiflung wuchs. Ich wusste nicht, was ich tun sollte. Kartes hätte es gewusst, nur war Kartes nicht hier. Vielleicht machte ich einen Fehler, wenn ich das Kind jetzt schon trinken ließ, wodurch sich der Prozess unter Umständen verzögerte, so dass ich sein Leiden verlängerte. Ein weiteres Problem, das ich mit Fortschreiten der Metamorphose lösen musste, waren die Dämpfe, die vom Blutkörper des Kindes ausgingen. Der Blutkörper löst sich auf, er verdampft, um genau zu sein, wie Quecksilber. In dem Augenblick, wo das Blut den Kontakt zum gesamten Körper verliert, beginnt dieser Prozess. In der Höhle ist das kein Problem gewesen, die ist groß und zugig gewesen, die

Kammer war genau das Gegenteil. Ich war also gezwungen, die Tür zum geheimen Zugang zu öffnen. Was mir wegen Theodora nicht gefiel.

Dann kam endlich der Moment, in dem Wota den Geist öffnete, die Erkenntnis traf mich wie ein Blitz! Genau das war bei meiner Wiedergeburt auch geschehen: Ich bin schwach gewesen, hatte mich formlos wie eine Amöbe gefühlt, so müde und so schwach, dass ich gewillt war, mich einfach fließen zu lassen, hinein ins Licht, in dem nichts mehr Form hat, alles nur noch formlose, wunschlose Energie ist, reiner Geist. Was meinen Tod bedeutete. Zu diesem Zeitpunkt hatte ich endlich Kartes Worte verstanden, als sie sagte:

‚Spüre die Form in der Form.' Nein, das hatte sie nicht gesagt, ihre Worte waren: ‚Spüre die Prägung im Licht, das ist dein Wesen!' Ich hatte es gespürt und gesehen, wie einzelne Atome, Wassertropfen, durch ein gemeinsames Bedürfnis, einen gemeinsamen Willen, zusammen geflossen waren, um das zu bilden das I'-SE ist. Weil alle diese Teile das Abbild von I'-SE in sich trugen. Diese Partikel des Lichts erfüllten sich den Wunsch, I'-SE zu sein. Das ist Schöpfung, so wie wir sie verstehen. Es wird sicher der Zeitpunkt kommen, wo diese Partikel eine andere Erfahrung machen wollen als I'-SE zu sein. Dann werde ich nicht mehr aus dem Licht zurückkehren.

Jetzt konnte ich Wota anders erreichen als nur durch Worte. Ich vermittelte Wota genau dieses Bild, das ich dir gerade beschrieben habe. Mit Hilfe dieses Bildes zeigte ich Wota, wie es sich selbst erschuf, die Prägung fühlte, welche die Energie hatte, die Wota ausmachte.

Unter Umständen spielte auch eine Rolle, dass Wota mich gleichfalls in meiner Energieform wahrnehmen konnte.

Nach einer nicht enden wollenden Reihe von Ängsten und Schmerzen war es für uns beide endlich geschafft: Wota war wieder geboren. Wota kannte seinen Namen.

Obwohl ich Theodora Lebenskraft gegeben hatte, und auch Wota mehrmals von mir getrunken hatte, war ich noch stark genug, Wota noch einmal von mir trinken zu lassen. So wie es Kartes bei mir getan hatte.

Es war eines der schönsten Kinder, das ich je sah. Seine Haut war klar und rein, fast durchscheinend, die Augen blau wie Wasser, der Körper muskulös, die Haare schimmerten wie Schnee. Ich erinnerte mich wieder, wie kräftig unsere Beinmuskulatur ausgeprägt ist. Unsere Ahnen waren ausdauernde Jäger. Das ist die wirkliche Gestalt der Kalimbi. Man sieht sie nur noch dieses eine Mal vor der ersten Transformation. Danach hat unser Körper nie wieder seine eigene Form. Wir nehmen immer das Idealbild des Körpers an, in den wir Transformieren.

Nun gut, ich bin wahrscheinlich von menschlichen Gefühlen des Mutterstolzes übermannt worden. Ich bin wirklich keine Kartes, auch nach deiner Geburt fühlte ich diese Freude und diesen Stolz, dass du geboren warst, das liebenswerteste Wesen der Welt. So menschliche Gefühle, Kartes-SE hätte sie nie gebilligt.

Wota gewann soviel Kontrolle über den Körper, dass wir jetzt den nächsten Schritt tun konnten. Ich tastete nach Theodoras Geist, sie war nicht mehr im Haus, was mich beruhigte. Zwar brauchten wir eine leicht erreichbare Nahrung, aber das musste ja nicht Theodora sein.

Ich sah Wotas fiebrige, glänzende Augen, ein leichtes Opfer, zu mehr war Wota nicht in der Lage, und es durfte nicht lange dauern, es zu finden. Es hatte schon seinen Grund, dass während der Kooperation Menschen sich aus freien Stücken als Opfer zur Verfügung stellten. Wota würde jeden anfallen, der in seine Nähe kam. Davon war auszugehen. Ich wollte auf jeden Fall weitere auffällige Tote verhindern. Davon hatte es schon viel zu viele gegeben. Deswegen verwarf ich die Idee, beim Pizzablitz anzurufen. Ich packte Wota in meinen Wagen auf den Rücksitz, so dass die Kindersicherung Wota daran hinderte, unvermittelt auf die Straße zu springen.

Meine eigene Jagd nach der Verwandlung war dagegen ein Vergnügen. Ich erinnere mich noch gut. Gleich nach der Transformation waren

Kartes und ich losgegangen. Damals war das Land noch nicht so dicht besiedelt, wie es heute der Fall ist. Wir brauchten sehr lange, um auf Menschen zu treffen. In dieser Zeit ernährten wir uns von Tieren. Kartes und ich hatten eigentlich ausreichend Nahrung, so dachte ich, trotzdem hatte ich das Gefühl, es mangele mir an etwas. Zuerst konnte ich es nicht besser beschreiben. Nur wurde es mir mit den Wochen immer deutlicher. Das Licht von Tieren ist nicht komplex genug, um uns zu ernähren. Nicht vollwertig, jeden Tag spürte ich meinen Körper etwas weniger. Da ich so etwas nicht kannte, machte es mir Angst. Auch Kartes Licht wurde zunehmend schwächer. Ein deutliches Zeichen, dass wir Nahrung brauchen, und dass wir töten müssen, um das zu bekommen, was wir benötigen, um weiter zu leben. Kartes lehrte mich in dieser Zeit, Tiere zu jagen, um ihr Licht zu trinken. Das fiel mir leicht, war ich es doch gewohnt, Tiere zu jagen. Ich hatte als Kind mit den Menschen gemeinsam gejagt. Wobei ich von der Beute das Blut bekam und die Menschen das für uns nicht verwertbare Fleisch. Wegen des Giftes, das wir während des Bisses freisetzen, mussten die Menschen das Fleisch ganz ausbluten lassen. Nur unsere Kinder trinken kleine Tiere ganz aus. Kartes brachte mir bei, in den Geist der Tiere einzudringen, ihre Gefühle zu erkennen und das, was sie als nächstes tun würden. Und ich trainierte, ihnen dieses Gefühl zu nehmen und sie so in Starre zu versetzen.

Nach etwa zwei Monaten trafen wir das erste Mal auf Menschen. Ich war in einem so schlechten Zustand, dass ich ohne Kartes Einschreiten ohne Kopf und Verstand über einen der Menschen her gefallen wäre. Auch wenn sie uns nicht töten konnten, sie konnten uns als Gruppe zur Flucht nötigen. Und es war nicht wahrscheinlich, dass wir so schnell wieder Nahrung finden würden.

Wir beobachteten sie zwei Tage lang. Kartes versuchte mir zu zeigen, wie man auf die Ferne Energie aus einem Lebewesen trinkt. Aber es gelang mir nicht. Ich konnte mich nicht genügend konzentrieren. Das unerträgliche Gefühl, sich aufzulösen, beherrschte mich zu sehr. Da half alles Schimpfen von Kartes nichts. Ganz im Gegenteil, ich fühlte mich von Stunde zu Stunde unzulänglicher. Ich war keine richtige Kalimbi, Kalimbi tranken Licht, ohne darüber nachdenken zu müssen. Es ist ihr Wesen, nur mir gelang es nicht. Und es war doch so einfach, Kartes machte es mir vor. Ich sah, wie die feinen Fangzähne aus Licht, die von ihr ausgingen, nach einer Person griffen wie die Tentakel einer Krake, mehr als hundert Meter entfernt. Die lebensspendende Nahrung lag greifbar nahe, und ich zitterte vor Schwäche. Göttin sei Dank, änderte sich das. Am dritten Tag verließ eine kleine Gruppe, drei Personen, das Lager um Steine zu holen, die sich für die Verarbeitung eigneten. Wir verfolgten die Menschen den ganzen Tag, ohne dass sich eine Gelegenheit ergab sie zu überwältigen. Menschen haben kaum eine Chance gegen uns, wir sehen besser als sie, hören besser und vor allem wir benötigen keinen Schlaf, was uns wesentlich ausdauernder macht. Gesegnet mit diesen Vorteilen erwarteten wir die Nacht.

„Denk daran, dass die Menschen uns nicht gut sehen können, solange wir nicht im Lichtschein des Feuers sind, und dass sie sich darauf verlassen, dass die Flammen Raubtiere fern halten. Seit Wochen sind es die ersten aufrecht gehenden, denen wir begegnen. Für die Menschen ist es genauso. Sie werden also vom Erscheinen anderer „Menschen„ überrascht sein. Und das wichtigste, egal was sie tun, sie können dich weder verletzen noch töten. Denk immer daran."

Ich nickte zu Kartes Worten.

„Töte zuerst das Weibchen." Ich sah zu ihr herüber, Kartes war eine Heilerin, noch niemals hatte ich sie so reden hören. Ihr Lebensmantel leuchtete zwar schwach und wies die ersten Farbtupfer auf wie sie entstehen, wenn wir Nahrung brauchen, aber ich konnte keinen Hinweis auf Verachtung, Hass oder Gier fühlen. Kartes war ganz gelassen.

„Warum?" flüsterte ich.

„Wegen der Transformation, nur in ihren weiblichen Körpern können wir uns fortpflanzen. Oder glaubst du, ich sei männlich gewesen, als ich dir Form gab? Die Körper der Männchen sind für uns ohne Wert. Deswegen, wenn du die Wahl hast, töte als erstes das Weibchen."

Der Blick, den sie mir bei dieser Erklärung zuwarf, beschämte mich. Sie erklärte mir, dass, wenn es regnete, man nass wird. Wie naiv war ich eigentlich. Es war eine rein pragmatische Lösung. Natürlich konnte Kartes-SE nicht anders reden, sie hatte sich entschieden Kartes zu sein. „Das Element des ALL-SCHAFFENDEN-LICHTS, das dem Willen die Form gibt". Das bedeutet ihr Namen und das ist ihre Funktion im Hause der SE. Es war ihre Entscheidung, diese Funktion zu erfüllen. Ich selbst habe es nicht erlebt, dass sie dieses Element wählte. Aber natürlich wusste ich, dass es so war. Das war der Grund, warum Kartes nur Frauen tötete.

Wir schlichen uns in der Nacht an ihr Lager heran, die beiden Männer saßen noch am Feuer, während die Frau bereits schlief.

„Du nimmst die Frau, ich nehme den Mann in der Mitte."

Wie erwartet wurden sie von unserem Angriff überrascht. Ich riss die Frau vom Boden hoch und war erleichtert, dass mir ein kräftiger Körper zu Verfügung stand, sie schrie und versuchte, ein Messer zu greifen, das sie bei sich trug. Durch meine Unerfahrenheit in dieser Art des Kampfes gelang es ihr, und sie stieß mir die Klinge in die Brust. Ich spürte einen kurzen, heftigen Schmerz, unter dem ich mich zusammen krümmte. Die stark blutende Wunde behinderte mich, es gelang mir, ihr die Waffe aus der Hand zu winden, und endlich hatte ich sie in einer Position, in der ich ihr Leben trinken konnte. Als ich ihren toten Körper fallen ließ, traf mich von hinten ein Schlag mit einem Ast, der mich nach vorne stürzen ließ und von meinem eigenen Gewicht herunter gezogen landete ich auf der Frau. Ich versuchte, wieder auf die Beine zu kommen, um mich meiner Haut zu wehren. Was sich als nicht mehr nötig erwies. Kartes hatte den zweiten Mann von mir zurück gerissen. Und jetzt stand er da, seine Arme hingen herab, sein Gesicht war leer, die Augen schauten ziellos in die Ferne. Kartes hielt ihn in Starre. Ich zitterte am ganzen Körper vor Anstrengung, mein Atem ging stoßweise. So blieb ich vor ihm stehen, ich wollte nur einen Augenblick lang Atem schöpfen. Von dem, was ich erlebt hatte, war ich wie betäubt.

„Warum erweist du dem, der dir dein Leben gibt, nicht den Respekt, der ihm zusteht? Lass ihn nicht leiden, indem du ihn warten lässt", fauchte mich Kartes an, wobei fauchen bei einem Kalimbi durchaus wörtlich gemeint ist. Sie musste mich für einen Trottel oder ausgemachten Flegel halten. Voller Scham tötete ich ihn. Du wirst es natürlich schon ahnen: Nachdem ich gegessen hatte, ging es mir deutlich besser. Ich glaube, das ist etwas, was bei allen Jugendlichen gleich ist. Ich hatte keine Lust mehr und wollte nur noch nach Hause. Meine vertraute Umgebung fehlte mir. Ich hatte mehr als genug zu verarbeiten.

Kartes bestand darauf, dass wir den drei Menschen nach unserem Brauch für das Leben dankten, das sie uns gegeben hatten, und sie bestatteten. Etwas, das ich nun ganz und gar nicht einsehen konnte. Gut, es hatte seinen Sinn, wenn sich Menschen, mit denen wir zusammen gelebt hatten, uns ihr Leben anvertrauten, aber bei Menschen, die wir nicht kannten? Was unterschied diese von den Tieren, die wir getötet hatten, um nicht weiter zu hungern? Aber sogar da hatte Kartes die Dankesrituale durchgeführt. Sie war eine Orthodoxe, was man heute von mir behauptete. Die gleiche Kartes, die sagte, töte erst das Weibchen, vergrub jetzt drei Leichen unter Steinen, die zu sammeln ich als Zumutung empfand. Es war eine elende Plackerei. Es war nicht die Art der Kalimbi, die Toten zu beerdigen. Menschen machen das so, für uns unterbricht das den ewigen Kreislauf der Energie. Scheinbar war auch Kartes-SE schon vom Zusammenleben mit den Menschen beeinflusst. Was ich mich an diesem Tag allerdings nicht zu sagen traute. In meinen Augen hatte ich mich schon zu sehr blamiert.

Heute verstehe ich, warum Kartes darauf bestand, nicht von unseren Riten abzuweichen. Ohne das Festhalten oder auch die Rückbesinnung auf die Wurzeln, von denen du abstammst, überlebst du nicht Jahrtausende, nicht ohne deinen Namen zu vergessen. Die Rituale erinnern mich immer daran, dass ich töte um zu leben, so wie jedes Lebewesen, und dass ich dafür dem Geist dessen, der mich genährt hat, mit Respekt begegnen soll. Das hat er verdient. Das mag dir im Augenblick merkwürdig vorkommen, oder besser mystisch, nur erleben wir jeden Tod mit, den wir verursachen, wir leben in ihrer Form weiter, das alles ist nicht ohne Macht auf uns selbst. Es verändert dich, und es bringt dich dazu, deinen Namen zu vergessen.

Das erste Mal, dass ich nach der Verwandlung getötet hatte, und ich hatte keine gute Figur abgegeben. Entsprechend ungehalten war Kartes. Und so musste ich mir, während wir weiter zogen, einiges anhören.

„Du denkst wie ein Mensch, du handelst wie ein Mensch. Das ist der Grund, warum du Schwierigkeiten hattest mit einer kleinen Gruppe Menschen fertig zu werden. Was glaubst du ist das?“ Sie deutete auf mich, und ich wusste beim besten Willen nicht, was sie meinte. Ich schaute an mir herunter, um einen Hinweis zu finden.

„Was meinst du?“

„Na, das hier!“ Sie blieb stehen und hielt mich an der Schulter fest, während ihre linke Hand zeigend an mir herunter fuhr. „Glaubst du, das hier ist ein Körper aus Blut? Nein, das ist er nicht! Du benimmst dich aber so, als sei es ein Körper aus Blut.„

Jetzt war es an mir, langsam die Geduld zu verlieren.

„Das weiß ich. Du könntest mir sagen, was ich in deinen Augen falsch gemacht habe.“

„Ich habe dir gesagt, denk daran, dass sie dich nicht verletzen können. Hast du daran gedacht? Nein! Diese Frau sticht dir dieses Messer in die Brust, und du krümmst dich, als seiest du verletzt. Tödlich verletzt wohlgemerkt, wie ein Mensch mit dieser Verletzung es gewesen wäre. Schau dich an! Ist da eine Wunde, fließt da Blut? Nein! Du hast schon vergessen, dass es geschehen ist. Worüber rege ich mich eigentlich auf?

- Was, glaubst du, ist dieser Körper?"

Gerne hätte ich ihr eine Antwort gegeben, nur hatte ich keine. Nicht antworten war aber, so schien es mir, unter meiner Würde. Ich war genauso ein Kalimbi wie Kartes. Mit welchem Recht stellte sie mir also diese Fragen? Ich war kein Kind mehr. Das war der Ausschlag gebende Punkt. Sie behandelte mich wie ein Kind.

„Ein Körper aus Energie, den ich von Matu bekommen habe."

Heute kann ich zugeben, dass ich etwas nachplapperte, das ich erzählt bekam, seit ich denken kann. Das wahre Wesen meiner Art hatte ich bis dahin noch nicht erkannt.

„Genau, dieser Körper ist nur Energie, Form gewordene Energie. Es ist nur die Idealvorstellung, die Matu von seinem Körper hatte. Hast du verstanden, was das bedeutet?"

„Na klar!" sagte ich mit der Selbstgefälligkeit der Jugend, die nie zugeben kann, dass sie etwas nicht verstanden hat.

Kartes, die wohl trotz ihrer Ungeduld langsam merkte, dass ich im Trüben fischte, blieb wieder stehen.

„Es bedeutet, dass dieser Körper eine Materialisation eines Willens ist, deines Willens, um genau zu sein. Was weiter bedeutet, dass dieser Körper unverletzlich ist, wenn du glaubst, dass du unverletzlich bist. Dieser Körper blutet nicht, solange du es nicht willst. Oder besser gesagt, solange du es dir nicht vorstellen kannst. Das ist das Geheimnis dieses Körpers. Im Augenblick bist du noch zu sehr in deinem Kinderkörper verhaftet. Und die Vorstellungen von Matu, die in diesem Körper noch vorhanden sind, beeinflussen genauso deine Haltung. Beides musst du aufgeben, wenn du du selbst werden willst. Hafte nicht an diesem Glauben, den Matu und das Kind Isasa hatten."

Das hörte sich bei ihr so leicht an.

Leichter war es, die Menschen wieder zu finden. Die hatten unterdessen die Gräber ihrer Toten gefunden und waren nicht mehr so ohne weiteres zu überrumpeln. Aber das war auch gar nicht mehr Kartes Ziel.

Wir blieben in ihrer Nähe und Kartes brachte mir bei, wie man auf Entfernung Energie trank. Ich brauchte Wochen dafür.

Ich hatte genügend Zeit gehabt, mich an die veränderte Art des Sehens zu gewöhnen. Ich war nicht hungernd in diesen Teil meines Lebens gegangen, ganz im Unterschied zu Wota. Das Kind saß zitternd vor Hunger im Wagen, blinzelte unentwegt mit den Augen, so wie jemand der versucht, eine klare Sicht zu bekommen.

„Ich wusste nicht, dass es so sein würde. Es ist ganz anders, als ihr mir erzählt habt", sagte Wota.

„Das weiß ich, man kann es mit Worten schwer erklären. Glaub mir, du bist völlig gesund. Es ist alles in Ordnung!"

„Ich fühle meinen Körper nicht, das kann doch nicht richtig sein."

„Das ist der Hunger. Es wird besser, wenn du was gegessen hast."

„Wie lange noch?" Wota klapperte mit den Zähnen.

Der einzige Ort, an dem wir geeignete Nahrung finden würden, ohne dass Wota zu sehr auffiel, war allerdings noch gut fünf Minuten entfernt.

Als wir dann endlich die Eingangshalle des Krankenhauses betraten, fühlte ich eine Welle der Erleichterung durch mich hindurch gehen. Wota, das sich plötzlich mit einer unbegrenzten Menge von Lebensenergie konfrontiert sah, stöhnte auf. Es war kein schmerzhaftes Stöhnen. Ohne dass Wota es wollte, begann es zu trinken. Die feinen Fangzähne aus Licht griffen nach dem Menschen, der uns am nächsten war. Der Mann wurde kalkweiß im Gesicht und machte einen unsicheren Schritt, als verliere er das Gleichgewicht. Ich drängt Wota, weiter zu gehen, musste ich doch fürchten, dass der Mann tot zusammenbrach. Was sogar für diesen Ort ein zu dramatisches Ereignis gewesen wäre. Dann machte ich den Fehler, Wota in einen der Aufzüge zu schieben. Dass es ein Fehler war, merkte ich erst als Wota, umgeben von Menschen, nach einem der Anwesenden griff und ihn in Sekunden schnelle austrank. Die junge Frau griff sich an den Bauch. Bereits tot fiel sie einem Mann in den Arm, der sie allerdings für bewusstlos hielt.

„Schatz, ist dir nicht gut?“ war seine erste Frage, aber er merkte sehr schnell, dass etwas nicht stimmte. Als er keine Antwort bekam, geriet er völlig in Panik, die beiden anderen Menschen schauten ihn und seine tote Frau an und begannen, ihm Ratschläge zu geben. Dann öffnete sich die Tür des Fahrstuhls und die Hilfeschreie des Mannes brachten Schwestern und Ärzte auf den Plan.

Wota blieb angesichts der heftigen emotionalen Reaktionen in seiner Umgebung wie angewurzelt stehen und trank. Ich konnte es ihm nicht verübeln, nur war es nicht der richtige Ort. Unbeachtet von den Menschen verließen wir den Lift.

„Warum musstest du lernen zu trinken ohne jemanden dabei zu berühren? Es geht doch ganz von selbst“, fragte mich Wota.

„Was ich lernen musste war, dass die Menschen nicht daran sterben so wie gerade eben. Es vereinfacht das Überleben, wenn man nicht eine Unzahl von Leichen hinterlässt.“

Ich muss gestehen, ich war ein wenig ungehalten, obwohl Wota natürlich nichts dafür konnte. Das Trinken geschieht wirklich von selbst. So wie es ja bei dir auch geschehen ist, Angélique. Natürlich war ich auch erleichtert, dass es Wota besser ging. Was ich deutlich sehen konnte, nicht nur in seinem Lichtkörper, sondern auch so, denn Wota zitterte nicht mehr. Das machte es einfacher, denn die Suche nach Nahrung war noch nicht zu Ende. Wota musste noch einen menschlichen Körper annehmen, als scheinbarer Mensch würde Wota sich leichter verbergen können als bisher. Nun, da nicht mehr solche Eile geboten war, wählte ich unser nächstes Ziel sorgfältig aus. Wir setzten uns in einer der Sitzecken, die auf jeder Etage dieses Krankenhauses zu finden war.

„Merk dir eins, bleib nie in einem Krankenhausflur stehen. Wenn einer der Angestellten glaubt, dass du einen bestimmten Patienten suchst, wird er dich ansprechen. Das bringt dich meist in Zugzwang, irgendeine Antwort zu geben. Vermeide alles, was dazu führt, dass man sich an dich erinnert."

Wota nickte zwar, konnte sich einer Antwort jedoch nicht enthalten.

„So ganz unerfahren bin ich nun auch nicht. Schließlich habe ich die letzten 2510 Jahre überlebt."

Ich würde mich jetzt nicht auf eine Diskussion einlassen. Lieber konzentrierte ich meine Wahrnehmung auf die umliegenden Krankenzimmer. Es dauerte nicht lange, bis ich die geeigneten Menschen gefunden hatte. Ich gab Wota ein Zeichen. Das Zimmer lag am Ende des Flures, dort, wo die Beleuchtung nicht mehr genug Kraft hatte, um die Dunkelheit aus den Ecken zu vertreiben. Der Flur lag hier in einem Halbdunkel und es schien, als wenn diese Dunkelheit Besucher und Personal zurückhielt, diesen Teil des Ganges ohne guten Grund zu betreten. Das war für unsere Zwecke geradezu ideal. Ohne von jemandem bemerkt zu werden, betraten wir den Raum.

„Die sind ja beide schon so gut wie tot!" entfuhr es Wota, Gott sei Dank sprach es Kalimbi. Trotzdem wurde ich erneut ärgerlich: Was erwartete es denn? Ich hatte wirklich das Gefühl, Wotas Ansprüche bewegten sich auf einem hohen Niveau. Der ganze Raum stank nach menschlichen Ausscheidungen und diesem süßlichen Geruch des Todes. Der Mann im vorderen Bett lag in strahlend weißer Bettwäsche, was beinahe über seinen schlechten Zustand hinweg täuschte. Es war ein Bild von Sauberkeit und Frieden. Nur sein Atmen passte nicht dazu. Stoßweise und röchelnd kam es aus seiner Brust, seine Augen waren geschlossen.

Als wir herein gekommen waren, hatte sich sein Zimmernachbar im Bett aufgerichtet. Sehr aufmerksam betrachtete er uns. Mit der Hand deutete ich auf das Bett an der Tür. Ich selbst ging zu dem Mann im zweiten Bett, der uns immer noch aufmerksam beobachtete, sich aber jetzt zu diesem Zweck auf die Bettkante gesetzt hatte. Das Nächste geschah, ohne dass einer von uns ein Wort sprach. Der Mann schaute mir genau in die Augen, so als erkenne er, was ich war. Als ich mich neben ihn auf das Bett setzte, sah ich, dass er nicht sprechen konnte. Ein fünfzig Cent großes Loch verunstaltete seinen Hals. Ich nahm ihn in den Arm, warum ich das tat, weiß ich bis heute nicht. Er strahlte soviel Resignation aus, Trauer, die bodenlos war. Ein Mensch, der wusste, dass er sterben würde, alleine in einem Raum mit einem Schicksalsgenossen. Durch die Wunde an seinem Hals daran gehindert, über seine Ängste zu sprechen und damit doppelt sich selbst überlassen. Der Mann lehnte sich an mich. Sein Körper entspannte sich spürbar. Er schien jeden Muskel los zu lassen, ganz ruhig lehnte er so an mir. Ich brauchte kein Gefühl des Friedens in ihm zu erzeugen. In diesem Augenblick empfand er genau diesen, während Wota zur gleichen Zeit dem sterbenden Mitpatienten half, über die Schwelle zu gehen. Der Mann in meinem Arm hatte die Augen geschlossen und genoss die Anwesenheit eines menschlichen Wesens, das seine Einsamkeit milderte, so dass er Wotas Transformation nicht bemerkte. Der letzte Schritt des Übergangs vom Bluttrinker zum Lichttrinker war vollzogen, und ich muss sagen, ich war erleichtert, denn das war ganz klar eine Aufgabe für das Form gebende Element.

Der Mann hielt mich mit der Hand zurück, als ich gehen wollte. Noch immer hielt ich ihn im Arm. Er suchte meinen Blick, ließ mich dann nicht mehr los. Es war kein Flehen in diesem Blick, mehr eine unausgesprochene Erwartung, die man nicht wagen würde zu enttäuschen. Nicht diesem Menschen gegenüber, der jetzt wieder ganz entspannt seinen Kopf an mich lehnte. Da küsste ich ihn.

Obwohl alles nur wenige Minuten gedauert hatte, wurde Wota unruhig.

„Wir müssen jetzt gehen."

Ich ließ mich nicht von ihm drängen, den leblosen Körper in meinem Arm legte ich vorsichtig auf das Bett zurück.

„Die SE danken dir für das Leben, das du ihnen gegeben hast."

Ich sah, dass Wota gequält das Gesicht verzog.

„Jetzt komm endlich, lass uns gehen!"

Wir verließen das Zimmer genauso ungesehen, wie wir es betreten hatte. Vor dem Fahrstuhl versuchten sie immer noch der Frau das Leben zurück zu geben, das sich bereits in Wotas Körper integriert hatte. Der Mann wiederholte immer wieder:

„Sie müssen sie retten! Sie bekommt ein Baby!"

Wie die Menschen den Fahrstuhl blockierten, gingen wir über die Treppe zum Wagen.

„Warum hat dieser Wagen keinen größeren Spiegel?"

Wota betrachtete seinen neuen Körper, sein Gesicht, die Hände, seine Fingernägel und immer wieder sein Gesicht. Offensichtlich war er mit dem, was er sah, nicht ganz zufrieden.

„Ich finde, ich habe ein Vollmondgesicht! Kann ich das nicht ändern?"

„Nein, das kannst du nicht. Dafür bist du noch zu jung."

In einer schnellen Bewegung streckte er mir die Zunge heraus.

„Du kannst das also."

„Ja, wenn du alt genug bist, kannst du das auch. Es kostet allerdings eine Menge Energie."

„Weswegen du es nicht machst, weil du dann ja mehr töten musst."

Ich nickte als Antwort, damit war dieses Thema erst einmal beendet. Wota wandte sich wieder seinem Körper zu, und setzte die Untersuchung mit den Händen fort. Ich meine, er tastete jede Stelle seine Körpers ab, die er erreichen konnte. Sehr ausgiebig beschäftigte er sich als nächstes mit seinem Haar.

„Wird es wachsen?"

„Nein, nicht wenn du es nicht willst.„

„Na, dann nicht!„ war seine Antwort. Woraufhin er sich erneut mit seinem Körper befasste. Ein lauter Schmerzensschrei lenkte meine Aufmerksamkeit vom Straßenverkehr ab. Wota war mit der Expedition unterdessen bei den menschlichen Fortpflanzungsorganen angekommen.

„Ich wusste nicht, dass sie so schmerzempfindlich sind. Und sogar da haben sie Haare.„

Ich wünschte mir so sehr, Kartes-SE hier zu haben. Alles, was mit dem Übergang zu tun hatte, war ihre Aufgabe. Ich war dafür beileibe nicht qualifiziert. Natürlich hatte er Flashbacks. Ich war es so gewohnt, mit diesem Phänomen umzugehen, dass ich es einfach vergessen hatte. Sein Schmerzensschrei hatte es mir in Erinnerung gerufen.

„Ja, das sind sie. Das, was du fühlst, sind Körpererinnerungen des Menschen, den du getötet hast. Ich werde dir zeigen, wie du damit umgehen kannst." Ich war wirklich mit meinen Nerven am Ende.

„Tu mir einen Gefallen, bedecke dich wieder. Es ist hier nicht üblich, sein Geschlecht in der Öffentlichkeit zu entblößen. Und ich möchte nicht von einer Polizeistreife wegen deines Exhibitionismus angehalten werden."

„Das ist nicht so einfach, die Kleider sind mir jetzt zu eng."

Das stimmte, der Mann war doch etwas korpulenter als Theodora.

„Ich werde mit diesem Ding zwischen meinen Beinen nicht richtig gehen können. Es stört mich."

„Wota, bitte, ich weiß, dass es schwierig ist sich an einen neuen Körper zu gewöhnen, aber bitte dramatisiere es nicht so. Es ist nur ein Form, schon Morgen könntest du eine andere haben."

Wota merkte, dass ich selbst nicht in bester Verfassung war. Als wir an einer Ampel hielten, küsste Wota mich und ein wenig Lebensenergie floss zu mir. Da erst merkte ich, dass ich hungrig war. Warum hatte ich nicht die Gelegenheit genutzt und im Krankenhaus mehr gegessen? Na ja, warum über verflossene Milch weinen.

Ich rief von einer Telefonzelle zu Hause an, Theodora war noch nicht wieder zurück. Sie würde warten, bis sie etwas von mir hörte. Der einzige Ort, wo sie sein konnte, war bei Arthur, also fuhr ich dorthin. Was mich bei Arthur erwartete, damit hatte ich in meinen schlimmsten Alpträumen nicht gerechnet.

Silvia öffnete die Tür. Sie gönnte Wota und mir das Lächeln einer routinierten Gastgeberin. Das bewunderte ich an ihr, diese Art von Disziplin. Wota stand vor ihrer Tür, ein Mann um die vierzig in Bluse und Jeans, die offensichtlich einer Frau gehörten und ihm mindestens eine Nummer zu klein waren, und diese Frau lächelte, als sei alles in bester Ordnung.

„Schön dich zu sehen. Du hast noch einen Freund mitgebracht? Arthur ist im Arbeitszimmer, wir hatten Besuch von der Polizei, aber das wird Arthur dir erklären. Es ist etwas Furchtbares geschehen. Arthur versucht schon seit Tagen dich zu erreichen. Seit dem Vorfall ist Theodora jedenfalls bei uns."

Ich hätte sie umbringen können, weil sie nicht zur Sache kam, aber zu aufgeregt war, um unausgegorene Andeutungen sein zu lassen.

„Dann lass mich doch mit Arthur reden." Ich versuchte ein Lächeln. Das war für sie ein deutliches Zeichen, mich nicht weiter aufzuhalten. Ich ahnte ja schon, was hier alle in helle Aufregung versetzte, und ich kann nicht sagen, dass es mir gefiel.

Arthur und Theodora waren gemeinsam im Arbeitszimmer. Einem dunklen Raum, an dessen Wänden Bücherschränke meist in Leder gebundene Werke bewachten. Ob Arthur sie je gelesen hatte? Sie machten sich jedenfalls gut. Er saß in einem der Ledersessel, die am Fenster standen und zweifellos etwas von Zwanglosigkeit vermitteln sollten. Der Raum wurde allerdings von Arthurs Schreibtisch dominiert, der Tisch war groß, so mächtig wie sein Besitzer wichtig. Ein recht teurer Teppich. Ob ihm klar war, dass die ganze Einrichtung nichts Persönliches hatte? Außer, dass es Arthurs Vorstellung von Reichtum und Ansehen dokumentierte. Er eilte mir förmlich entgegen.

„Mein Gott noch mal, wo warst du denn?" begrüßte mich Arthur.

Diesen vorwurfsvollen Ton, den mochte ich schon nicht, dass war ein schlechter Anfang für Arthur.

„Bin ich dir", und ich gab dem dir einen herablassenden Klang, „Rechenschaft schuldig?"

„Die Polizei war hier, und sie haben eine Menge Fragen gestellt, auch die, wo du bist. Und ich als dein Rechtsanwalt habe wohl das Recht zu erfahren, wo du dich befindest. Wie soll ich sonst für dich tätig sein?"

„Was ist passiert, dass hier alle wie aufgescheuchte Hühner reagieren?"

„Irgendjemand, ich nehme an der junge Mann hier, hat in deinem Garten den Wachmann und den Hund umgebracht. Und nach dem Zustand der Leiche zu urteilen war es kein angenehmer Tod. In deinem Garten, das war einfach unverantwortlich, wie konntet ihr so dumm sein! Schon dass ich dazu befragt werde, schadet meinem Ruf." Arthur sah Wota vorwurfsvoll an. Der zuckte als Antwort nur mit den Schultern.

Theodora sagte leise und mahnend:

„Arthur!"

Was er nicht hörte, oder nicht hören wollte. Wota sah ihn lauernd an und leckte sich unwillkürlich über die Zähne. Wenn Kalimbi jung sind, erinnern sie sich noch deutlich ans Bluttrinken, und ihr Killerinstinkt ist noch ausgeprägter als bei uns Alten. Sogar das Lichttrinken verliert im Laufe der Zeit seine belebenden und elektrisierenden Effekte, die einem, wenn man jung ist, so viel Vergnügen bereiten, dass man nicht genug davon bekommen kann. Ja, ich gebe zu, dass mir das Töten Freude machte. Heute empfinde ich es nur noch als eine Notwendigkeit.

Ich konnte mich kaum noch beherrschen und ging einen Schritt auf Arthur zu. Er wich zurück.

„Was glaubst du eigentlich, welche die vornehmste Aufgabe eines Wächters ist? Er schützt die Menschen vor den Kalimbi. Du bist ein Wächter, es war deine Aufgabe, für einen sicheren Raum zu sorgen, für Wota, Theodora, für Dieter und den Hund. War dir das nicht klar?"

Ich ging weiter auf Arthur zu, und er wich zurück. Wenn er mit seinem Verstand auch nicht bemerkte, wann er Grenzen überschritt, sein Körper war da klüger.

„Nein, es war dir nicht klar. Du weißt nichts über die Geschichte und das Wesen der Kalimbi. Du weißt nichts über die Tradition deiner Familie. Das werfe ich dir nicht vor, ich werfe dir vor, dass du die Aufgabe übernommen hast, sie aber nicht ausfüllst."

Arthur stand jetzt im wahrsten Sinne des Wortes mit dem Rücken an der Wand.

„Das einzige, was ich in deinem Kopf sehen kann, sind die zahllosen Varianten mich zu vögeln. Auch das werfe ich dir nicht vor, du bist ein Mensch, ihr verbringt viel Zeit mit sexuellen Tagträumen."

Theodora, die bisher schweigend zugesehen hatte, schreckte auf. Der Grund war, dass ich das Wort vögeln benutzt hatte. Ich bediene mich nur äußerst selten der Vulgärsprache. Theodora, die mich kannte, erkannte es als das, was es war, ein sehr schlechtes Zeichen.

„Helena, bitte!"

Diesmal war ich diejenige, die Theodora nicht hören wollte. Es war mir klar, dass den Inhalt seiner sexuellen Phantasien zu offenbaren eine schwere Herabsetzung war. In Arthurs Angst hatte sich Scham gemischt. In dieser Sekunde wollte ich genau das. Ich hasste ihn, ich hätte nicht sagen können, warum. Arthur war eine Enttäuschung, er war nicht wie Erik, den ich so vermisste.

„Weißt du, was ich dir vorwerfe?" Mein Mund war nur einen Atemzug weit von dem seinen entfernt. Arthur wagte kaum zu atmen. „Dass deine Nachlässigkeit, deine bodenlose Ignoranz, Dieter getötet hat. Und weißt du, was es richtig schlimm macht, ist, dass ich ihn mochte. Seine Art mit ‚de Tiere' umzugehen. Ich mochte Dieters klaren Geist, er war sehr angenehm."

Ich legte meine Lippen auf Arthurs. Nur damit er den Geschmack des Todes fühlte. Er gab einen wimmernden Laut von sich und sackte auf die Knie. Ich trat einen Schritt zurück, aber ich hatte noch nicht genug. Seine panische Angst schlug mir entgegen, ich hütete mich sie zu trinken, ich wollte nicht, dass er sie verlor. Im Hintergrund atmete Wota schneller, aber auch er trank nicht.

„Weißt du, Arthur, vor mir sind schon viele herum gekrochen, manche sogar, um im Namen ihres Volkes die Göttin zu besänftigen, und sie waren hübscher, als du es bist. Glaubst du wirklich, dass mich das hier beeindruckt?“

„Es reicht!“ Theodora zog mich von Arthur weg. „Töte ihn, aber hör auf ihn zu erniedrigen, das Recht hast du nicht!“

Es war wie ein kalter Guss Wasser, ich kam zu Besinnung und ich war zutiefst beschämt. Theodora half Arthur auf die Beine. Ich setzte mich in einen der Sessel und wagte nicht Wota anzusehen, was hatte ich ihm für ein Beispiel gegen. Die Spannung im Raum hielt an, bis es an der Tür klopfte. Theodora sagte: „Herein!“ und Silvia kam mit einem Teewagen ins Zimmer.

„Ich dachte, eine kleine Erfrischung bei eurer Besprechung kann nichts schaden.“ Silvia blickte von einem zum anderen, sie war beileibe keine dumme Frau und merkte sehr wohl, dass nicht alles zum Besten stand. Sie bot jedem von uns Tee an, den weder Wota noch ich ablehnten, obwohl wir ihn nicht trinken würden. „Dann will ich nicht weiter stören.“

Das war die Unterbrechung, die ich brauchte um wieder auf den Boden zurück zu kommen. Es gab wichtigeres als mich an Arthur schadlos zu halten.

„Wir verlassen die Stadt, noch heute“, entschied ich.

„Was?“ Theodora war wirklich überrascht. „Das ist doch nicht nötig. Die Polizei sucht einen geisteskranken Mörder und hat keinerlei Spuren, die dich oder Wota mit dem Toten in Verbindung bringen.“

„In dieser Stadt hat es in den letzten Tagen zu viele merkwürdige Todesfälle gegeben. Wota und ich werden essen müssen, das gibt weitere Tote. Wir können nicht hier bleiben, es ist zu gefährlich.“

Arthur nickte, war aber noch nicht in der Lage sich zu äußern. Reumütig nahm ich ihm die Angst, die ihn immer noch beherrschte.

„Helena hat Recht, es ist auf jeden Fall sicherer“, sagte er dann.

„Gut, Arthur, besorge bis heute Abend soviel Bargeld wie du kannst. Wir gehen in mein Haus nach Dänemark, wenigstens für ein paar Monate, und dann schauen wir weiter.“

Arthur erbleichte, als ich das Haus in Dänemark erwähnte.

„Das gibt's nicht mehr, ich habe es vor ein paar Jahren verkauft.“ Wie zur Entschuldigung setzte er: „... zu einem günstigen Preis“ hinzu.

Ich wollte mich nicht schon wieder aufregen. „Dann gehen wir woanders hin. Wie ist dein Französisch?“ fragte ich Theodora.

„Das geht auch nicht.“ Offenbar war Arthur mit seiner Beichte noch nicht zu Ende. „Ich habe alle Liegenschaften verkauft, der Unterhalt war immens teuer. Ich habe dir das in meinem Rechenschaftsbericht erklärt, aber den hast du ja nie gelesen.“

Ich musste Geduld mit ihm haben, er war so wie er war. Ohne es auch nur zu ahnen, hatte dieser Mann ein über viele Jahre aufgebautes Netz von Unterschlüpfen zerstört. Zu jedem Haus gab es eine passende Legende. Alles zerstört. Ich hätte ihn nicht auswählen dürfen, dass er der Aufgabe nicht gewachsen war, das hatte ich doch gewusst. Ausgewählt hatte ich ihn, weil Erik es gewollt hatte. Wegen ihm hatte ich es getan. Das war ein schwerer Fehler und jetzt musste ich damit leben. Ich stand auf.

„Gut, dann ist es Zeit alte Freunde zu besuchen. Besorg einfach soviel Geld wie du kannst, ohne dass es auffällt. Und gib mir diesen Ring.“

„Das ist der Ring von meinem Urgroßvater, er hat ihn mir gegeben, bevor er starb. Es ist ein altes Familienerbstück.“

„Genau wie ich.“ Ich überschwemmte ihn mit Ungeduld, Sarkasmus und einer Spur Ärger. Wota, der das spürte, zischte drohend, blieb aber weiter im Hintergrund.

„Gib Helena den Ring, Arthur.“ Offensichtlich machte sich Theodora erneut um Arthurs Leben sorgen.

Wut und Resignation gingen von Arthur aus, als er den Ring vom Finger zog. In diesem Augenblick erinnerte er mich an ein patziges Menschenkind.

„Ich brauche ihn für einen alten Freund, der sich hoffentlich an diesen Ring erinnert. Du bekommst ihn zurück, wenn ich ihn nicht mehr brauche“, versuchte ich ihn zu trösten.

Theodoras Perspektive

An dem Tag, als Wota in die Stadt kam, hatte ich mir einen gemütlichen Tag in der Bibliothek vorgenommen. Und so verlief der Tag angenehm still. Ich weiß noch, dass ich Endes „Unendliche Geschichte" las. Ein Buch, das man heute noch nicht einmal mehr in Antiquariaten findet. Was sehr schade ist. Manchmal kam es mir vor, als lebte ich selbst in einer solchen Geschichte.

Angélique hatte ihre Lektüre unterbrochen und sich Papier und Bleistift genommen, um mögliche Hinweise auf den Wahrheitsgehalt des Briefes zu notieren. Das Buch, welches ihre Mutter erwähnte, war ein solcher Fingerzeig. Die insgesamt so spärlich waren, das sich Angélique fragte, ob der Mangel an Namen, Jahreszahlen oder Ortsangaben beabsichtigt war. Angélique blieb nichts anderes übrig, sie würde jedem noch so wagen Hinweis nachgehen.

Sie schrieb als weiteren Begriff neben BTX und Neuroleptika den Namen Ende und Unendliche Geschichte.

Draußen war es schon dunkel, daran erinnere ich mich noch. Ich saß in dem alten ledernen Ohrensessel, von dem Helena sagte, dass er Erik gehört habe. Sie sprach sehr viel über Erik in dieser Zeit. Es war Herbst, als Wota zu uns kam. Abends wurde es schon empfindlich kalt, so dass ich Feuer im Kamin gemacht hatte. Zusammen mit einer guten Tasse Tee würde es ein wirklich schöner Abend werden. So jedenfalls stellte ich mir das vor. Mit der Ruhe war es vorüber, als Helena unvermittelt und sehr aufgeregt in die Bibliothek kam und von mir verlangte, dass ich Arthur anrief wegen dieses Bluttrinkers in der Stadt. Ich wusste nicht, was es bedeutete. Da ich Helena aber noch nie so aufgelöst gesehen hatte, stellte ich keine Fragen, sondern rief Arthur an. Arthur kam selbst an den Apparat.

„Was ist der Grund für deinen Anruf?“ sagte er mit seiner Rechtsanwaltsstimme.

Wir beide verstanden uns nicht besonders gut. Arthur mochte mich nicht. Vielleicht der Grund für die kommende Katastrophe. Ich konnte verstehen, dass er auf mich nicht besonders gut zu sprechen war. Nein, wenn ich ehrlich bin, dann verstehe ich es erst heute. Damals hielt ich ihn für ein borniertes Arschloch, der nicht im Geringsten begriff, welches Wunder es war, dass es so etwas wie Helena gab. Und der sie nicht wirklich verstand. Ich war in seinen Augen eine Konkurrenz um Helenas Gunst. Und da geht es um eine ganze Menge, um relative Unsterblichkeit. Das ist schon ein Grund, Konkurrenten nicht zu mögen. Das war jedenfalls seine Sicht der Dinge.

„Helena lässt dir ausrichten, dass ein Bluttrinker in der Stadt ist. Weiter hat sie mir nichts gesagt, aber ich nehme mal an, dass du Bescheid weißt.“

„Natürlich weiß ich das!“ Die Überheblichkeit, mit der er das sagte, hätte fast dazu geführt, dass ich auflegte. Er behandelte mich immer, als sei ich ein unwissendes Kind. So, als wenn er sagen wollte, komm du erstmal in mein Alter.

„Und was bedeutet es?“ fragte ich ihn.

„Familienbesuch, was soll es sonst sein.“

Das schien mir doch sehr unwahrscheinlich. Helena war so aufgeregt, wie ich sie selten gesehen hatte. Sie hatte mich ja förmlich angefahren. Ich hörte noch ihr ‚Keine Störungen jetzt!' in meinem Ohr.

„Das glaube ich nicht. Helena ist total aufgeregt.“

„Wenn ich dir das sage, dann kannst du es mir glauben. Die Bluttrinker sind ihre Kinder. Wird sie schon lange keines mehr gesehen haben. Wenn mein Sohn zu Besuch käme, würde ich mich auch freuen. Wenn es also sonst nichts mehr gibt, würde ich jetzt Schlussmachen wollen, ich habe morgen einen wichtigen Termin.“

So kanzelte er mich immer ab. Mein Gott, nach so langer Zeit sollte ich darüber erhaben sein. Immerhin wirft man mit seinen Knochen schon die Äpfel von den Bäumen.

Ich versuchte, mich also wieder auf meine Lektüre zu konzentrieren. Worüber sollte ich mir Sorgen machen? Um Helena macht man sich keine Sorgen. Ein Wesen, das man weder verletzen noch töten kann, was soll dem schon Schlimmes zustoßen? Wie du dir denken kannst, war es nicht ungewöhnlich, dass sie nachts nicht zu Hause war. Irgendwann ging ich schlafen ohne mir weiter Gedanken zu machen. In der Nacht erwachte ich in Schweiß gebadet. Der Traum, den ich geträumt hatte, endete aber nicht wie normalerweise. Ich war wach und sah Helena einen Säugling töten. Was mich so entsetzte, dass ich mich übergab. Helena tötete nie Kinder, das hatte sie nie getan, da war ich mir ganz sicher. Aber in dieser Nacht wünschte ich mir das erste Mal, nicht in ihren Geist schauen zu können. So unwillkürlich wie in diesem Fall sind es immer nur kurze Eindrücke. Und sowohl meine als auch Helenas Verfassung spielen dabei eine Rolle. Unter normalen Umständen ließ sie mich diese Dinge nicht sehen. Nicht nur der Schock über das Gesehene ließ mich nicht mehr einschlafen. Ich brauchte etwas zu trinken. So wartete ich auf Helena. Die kam dann mit Wota gegen Morgen ins Haus. Ich finde heute noch keine Worte, um zu beschreiben, wie ich mich fühlte, als ich diese beiden blutverschmierten, nach Kanalisation stinkenden Menschen vor mir sah. Helena war, wie du dir denken kannst, nie blutverschmiert nach Hause gekommen. Erst als Wota versuchte, mich zu töten, wurde mir klar, dass der Satz ‚Ein Bluttrinker ist in der Stadt' keinen Familienbesuch ankündigte. Aber ich wusste, ich würde nicht gehen, weil ich mich entschieden hatte, mit einem Vampir zusammen zu leben. Für mich war klar, dass ich jetzt, wo es unangenehm würde, keinen Rückzieher machen konnte.

Als Helena dann mit Wota verschwand, war ich es, die alle Spuren ihrer Anwesenheit vernichtete. Ich wischte den Boden und löste ihre Kleidung in Salzsäure auf, so dass sie anschließend ohne weiteres durch den Abfluss der Badewanne ablief. Auf das Beseitigen von Spuren ist man in diesem Haus vorbereitet. Nach getaner Arbeit trank ich noch etwas. Ich konnte mich keiner Illusion hingeben, zum Beispiel der, dass die Beiden nicht getötet hätten. Zum ersten Mal stand ich dieser Tatsache ganz greifbar gegenüber. Und es ist etwas ganz anderes, so etwas zu wissen oder dabei zu sein. Nun, in Gesellschaft einer Flasche Wein, wurde mir klar, dass dieses nette einfühlsame Wesen, als das ich Helena kannte, ein skrupelloser Killer war, und dass ich selbst für sie nur ein Maskottchen war. So etwas wie ein Hausschwein, das man vor lauter Anhänglichkeit nicht schlachtet, obwohl man Schinken über alles liebt. Ich war nicht mehr als ein Schinken.

In der Stimmung befand ich mich, als Helena zu mir kam. Ich brauche dir unseren Streit nicht noch einmal zu schildern. Und auch sein Ergebnis kennst du. Ich war so außer mir, dass ich das wichtigste vergaß: die Gelassenheit. Ich sah, wie meine vom Alkohol angestachelte Wut förmlich auf Helena zuschoss, und wie sie danach griff um diese Wut aufzunehmen. Heute bin ich mir sicher, dass auch Helena nicht mit der gewohnten Achtsamkeit handelte. Sie trank einfach. Obwohl ich sehen konnte, dass sie satt war. Ich taumelte zwei Schritte zurück, hoffend, dass ich ihren gierigen Fangzähnen entkommen könnte, eine vergebliche Hoffnung. Als diese Fangzähne aus Licht mich erreichten, entrissen sie mir mein Leben. Ein dumpfer Schmerz bohrte sich in meine Brust, mein Herz schien sich zu verkrampfen. Ich bekam keine Luft mehr und würgte. Mein Körper stürzte auf den Boden und ich hörte Helena entsetzt aufschreien. Und dann war es vorbei, ich spürte keine Schmerzen mehr und konnte frei Atmen. Ich sah mich um und stand an einem Fluss, der sich durch eine Wüste zog. Es war so heiß, dass ich mir nichts köstlicheres vorstellen konnte als darin zu schwimmen. Aber bevor ich meinen Plan in die Tat umsetzen konnte, war Helena da. Du weißt ja, was dann weiter geschah. Ich wollte ihr Blut nicht, das aus ihrem Mund floss, nicht dieses Blut, für das so viele andere sterben mussten. Deswegen trank ich es nicht. Ich war tot, das war eine Erkenntnis, die mich zutiefst bestürzte, die ich nicht ertrug. Ich hatte Angst, nur noch Angst. Ich wollte nicht mehr davon schwimmen. Es war unerträglich kalt, ich wollte zurück nach Hause. Ich wollte nicht sterben, nicht jetzt, nicht so. Das Blut, das in meinen Mund lief, war süß und warm. Wenn ich zu diesem Zeitpunkt schon gewusst hätte, was dieses Bluttrinken für mich für die Zukunft bedeutete, ich weiß, ich hätte nicht anders entschieden, als ich es tat.

Helena brachte mich ins Bett und bestand darauf, dass ich schlief. Das ist eine Möglichkeit für Menschen, die Lebensenergie der Kalimbi in ihre eigene zu verwandeln. An alle Träume kann ich mich nicht mehr erinnern. Ich weiß nur noch, ich hatte eine ganze Menge davon.

Ich schlief an die zwölf Stunden und wachte ziemlich gerädert auf. Helena war im ganzen Haus nicht zu finden. Ich entschied mich für einen Spaziergang im Park. Was ich da fand, dafür finde ich keine Worte. Jemand hatte Dieter, den Mann von der Wach- und Schließgesellschaft, ermordet. Heute weiß ich, dass es Wota gewesen ist. Damals konnte ich mir nicht vorstellen, wer in der Lage war, einen Menschen so zuzurichten. Dieters Hals wies eine klaffende Wunde auf, die Leiche war rundherum von Blut umgeben, das zu diesem Zeitpunkt bereits zu einem großen Teil im Erdboden versickert war. Ich übergab mich erneut. Der Schock machte es mir schwer, klar zu denken. Mit größter Wahrscheinlichkeit hatte der Bluttrinker Dieter getötet. Es musste also Spuren geben, die zum Haus führten. Die fand ich dann auch. Sie führten zur Kellertreppe, die aber verschlossen war. Im Keller wischte ich die Blutspuren weg. Als ich das Gefühl hatte, alles getan zu haben um unsere Sicherheit zu garantieren, rief ich den Wächter an.

Als ich Arthur die Situation erklärt hatte, war das Erste, was er sagte:

„Wie können sie so dumm sein, jemanden auf ihrem eigenen Grundstück zu töten! Vermutlich geht auch dieses abgebrannte Mietshaus auf ihr Konto. Es hat fünf Tote gegeben.“

„Ich glaube nicht, dass der Tote im Park Absicht war. Es handelt sich nämlich nicht um ein Familientreffen. Helena ist seit gestern verschwunden. Und dieses Es auch."

„Was genau bezeichnest du mit Es?"

„Das Kind, dieses geschlechtslose Kind", beantwortete ich Arthurs Frage.

„Nun rege dich nicht auf, ruf die Polizei an! Ich mache mich sofort auf den Weg."

„Ich rege mich nicht auf, und ich bin auch nicht verrückt. Ihre Kinder haben kein Geschlecht, das habe ich selbst gesehen", erklärte ich, aber die Leitung war schon tot.

Ich will dich nicht mit den Details der polizeilichen Untersuchung langweilen, Angélique, nur eines muss der Wahrheit halber gesagt werden, Arthur war ein guter Anwalt. Davon konnte ich mich überzeugen, als die Polizei auf die Idee kam mich zu verdächtigen. Denn ein Mensch, der eine Leiche so zurichtet, muss geisteskrank sein. Und ich war eine staatlich anerkannte Geisteskranke. Also war mir auch zuzutrauen, dass ich diesen Mann auf dem Gewissen hatte. Es war Arthurs Verdienst, dass sie von diesem Gedanken Abstand nahmen, und ich nicht wieder in der Psychiatrie landete. Ich bin so froh, dass ich diesen Teil meines Lebens endgültig hinter mir gelassen habe. Mit meinem Geburtsnamen verschwand auch die Geschichte dieses Lebens.

So suchten sie dann einen verrückten Mörder, und ich suchte Helena. Ohne sie war das Haus gespenstisch leer, das war ich einfach nicht mehr gewohnt. Nach fünf Tagen machte ich mir Sorgen um sie. Es war ja möglich, dass dieses Es sie getötet hatte. Helena hatte mir einmal erzählt, dass Kalimbi sich durchaus untereinander töten konnten.

Einige Zeit spielte ich mit dem Gedanken, bei Arthur Unterschlupf zu suchen, was ich aber wieder verwarf. Silvia war da durchaus misstrauisch. Sie glaubte Arthur nicht, dass seine Beziehung zu Helena und mir geschäftlicher Natur war. Vielmehr schien sie zu vermuten, dass er ein Verhältnis zu einer von uns beiden hatte. Deswegen beschränkte ich mich darauf ,Arthur mehrmals in der Woche zu besuchen. Nach zwei Wochen, in denen ich immer noch nichts von Helena gehört hatte, befürchtete ich, dass sie schlief. Das war die einzige Erklärung, die mir für ihre Abwesenheit noch schlüssig erschien. Diese Sorge war es, die mich an dem Tag zu Arthur führte, als Helena wieder auftauchte.

Als Helena unversehrt das Arbeitszimmer von Arthur betrat, war ich sehr erleichtert, dass sie noch am Leben war. (Helena lacht, während ich das schreibe.) Sie sagte: „Theodora, ich bin Kalimbi. Um mich muss man sich keine Sorgen machen." Sie warf mir nur einen kurzen Blick zu und ein Gefühl von Ruhe und Geborgenheit dehnte sich in mir aus wie ein sanftes Streicheln, ich wusste, dass es von Helena kam.

Arthur fuhr Helena an, noch bevor diese den Raum richtig betreten hatte. Dass er ihre Aura nicht sehen konnte, das war sein entscheidender Nachteil. Ihre Gesichter geben kaum wieder, was sie fühlen, anders als bei uns Menschen. Du warst von Beginn deines Lebens an so daran gewöhnt, die Aura eines Menschen zu lesen, dass es dir, glaube ich, nie aufgefallen ist, wie ausdruckslos die Gesichter von Kalimbi sind. Manchmal scheinen sie wie Totenmasken, und im Gegensatz zu uns ist auch ihre Körpersprache eher sparsam. Was in ihnen vorgeht, spiegelt sich umso deutlicher in ihrem Lebenslicht wieder. Auf dieser Ebene sind die Kalimbi nun gar nicht in der Lage sich zu verstellen. Ich sah das, was Arthur nicht bemerken konnte. Helena war müde und erschöpft, ihre Augen schienen tief in den Höhlen zu liegen, wenn ich mich auf ihr Energiefeld konzentrierte. Ich sah ihren schleppenden Gang. Und es sprang mir ins Auge, dass sie hungrig war. Alles zusammen genommen kein guter Zeitpunkt um sie so anzufahren, wie Arthur es tat. Roter Zorn überflutete Helena. Arthur sprach mit ihr, als seien die beiden Kalimbi unvernünftige Kinder. Ich glaube nicht, dass Arthur jemals das Wesen dieser scheinbaren Menschen verstanden hat. Er ließ sich von ihrem menschlichen Erscheinungsbild täuschen. Immer wieder legte er menschliche Normen an. Vielleicht konnte es ihm nicht gelingen, er war nicht so intensiv mit Helena zusammen, wie ich es war, und Erik es wahrscheinlich gewesen ist. Ein Beispiel dafür wie anders Helena Welt ist: Sie nennt ein Sexkino einen Schnellimbiss. Ich erinnere mich noch, wie sie zu Wota sagte:

„Wota, wenn du schnell Lebensenergie brauchst und nicht auffallen willst, geh in ein Sexkino, nirgendwo sonst geben Menschen so freizügig und leicht zugänglich Lebensenergie ab."

Ich war völlig schockiert. Wie konnte Helena so etwas Abscheuliches vorschlagen. An solchen und ähnlichen Dingen, Dingen des Alltags, wurde mir klar, dass die Kalimbi nicht nur einer anderen Kultur entstammen, sondern dass sie trotz ihres menschlichen Aussehens eine andere Rasse sind. Sie haben andere Bedürfnisse, die sie anders befriedigen, als wir es gewohnt sind.

Ich wusste nicht, was sich in den letzten Tagen ereignet hatte, aber ich konnte sehen, dass Helena in einem schlechten Zustand war. Wie sie alle Kraft darauf verwendete, ihre Wut zu zügeln und, was für Arthur viel wichtiger war, ihren Hunger. Ich griff ins Geschehen zwischen den Beiden ein, weil Arthur es nicht verdient hatte, so behandelt zu werden, wie Helena es tat. Sie können kalt und überheblich sein. Vielleicht wäre ich es auch, wenn ich zur wirklichen Krone der Schöpfung auf diesem Planeten zählte. Das sind die Kalimbi in meinen Augen, sie sind uns so haushoch überlegen, wie wir den Affen überlegen sind.

Nach dem Vorfall mit Arthur herrschte betroffenes Schweigen. Wota hatte während des ganzen Geschehens Helena und Arthur nicht aus den Augen gelassen. Er sagte aber nichts.

Als Helena entschied, die Stadt zu verlassen, bestimmte sie das auch für mich. Keine Sekunde kam mir in den Sinn, dass ich einfach ins Haus zurückgehen konnte. Oder irgendwo anders hin.

Arthur gab uns soviel Bargeld, wie er im Haus hatte.

„Werden wir uns wieder sehen?"

Tränen standen Arthur in den Augen und er schien nicht bereit,

Helenas Hand wieder frei zu geben. Ich war peinlich berührt.

„Du bist der Wächter, Arthur, das ist etwas, was Kalimbi nicht beenden."

„Ich weiß, dass ich manchmal Fehler mache."

„Du bist der Wächter", wiederholte Helena. „Verkaufe das Haus nicht, du kannst jeden Gegenstand darin verkaufen, wenn es dir nötig erscheint, nur nicht das Haus. Sobald sich die Aufregung gelegt hat, mauerst du es wieder zu, und sorgst für seinen Erhalt. Ich vertraue dir, Arthur."

Aus Helenas Aura strömte Energie, die genau dieses Vertrauen ausdrückte, zu Arthur. Das ist eine weitere Eigenschaft, welche Kalimbi und Menschen unterscheidet. Kalimbi berühren sich physisch nur sehr wenig, ihre Art sich zu berühren ist energetischer Natur.

Wir fuhren in die Stadt um Wota neu einzukleiden. Helena blieb vor einem Kino stehen und betrachtete die Ankündigungen.

„Nosferatu, eine Neuverfilmung, sieht ziemlich blutig aus. Ihr geht einkaufen und ich gehe essen. Wir treffen uns dann wieder hier."

„Du bist noch genauso nervig wie damals in Indien. Da hast du mir auch ständig gesagt, was ich tun soll. Glaubst du, ich bin in meiner Kindheit in Fellen herum gerannt? Ich kann selbst einkaufen gehen."

Wota nahm Helena das Geld aus der Hand und ließ uns beide stehen.

„Scheint so, als wenn eure Kinder auch nicht besser erzogen sind als die unseren." Ich konnte meine Schadenfreude nicht verhehlen, als ich Helena da etwas unglücklich stehen sah. „Was meint er damit: Wie damals in Indien?"

„Das Haus hat Wota in Indien geformt. Wota ist einer der letzten unserer Kinder." Tiefe Trauer ging von Helena aus.

„Wann war das?"

Sie lachte: „Menschen! Am meisten irritiert mich eure Wahrnehmung von Zeit. Ich glaube so etwa 527 vor eurer Zeitrechnung. Ich kann mir Jahreszahlen nicht merken, das weißt du doch. Gehst du mit mir ins Kino?"

Ich ging also mit einer Vampirin in einen Vampirfilm. Das fand ich schon witzig. Es waren so etwa 50 Menschen im Vorführraum. Helena suchte sich einen Platz abseits der Besucher.

In diesem Kino bemerkte ich die Veränderung, die mit mir vorging, das erste Mal. Ich konnte besser sehen. Dass ich keine Brille mehr brauchte, das war schon seit einigen Jahren so und eine Folge der Heilkräfte, über die Helena verfügte. Das hier war etwas anderes. Ich sah nicht nur die Aura der Menschen, die mich umgaben, die Farben waren auch in der Luft wie ein feiner Schleier aus farbigen Spinnweben.

„Siehst du das auch?“ fragte ich Helena aufgeregt.

„Später.“ Und ihre Antwort war so entschieden, dass ich es nicht noch einmal wagte sie zu fragen. Während der Film lief, verdichtete sich der Nebel um uns herum und schien auf Helena zuzufließen. Um sie herum war er am dichtesten, und ich hatte den Eindruck, dass er in ihr verschwand. Die ganze Zeit hatte sie die Augen geschlossen. Ein einziges Mal schaute sie zur Leinwand.

„Oh Gott“, entfuhr es ihr. Auf der Leinwand biss gerade ein Vampir seinem Opfer in den Hals. Ich glaubte wirklich, sie habe sich erschreckt.

„Wenn du die Ader so öffnest, schießt das Blut dir mit einem solchen Druck in den Mund, dass du dich daran verschluckst. Als ich so dumm war, ist genau das passiert. Ich habe einen Hustenanfall bekommen. Ich hatte meine liebe Not, bei diesem Kampf die Oberhand zu behalten. Es geht besser, wenn du eine Vene nimmst, daran kann man wirklich saugen.“

„Bitte erspar mir die Einzelheiten.“ Ich merkte, wie mir mein Mageninhalt hoch kam. Das Blut, das auf der Leinwand vergossen wurde, reichte mir schon.

Wir trafen uns wie verabredet mit Wota, und Helena sah schon etwas besser aus als zuvor. Ohne weitere Verzögerung verließen wir die Stadt, die ich lange Zeit nicht mehr betreten würde, was ich allerdings an diesem Tag noch nicht ahnen konnte. Damals dachte ich, wir wären in ein paar Monaten wieder zurück. Helenas nächstes Ziel war Amsterdam.

Angélique hielt einen Augenblick überrascht inne. Sie brauchte auch keine Brille mehr. Bisher hatte sie immer mal wieder während des Lesens am Inhalt der Seiten gezweifelt, aber ganz langsam merkte sie, dass alles, was sie in diesem Schreiben fand, Veränderungen beschrieb, die sie an sich selbst feststellen konnte.

Bis zum frühen Morgen brauchte Angélique, um den gefundenen Hinweisen nachzugehen. Das Ergebnis: Die Frau, die Angélique als ihre Mutter kannte, konnte unmöglich ihre Mutter sein. Diese Frau war um die zweihundert Jahre alt.

Entweder Theodora war nicht ihre Mutter oder, was schlimmer war, Theodora war kein Mensch.

Helenas Perspektive

Das Wichtigste war, dass wir in der nächsten Zeit über genügend Barmittel verfügten, und wir brauchten Pässe. Wenn wir Glück hatten, lebten noch einige von den Menschen, die ich vor dem Schlaf gekannt hatte und die mir aus Freundschaft weiterhelfen würden. Bei den meisten beruhte diese Freundschaft auf dem Prinzip ‚Eine Hand wäscht die andere.' Bei dem Mann, zu dem wir jetzt unterwegs waren, war genau das der Fall. Er schuldete mir mehr als einen Gefallen.

Nachdem ich etwas getrunken hatte, fühlte ich mich besser, war aber immer noch nicht ganz auf der Höhe. Auch Wota ging es nicht so gut, wie es ihm nach dem Trinken gehen sollte. Wenn wir genügend Geld hatten, würden wir einen sicheren Raum brauchen. Jetzt während der Fahrt war er oft geistesabwesend, was darauf hindeutete, dass er von der Erinnerungsenergie des Mannes, dessen Leben er getrunken hatte, überschwemmt wurde. Ich musste ihm zeigen, wie er die getrunkene Energie schneller in seinen Körper integrierte.

Dann würde ich nicht darum herum kommen, Theodora die Wahrheit darüber zu sagen, warum sie besser sehen konnte als bisher. Aber das war vielleicht etwas, was warten konnte bis sie das erste Mal Hunger bekam. Aber nein, wenn ich ehrlich war, wollte ich das Unvermeidliche aufschieben, weil ich nicht den Mut hatte ihr entgegen zu treten. Aber wer wusste schon, in welcher Lage wir sein würden, wenn der Hunger sich bei ihr meldete. Je nachdem, wie es dann war, konnte alles noch schlimmer werden. Ich musste mich selbst zur Disziplin ermahnen. Diese Wenn- und Aber-Gedanken waren sinnlos. Löse das Problem, wenn es entsteht.

Ein weiteres Problem löste ich an der ersten Raststätte nach der Grenze, die wir ohne Schwierigkeiten passierten. Ich bin ein unpolitisches Wesen, aber an diesem Tag kam ich nicht umhin, den Staatsmännern Europas zu danken. Vor der Grenze habe ich Angst gehabt. Die Fahrt selbst verlief sehr ruhig. Theodora, die auf längeren Fahrten immer einschläft, lag mit dem Kopf in Wotas Schoß, und ich fragte mich, wie man so zusammen gekrümmt liegen konnte. Wota hatte sein Energiefeld mit dem ihren verwoben und trank.

„Wota!"

Er schreckte zusammen, als er meinen Aufschrei hörte.

„Hör auf damit, aber sofort!" Er tat etwas Unaussprechliches. Ich war zutiefst schockiert, das Schlimme daran war, dass er überhaupt kein Unrechtsbewusstsein hatte. Sein ganzer Lichtkörper war ein Ausdruck des Unverständnisses und des guten Gewissens.

„Du sollst aufhören von ihr zu trinken!"

„Sie merkt es ja nicht, und es schadet ihr doch nicht." Er wusste wirklich nicht, warum ich mich aufregte.

„Sie ist SE! Man trinkt nicht von den Mitgliedern des eigenen Hauses. Nicht von den menschlichen Mitgliedern jedenfalls und nicht gegen ihren Willen."

„Es ist nicht gegen ihren Willen."

Diese Spitzfindigkeit schlug dem Fass den Boden aus. Spitzfindigkeit ist etwas, das Wota auch heute noch nicht abgelegt hat. Und ich frage mich, wie alt er noch werden muss um vernünftig zu sein.

„Sie ist nicht bei Bewusstsein, und du hast sie nicht gefragt. Es ist gegen ihren Willen. Und jetzt hörst du damit auf!"

„Ich versteh immer noch nicht, warum du dich so aufregst."

Ich konnte es ihm nicht erklären, ich hatte es so gelernt - es ist ein Tabu. Man tut es einfach nicht.

„Weil es so ist. Das ist Kannibalismus, man isst nicht seine eigenen Angehörigen."

Es schien mir nicht so, als habe ich ihn überzeugt, aber Wota hörte auf von Theodora zu trinken.

Dass Wota sich so benahm, lag nicht daran, dass er schlecht erzogen war, wie Theodora meinte. Wota war ohne sein Haus aufgewachsen, welches Wota die Regeln hätte lehren können. Ihm alles beizubringen war also jetzt ein Teil meiner Aufgabe. Darüber war ich nicht unbedingt erfreut. (Ich hoffe, dass ich dir bisher keine so schlechte Kartes bin, wie ich es bei Wota war.)

Wie ich schon erwähnte, hielten wir an der ersten Raststätte auf unserem Weg. Der Grund war recht profan: Theodora wollte etwas essen und trinken. So saßen wir drei im Restaurant, wobei Wota und ich die Rolle der Zuschauer spielten. Noch mehr als sonst war ich auf unsere Sicherheit bedacht. Eine Raststätte, tausende Menschen kommen und gehen, niemand erinnert sich an einen einzelnen, keiner weiß, woher sie kommen oder gehen. Ich konnte mich mit diesem Ort anfreunden, ich fand es war ein sicherer Ort. Es lohnte sich, sich an diesem Ort etwas genauer umzuschauen. Schnell fand ich, was ich brauchte. Nach all dem Pech hatte ich das erste Mal wieder das Gefühl, mit dem ALL-SCHAFFENDEN-LICHT in Einklang zu sein. Allerdings würde Wota mir helfen müssen.

„Entschuldige uns einen Augenblick, Theodora!" sagte ich zu ihr und machte Wota, der Theodora beim Essen zusah, als habe er noch nie einen Menschen essen sehen, ein Zeichen, mir zu folgen. Wir beide gingen dem Menschen nach, den ich ausgewählt hatte. Das LICHT war auf unserer Seite. Die Toilette war leer und Wota würde dafür sorgen, dass sie leer blieb.

Die Frau, die ich ausgesucht hatte, war das genaue Gegenteil meines jetzigen Körpers: groß, ein wenig untersetzt, eisgraues Haar und sehnige Hände. Wenn nur etwas davon ihrem Idealbild entsprach, war ich zufrieden.

Ich griff sie an, als sich die Tür der Toilettenkabine öffnete. Sie war nur einen winzigen Bruchteil einer Sekunde überrascht, dann traf mich ihr Fuß in der Magengrube und ein Mensch wäre mit Sicherheit zu Boden gegangen.

„Eine Kriegerin, etwas das man heute selten findet", sagte ich zu ihr. Ich konnte den Spott in meiner Stimme nicht ganz vertreiben.

„Hau einfach ab." Sie sagte es ganz ruhig, ohne Angst oder Ärger in ihrer Stimme. Sie öffnete mir einfach einen Weg, die Situation zu beenden, ohne mich auch nur eine Sekunde aus den Augen zu lassen.

Ich sah, wie ihre Lebenskraft begann, sich in ihren Armen zu sammeln, sie beherrschte ihr Chi, so wie es nur Menschen tun, die über viele Jahre Kampfsport betreiben. Ihr Problem war nur, dass sie ihr Chi beherrscht und ich Chi bin. Wenn ich so anmaßend sein darf.

„Das kann ich leider nicht, und ich habe auch nicht die Zeit, fair zu sein."

Ich versetzte sie in Starre. Sogar ihr Tod war der einer Kämpferin, mit einem goldenen Schwert kämpfte sie gegen einen tausendköpfigen Dämon, der sie wie schwarzer Nebel umschlang. Als der letzte Tropfen ihres Lebens in mich geflossen war, ließ ich die Transformation zu. Ihr Idealbild und ihr realer Körper wiesen kaum einen Unterschied auf. Damit ich nicht auffiel, zog ich ihre Kleider an. Ich legte ihren Leichnam ausgestreckt auf den Boden des Vorraumes; dass sie nicht zusammen gekrümmt und ohne Würde zwischen Toilette und Tür gefunden wurde, das war ich ihr schuldig.

Wota hatte seine Aufgabe als Türsteher getreulich erfüllt, ein Schild klebte an der Tür mit der Aufschrift „Außer Betrieb".

„Ich dachte, wir könnten ein wenig Zeit gebrauchen", meinte er lakonisch. Ich musste lachen. „Warum schon wieder eine Frau, bevorzugst du diese Form?"

„Nein, mir ist es egal, aber Menschen fällt es schwer sich an den Wechsel der Form zu gewöhnen. Dem wollen wir doch Rechnung tragen. Solange das Nefe lebt, behält man die Form, die man hatte, als das Nefe zu einem kam."

Ein verstehendes und auch etwas überraschtes „Oh" war Wotas einziger Kommentar.

Wota eilte auf Theodora zu, eine Spur zu hektisch für meinen Geschmack. Sie schaute mich etwas unsicher an.

„Es ist I'-SE!“ sagte Wota, als wollte er ihre unausgesprochene Frage beantworten.

„Ich sehe, dass es Helena ist“, fuhr sie ihn an, „und ich nehme an, wir sollten jetzt gehen.“

Sie sprang auf, als habe sie eine Tarantel gestochen. Zwei so nervöse Begleiter, an die sich unter Umständen jemand erinnerte, konnte ich nicht gebrauchen. Und ich würde nicht mit einem Menschen und einem Halbwüchsigen diskutieren. Wota ermahnte ich mit ein paar Worten in Kalimbi. Theodora nahm ich kurzerhand das Gefühl von Angst und Unruhe. Nicht die feine Art, das gebe ich gerne zu. Ohne Störung verließen wir den Parkplatz. Die Frau war wirklich alleine, so wie ich vermutet hatte.

Theodoras Perspektive

Bis zu diesem Zeitpunkt bin ich in meinem Leben noch nie auf der Flucht gewesen, außer vor mir selbst. Natürlich merkte ich, wie sehr Helena mich manipulierte, aber in dieser Situation war ich dankbar dafür. Seit wir zusammen lebten, hatte ich noch nie gesehen, dass sie ihren Körper wechselte. Ich erkannte sie zwar, als die Beiden ganz ruhig, als sei nichts geschehen, auf unseren Tisch zukamen, aber das gelang mir nur, weil ich es unterdessen gewohnt war mich nach ihrer Aura zu richten. Nur änderte das nichts daran, dass ich verwirrt war. Die Frau, mit der Wota und ich weiter in Richtung Amsterdam fuhren, war eine fremde Frau. Ich versuchte, sie nicht anzuschauen, was mir leicht fiel, weil ich den Wagen lenkte. Helena hatte darauf bestanden. Wota besaß keine Papiere, Helena hatte die Papiere einer Holländerin in der Tasche und wollte nicht in einem ausländischen Wagen als Fahrerin kontrolliert werden. Also blieb nur ich als Fahrerin übrig.

Ich war angespannt. Wenn uns ein Auto zu lange folgte, vermutete ich, dass wir von Zivilstreifen verfolgt wurden. Ein oder zweimal fuhr ein Streifenwagen an uns vorbei und ich merkte, wie mir der Schweiß den Rücken herunter lief. Von Helena strahlte Ruhe und Gelassenheit aus, die ich kaum aufnehmen konnte. Oder besser, das, was Helena mir sandte, konnte meine angespannte Angst nicht überlagern. Das war wohl der Grund, warum Helena begann meine Angst zu trinken. Nicht nur, dass ich es sehen konnte, die Gelassenheit, die sich jetzt endlich ausbreiten konnte, tat mir gut.

„Tante Helena, du trinkst von Tante Theodora, das gehört sich doch nicht. Man trinkt nicht von einem Mitglied des eigenen Hauses. Ich bin schockiert." Wotas Stimme lag etwas höher als gewöhnlich, in gespieltem Entsetzen schlug er sich die Hand vor dem Mund.

Helena sandte ihm das Äquivalent eines vernichtenden Blickes. Als Antwort zog sich seine Aura etwas zusammen. Offensichtlich konnte

Tante Helena nicht nur Menschen einschüchtern.

Dass wir, oder besser ich, noch nicht wussten, wo wir abends unser Haupt betten würden, war nicht unser einziges Problem. Wota, der seine erste Transformation hinter sich hatte, litt unter massiven Erinnerungsblitzen. Etwas, das ich heute weiß. An diesem Tag erschreckte es mich, nein, ich muss es anders ausdrücken. Es hätte mich erschreckt, wenn das Gefühl nicht von Helena sofort getrunken worden wäre. So, wie die Erinnerungsblitze sich bei Wota bemerkbar machten, war ich es von Helena nicht gewohnt. Ich war es eigentlich gar nicht gewohnt. Helena hatte es mir erzählt, aber ich hatte es noch nie miterlebt

Die Erinnerungen des Menschen, den Wota getötet hatte, begannen immer mehr Raum einzunehmen. Einmal, während eines Überholmanövers, fasste er mich unerwartet an die Schulter und fragte: „Entschuldigen Sie, junge Frau, haben Sie meine Frau gesehen? Wir waren hier verabredet."

„Wota!" rief Helena ihn an und Wota schüttelte den Kopf, als komme er aus weiter Ferne.

„Es geht schon. Ich komme klar."

So fuhren wir weiter, wobei wir uns von unserem eigentlichen Ziel entfernten. Ich war wirklich dankbar, dass die beiden Kalimbi ausreichend gegessen hatten, angesichts der Energie zehrenden Umstände wäre ich sonst meines Lebens nicht sicher gewesen.

Als Wota sich auf dem Rücksitz zusammen krümmte und etwas rief, das sich wie „Volle Deckung!" anhörte und dann versuchte, die Tür zu öffnen, eskalierte die Situation dennoch.

Helena richtete ihre Aufmerksamkeit auf Wota und sagte etwas auf Kalimbi, das ich nicht genau verstand. Damals sprach ich nur sehr wenig Kalimbi. Weil Helena die Kontrolle über mich aufgegeben hatte, traf mich das Erschrecken ganz unvermittelt und ließ mich aufschreien. Unwillkürlich gab ich Gas. Der Wagen machte einen Sprung nach vorne, noch gerade rechtzeitig bremste ich ab, was Helena in Richtung

Windschutzscheibe schleuderte. Ohne Sicherheitsgurte hätten wir wahrscheinlich einen schweren Unfall gehabt. Was ja nur mir geschadet hätte. Helena wäre durch die Windschutzscheibe geflogen, hätte sich die Glassplitter von den Kleidern gewischt, und hätte mich hoffentlich geheilt, bevor ich das Zeitliche gesegnet hätte.

„Wir brauchen ein Zimmer. Die nächste Raststätte, die so etwas anbietet, fahren wir an“, sagte Helena, offensichtlich am Ende mit ihren Nerven.

So fuhr ich also mit einem verrückten Kalimbi und seiner überforderten Adoptivmutter kreuz und quer durch ein fremdes Land.

Wir fanden schließlich, was wir suchten, eine Ferienwohnung mit Blick auf das Meer. Dort hätte ich gerne Urlaub gemacht. Ich war todmüde, es ist ein langer Tag gewesen und der Umstand, dass Helena von mir getrunken hatte, machte es auch nicht besser.

„Du musst etwas essen!“ sagte Helena, kaum dass die Tür hinter uns geschlossen war.

„Ich will nur noch schlafen. Macht ihr hier, was ihr wollt, aber lasst mich schlafen.“ Ich hatte schon die Schuhe aus und würde mich gleich hinlegen, um endlich zu schlafen.

Das Reisen mit den Kalimbi ist sehr angenehm, man muss mit ihnen nicht diskutieren, wer in welchem Bett schläft, oder wer als erstes ins Bad geht.

„Schlafen gleicht deinen Energiemangel nur unzureichend aus. Du musst etwas essen.“

„Genau, Essen hält Leib und Seele zusammen.“ Ein Schwall freudiger Begeisterung ging von Wota aus und schon auf dem Weg zur Tür sagte er: „Wenn ihr mich entschuldigen wollt, ein kleiner Imbiss mit unserer Gastgeberin wird meinen Leib zusammen halten.“ Man konnte förmlich sehen, wie er sich vor Vorfreude die Hände rieb.

„Du bleibst hier! Wage es nicht, auch nur einen in diesem Ort zu töten.“

„I'-SE!“ Ein Fußaufstampfen ging von ihm aus. „Du kannst einem aber auch jeden Spaß verderben.“

„Verdau du erstmal den ersten, den du getrunken hast, bevor du dich an andere heran machst.“

„Da war ja kaum noch was zu holen. Ich hätte lieber diese hübsche Krankenschwester getrunken als diesen alten Greis. Dann würde ich jetzt auch besser aussehen, und hätte nicht dieses Ding da, das mich beim Laufen stört.“

„Diese hübsche Krankenschwester wäre dir in deinem Zustand entkommen. Merk dir eins, beim Töten hast du keinen zweiten Versuch. Und die weibliche Form hat auch ihre Nachteile.“ Helenas Ungehaltenheit füllte den Raum.

„Jetzt reicht es mir, streitet euch draußen weiter. Und haltet eure Gefühle im Zaum. Bei der Energie, die ihr ausstrahlt, kann ja kein Mensch schlafen.“

Wota brach in schallendes Gelächter aus und diesmal nicht auf der energetischen Ebene, sondern akustisch.

„Menschen, T'-SE, können in jeder Energie schlafen. Sie sind so blind dafür wie ein Maulwurf. Dabei kann kein Mensch schlafen“, wiederholte er amüsiert, als Helena ihn aus dem Zimmer zog.

Helenas Perspektive

Wir hatten wirklich mehr Probleme, als sich Theodora überhaupt vorstellen konnte. Ich selbst brauchte etwas Zeit, um das getrunkene Leben der Frau zu verdauen, was mir nicht schwer fallen würde. Schwerer war es für Wota, der schon ziemlich von Erinnerungen des Menschen geplagt wurde. Bei mir ist das nicht so gewesen. Aber ich war auch noch von Kartes-SE unterwiesen worden, Wota dagegen ist schon als Bluttrinker alleine gewesen und machte mir einen ziemlich verwilderten Eindruck. Ja, Wota ließ sich im hohen Maße vom Lustprinzip leiten. Genau das war's, Wota brauchte nicht zu töten, er hatte Lust dazu. Das hatte ich schon gesehen, als wir die Schlüssel entgegen nahmen. Schon da hatte ich damit gerechnet, dass Wota das Leben unserer Gastgeberin trank. Einfach so, weil er Lust dazu hatte. Er war so jung und ungestüm, ich bin auch einmal so gewesen. Daran erinnerte ich mich jetzt, nach so langer Zeit kann ich es zugeben, ich war für Kartes eine Plage.

„Wota?"

„Alles in Ordnung, ich bin ich selbst."

„Gut, das, was du erlebst, ist ganz normal. Du musst dich erst an die neue Nahrung gewöhnen, das wird drei oder vier Tötungen dauern. Aber es besteht kein Grund Angst zu haben." Ich umhüllte Wota mit Zuneigung und dem Gefühl, umsorgt zu sein. Was augenblicklich seine Wirkung tat, die braunen Flecken der Angst verschwanden.

„Mein Liebling, ich weiß, dass du trinken willst, damit das aufhört, nur kann ich es dir unter diesen Umständen nicht erlauben, es geht einfach nicht." Mein Bedauern und mein Schmerz über sein Leiden rüttelte Wota auf. Jetzt war Wota es, der mich tröstete. Ich weiß nicht, ob du dir vorstellen kannst, wie es ist, wenn man sein Kind hungern sieht.

Das konnte sich Angélique sehr gut vorstellen, sie kannte aus eigener Erfahrung dieses Gefühl von Hilflosigkeit angesichts menschlichen Elends. Sicher war Helena keine schlechte Mutter, sie tat alles für Wota.

„Wenn wir in Sicherheit sind, kannst du so viele töten, wie du willst. Ich verspreche es. Ich werde dir etwas zeigen, das dir hilft das Leben dieses Menschen in die Form deines Körpers zu integrieren."

Ich zeigte ihm die Übungen, die ich mit dir als Kind immer gemacht habe, die, von denen deine Mutter sagt, dass die Bewegungen sie an Karate erinnern. Ich weiß nicht, ob du sie je brauchen wirst, aber wenn ja, dann weißt du, wie es geht. Ich will nicht, dass du das durchleiden musst, was Wota durchlitt, weil Wota ohne das Element Kartes aufwuchs. Wota war natürlich nicht dumm. Bluttrinker, die ihre Kindheit auf sich alleine gestellt überleben, ohne von den Menschen erschlagen oder verbrannt zu werden, sind nicht dumm und beugen sich den Notwendigkeiten, egal wie stark der Trieb zu töten ist.

Ich selbst nutzte die Zeit, die Theodora schlief, dazu, in den weißen Raum zu gehen, den ich dir schon beschrieben habe. In diesem Raum sind wir, wenn wir schlafen, unserer selbst bewusst und zu „müde", um diesen Funken der Existenz, denn mehr sind wir dann nicht, neu zu einem lebenden Wesen zu formen. Ich habe oft darüber nachgedacht, wie es sein wird, namenlos in diesem Raum zu sein. Genau wie beim Tod der Menschen versagt an dieser Stelle meine Vorstellungskraft. Bis dass ich in die Namenlosigkeit gehe, wird noch viel Zeit vergehen. Ich bin ein Kalimbi in den besten Jahren. In meiner jetzigen Daseinsform kann ich nur den Rand dieses Raumes betreten, aber auch das ist erholsam und ordnend, so dass ich mit neuer Klarheit die kommenden Aufgaben angehen konnte.

Ich betete, dass ich Theodora noch lange nicht sagen musste, was geschehen war. Leider konnte ich sehen, dass meine Hoffnung umsonst war.

Als sie zu uns kam, sprang es mir förmlich in die Augen. Wota, dem es besser, wesentlich besser ging, weil er die Lebensenergie des Mannes assimiliert hatte, gab einen überraschten Laut von sich.

Theodora steckte sich, um die letzte Müdigkeit aus den Gliedern zu vertreiben.

„Na, meine kleinen Vampire, hattet ihr eine schöne Nacht? Ich jedenfalls habe einen Bärenhunger." Theodora ging zum Kühlschrank.

„Wie immer leer. Niemand von euch beiden ist auf die Idee gekommen, für euren Lieblingsmenschen etwas zu essen zu kaufen."

„Ich glaube nicht, dass das die Nahrung ist, die du jetzt brauchst", sagte Wota, und ich sah, wie die Welle meines Erschreckens sich im Zimmer ausbreitete. Theodora war überrascht und Wota wurde klar, dass er einen Fehler gemacht hatte. Ein peinliches Berührtsein ging von ihm aus. Sein Lichtmantel zog sich etwas auf ihn zurück.

„Da hast du allerdings Recht." Euphorisch, mit glitzernden Augen, fiel Theodora Wota um den Hals, presste ihren Körper an den seinen und versuchte ihn zu küssen. Ich hatte nicht erwartet, dass der Hunger Theodora so schnell überwältigen würde.

Warum geriet mir seit Wotas Auftauchen alles, was ich anpackte, aus den Fugen?

Wota drehte den Kopf beiseite.

„Nicht, T'-SE, dieser Körper entspricht doch gar nicht deiner Orientierung!"

Wenn ich mich jetzt so zurück erinnere, war es schon witzig. Wota war angesichts des Ansturms ganz und gar überfordert, und seine Argumente waren nicht besonders stichhaltig. Was ihm Theodora sofort deutlich machte.

„Das macht doch überhaupt nichts. Es ist nur eine Form, versprich mir, dass du das nächste Mal eine Frau tötest. Als Frau würde ich dich nicht von der Bettkante stoßen. - Aber man kann nicht alles haben." Mit diesen Worten begann sie, Wotas Gürtelschnalle zu lösen. Die

Vorstellung, dass Wota tötete, erregte Theodora sichtlich. Theodora von sich weg haltend sagte Wota: „Bei mir ist da, wo du suchst, sozusagen ganz tote Hose. - Sie muss etwas essen.“

„Sag ich ja, ich habe einen Bärenhunger, allerdings nicht auf Essen, sondern mehr auf einen von euch.“

Ich fasste Theodora an der Schulter und drehte sie zu mir. Aber deine Mutter ist ein erstaunlicher Mensch, die mich immer wieder überraschen kann.

„Und du, du hast dich zu deinem Nachteil verändert. Das nächste Mal möchte ich die Form, die du wählst, mitbestimmen können. Die kleine Rothaarige, die du warst, hat mir besser gefallen.“ Mit diesen Worten öffnete sie den Reisverschluss meiner Hose, machte also übergangslos da weiter, wo sie bei Wota aufgehört hatte. Jetzt war es an mir, sie daran zu hindern. Wobei ich nicht so geschickt war wie Wota, Theodora hielt meinen Kopf fest und drückte ihre Lippen auf die meinen. Ich fühlte das Zittern ihres Körpers. Sie versuchte, ihre Zunge in meinen Mund zu drängen. Das war die Stelle, an der ich kapitulierte, ich öffnete meinen Mund und ließ Leben in Theodoras Mund fließen. Theodora presste sich stärker an mich, stöhnte - und trank. Ihr Körper entspannte sich.

Als sei sie aus einem Traum erwacht, ließ sie mich dann los und sah mich mit klaren Augen an. „So! Jetzt geht es mir besser.“ Und dann wurde ihr klar, wie sie sich benommen hatte. „Was war los mit mir? - Was ist passiert? Und damit meine ich nicht diese Show hier.“

Genauso wenig wie Wota Theodora hatte trinken lassen, genauso wenig würde Wota Theodora erklären, was geschehen war. Ich war ihre Blutschwester.

Ich hatte Angst und schämte mich. Das, was ich getan hatte, hätte so nicht geschehen dürfen, aber es war nicht mehr zu ändern. Ich hatte Theodora Gewalt angetan, in einer Weise wie kein SE es je gutheißen würde. Die Kalimbi kennen das Konzept der Strafe nicht, was nicht bedeutet, dass unser Leben leicht ist. Unser Handeln wird bestimmt durch die Verantwortlichkeit für das eigene Handeln, und das Leben im Einklang mit der Harmonie des ALL-SCHAFFENDEN-LICHTS. Und das, was ich getan hatte, störte die Harmonie des LICHTS. Es gibt Momente, in denen ich mir wünschte, das Gleichgewicht durch eine Strafe wieder herstellen zu können, so wie es die Menschen tun. Ich war unfähig zu sprechen, oder Theodora anzusehen, ich war wie gelähmt. Blutsgeschwister können sich nicht wirklich voreinander verstecken. Ich spürte, wie Theodora in meinen Kopf kam. Auf der Ebene des Geistes konnte ich sie sehen, und hier würde ich mit ihr reden müssen und können. Und es schloss Wota aus.

Ihre Stimmung war nicht gut. Wir trafen uns in einer mit Gras bewachsenen Arena, über der eine Sonne gnadenlos brannte. Ich fühlte mich so klein, schwarze Wolken der Angst zogen über den Himmel, das war das Element, das ich in diese Realität einbrachte. So standen wir uns gegenüber, ich nackt mit eingezogenen Fangzähnen, und mindestens zwei Köpfe kleiner als Theodora, die mich mit ihrem Kriegerinnen-aspekt konfrontierte. Hoch gewachsen, kurz geschnittene feuerrote Haare, viel roter als in der Realität, Arm und Beinmuskulatur gut entwickelt, so wie man es bei Menschen findet, die regelmäßig trainieren. Diese Theodora trug etwas hemdartiges, das ihr bis zu den Knien reichte und von einem einfachen Ledergürtel gehalten wurde. Sie trug keinen Schild, was darauf hindeutete, dass sie nicht das Gefühl hatte sich verteidigen zu müssen; was sie trug, war ein gezogenes Kurzschwert. Und ich war nicht in der Stimmung, Theodora darauf hin zu weisen, dass sie zuviel Fantasy-Romane las, was sich in diesem Bild zeigte. Dieses Bild war für uns beide völlig real. Ich versuchte, zwei Stühle einzufügen, ohne Erfolg, offensichtlich hatte Theodora keine Lust auf ein ruhiges Gespräch. Theodora trat ein paar Schritte auf mich zu und hielt die Waffe stoßbereit.

„Was genau hast du mit mir gemacht?“ sagte sie mit leiser Stimme.

Nicht, dass sie mich hätte töten können, nicht auf dieser Ebene und auf keiner anderen; was sie töten konnte, war mein Verstand. „Du erinnerst dich, als Wota zu uns kam?“

Diesmal konnte ich die Umgebung verändern. So standen wir dann beide in Theodoras Todesvorstellung, um uns herum Wüste, durchzogen von einem Fluss.

„Das ist der Ort, an dem du sein wirst, wenn du tot bist, wir waren schon einmal hier, du erinnerst dich?“

Sie erinnerte sich, ihre Gestalt war kleiner, sie trug einen eisernen Harnisch und lange lederne Hosen. Auch ihr Haar leuchtete nicht mehr so. Das Schwert hielt sie nach wie vor Stoss bereit.

„Ohne mich wärst du mit diesem Fluss geschwommen.“

Sie nickte: „Was bedeutet, dass ich gestorben wäre.“

„Ja, nur, dass du von mir getrunken hast, hat dich von diesem Ort zurückgeholt. Du lagst nicht im Sterben, du warst bereits tot.“

Theodora ließ die Waffe sinken.

Dunkelheit umgab uns, zwei Sandkörner in der Unendlichkeit des Nichts. Ich konnte Theodora nicht deutlich sehen, nur einen Umriss, der ihr Körper war. Ein schwarzer Körper in einem noch schwärzeren Nichts. Ich erlebte und sah, was Theodora fühlte. Und ich versuchte nicht, etwas an diesem Bild zu ändern.

„Du hast mich zu einem Vampir gemacht?“ Ihre Stimme schien von überall zu kommen. Ich war tief in ihrer Seelenlandschaft.

„Ja“, dachte ich.

Schweigen, wir stürzten ein Stück tiefer in die Dunkelheit. Die kleinen Lichtfünkchen, die uns bisher umgeben hatten, waren verschwunden. Genau wie Theodoras Körper, nichts war mehr da, kein Körper, keine Hoffnung, nur noch Theodoras Geist, gefangen in Schwärze. Und ich, die ich diese Hoffnungslosigkeit teilte, ebenso gefangen, war in dieser Schwärze, die alles auffraß, das nicht Hoffnungslosigkeit war. So verharrten wir endlos. Und dann wurde ich von zwei Augen angeschaut, aus dieser Schwärze heraus sahen mich diese Augen an. Sie waren so groß, dass ich selbst mich als einen Däumling empfand. Und diese Augen ließen mich nicht los. Schauten mich an. Kein Bereich meiner Seele blieb davon unberührt.

„Deine Einsamkeit ist groß, das ist der Grund, warum du mich nicht gehen lassen wolltest. Deine Freude und dein Glück sind groß, so dass du mich nicht gehen lassen wolltest." Die Augen umschwebten mich, musterten mich von allen Seiten, und in diesen Bereichen ist so etwas wörtlich zu nehmen.

„Die Gewalt, die du mir angetan hast, kann sich damit messen."

Nach diesen Worten schwebte ich in einem dunkelblauen Meer, alleine, ohne Theodora zu fühlen, sie hatte mich ausgeschlossen. Ich hätte diese Barriere durchbrechen können, nur wäre das erneut ein Akt der Gewalt gewesen. So blieb ich da, wo sie mich haben wollte.

Erneut änderte sich die Umgebung, Theodora und ich schwebten über der Erdkugel, die in ein Zwielicht getaucht war.

„So füge ich zu all dem noch den Schmerz und die Trauer hinzu, für alle die Menschen, die jetzt für mein Leben ihres verlieren werden." Erneut änderte sich das Bild, wir standen wieder in der Arena, die ebenfalls im Zwielicht lag. Theodora hatte sich verändert, eine alte Frau mit langen weißen Haaren, runzliger Haut, saß in einem Schaukelstuhl mir gegenüber. Theodora lächelte zwiespältig: „Wie dieses Bild ist das, was du getan hast. Ich kann nicht sehen, ob es gut oder schlecht für mich, dich oder uns ist. Es bleibt nur die Hoffnung, dass aus all dem etwas Gutes erwächst."

Dann trennten wir unser Bewusstsein. Theodora stand mir noch immer gegenüber und schaute mich schweigend an. Ich war immer noch wie gelähmt. Zumindest war die Frage nach dem warum geklärt. Und durch diese Art der Kommunikation besser beantwortet, als ich es mit Worten je gekonnt hätte.

Vielleicht kannst du erahnen, Angélique, wie schwerwiegend der Tabubruch ist, den ich begangen hatte. Ich hoffe es, nur deswegen habe ich dir von diesen Bildern berichtet. Nicht alle Menschen kommen aus der Dunkelheit zurück, in die ich Theodora gestürzt habe.

Wie einfach haben es die Vampire in den Büchern der Menschen. Ein kurzer Aufschrei des Entsetzens und der Empörung, aber dann wird alles gelöst durch diesen unwiderstehlichen Drang nach Blut, der die Menschlichkeit des Vampirs auslöscht. Wenn es so einfach wäre!

Theodora war es, die das Schweigen zwischen uns brach.

„Was habe ich zu erwarten? Habe ich noch eine Alternative, außer zu leben und zu töten?"

Wota antwortete für mich:

„.Erst passiert das, was du erlebt hast: Du spürst ein Bedürfnis nach Lebensenergie. Ich nehme an, dass du mit der Zeit den Unterschied zwischen sexueller Erregung und dem Wunsch nach Nahrung erkennen wirst, so dass wir nie wieder in den Genuss einer solchen Showeinlage kommen werden. Was ich persönlich sehr bedauere - schon gut." Wota schwieg, als Theodora ihm einen wirklich ablehnenden Blick zuwarf.

„Am Anfang wirst du wenig trinken müssen. Mit den Jahren wird es mehr werden und häufiger, bis du sterben wirst, weil dein Körper unsere Energie nicht mehr aufnehmen kann. Bis zu diesem Zeitpunkt alterst du nicht mehr", nahm ich den Faden auf.

„Wenn ich tot war, dann bin ich jetzt auch noch tot. Obwohl ich hier stehe, mit dir rede, mich an alles erinnere, und mein Körper offensichtlich immer noch funktioniert, so, wie ich es gewohnt bin?"

„Dein Körper ist wie tot, besitzt keine eigene Lebensenergie mehr, die Tätigkeit der Materie wird von Kalimbienergie aufrecht erhalten. Weil deine Zellen das in ihnen gespeicherte Programm weiter ausführen, scheint es so, als wenn du noch lebst."

„Das sind die tausend Jahre, von denen du gesprochen hast, solange wird mein Körper noch sein vorgegebenes Programm fahren?"

„Noch nie ist einer der Blutsgeschwister älter geworden."

Theodora nickte und schwieg.

„Wenn ich nicht trinke?"

„Wirst du in kurzer Zeit sterben. Es wird nicht qualvoll sein, aber du wirst sterben."

„Was bedeutet bei dir in kurzer Zeit, Isasa-SE?" Die förmliche Anrede ließ mich körperlich zusammenfahren. „Zehn Jahre, dreißig Jahre oder hundert Jahre?" Wie viel Zeit hast du mir gelassen, um zu leben ohne zu töten?"

„Es sind nur ein paar Monate, Theodora-SE. Vielleicht sechs oder sieben", nahm mir Wota die Antwort ab.

Ein Sturzbach von Wut, Verzweiflung und tiefem Hass überschwemmte mich. Theodora stand auf, im Vorbeigehen sagte sie: „Du und deines gleichen, ihr seid der personifizierte Tod. Ihr zerstört jeden um euch herum." Dann ging sie. Zurück blieben zwei bedrückte, schuldbeladene Vampire.

Theodoras Perspektive

Es gab keinen Halt mehr in mir. Ich lief einfach fort, ich hatte Angst und war wütend. Ich hasste die Kalimbi, sie hatten mir mein Leben geraubt. Meine Freiheit genommen, einfach so, ohne zu fragen, genauso wie sie es mit den anderen Menschen taten. Der Unterschied war nur, dass ich noch existierte. Im Gegensatz zu den Menschen, die den Kalimbi sonst begegneten, die waren nach diesem Zusammentreffen wenigstens tot. Ich war dazu verdammt mit ihnen zu leben. Mit diesen Mördern, diesem abgrundtief Bösen. Sie zogen mich in diesen Strudel mit hinein, Menschen würden ihr Leben verlieren, damit ich weiter lebte, das war das, was Isasa gesagt hatte, ich würde trinken müssen um selbst nicht zu sterben. War denn mein Leben mehr wert als das anderer?

Ich kann heute nicht mehr sagen, wann ich aufhörte, einfach nur gerade aus zu laufen. Genauso wenig wie ich mich erinnere, wie lange ich im Sand sitzend auf die Wellen starrte, ohne einen klaren Gedanken fassen zu können. Allerdings durchläuft kein Mensch jahrelang die Ausbildung der Kalimbi zur Bewusstseinskontrolle, ohne sich zu verändern. Und obwohl ich es nicht wollte, verhalfen mir die eingeübten Verhaltensweisen fast automatisch zur inneren Ruhe. Heute scheint es mir so, als ob mir diese Fähigkeiten das Leben gerettet haben. Ohne diese innere Distanz zu sich selbst, in der Stimmung, in der ich war, erschien mir der Tod die einzige Lösung - vor der mir so grauste.

Warum passierte das mir und nicht jemand anderem? Was hatte ich denn falsch gemacht, dass ich so bestraft wurde? Ich hatte es nicht verdient, dass ich sterben musste. Ich hatte keinem Gott etwas anzubieten, damit ich weiter leben durfte.

Eine Krankheit hatte mich befallen, die mich schnell töten würde. Und ich konnte von Glück sagen schnell und schmerzlos. Nicht alle Menschen können mit dieser Gewissheit ihrem Tod entgegen sehen. Schon alleine das ist vielleicht bereits ein Geschenk. Und dann in dieser

Situation, so wurde mir klar, gab es jemanden, der mir die Rettung anbot, die Rettung in Form von Lebensenergie. Eine Organspende für eine Todgeweihte. Wenn ich ehrlich zu mir war, wollte ich nicht sterben. In meinem Namen wurde permanent getötet, nicht von mir selbst, das erledigten andere für mich. Das Ergebnis kaufte ich an der Fleischtheke des Supermarktes. Natürlich gab es Nahrungsalternativen, ich hätte vegetarisch leben können. Das waren aber nicht mehr die Fragen, mit denen ich mich jetzt beschäftigen musste. Ich hatte nur noch die Alternative: trinke oder sterbe.

Ich hatte nicht verdient zu sterben, und die Menschen, welche die Kalimbi töteten, die würden sie auch so töten, weil sie es mussten, weil auch die Kalimbi nicht sterben wollten. Wir töteten alle um zu überleben. Auf diese einfache Regel des Lebens lief all mein Denken hinaus. Ich wollte leben und es war mir gleich, wer dafür sterben musste.

Der andere Aspekt war, dass ich abhängig davon war, dass Helena oder Wota oder wer auch immer mich ernährte. Und das versetzte mich in rasende Wut. Sie hatte mich zu ihrem Sklaven gemacht. Nein, zu ihrer Geisel, das war ich, mein Leben lag in ihrer Hand. Dieses Gefühl des ausgeliefert seins, ich ertrug es nicht. Das würde ich nicht ertragen. Das würde ich nicht zulassen. Mein Entschluss stand fest. Ich würde gehen, dann hatte ich noch ein paar Monate, in denen ich mich auf mein Sterben vorbereiten konnte. Wenn ich sterben musste, und ich glaubte keinen Augenblick, dass die Kalimbi mich belogen hatten, dann wollte ich frei sterben. Niemals würde ich diesen Preis bezahlen nur, um weiter zu leben. Ein Mensch trat zwischen mich und die Sonne, und noch bevor ich protestieren konnte, setzte er sich neben mich. Eine braune Papiertüte wurde in meinen Schoß gelegt.

„Essen für meinen Lieblingsmenschen." Wota saß neben mir, aus einem Reflex heraus trennte ich mich von dem Gefühlen des Hasses und der Entschlossenheit. Was aber nicht bedeutete, dass sie verschwunden waren.

„Was willst du!“ giftete ich ihn an.

„Du sagtest, du hast Hunger, und ich habe dir was besorgt“, Eine sanfte Zärtlichkeit, die mich vorsichtig berührte wie ein Lufthauch, ging von ihm aus, „ich habe keine Ahnung, ob es das Richtige ist, es gehen nur so viele Menschen dorthin, dass es das zu sein scheint, was ihr braucht.“

Ich schaute auf die Tüte mit Fastfood von einer großen Hamburgerkette. Die fürsorgliche Zärtlichkeit, mit der er das sagte, und die Qualität des Essens, das er mir brachte, kurz gesagt, das alles brachte mich zum Lachen und ließ meine Wut verrauchen.

„Ach, Wota, wie konnte sie so etwas tun, wie konnte sie mich so missbrauchen? Ich habe ihr vertraut, wirklich vertraut, obwohl sie mir all diese unglaublichen Dinge erzählte. Das einzige, was ich bekommen habe, ist Verrat, Lüge und Tod. Und jetzt kann ich darauf warten, dass Helena mich sterben lässt, aus einer Laune heraus. Weil ich sie langweile vielleicht. Kann ja sein, dass sie mich in fünfhundert Jahren über hat. Immer das gleiche Gesicht sehen, muss schrecklich sein für jemanden, der die Körper wechselt wie andere die Unterwäsche. Aber macht ja nichts, geben wir ihr nichts vom rettenden Lebenssaft und lassen wir sie krepieren.“

„Dich töten, das können wir beide jederzeit, das ist nicht das Entscheidende, nur, um das zu tun, müssen wir dich nicht erst von der Schwelle des Todes holen.“

„Bitte, dann bring mich doch um, das ist besser als von euch abhängig zu sein. Oder glaubst du, ich bin scharf darauf, wie ein Junkie um meinen nächsten Schuss zu betteln?“ Ich war so wütend und verzweifelt, dass ich mit den Fäusten auf ihn einschlug. Wenn er hungrig gewesen wäre, dann hätte mich das mein Leben gekostet. Worauf ich zu dem Zeitpunkt nicht viel Wert legte. Manchmal bin ich schon erstaunt darüber, dass ich bei meinem Temperament so lange bei den Kalimbi überlebt habe.

Wota ließ ein Gefühl in mir entstehen, das am ehesten mit der beruhigenden Wirkung eines sanften Schaukelns zu vergleichen ist.

„Ich weiß wenig über Menschen, obwohl ich sie schon so lange studiere und ihr Verhalten imitiere, weswegen ich nicht sagen kann, dass ich dich verstehe. Ich möchte dir versuchen zu erklären, was du oder Menschen wie du für die Kalimbi bedeuten."

Ich stellte innerlich die Stacheln auf, wohl wissend, dass Wota das genau so wahrnahm.

„OK, wir kennen uns noch nicht lange, aber vielleicht gibst du mir ja eine Chance."

Ich hatte mich etwas beruhigt, also nickte ich.

„Stell dir vor, du bist gerade alt genug um alleine zu leben, da verschlägt es dich als einzige Überlebende auf eine einsame Insel, deine Eltern sind tot, andere Menschen sind weit, sehr weit weg von dir, du bist alleine. Es gibt niemanden, mit dem du deine Gedanken, Erfahrungen, Träume oder Ängste teilen kannst. Was es auf dieser Insel gibt, das sind viele andere Lebewesen und du lebst mit ihnen, sie sind deine einzigen Begleiter durch dein Leben. Und es gibt eine Gruppe von Lebewesen, die dir sehr ähnlich sind. Und wenn du mit ihnen redest, scheint es dir manchmal so, als ob sie dich wirklich verstehen. Wie bei einem Hund, von dem der Mensch sagt, er verstehe jedes Wort." Wota reagierte auf meine Empörung darüber, dass er mich mit einem Hund verglich. „Schon gut, es ist ein Versuch, dir etwas klar zu machen. Ich vergleiche dich nicht mit einem Hund. Nur dein hierarchisches Denken lässt dich wütend werden.

Also zurück zu dieser einsamen Insel, und dass diese Lebewesen dich verstehen, scheint auch bis zu einem gewissen Grade zu stimmen. Sie verstehen dich so weit, wie ihre Wahrnehmung, ihr Bild von der Welt, reicht, ihr eigener Erfahrungsschatz. Nur kannst du niemals die Grenze überschreiten, die dadurch entsteht, dass du anders bist wie sie. Wir sind eine andere Spezies, unsere Ähnlichkeit mit euch Menschen ist rein äußerlich.

Es ist egal, wie ähnlich Affen und Menschen sich sind, in deinem tiefsten Inneren bist du alleine. Niemals kannst du mit einem Schimpansen das teilen, was du mit einem Menschen teilen kannst. Und so bist du alleine auf dieser Insel, hunderte, tausende von Jahren. Und dann, wenn jede Hoffnung von dir gewichen ist, dass du jemals einen Gegenüber haben wirst, der in der Lage ist, zu begreifen, zu sehen, in welcher Welt du lebst, in diesem Augenblick schenkt dir das LICHT diesen einen Gegenüber, der deine Einsamkeit durchbricht. Der, obwohl nicht deinesgleichen, in der Lage ist mit dir in Augenhöhe zu leben. Das ist es, was aus der Sicht der Kalimbi geschehen ist. Egal was geschieht, jeder Kalimbi wird dich trinken lassen, du wist niemals darum bitten müssen. Ganz im Gegenteil, jeder Kalimbi wird es als Geschenk empfinden, dir diesen Dienst erweisen zu dürfen. Weil du für uns alle der Beweis bist, dass wir nicht vom LICHT verlassen sind, dass es für uns alle Errettung aus der Einsamkeit der Ewigkeit gibt."

Ich kann nicht beschreiben, was ich fühlte, ich war ergriffen, gerührt und verängstigt. So wie Wota es beschrieb, war ich die Reinkarnation eines Erlösers. Dem konnte ich auf keinen Fall gerecht werden.

„Bleib gelassen, und iss deinen Burger. Du bist nur ein Mensch", bemerkte Wota und brachte mich damit auf den Boden zurück.

„Wenn Isasa dich nicht aus Versehen getötet hätte, dann - normalerweise warten die Kalimbi, bis dass das Element Nefe ein hohes Alter erreicht hat, bevor sie die Verbindung zu Nefe vollenden, so wie es bei dir geschehen ist, als du während deines Todes von Isasa getrunken hast. Das ist es, was Isasa quält, du hättest diese Entscheidung treffen müssen und nicht Isasa. Darin liegt der Tabubruch, dass du nicht entschieden hast, sondern das Element Isasa. Nur, um der Einsamkeit zu entgehen. Für das Element Isasa bist du das Element Nefe, der Aspekt des Seins, der die Harmonie zwischen dem Unvereinbaren herstellt. Zwischen den Menschen, die Nahrung und Begleiter sind, und den Kalimbi. So etwas Kostbares bekommt man nicht über wie einen abgetragenen Körper."

„Reden alle SE ein so mystisches Zeug, oder macht nur ihr beide das?"

„Ich fürchte, alle SE reden so, wir sind sehr konservativ. Konkret bedeutet es, dass du zu ihrer seelischen Gesundheit beiträgst. Für die Kalimbi ist es die größte Gefahr, dass sie in ihrem langen Leben verrückt werden. Und die Kalimbi sind mit ihren Kranken nicht sehr rücksichtsvoll, du weißt, dass wir die von uns, die krank sind, töten. - Und, isst du das jetzt noch?"

Ich bewundere Wotans Fähigkeit, zwischen den hoch komplexen Zusammenhängen und dem bodenständigen Alltag zu wechseln ohne dabei zu straucheln.

Er sah, wie ich das Gesicht verzog.

„Kein gutes Essen?"

„Darüber, mein kleiner Vampir, gehen die Meinungen auseinander." Ich konnte mir nicht erklären, wo die Zärtlichkeit für diesen Jungen her kam. (Ich weiß, er ist kein Junge, er ist noch nicht einmal ein Mensch.) Das ist heute noch so. Wenn ich längere Zeit nichts von ihm höre, vermisse ich ihn. Ich mache mir keine Sorgen, er ist Kalimbi, aber ich vermisse ihn. Du siehst, du bist nicht die einzige, von der ich verlange, dass sie sich meldet.

Wir blieben noch etwas sitzen, ich brauchte Zeit um über alles nach zu denken. Gegen Abend, Wota hatte mir seine Jacke gegeben, weil ich ja bestimmt fror, wie er sagte, gingen wir nach Hause.

Helena saß in einem der Sessel und hatte den Fernseher an. Ich wünschte mir wirklich, ich könnte Fremdsprachen wie Helena lernen. Sie tötet einen Muttersprachler und das Problem ist gelöst.

Ich sah, dass es ihr nicht gut ging, ihr Lichtkörper lag dicht an ihr. Eigentlich glaubte ich Wota, Kalimbi lügen nicht, und trotzdem gab es diesen Zweifel in mir. Würden die Kalimbi mich trinken lassen, wenn ich es wollte?

Der Zweifel war nicht alles, da war auch wieder diese Wut. Mit einem kräftigen Schwung drehte ich den Fernsehsessel zu mir hin, setzte mich rittlings auf ihre Beine, hielt mit meinem Körper den ihren gefangen, mit der Linken hielt ich Helenas Kopf fest, die rechte presste ihren Unterkiefer zusammen. Dann biss ich ihr in die Lippen, so dass Helena mit einem Schmerzensschrei den Mund öffnete. Da legte ich meinen Mund auf den ihren und trank. Helenas Körper blieb bewegungslos, auch als ich ihren Geist mit Bildern voller Gewalt überschwemmte; Bilder, die so grausam waren, dass ich es nicht fertig bringe, sie hier auf´s Papier zu bringen. Gewalt aus meinem tiefsten Inneren, sogar vor mir gut verschlossen, bisher unerkannt, getragen von meiner Wut und meinem Hass. Ich wollte, dass sie spürte, was sie mir angetan hatte. Und sie fühlte es, konnte oder wollte sich nicht dagegen verschließen, was von mir kam. In dieser Realität, die von uns beiden gestaltet wird, sah ich das Leid, das ich ihr antat und das meines war, ein Spiegel dessen, was mir angetan worden war. Und während das alles geschah, trank ich Leben aus ihr. Was, so glaube ich heute, die Intensität der Bilder und Gefühle, die ich in Helenas Geist setzte, noch verstärkte.

Und dann war es vorüber, wie nach einem rasenden, rauschhaften Tanz. Mein ganzer Körper pulsierte von dem Leben, das ich von Helena getrunken hatte. Ich war ruhig und zufrieden, als ich sie frei gab.

Wenn du mich fragst: Wie vergewaltigt man einen Vampir? Dann würde ich sagen: genau so. Ich hatte Helena vergewaltigt, so wie sie mich geschändet hatte.

Äußerlich war ihr natürlich nichts anzusehen, ihre Haare waren etwas zerzaust, ihre Miene blieb ausdruckslos. Aber ihr Lichtkörper wies schwarzbraune Flecken auf. Mein Atem ging stoßweise.

Helena erholte sich sehr schnell, die Flecken verschwanden und machten einem in allen Farben des Regenbogens schimmernden Lichtkörper Platz. Helenas Tat hatte mein menschliches Leben gekostet, und meine Vergeltung würde einem anderen Menschen das Leben kosten. Ohne mein Eingreifen hätte Helena noch lange von der Energie der getöteten Frau gezehrt, jetzt aber würde sie bald töten müssen.

Meine unkontrollierte Wut hatte dem Rad aus Tod und Gewalt einen neuen Schwung gegeben.

Ich hatte diesen Weg beschritten und sollte erst später merken, warum bei den Kalimbi das Zusammenleben mit Menschen so hochgradig ritualisiert und geregelt ist. Sehr spät begriff ich, wie vielschichtig diese Art der Seelengemeinschaft ist.

Mein Gott, Helena hätte mich mit einem Atemzug töten können, um mich dann wie eine lästige Fliege von ihrem Schoß zu fegen.

„Ich denke, jetzt seid ihr quitt", sagte Wota.

Bis heute kann ich nicht erkennen, warum sie sich meiner Gewalt ergeben hat. Es ist auch nicht mehr wichtig.

„Wir sollten uns alle etwas ausruhen, morgen Mittag haben wir einen Termin bei einem alten Freund. Ich bin in der Zwischenzeit nämlich nicht untätig gewesen."

„Du erwartest doch nicht, dass wir da mitkommen? Ich meine, deine alten Freunde gehen doch Theodora und mich nichts an."

„Bei aller Liebe, mein Schatz, bei Theodora würde ich nicht darauf bestehen, dass sie mitkommt, aber dich werde ich auf keinen Fall aus den Augen lassen. Nicht, bis dass wir in Sicherheit sind." Es gab keinen Zweifel daran, dass Helena in dieser Frage unnachgiebig sein würde. Woraufhin Wota schmollte, manchmal war es wirklich wie im Kindergarten.

Wie ein Raubtier befiel mich der Hunger und erinnerte mich daran, dass ich ein Mensch war. Wir gingen in einem Restaurant essen, das in der Spitze eines alten Leuchtturms untergebracht war und gleich neben unserer Pension lag. Es hatte eine ruhige, warme Atmosphäre, eine diskrete Bedienung und sehr gutes Essen, wie man es heute nicht mehr findet. Es war sehr schön und genau das, was ich brauchte. Ich bestellte mir eine gute Flasche Wein zum Essen und mein Genuss wäre wohl ungetrübt gewesen, wenn man sich mit den Kalimbi über die Gaumenfreuden, die man erlebte, hätte unterhalten können.

Verständlicherweise waren die Beiden ganz und gar damit beschäftigt zu vertuschen, dass sie nichts aßen. Zwar beherrschen die Kalimbi, die ich kenne, das meisterhaft, aber trotzdem ist der Besuch eines Restaurants gemeinsam mit ihnen eher selten. Ich selbst war damit beschäftigt, ihre Ekel ausstrahlenden Lichtkörper zu ignorieren. Hatte ich bisher nur den Schein der Kalimbi wahrgenommen, so sah ich jetzt die Aura jedes Lebewesens im Raum, die Helligkeit und die Vielfalt der Lichteindrücke behinderte mein Sehen und faszinierten mich. So hatte ich die Welt noch nie gesehen, außer in Helenas Geist. Mein Sehen hatte sich verändert, es war reicher geworden. Ich machte eine entsprechende Bemerkung und Wota lachte, er lachte wirklich, wie ein Mensch es tun würde.

„Du hättest nicht soviel trinken sollen, die Energie verändert dich, je mehr du trinkst, je einschneidender erlebst du die Veränderungen. Scheint ganz so, als hast du jetzt zwei, denen du das Lichttrinken beibringen musst“, wandte er sich an Helena.

Die allerdings beachtete uns beide nicht. Wie im Kino vor zwei Tagen - waren es erst zwei Tage? - sah ich, wie sie die Lebensenergie im Raum auf sich konzentrierte. Aus allen Richtungen waberte das Lebenslicht der Menschen auf sie zu. Wie ein Schwamm, den man in eine Flüssigkeit legt, saugte sie sich voll, voll mit Leben. Das erregte mich so, dass ich erneut Lust hatte von ihr zu trinken.

„Iss deinen Burger, Nefe.“

Ja, Wota brachte mich erneut auf den Boden zurück. Ich aß meinen „Burger“ und versuchte, das ziehende Begehren in meinem Körper zu ignorieren. Als ich beim Dessert angekommen war, beendete auch Helena ihr Mahl. Im hinteren Teil des Raumes hatte eine Gesellschaft Platz genommen, die etwas zu feiern hatte. Es ging zunehmend hoch her, was einen entsprechenden Geräuschpegel nach sich zog und mich verärgerte. Ja, ich fühlte mich massiv gestört. Wota, wie immer sofort bereit mir gefällig zu sein, fragte, ob er die Unruhestifter töten sollte. Er meinte es ernst.

„Vielleicht kannst du dich darauf beschränken ihnen die Stimmung zu verderben", schlug Helena vor, und Wota meinte, ein Toter hätte bestimmt diesen Effekt.

„Es wird wirklich Zeit dir ein paar Tischsitten beizubringen."

Wota, dieses Kind, machte ein prustendes Geräusch, setzte sein Glas an die Lippen und tat so, als trinke er.

Helena ließ sich davon nicht beirren.

„Wir können nicht ewig zusammen bleiben, also pass auf. In einer Gruppe wie dieser dominiert eine bestimmte Gefühlsenergie, auf der alle oder die meisten Menschen in diesem Moment schwingen. Diese Energie ist leicht zu trinken und sehr nahrhaft. Wenn du kannst, synchronisiere die Gefühle einer Menschengruppe. Hier kannst du es nicht, aber sie tun es ja selbst. Fühle, was die Gruppe fühlt." Wotas Lichtmantel bekam einen deutlich sichtbaren Schimmer von gelb, der vorher nicht so da war. Ich hatte keine Ahnung, wie er es machte, aber warum sollte er Schwierigkeiten damit haben, es ist seine Art, sich zu ernähren. Ohne dass Helena ihm weitere Anweisungen gab, begannen feine gelbliche Lichtfinger von Wota auf diese Gruppe zu wandern, schienen über ihnen zu schweben, verflochten sich mit der gelben Wolke, wie Saugrüssel zogen sie die Freude dieser Gruppe zu Wota hin. Jeden einzelnen Tropfen Glück trank Wota. Erst langsam und unmerklich, dann immer schneller veränderte sich die Stimmung am Tisch. Zunächst sangen sie keine Trinksprüche mehr. Immer mehr Zweier-Gespräche entstanden, der Konsum von Alkohol nahm noch zu, soweit es möglich war. Dann gingen immer mehr zur Toilette, als Zwischenstation, bevor sie sich verabschiedeten.

„Siehst du, meine Liebe, jetzt kannst du deinen Kaffee doch in Ruhe genießen. Und niemand hat uns den Abend dadurch verdorben, dass ein Notarzt versucht ihn wieder zu beleben. Obwohl ich zugebe, dass bei so einem Ereignis die Menschen ebenfalls reichlich wohlschmeckende Energie abgeben."

Als wir zahlten, erklärten die beiden Kalimbi übereinstimmend, dass am Essen nichts auszusetzen gewesen sei, und es sehr wohlschmeckend war. Was der Kellner unbesehen glaubte, weil Helena Glück und Zufriedenheit in ihm erzeugte. Er räumte die unberührten Teller ab und würde jeden Eid leisten, dass seine Gäste zufrieden gegangen waren.

Während ich schlief, durchwanderte ich mit Helena ihre Erinnerungen. Es ist ein merkwürdiges Gefühl, es gibt Träume, in denen du glaubst wach zu sein. Und seltener gibt es Träume, in denen du weißt, dass du träumst. Das hier ist noch etwas anders. Mein Körper schläft, aber mein Geist ist wach. So gesehen ist dieser Zustand sicherlich nicht mit einem Traum zu vergleichen. Kaum war ich eingeschlafen, nahm ich Isasa in meinem Geist wahr. Die Umgebung erschien mir irgendwie vertraut.

„Wo sind wir?"

„Bei den Höhlen der alten Heimat SE."

Ich teilte Isasas Gefühl von Wohlbehagen und Vertrautheit, das sich immer einstellt, wenn Isasa an diese Zeit zurück denkt. Die meisten Erinnerungen, die Isasa mit mir teilt, sind aus der Zeit der Kooperation. Die Zeit danach, so sagt Isasa, ist eine Zeit des Untergangs und der Verfolgung, die sie tief in sich verborgen hat.

Neumond, es hätte um mich herum stockfinster sein müssen. Nur sah ich alles ganz klar, weil Isasa alles ganz deutlich sah. Das hier waren ihre Erinnerungen. Eine Gruppe von Menschen näherte sich dem Eingang der Höhle. Ich erkannte ihre schimmernden Körper, die sich durch die Dunkelheit bewegten. Und in mir wallte der Wunsch auf von ihnen zu trinken. Ich konzentrierte mich darauf, meine eigene Energie durch meinen Körper fließen zu lassen und so den plötzlich aufkeimenden Hunger zu besänftigen.

Dann wurde mir klar, dass ich fühlte, was Isasa gefühlt hatte. Ich konzentrierte mich auf die Gestalt in der Mitte. Es war nur noch wenig Leben in ihr. Die Mittel der Kalimbi reichten nicht mehr aus um ihren nahen Tod zu verhindern. Deswegen war Bate-SE hierher gekommen, um über ihren Tod zu entscheiden.

Bate ging an mir vorüber und kniff mich in meinen Lichtkörper wie um mich zu necken. Nach 112 Jahren konnte mich dieser Mensch noch überraschen. Ich hätte ein ernstes Wort erwartet, aber keine Neckerei dieser Art. Du erahnst vielleicht, wie schwierig es ist, ich und sie nicht zu verwechseln. Nicht ich war überrascht sondern Isasa. Es war nur so, als wenn ich es erlebte.

Der Schauplatz des Geschehens, das ich beobachtete und dessen Teilnehmerin ich war, wechselte.

Eine endlos weiße Schneefläche umgab uns. Isasa war deutlich zu sehen, ich selbst hatte keinen Körper, für mich das Zeichen, dass ich nach wie vor in Isasas Geist war und ihre Erinnerungen erlebte. Nur waren diese Bilder nicht in Isasas Kopf entstanden, sondern in einem anderen. In dem von Bate. Im Boot von Isasas Geist reisend war ich in das Bewusstsein von Bate gelangt.

Bate saß inmitten dieser Schneelandschaft, ihr erstes Kind in den Armen wiegend, wobei sie ihren eigenen Oberkörper leicht vor und zurück neigte. Isasa saß ihr gegenüber.

„I'-SE, du versperrst mir die Sicht auf meinen Tod." Bate schüttelte den Kopf. Isasa setzte sich als Antwort neben Bate. „Ich bin dabei zu verdursten - hätte nicht gedacht, dass es so schlimm ist, das Verdursten, meine ich. Du denkst nur an Wasser. Na ja, davon habe ich in meinem Tod ja dann genug." Bate schaute Isasa an. „Ich bin schon verdurstet, nicht wahr, darum bist du jetzt hier, um mich zu bitten zurück zu kommen? Ich wollte immer sein wie Schnee, er bleibt eine Zeit auf der Erde, und auch wenn er ein strenger Meister ist, unter seiner Decke ist das neue Leben geborgen. Wenn es Zeit ist, dem Leben seinen Platz zu geben, dann verwandelt sich der Schnee in lebensspendendes Wasser. Darum glaube ich, habe ich die Kalimbi gewählt und nicht die Menschen, weil ihr schön seid wie Schnee. Unter dem Schutz der Kalimbi kann sich das Leben entfalten. Aber genau wie der Winter verlangt ihr einen Tribut. Das fand ich immer gerecht."

Bate schwieg, eine ihrer Hände begann sich in Schneeflocken zu verwandeln. Still fielen sie auf den Lockenkopf des Kindes, wie Puderzucker.

Ich fühlte, wie ich erschrak, Bate musste trinken, ihr körpergebundenes Sein begann sich aufzulösen. Dann würde auch Isasa sie nicht mehr zurückholen können. Ich biss mir auf die Lippen, um schweigen zu können.

„Erschrick nicht so, Isasa, wie oft, glaubst du, wird noch ein Teil deiner Seele sterben? Du solltest dich daran gewöhnen. - Wenn ich von dir trinke, werde ich meinen Urenkel aufwachsen sehen, und dessen Kinder über viele Generationen." Wieder Schweigen, das Isasa nicht zu brechen wagte.

„Ich hätte nicht gedacht, dass es meine Neugier ist, die mich überzeugt von dir zu trinken, ich will noch nicht sterben, ich würde zu viel verpassen." Bate lachte dieses jugendliche, unbekümmerte Lachen, das Isasa so mochte. Dann trank Bate von Isasa, und ich sah wie rotes, dickflüssiges und süßes Blut in ihren Mund lief. Das war meine Erinnerung, ich erinnerte mich so deutlich, wie ich selbst von I'-SE getrunken hatte.

Erneut wechselte Isasas Erinnerung, für mich sah es so aus, als schwebe ich über dem Szenario, das ich sehen sollte.

Fackeln, die große Löcher in die Dunkelheit fraßen. Bates Körper ausgestreckt auf einem Lager aus Fellen, ihre Augen lagen klar und wach in diesem ausgezehrten Gesicht mit den aufgesprungenen Lippen. Ihr Sohn und Isasa halfen ihr aufstehen und stützten sie, als Bate die ersten vorsichtigen Schritte machte. Völlig entkräftet war sie unfähig alleine zu gehen. Allerdings sah ich auch, wie Isasas Lebensenergie bereits begann den Körper zu heilen, und jede einzelne Zelle mit Licht zu füllen, wo vorher nur Dunkelheit gewesen ist.

Das erste, was ich wollte, war Helena. Ich schlug die Augen auf und eine Welle von Lust überschwemmte mich. Was ich bis zu diesem Morgen als erstes gewollt hatte, war ein Kaffee, und jetzt an diesem Morgen quälte mich diese unbeherrschbare Begierde. Ganz hinten in meinem umnebelten Verstand hörte ich Wota sagen, Menschen verwechseln den Wunsch zu trinken oft mit sexueller Lust. Eine Erinnerung, die mich auch nicht zu Verstand brachte. Ich zog Helena am Arm ins Bett und versuchte sie zu entkleiden. Was mir wegen meiner zitternden Hände nicht so ohne weiteres gelang. Helena sagte nichts, hielt mich nicht von meinem irrationalen Tun ab. Ich versuchte sie also zu entkleiden, während sie mein Gesicht nahm und ihre Lippen auf die meinen legte. Und dann floss dieser honigsüße Nektar in mich hinein. Die Lust, die ich empfand, verging. Auch diesmal war ich es, die das Trinken beendete, ich entspannte mich. Helena verließ kommentarlos das Bett.

„Ich werde dir das Trinken nie verweigern, das widerspräche allem, was man mich gelehrt hat. Aber wenn du so weiter trinkst, werde ich mit dem Töten nicht nachkommen."

Heute kann ich es nicht glauben, was ich ihr antwortete:

„Das ist mir ganz egal."

Die Kalimbi sind nicht die abgrundtief bösen, mörderischen Wesen, wie die Menschen Vampire beschreiben. Kalimbi töten nur, wenn sie müssen und nach überlieferten Regeln. Wenn ich mich aber an diese Zeit zurück erinnere, meine Gier nach Leben, und die Angst es nicht zu bekommen, dann weiß ich genau, dass Kalimbi nicht die Vorbilder für die Vampire in der Literatur und den Mythen sind.

Wota hatte führsorglich, wie er ist, schon Frühstück gemacht. Ich weiß nicht, was ihn mehr beschäftigt: Unsere Sexualität oder das menschliche Essverhalten. Beides zu beobachten und zu interpretieren, damit verbringt Wota sogar heute noch eine Menge Zeit.

„Na, schau sich mal einer diesen kleinen Gierhals an, voll mit Leben bis oben hin", sagte Wota, als ich aus dem Schlafzimmer kam. Ich spürte, dass ich flammend rot wurde; im körperlichen Sinne des Wortes.

„Bitte, Helena", bettelte Wota, „erzähl mir die Details eurer Ausschweifungen." Helena winkte als Antwort ab und widmete sich wieder dem Studium der Straßenkarte. Ich flüchtete ins Bad.

Helena und ich warteten im Wagen darauf, dass Wota die Rechnung bezahlte. Das Geld würde bald knapp werden, weil wir alle, vor allem aber ich, Kleidung und Toilettenartikel brauchten. Darüber unterhielten wir uns gerade, als ich Wota pfeifend aus dem Haus kommen sah. Mit einer Hand strich er sich über die Kleidung und unter dem anderen Arm hatte er ein blaues Buch geklemmt Die Beine auf der Rückbank, begann er in dem mitgebrachten Buch zu lesen. Da war ich mir sicher, dass er unsere Gastgeberin getötet hatte. Natürlich hatte auch Helena die Veränderungen in seiner Aura gesehen, und sie schäumte vor Wut.

„Gib mir das Geld zurück, das für die Übernachtung gedacht war!" Wotas Unwille ging in der Wut, die von Helena ausging, völlig unter, wortlos reichte Wota Helena das Geld. „Wenn du noch einmal ohne Not tötest, kannst du deiner Wege gehen!"

Diese Drohung erschreckte ihn dann doch.

Ich hatte ja damit gerechnet, dass wir mit dem Auto nach Amsterdam fuhren, aber da hatte ich mich getäuscht. Am nächsten Bahnhof stiegen wir aus.

„Warum fahren wir nicht weiter?"

„Bedank dich bei Wota, der nichts Besseres zu tun hat, als sich den Wanst voll zu schlagen. Wir müssen den Wagen loswerden. Ich hoffe ja nur, dass unser rechtschaffener Arthur ihn unterdessen als gestohlen gemeldet hat."

So fuhren wir dann mit verschiedenen Zügen nach Amsterdam weiter. Trafen dort wieder zusammen. Wobei Helena Wota zu Beginn der Weiterreise noch einmal sagte, dass sie noch einen Toten nicht akzeptieren würde.

An unserem Ziel angekommen fuhren wir nicht etwa mit dem Taxi weiter, nein, wir benutzten öffentliche Verkehrsmittel. Bis heute weiß ich nicht einzuschätzen, ob Helenas Befürchtungen gerechtfertigt waren oder ob sie paranoid ist. Wir erreichten ein kleines Reihenhaus, das sich von den übrigen nicht unterschied. Ich hatte mir vorgestellt, dass der Mensch, dem unser Besuch galt, ähnlich wohnen würde wie Helena.

Helena klingelte. Meine Hände waren feucht vor Aufregung. Möglich, dass ich mich von den Kalimbi anstecken ließ. Ein Mann öffnete, Helena fragte nach seinem Namen. Und dann ging alles sehr schnell. Von Helena selbst ging eine Welle von Verwirrung und Verzweiflung aus, die so stark war, dass Wota und ich uns fragend anschauten, wobei ich ja von dem kurzen Wortwechsel nichts verstanden hatte. Helena stieß den Mann aus mir unverständlichen Gründen in den Hausflur hinein. Wota, der verständlicherweise mit überraschenden Angriffen auf Menschen vertraut ist, zog mich mit ins Haus. Der Mann war gestürzt und versuchte wieder, auf die Beine zu kommen, wobei er laut etwas schrie. Aus dem ersten Stock des Hauses kam jemand eiligen Schrittes herunter. Wota, der hinter sich die Haustür geschlossen hatte, eilte die Treppe hinauf, immer zwei Stufen gleichzeitig nehmend. Die Frau, die durch den Lärm, oder durch das Rufen ihres Mannes alarmiert worden war, sah Wota auf sich zu kommen und versuchte zu entkommen. Er schlug ihr die Beine weg, und sie fiel entsetzt aufschreiend auf das Gesicht. Wota zog sie auf die Beine, sie wehrte sich verzweifelt. Wota hatte sie ans Treppengeländer gedrückt, Kopf und Oberkörper nach hinten gebogen. Da trafen sich unsere Blicke. Ich schloss die Augen.

Wota sagte: „Es ist gleich vorbei.“ Er sagte es zu mir, in meiner Sprache. Sein Mund lag auf den Hals der Frau, und er trank ihr Leben.

Helena hatte in der gleichen Zeit den Mann gegen die Wand gepresst, eine Hand um seinen Hals gelegt, stand sie ganz nah bei ihm, so dass er kaum noch Bewegungsfreiheit hatte, obwohl das nicht Helenas Ziel war.

Verbissen, mit Entsetzen in den Augen, schlug und trat er nach seiner Angreiferin, ohne eine Wirkung zu erzielen, was seine Panik noch steigerte. Ohne also die Schläge und Tritte zu beachten, die sie trafen, legte Helena den Mund an seinen Hals und trank das Leben des Mannes.

Ich taumelte zurück, meine Beine versagten mir, an der Eingangstür sackte ich zu Boden.

Auch Wota hatte sein Werk vollendet.

Ich hatte die Hände an die Ohren gepresst, um diese Schreie nicht mehr hören zu müssen.

„Aufhören! Aufhören!“ war das, was ich unablässig wiederholte. Obwohl die beiden erfahrene Mörder sind und sie beide nur wenige Minuten brauchten, um die zwei Menschen zu töten, erschien es mir wie eine Ewigkeit. Ich blieb zusammengekauert sitzen. Wota kam strahlend hell die Treppe hinunter, er nahm mich in den Arm wie eine Kind. Wota war damals noch nicht geschickt genug, um einzelne Gefühlsenergien aus einem Menschen zu trinken. Es kann aber auch sein, dass er meine Autonomie respektierte, bei ihm halte ich beides für möglich.

Während also Wota versuchte mich zu beruhigen, kontrollierte Helena schnell, aber in aller Ruhe, ihre Kleidung. Und in der Tat hatte der Mann ihr einen Knopf abgerissen, den sie in seiner Hand fand und ohne ein Anzeichen des Bedauerns in die Tasche steckte. Das einzige, das ich von ihr fühlen konnte, war das harmonische Feld, das Kalimbi ausstrahlen, wenn sie satt sind.

Ich blieb vor Schreck wimmernd im Flur zurück, als die Kalimbi begannen, das ganze Haus nach Geld und Wertgegenständen zu durchsuchen. Als die Beiden damit fertig waren, trank Helena meine Gefühle, so dass ich den Eindruck hatte, ich säße in einer Glocke aus Glas. Die beiden Kalimbi eskortierten mich zur nächsten Haltestelle und wir nahmen den ersten Bus in die Stadt.

„Warum? Ich dachte, wir besuchen einen alten Freund. Du und Wota, ihr habt die beiden einfach abgeschlachtet. Ohne Not, wir waren nicht in Gefahr, und du warst nicht so hungrig, dass du deinen Hunger nicht auf andere Art hättest stillen können. Wolltest du mir eine Lektion erteilen wegen heute Morgen, weil ich deiner Meinung nach zuviel von dir trinke?“

Helenas Überraschung war echt. Das ist der Vorteil dieser Art der Kommunikation, Kalimbi können sich nicht verstellen.

„Menschen, ihr seid so ich-bezogen. Ihr seid nicht die Ursache aller Dinge. Das, was geschehen ist, hat nichts mit dir zu tun. Ich war überrascht und habe die Kontrolle verloren.“

„Weshalb denn, was kann dich denn so aus der Bahn werfen, dass du quasi im Affekt jemanden tötest?“

„Sei nicht so zynisch, Theodora. Isasa war hungrig, was durchaus mit dir zu tun hat. Du trinkst eine Menge. Wenn Isasa nicht so hungrig gewesen wäre, hätte sie sicher anders reagiert.“

„Jetzt bin ich also schuld, dass ihr beide mir nichts dir nichts diese zwei Menschen getötet habt, um sie anschließend zu berauben, auszuplündern? Wenn es deiner Rasse möglich wäre, dann hättest du dich vermutlich noch an der Frau vergangen!“ schrie ich Wota durch das Zimmer laufend an, weil ich nicht wusste, wie ich mir sonst Luft machen sollte.

„Ich bin kein Mensch, Theodora, und deine menschlichen Gewaltphantasien haben mit mir nichts zu tun“, entgegnete Wota, wobei eine Welle von Kühle von ihm ausging, die mehr Distanz zwischen uns schuf als jedes gesprochene Wort.

„Theodora, versuch mir zu zuhören. Ich war überrascht. Als ich diesem Mann gegenüberstand, wurde mir klar, dass er nicht der gleiche war, den Erik und ich kannten; dass dieser Mann, den ich besuchen wollte, tot ist. Der Mann, der uns die Tür öffnete, ist einer seiner Nachkommen gewesen. Deswegen die Namensgleichheit. Warum, beim LICHT, seit ihr so kurzlebig? Diese Erkenntnis, dass wir hier keine Hilfe finden würden, hat mich verzweifeln lassen. Das war der Grund, warum ich den Kopf verlor."

Jetzt war ich es, die fassungslos war.

„Du hast gedacht, ein Mann, den du und Erik gekannt habt, würde noch leben? Der müsste so alt sein wie Methusalem!"

„Das wurde mir in diesem Moment auch klar."

„Woher kennt Theodora das Nefe Me-EL? Der ist doch schon ewig tot." Wota schaute Helena fragend an.

„Wie bitte?"

„Woher du von Me-EL weißt, einer der Blutsgeschwister des Hauses EL. Der ist doch bestimmt schon 10.000 Jahre tot?"

„Hör auf, mich zum Narren zu halten, Wota. Das finde ich jetzt wirklich nicht witzig. - Tu nicht so, als wenn du diese Redewendung nicht kennen würdest."

„Ich kenne sie, aber ich dachte immer, dass Me-EL für diesen Methusalem Pate gestanden hat."

Ich zeigte ihm einen Vogel.

„Mit der Frage, inwieweit die Kalimbi im menschlichen Mythenschatz auftauchen, können wir uns in ruhigeren Zeiten beschäftigen", beendete Helena, von unseren Auseinandersetzungen etwas genervt, die Diskussion.

„Wir drei brauchen eine sichere Bleibe, das hat oberste Priorität."

„Wir drei? Ich komme auch alleine klar."

„Kommst du nicht, du hast noch längst nicht alle deine Fähigkeiten entwickelt. Sobald das der Fall ist, kannst du gehen, wohin du willst. Oder glaubst du, ich habe Lust, mich mit dir herum zu schlagen?"

Von Wota ging eine genervt gelangweilte Energie aus, der eine Spur Aggressivität beigemengt war. So hatte ich mich als Teenager auch benommen. Ich liebe diesen Jungen.

Wir verließen das Land, das nach Helenas Meinung als Jagdgebiet zu klein war, und fuhren in das Land, aus dem wir gekommen waren. Was sie wohl wegen mir tat. Ich vermute, dass die Kalimbi meine Anpassungsfähigkeit nicht überfordern wollten. Oder sie wollten mit mir, die ich ja nicht die Landessprache und die Sitten einer fremden Kultur durch Töten erlernen kann, in einer fremden Umgebung nicht weiter auffallen.

Ich muss mir schmeicheln, denn ich hatte die Idee, Untermieter eines reiselustigen Studenten zu werden, der ein halbes Jahr nach Australien wollte. So verschwanden wir dann von der Bildfläche. Die Kalimbi verbrachten den größten Teil des Tages in einem Zustand verminderter Aufmerksamkeit. So einer Art Winterschlaf. Ich fragte Wota danach.

„Es ist eine Art Energiesparmodus. Isasa meint, ich muss es lernen, und das sei jetzt eine gute Zeit dafür."

Wenn die beiden Kalimbi nicht gerade „stand by" waren, las Helena jede nur erdenkliche Zeitung. Dass sie keinen Hinweis auf uns fand, beruhigte sie offensichtlich. Unser Leben verlief also wieder in den ruhigen Bahnen, die wir gewohnt waren.

Ihre Eltern waren Mörder, und sie hatten Angélique dazu verurteilt, eine Mörderin zu werden. Wie betäubt ließ Angélique die Seiten sinken. Und es schien keine Möglichkeit zu geben, diesem Schicksal zu entkommen. Genauso wie Theodora diesem Schicksal nicht entkommen war.

Aber dass sie, Angélique, dazu verurteilt war, als Mörderin zu leben, das musste nicht so sein. Theodora, die sie nicht mehr ihre Mutter nennen konnte, hatte selbst geschrieben, dass sie tot war. Angélique lachte, sie war von Wesen aufgezogen worden, die beide nicht lebten. Das hatte Theodora geschrieben, ihr Körper war nicht mehr am Leben. Unmöglich, sie konnte nicht die leibliche Tochter eines Zombies sein. Wahrscheinlich hatte man sie entführt. Als Säugling schon, weil sie sich nur an Theodora als ihre „Mutter" erinnern konnte.

Angélique wollte nicht die Tochter von Mördern sein.

Helenas Perspektive

Die Idee, Untermieter zu werden, war wirklich gut. Zunächst hatte ich Bedenken, weil die Einzige, die noch einigermaßen als Studentin gelten konnte, Theodora war; wir beiden anderen waren dafür viel zu alt, aber das Glück ist mit den Entschlossenen und so kamen wir alle in ruhiges Fahrwasser. Nicht alle, Theodora stand nach wie vor unter Schock. Ihr gewaltsamer Tod und die damit verbundene Wiederbelebung machte ihr doch ganz schön zu schaffen. Mehr als sie sich selbst eingestand. Das mag aber auch daran gelegen haben, dass sie nach wie vor nicht in der Lage war, ihr Bedürfnis zu trinken als solches wahr zu nehmen. Deine Mutter entwickelte einen Lebenswandel, den man nur als promiskuitiv bezeichnen kann. Ich gewann den Eindruck, dass sie keinen Unterschied mehr zwischen den Geschlechtern machte. Was dem natürlichen menschlichen Verhalten viel näher kommt als die Art, wie Menschen sich selbst in diesem Punkt begrenzen. Aber das geht mich nichts an.

Wota war es, der ihr nach einer solchen Nacht die Tür öffnete: „T'-SE, guten Morgen! Ich habe dich gestern aus den Augen verloren. Du siehst etwas übernächtigt aus. Kann es sein, dass du mit diesem gelockten Jüngling, der dein Sohn sein könnte, verschwunden bist? Ich meine, nach dem Zustand eures Lichtkörpers zu urteilen, hattet ihr sowieso nur das eine im Kopf."

„Du Heuchler, als wenn du nicht genau sehen würdest, dass ich eine aufregende Nacht hatte. Menschen nennen es Sex und wo ich mit wem meine Nächte verbringe, muss nun wirklich nicht deine Sorge sein. Ich kann schon auf mich aufpassen, großer Bruder."

Wota folgte ihr in ihr Zimmer.

„Ich mache mir keine Sorgen. Ich weiß, dass du auf dich aufpassen kannst. Außerdem würde ich jeden töten, der sich an dir vergreift. Das ist ja die Aufgabe eines großen Bruders." Theodora lachte, während sie sich weiter auszog.

„Du hast wirklich ein sehr antiquiertes Rollenbild. Dafür, dass du gar kein Mann bist, meine ich.“

„Ich bin noch nicht einmal ein Mensch“, Wota reichte ihr das Badetuch, „ich finde nur, du solltest nicht vergessen, dass dieser Körper durchaus noch in der Lage ist, sich zu reproduzieren. Und ein menschliches Baby ist das Letzte, was wir jetzt gebrauchen können.“

Theodoras Lichtkleid wurde schon etwas blass.

„Das geht dich einen Scheißdreck an!“ Mit diesen Worten verschwand sie unter der Dusche.

Wota sah mich an.

„Hat sie ihren Namen vergessen?“ und wandte sich mir zu, „sie trinkt fast täglich von dir, was eigentlich auch nicht sein muss, und dann paart sie sich mit jedem Artgenossen, der dazu bereit ist. Was anscheinend nicht wenige sind. Und du sitzt da und sagst keinen Ton.“

„Wota, ich habe diesen Körper getötet, gewaltsam, ohne dass Theodora sich darauf vorbereiten konnte. Zu einem Zeitpunkt, als dieser Körper noch nicht soweit war zu sterben. Glaubst du nicht, dass so ein Einschnitt eine tiefe Angst in der Seele zurück lässt, die zu heilen lange dauert. Dieser Teil ihrer Seele, der dem Schrecken des Todes ausgesetzt war, muss erst seinen Platz in diesem Körper neu finden. - Und was ihr Paarungsverhalten mit anderen angeht, das ist Sache der Menschen. Halte dich da raus. Ich bin nicht ihre große Schwester und du auch nicht.“

Da war es wieder. Die Tatsache, dass Wota zu früh den Kontakt zu den Kalimbi verloren hatte, machte Wota menschlicher als gut für Wota war. Diese menschliche Sicht war es, die Theodora unbewusst bemerkte und ihn deswegen einen großen Bruder nannte. Ich hoffe, dass Wota sich in der Zeit, in der Wota noch lebt, sich mehr auf sein eigentliches Wesen, das der Kalimbi, besinnt. Wir haben nie in irgendeiner Form bewertet, was die Menschen tun. Für uns tun die Menschen das, was ihre

Natur ihnen vorgibt. Warum sollten wir das bewerten? Das würde dazu führen, dass wir an menschliche Verhaltensweisen Kalimbimaßstäbe anlegten. Vergleichbar dem Phänomen, dass Menschen ihre Maßstäbe bei Tieren anlegen. Die Kommentare von Tierdokumentationen sind das beste Beispiel dafür, wo dem Verhalten eines Tieres eine menschliche Motivation unterstellt wird.

Ich bemerkte Wotas Verwirrung und Missmut.

„In der letzten Zeit warst du sehr diszipliniert und hast gute Fortschritte gemacht. Ich denke, das ist eine Belohnung wert."

Um ihn auf andere Gedanken zu bringen, gingen wir gemeinsam töten.

Deine Mutter übrigens nahm sich Wotas Hinweis zu Herzen. Sie nahm eine ganze Zeitlang ein hormonelles Verhütungsmittel.

In der Zeit, in der unser Vermieter TSOL (du würdest es Australien nennen) besuchte, und mir klar wurde, dass niemand nach uns fahndete, fand ich Gelegenheit, nach einer dauerhaften Bleibe für uns zu suchen. Es ist gar nicht so einfach, ein Haus zu finden, das allen Anforderungen gerecht wird. Gut, ich bin auch nicht bereit, Abstriche zu machen. Wotas und mein Aussehen waren dabei ausgesprochen hilfreich. Ich gab in mehreren Zeitungen eine Annonce auf.

„Akademikerehepaar (40/45) sucht nach mehrjähriger Tätigkeit im Ausland ruhig gelegenes, großzügiges Haus mit Garten/Park."

Wir fanden nach einigen Fehlschlägen ein geeignetes Objekt. Abgelegen genug, um vor neugierigen Nachbarn sicher zu sein, und trotzdem verkehrstechnisch so gut angeschlossen, dass es leicht war, zentrale Ballungsgebiete zu erreichen. Das Automobil ist eine wirkliche Erleichterung, auch für die Kalimbi. Das Geld, das wir zum Leben brauchten, kam regelmäßig postlagernd. Die Summe, die wir jetzt benötigten, machte es allerdings erforderlich, dass ich mich mit Arthur traf. Wota beauftragte ich damit, Ausweispapiere zu beschaffen, die wir bei einem Notar benötigen würden.

Ich hatte mich brieflich mit Arthur an einem See verabredet. Obwohl es sehr früh war, erschien Arthur pünktlich. Zögernd kam er auf mich zu.

„Helena?" vor Anspannung hielt Arthur den Atem an.

„Ich habe mich ein bisschen verändert. Ich hoffe, es ist für dich kein Problem."

„Oh nein, gar nicht. Mein Gott, bin ich froh, dass es dir gut geht." Er nahm mich wahrhaftig in den Arm. „Gut siehst du aus."

Wie menschlich er war. Er überschüttete mich mit Floskeln, weil er nicht in der Lage war, seine Gefühle zum Ausdruck zu bringen.

Ich glaube, an diesem Tag erkannte ich ihn das erste Mal wieder. Ich erkannte in ihm diesen kleinen Jungen, der auf meinem Schoß gesessen hatte. Wenn ich in den Jahren seit meinem Erwachen nicht so arrogant und borniert gewesen wäre, so besessen von dem Wunsch, Erik zurück zu bekommen; wie oft hatte ich kurz davor gestanden, dieses Kind zu töten. Arthur, der mich auf seine Art so aufrecht liebte und sein Bestes tat, einem „fleischgewordenen" Mythos seiner Familie gerecht zu werden.

„Theodora geht es hoffentlich ebenfalls gut. Wo seid ihr jetzt?"

„Es geht uns allen gut, Arthur. Und wo wir jetzt sind, das ist erstmal nicht so wichtig."

„Es ist alles in Ordnung. Die Ermittlungen wurden eingestellt. Ihr könnt also wieder nach Hause kommen." Er rieb sich die Hände, weil ihm kalt war.

„Lass uns in den Wagen gehen."

„Ich bin hier ein-, zweimal Angeln gewesen. Hat mir mein Arzt empfohlen, soll entspannend wirken. Wie hat mich dieses herumsitzen verrückt gemacht. Und dann diese armen Viecher, wie sie zappeln, wenn man sie aus dem Wasser zieht. Was ich nun gar nicht konnte, war ihnen dann auch noch auf den Kopf zu schlagen, damit sie tot sind. Das hat mich alles so wenig entspannt, dass ich den Fisch, den ich gefangen hatte, dann nicht essen konnte. Wenn er dann so auf dem Teller liegt mit diesen toten Augen ... Nein, Angeln gehe ich nie wieder."

Wir hatten den Wagen erreicht.

„Ich habe uns heißen Kaffee mitgebracht. Wenn es dir nichts ausmacht, mit mir aus einem Becher zu trinken?“ Er reichte mir einen Becher.

„Ich bin ein unverbesserlicher Idiot“, sagte er dann mit einem Blick auf den Kaffee.

„Vielen Dank, sehr lieb von dir“, sagte ich, wobei ich gegen ein starkes Gefühl von Ekel ankämpfen musste. Ich ermahnte mich zur Disziplin.

„Was kann der Wächter des Hauses SE für dich tun?“

Ich kann dir meine Überraschung kaum beschreiben; ich war sprachlos. Noch niemals hatte Arthur durch sein Verhalten oder das, was er sagte, zu erkennen gegeben, dass ihm bewusst war, welchen Stellenwert er hatte, von welcher Tradition er getragen wurde.

„Erst wird das Haus SE seine Schuld begleichen.“

Er zuckte zusammen, als ich meine Hand auf seinen Brustkorb legte. Was ich gut verstand, musste er doch fürchten, dass ich ihn umbrachte.

„Schon gut, ich beseitige nur ein Ungleichgewicht in deinem Energiefeld.“

„Aha.“

„Erik neigte auch dazu. Immer wieder musste ich diese entarteten Zellen aus seiner Lunge beseitigen.“

Arthur fuhr zusammen, als habe ich ihn geohrfeigt. Eine Welle von Angst schlug mir entgegen. Ich trank ein wenig davon, wenig genug, um ihm zu schaden und schwor mir, in seiner Gegenwart Erik nicht mehr zu erwähnen. Das schien ihn zu erschrecken.

„Du meinst, ich habe Krebs?“

„Aber nein, dein Arzt würde sie erst in Jahren entdecken. Du kannst dich beruhigen, du bist kerngesund und du wirst es bleiben.“

Als Antwort hatte ich das Vergnügen, etwas von seiner Erleichterung zu trinken.

„Warum erschrickst du mich dann so?“

Ich lachte: „Du ungläubiger Thomas. Die SE brechen ihr Wort nicht.“

Er trank noch einen Schluck Kaffee.

„Um was geht es also?"

Offensichtlich hatte er sich gefangen und war jetzt wieder ganz geschäftsmäßig nüchtern.

„Wir brauchen Geld, und nicht wenig."

„Wofür? Wenn ich das fragen darf", setzte er schnell hinzu.

„Ich möchte ein neues Haus. Und ich habe ein passendes Objekt gefunden."

„Das wird nicht ganz einfach sein." Eine neue Welle von Angst füllte den Raum.

„Ich bin sicher, dass es keine Probleme geben wird." Ich gab mir alle Mühe, freundlich zu klingen, damit er sich nicht bedroht fühlte.

„Weißt du, ich habe das meiste Geld fest angelegt, damit es gute Zinsen bringt. Ich dachte, das bisschen, das du zum Leben brauchst, das könne ich durch mein Einkommen sichern. Und so war das ja auch. Erik und mein Vater hatten das ganze Geld in Diamanten und Gold angelegt. Das ist ja nicht mehr zeitgemäß. Was glaubst du, was man heute an der Börse verdienen kann. Das habe ich allerdings nie gemacht. Ich bin schließlich dein Treuhänder."

Ich begann mich schon zu langweilen.

„Ich brauche fünfhunderttausend und das möglichst schnell."

„Fünfhunderttausend! Das geht nicht so schnell. Da müssen Kündigungsfristen eingehalten werden."

Ich trank seine aufkommende Unsicherheit.

„Arthur, bist du in der Lage die Summe aufzubringen, bis Ende des Monats?"

„Ja, wenn ich es mir bei der Bank leihe. Dafür bin ich sicher gut."

„Na siehst du." Manchmal ist es praktisch, störende Emotionen von Menschen trinken zu können. Schon hatte er wieder einen klaren Kopf.

Urplötzlich gingen Freude und Stolz von ihm aus.

„Wenn du willst, kann ich den Hauskauf notariell beglaubigen. Dann würde ich angeben, dass du mir von Person bekannt bist, so dass ihr keine Ausweise braucht." Er lachte, seine Augen funkelten.

„Dann ist ja alles bestens." Schade, dass er meine wohlwollenden Gefühle und Freude nicht bemerkte.

„So werden wir es machen, fahr mich zum Airport, bitte."

„Ein bisschen Flugangst trinken?"

So aufgeräumt hatte ich ihn noch nie erlebt. Ein Wandel, für den ich keine Erklärung hatte. Außer der, dass er gerade begriffen hatte, dass die Kalimbi wirklich über „übernatürliche" Heilkräfte verfügten.

„Warum nicht, einen guten Schluck habe ich noch nie zurück gewiesen."

„Wie machst du das, dass so ein Krebs einfach verschwindet?"

„In menschlichen Begriffen ausgedrückt, trinke ich die Lebensenergie der entarteten Zellen. Auch wir müssen das lernen. Ich hatte den besten Lehrer, den ich mir vorstellen kann. Bevor Kartes-SE das Element der Formgebung wurde, war Kartes das Element der Heilung des Hauses SE."

„Mit diesen Fähigkeiten könntest du ein Vermögen verdienen, wenn man es standardisieren könnte. Und du könntest es anderen beibringen. Das würde eine Revolution auslösen."

„Arthur, eure Spezies ist von der Evolution nicht mit diesen Fähigkeiten ausgestattet worden. Sogar, wenn ich es Menschen erklären könnte, was ich nicht kann, weil euer Gehirn nicht in der Lage ist, es zu verstehen, dann hättet ihr immer noch nicht die Möglichkeit, es zu tun. Ihr versteht die physikalischen Gesetze des Fliegens, aber ihr könnt es nicht." Das kränkte ihn in seiner menschlichen Eitelkeit.

„Willst du damit sagen, dass ihr uns überlegen seid?"

Dieser Gedankengang überraschte mich.

„Nein, ganz und gar nicht. Ich will nur sagen, dass wir zwei verschiedene Spezies sind, mit unterschiedlichen Fähigkeiten."

Das besänftigte ihn etwas, seine Unternehmensidee wollte er allerdings nicht so schnell begraben.

„Wenn du Medizin studierst, kann dir keiner juristische Probleme machen, wenn du Menschen behandelst. Und es gibt genug Patienten, die nicht auf den Pfennig sehen müssen. Das wäre eine echte Goldgrube.“

„Arthur, ich habe schon Menschen geheilt, als ihr noch nicht einmal einen Begriff für Medizin hattet. Und eure Vorstellung von Krankheit ist so eindimensional, dass es schon eine Beleidigung des SCHÖPFENDEN LICHTS ist.“ Arthur hörte mir nicht zu. Ich überließ ihn weiter seinen Phantasien.

Auf dem Rückflug genoss ich ein wenig Flugangst und machte mir Gedanken über die nächsten Ausbildungsschritte von Wota. Wota wollte ich so schnell als möglich im Vollbesitz seiner von der Natur gegebenen Fähigkeiten sehen. Das Zusammenleben zu dritt barg eine Menge Risiken. Es war mir auch zu anstrengend. Genau wie Menschen bin ich froh, wenn die Kinder aus dem Haus sind. Was nicht heißen soll, dass du mir nicht jederzeit willkommen bist, Angélique.

Theodora war (wieder mal) nicht zuhause, Wota ging seiner Lieblingsbeschäftigung, dem Hausputz nach. Etwas, das Theodora verrückt machte. „Man kann in diesem Haus nichts liegen lassen, Wota räumt es weg“, kommentierte sie Wotas Vorliebe.

Ich erzählte Wota von meinem Treffen mit Arthur.

„Und was, denkst du, ist in ihn gefahren, dass er jetzt doch noch ein brauchbarer Wächter wird?“

„Ich habe nicht die geringste Vorstellung.“

„Über den hält wirklich ein Engel seine Hände. Ich war mir sicher, dass du dich mit ihm triffst, um ihn zu töten.“

Manchmal ist es ein Fluch, dass Kalimbi nichts voreinander geheim halten können.

„Ich weiß schon, töte nicht den Wächter, aber der Kerl ist ein Versager.“

„Wota!“

Ich hatte keine Lust, mich mit ihm zu streiten. Mit einem Halbwüchsigen zu diskutieren ist ganz und gar fruchtlos. Wenn Wota erst einmal in meinem Alter war, würde sich dieser Sturm und Drang gelegt haben.

„Wo ist Theodora?" versuchte ich das Thema zu wechseln.

„Vögeln, nehme ich an."

Das Kind brachte mich zur Verzweiflung.

„Lernst du was aus ihrem Verhalten?"

„Dass die Kalimbi eine Menge verpassen im Leben. Isasa, du bist ja giftgrün!"

Besänftigende, versöhnliche Energie ging von Wota aus. Das brauchte mich zum Lachen, ein Gefühl, das Wota mit Erleichterung quittierte. Sie sind genauso auf Liebe angewiesen wie Menschenkinder.

„I'-SE, wenn ich selbst einmal mit einem Nefe gesegnet werde, werde ich das Nefe hüten wie meinen Augapfel. Und ich werde warten, bis es seine natürliche Lebensspanne ausgeschöpft hat. Dass es Nefe-SE so schlecht geht wie jetzt, macht mir auch keine Freude."

Was Wota sagte, löste Trauer und Scham in mir aus.

„I'-SE, niemand macht dir einen Vorwurf, es war ein Unfall. Und wenn du dir nicht darin gefallen würdest, in Selbstmitleid zu ertrinken, dann würdest du das auch sehen. Du weißt doch besser als ich, dass sie sich erholen wird. Sie wird sich doch erholen?"

„Ja, das wird sie, da bin ich mir ganz sicher."

Was nicht bedeutete, dass es schnell ging. Was wir beide auch kurz darauf bewiesen bekamen. Theodora erschien auf der Bildfläche, in einem chaotischen Licht leuchtend. Wota blieb der Mund offen stehen.

„Ihr seit zuhause? Für heute genug Leute umgebracht?" Theodora setzte sich und nahm eine Flasche Wodka aus ihrer Umhängetasche. Sie benötigte kein Glas, sie trank direkt aus der Flasche.

„Weißt du, Wota, wofür ich I'-SE wirklich dankbar bin? Soll ich es dir sa..., sasen?" lallte Theodora, „dass mich das hier", sie schüttelte die Flasche, so dass sich ihr Inhalt zum Teil auf dem Teppich entleerte, „oh, Wota ,das wirst du putschen müssen."

„Sein Umfeld sauber und ordentlich zu halten, das klärt den Geist."

Theodora lachte hämisch. „Das werde ich mir merken. Aber weißt du, wasch isch wirklich klar sehe, ganz klar im Geist, scholl ich dir das sagen, ich hab heute nicht nur gesoffen, ich hab etwas Koks geschnupft, einfach toll. Und das bringt mich nicht um, nee, das bringt mich nicht um. Das hat dieses Ding da schon erledigt. Du! Du hast mich umgebracht.“ Sie versuchte, auf die Beine zu kommen, kippte zur Seite und schlief ein.

Ich hatte mich soweit wie möglich auf mich selbst zurückgezogen, ebenso war Wota verfahren, der Raum war geschwängert von Theodoras Wut und Verzweiflung, Wotas sprachlosem Entsetzen und meiner schreienden Trauer.

„Komm, wir gehen raus. Irgendwohin, wo wir alleine sind. Ohne Menschen“, sagte Wota, als er sich gefangen hatte.

Ich ließ mich von Wota aus der Wohnung bringen. Wir durchstreiften die nächtlichen Straßen.

„Theodora muss zu einem Psychiater oder so.“

„Wota, hör auf wie ein Mensch zu denken. Zu einem Psychiater, was für ein Unsinn. Herr Doktor, ich lebe mit einem Vampir zusammen, der mich aus Versehen getötet hat. Ich bin natürlich nicht tot, weil ich jetzt auch ein Vampir bin. Helfen sie mir, mit diesem Trauma fertig zu werden. Aber natürlich wird ihr der Arzt antworten: In welche Psychiatrie würden sie denn gern?“ Ich konnte die Wellen von Spott nicht zurück halten. „Du bist ein halber Mensch.“

„Und du bist ungerecht“, sagte Wota ganz ruhig und zärtlich.

„Ja, das bin ich, und es tut mir leid. Theodora wird sich erholen, sie ist das Nefe, wir teilen einen Geist. Das ist mehr, als ihr jeder Mensch bieten kann. Mach dir keine Sorgen.“

„Dito“, antwortet Wota.

Wir durchstreiften, unsere Lichtkörper miteinander verwoben, weiter durch die Stadt, bis wir dieses Liebespaar trafen, deren Lichtkörper ebenfalls miteinander verwoben waren.

„Romeo und Julia“, sagte Wota gerührt. Wotas Fangzähne aus Energie griffen nach ihnen.

„Nicht so, Wota, nicht in dieser Nacht.“

„Schade, ich konnte die Beiden schon spüren.“

Als Antwort zeigte ich ihm eine andere Form des Lichttrinkens. Ohne, dass die Menschen bemerkten, was vorging, machte Wota es mir nach. Feine Lichtfäden bewegten sich auf die Menschen zu, anders als sonst bohrten sie sich nicht in das Lichtkleid der Menschen, saugten die Lebenskraft nicht mit aller Macht aus ihren Körpern, es war mehr ein sanftes Streicheln. Ruhig und unaufdringlich. Ein stilles Fließen des Lebens.

„Es ist wie ein Duft, der aus der Ferne zu einem geweht wird.“

„Wota, ich wusste nicht, dass du so poetisch bist.“

„Ich habe eine Menge verborgener Talente.“

„Lassen wir sie in Ruhe.“ Wir schlenderten an Romeo und Julia vorüber.

„Menschen scheinen diese Art des Trinkens nicht zu bemerken.“

„Weil wir nicht lange genug getrunken haben. Ich trinke nur noch selten so. Es ist eine gute Methode für längere Reisen, durch Wüsten zum Beispiel. Sich so zu ernähren, tötet die Menschen genauso, nur wesendlich langsamer. Obwohl man es in diesem Zeitalter nicht mehr so dringend braucht, solltest du es üben. Als Kartes es mir beibrachte, haben wir diesen kleinen Stamm Monate lang begleitet. Erst töteten wir die Kinder. Merk dir das, mach nicht den Fehler, zuerst die Erwachsenen zu töten.“

„Schon klar, sonst muss man die Kinder am Schluss notschlachten.“

„Du bist ein Zyniker.“

„Nur aus menschlicher Sicht. Wer die Muttersau schlachtet, verliert die Ferkel. Dieser Logik folgend habt ihr als nächstes die Alten und Kranken verspeist.“

Obwohl Wota natürlich recht hatte, aus anthropozentrischer Sicht war das, was Wota sagte, zynisch. Wie sehr hätte ich mir gewünscht, Wota würde sich anders ausdrücken. Ich bin menschlich geworden.

„So, wie ich Kartes-SE kannte, habt ihr die Erwachsenen überleben lassen."

„Natürlich, die Kalimbi haben einmal den Fehler gemacht, den Ast, auf dem sie sitzen, abzusägen. Bis heute haben wir uns von diesem Aderlass nicht ganz erholt. Lass von jedem Stamm genug übrig, dass er wieder wachsen kann."

„Ich höre Kartes reden." Genervte Langeweile ging von Wota aus. „Wir sollten mal nach unserem sehr unausgeglichen Element des Ausgleichs sehen."

Unser unausgeglichenes Element Nefe lag immer noch auf der Couch und schnarchte fürchterlich.

Wota hob Theodora hoch, die als Antwort ein leises Brummen von sich gab, die Arme um Wotas Hals legte und schlafend begann, von Wota zu trinken.

„Das wird jedenfalls gegen ihren Kater helfen, ich bring sie ins Bett."

Der psychische Zustand deiner Mutter machte mir mehr zu schaffen, als ich mir selbst zugestehen wollte. Das wurde mir klar, als ich diesen völlig betrunkenen, mit Drogen voll gepumpten Menschen dort liegen sah. Ich war unfähig zu handeln, so wie Wota es tat. Vor Scham und Trauer war ich wie gelähmt. Es wurde Zeit, dass ich mir Zeit für mich selbst nahm, auch, wenn es bedeutete, einen jungen Kalimbi und eine kranke Nefe sich selbst zu überlassen. Ich teilte es Wota mit. Wie lange ich weg sei wollte er wissen.

„Ein paar Tage, pass auf das Nefe auf. Und auf meinen Körper."

Weil es das einzige Bett war, legte ich mich neben Theodora. Die fand ich auf einem gepflügten Acker, auf dem sie etwas aussäte.

„Was pflanzt du, Nefe?"

„Einen neuen Mittelpunkt." Theodora zeigte mir einen kleinen Lederbeutel, „es sind die letzten Samen, die ich noch habe." Sie schüttete den Inhalt in ihre Hand. Sieben Körner, geschliffen wie Diamanten, lagen auf ihrer Handfläche und schimmerten in allen Farben des Regenbogens. „Der Boden ist sehr trocken, aber ich fühle, dass es bald regnet, so dass es jetzt die richtige Zeit ist, Neues zu pflanzen. Für die erste Zeit kann ich noch aus dem Brunnen hinter dem Hügel schöpfen. Obwohl es eine elende Plackerei ist, Eimer für Eimer hierher zu bringen."

Das Gras des Hügels war in der Hitze blass und strohig geworden. Hier hatte es schon lange nicht geregnet.

„Wir könnten gemeinsam eine Bewässerungsanlage bauen."

„Ich habe außer diesen zwei Eimern nichts, was man dazu braucht. Und du siehst auch nicht so aus, als hättest du die Kraft zu einem solchen Projekt."

„Ich bin mir sicher, dass wir hinter dem Hügel nicht nur den Brunnen finden, sondern auch das nötige Baumaterial."

Theodora schaute über ihr Feld.

„Versuchen wir es, ich habe ja nichts zu verlieren."

So bauten wir eine Bewässerungsanlage.

„Danke! Ohne dich hätte ich das nicht geschafft. Du bist Isasa, ich habe dich erst gar nicht erkannt."

„So ist das, wenn man so zerlumpt herumläuft. Ich werde einige Zeit weg sein. Du wirst mich also nicht finden können."

Theodora nickte. „Kann zur Zeit hier sowieso nicht weg. Hier habe ich auch mit der Bewässerungsanlage eine Menge zu tun."

In der Gewissheit, dass Theodora in ihre Mitte zurückkehrt war, was das Zerwürfnis zwischen uns beenden würde, verließ ich sie. Ich ging tief in den weißen Raum. Tiefer, als ein Mensch jemals kommen könnte. Und ich bin mir auch nicht darüber im Klaren, ob du diese Fähigkeit haben wirst. Ohne, dass du diese Erfahrung gemacht hast, kann ich dir nicht erklären, was dort geschieht. Genau wie Theodora reorganisierte ich meine Psyche bzw. die Energie, die diesen Aspekt des Seins bildet. Kalimbi sind sich dieser Vorgänge wesendlich bewusster als Menschen. Die Wahrnehmung von Menschen ist so wie bei Theodora bildhaft, unsere Sinneseindrücke von diesen Vorgängen ist nicht so symbolisch. Und wenn ich es dir erklären wollte, müsste ich es in materiellen Begriffen tun, nein, es geht nicht, alles, was ich dazu sagen könnte, würde dem Geschehen nicht gerecht. Die Energie, die Isasa-SE bildet, ordnete sich neu, harmonisierte sich. Die einzige Konstante in dieser Zeit war die Energie, die den materiellen Körper Isasas bildete. Wenn diese Konstante durch äußere Einflüsse verloren geht, kannst du nicht mehr zurückkehren. Wenn du in diesem Zustand zwischen wach sein und schlafen bist, dann achte darauf, dass sich dein Körper an einem sicheren Platz befindet. Oder, dass ein zuverlässiger Wächter über ihn wacht. Im Zustand des kleinen Schlafes würdest du nicht mehr zurückkehren, wenn etwas die Struktur deines Körpers zerstört. Feuer oder eine Säure zum Beispiel. Wir sind zwar keine biologischen Wesen, aber wir sind beseelte Materie.

So kam es, dass ich mich wie neu geboren fühlte, als ich zurückkehrte.

Das Brennen war nicht so stark, wie während des Erwachens aus dem großen Schlaf, für meinen Geschmack allerdings noch unangenehm genug.

Theodora schien mein Erwachen bemerkt zu haben, denn kaum war ich mir meiner wieder bewusst, stand sie an meinem Bett.

„Ausgeschlafen? Das kann ich dir sagen“, sie stemmte ihre Hände in die Hüften, „das nächste Mal suchst du dir einen anderen Platz zum Schlafen. Du hast mich zu Tode erschreckt. Als ich wach wurde, sah ich dich neben mir liegen. Wachsbleich, eiskalt und nicht atmend. Erst dachte ich, es sei ein Horrortrip vom Koks. Dann glaubte ich, du bist tot. Und neben mir liegt dein Leichnam.„

„Ich bin Kalimbi.“

„Ich bin Kalimbi“, äffte sie mich nach. „Das machst du jedenfalls nicht noch mal mit mir.“

„Ich muss trinken.“

„Ja, das sehe ich.“ Deine Mutter legte ihre Lippen auf die meinen. Obwohl ich am liebsten ihr ganzes Leben getrunken hätte, nahm ich nur wenig. Hatte dann aber Kraft genug, mich aufrecht hin zu setzen.

„Oh ho, sehr mutig, einem gerade erwachten Kalimbi seinen Mund anzubieten. Das hat schon etwas Verwegenes, T´-SE."

Wota ließ sich neben mich aufs Bett fallen.

„Gut geschlafen, Tante Isasa?" Wota schlug mir mit der Hand aufs Bein.

Ich nahm mir Wotas Mund und trank in vollen Zügen. Als ich Wota frei gab, protestierte er:

„Ich kann meine Beine nicht mehr fühlen."

Von Theodora kam ein verächtliches Schnauben.

„Wie lange habe ich geschlafen?"

„Geschlagene zwei Wochen. In der ganzen Zeit war ich sehr brav. Ich habe nicht getötet. Sondern nur geübt, mit der Art, die du mir gezeigt hast, durch die Wüste zu kommen. Es funktioniert, macht aber nicht gerade satt."

„Zwei Wochen lang bist du mir auf die Nerven gegangen. Du hast den ganzen Tag nichts anderes getan als ferngesehen und dich darüber beschwert, dass du keine Chips dabei essen kannst."

„T´-SE, ich versuche nur, meine menschliche Rolle glaubwürdig zu spielen."

„Du siehst aus wie ein Banker und benimmst dich wie ein fünfzehnjähriger Junge. Vierzigjährige Männer nölen nicht den ganzen Tag rum. Was soll daran überzeugend sein?"

„Woher willst du denn wissen, wie sich ein Vierzigjähriger benimmt, du kennst doch keinen", konterte Wota.

„Weil ich im Gegensatz zu dir ein Mensch bin. Du bist einfach nur ein schlecht erzogener Kalimbi."

„Das kannst du nun wirklich nicht beurteilen, oder, Isasa?"

Du vermutest richtig, ich hielt mich da ganz raus. Wenn man etwas geschlafen hat, schaut man sehr liebevoll auf das zärtliche Geplänkel zweier Kinder. Was auch deine Mutter aus meiner Sicht noch ist.

Abends tranken Wota und ich das Leben zweier Anhalter, die wir weit entfernt von unserem Haus von einem zu dieser Tageszeit kaum noch angefahrenen Rastplatz mitnahmen. Die Beiden waren uns offensichtlich sehr dankbar, dass wir sie nach einem langen verregneten Tag von diesem Rastplatz im nirgendwo mitnahmen. Wotas Fähigkeit, seine Nahrung erst zu lähmen, bevor er ihr Leben trank, hatte sich erheblich verbessert. Womit ich sehr zufrieden war.

Arthur, der wie durch ein Wunder in die Schuhe von Erik passte, regelte den Hauskauf so, dass wir gar nicht mehr in Erscheinung traten. In den nächsten Monaten entwickelte deine Mutter sich zu einer ausgesprochen talentierten Innenarchitektin. Arthur blieb sich in sofern treu, dass er über die immensen Kosten klagte.

So verliefen in dieser Zeit unsere Tage.

Wota blieb noch einige Zeit bei uns, und ich brachte ihm alles bei, was ich wusste, so dass er für die Jahrtausende hoffentlich gut gerüstet war. Ich lehrte ihn nicht nur die verschiedenen Arten, Nahrung zu trinken, ich brachte ihm alles bei, was ich vom Element der Heilung des Hauses SE gelernt habe. Wenn Wota es wollte, wäre Wota ein guter Heiler. Nur glaube ich nicht, dass Wota sich dazu je berufen fühlen wird.

Arthurs Lebenszeit neigte sich ihrem Ende. Er war über hundert Jahre alt, und wir wussten beide, dass ich nicht mehr lange etwas für ihn tun konnte. In den Jahren hatte unser lockerer Kontakt, den ich gewollt hatte, sich erheblich intensiviert. Er war in meine Nähe gezogen. Die Beziehung zwischen Theodora und ihm verschlechterte sich noch einmal, als Arthur klar wurde, dass deine Mutter nicht alterte so wie er. Dass ich etwas für sie tat, was ich ihm nicht angeboten hatte. Für mich war es kein Problem, es war nur etwas Unausgesprochenes. Welcher Mensch würde es auch wagen, den zu verärgern, der ihn am Leben hielt.

Auch die Beziehung zu seinen Kindern war nicht ganz ohne Spannungen. Waren sie in der Zeit, in der ich nach ihrer Einschätzung eine junge Frau gewesen bin, zu der Überzeugung gekommen, dass er

Silvia betrog - was diese ja auch vermutete und mit der guten Erziehung einer höheren Tochter ertrug - so glaubten sie jetzt, er sei ein Aussteiger, der sein Vermögen für absurde Projekte ausgab. Wie etwa an eine Frau, die er als begnadete Heilerin bezeichnete und der er eine Villa im Grünen kaufte, und dass er alle Einwände und Fragen mit Sätzen wie: „Das werdet ihr alle noch verstehen. Es ist ein großes Mysterium", beantwortete. Offensichtlich war Arthur dieser Frau verfallen, weigerte er sich doch, zum Arzt zu gehen.

Auch der Versuch, ihn zu entmündigen, scheitete. Arthur war ein guter Anwalt, auch in eigener Sache.

Zum Ende seines Lebens war die Einzige, zu der Arthur noch Kontakt hatte, seine Urenkelin. Arthur war etwa hundertachtzehn Jahre alt, als ich mit ihm über die Nachfolge sprach.

Wir saßen gemeinsam vor dem offenen Kamin, den dieses Haus besaß und den Theodora so sehr schätzte. Arthur war wirklich alt geworden, seine Hände zitterten etwas. Nicht stark, aber es waren die ersten Anzeichen dafür, dass ich am Ende meiner Kunst war. Langsam und bedächtig trank er seinen Kaffee.

„Ich habe das Haus der SE gut bestellt. Es gibt sichere Orte auf der ganzen Welt. Ihr verfügt über ein Netz von Konten, von denen niemand vermuten würde, dass sie ein und der gleichen Person gehören. Und ich habe auch nicht vergessen, dass du bewegliche Habe bevorzugst."

„Willst du mir einen Rechenschaftsbericht vorlegen?" fragte ich spöttisch.

„Den du nicht lesen wirst." Er öffnete die Aktentasche, die er immer mit sich herum trug, und entnahm ihr einen Aktenordner.

„Du kannst dich nicht immer darauf verlassen, dass der Wächter Bescheid weiß. Wenn ich tot bin, wirst du nicht wissen, was zu tun ist. Habe ich auch immer zu Silvia gesagt, dass sich auch eine Frau mit den finanziellen Angelegenheiten der Familie beschäftigen muss. In ihrem Fall war es allerdings besser, dass sie daran kein Interesse zeigte. Ich habe Opfer für das Haus SE gebracht.“ Eine Welle von Bitternis ging von ihm aus.

„Ist das Haus SE seinem Wächter etwas schuldig geblieben?“ Das war genau das Gefühl, das von ihm ausging. Ich wollte es Arthur überlassen, das Thema der Nachfolge anzusprechen.

„Du hast immer noch nicht entschieden, wer mein Nachfolger wird.“

Da war es wieder, damit wirst du immer konfrontiert sein, die Menschen wünschen sich für einen ihrer Nachkommen diese Art der Unsterblichkeit, über die die Kalimbi Gewalt haben. Sie brauchen einen Hoffnungsträger. So, wie du der Hoffnungsträger des Hauses SE bist. Heute verstehe ich Arthur besser.

„Ich glaube nicht, dass ich einen Wächter wählen werde.“ Arthurs Lichtkörper zog sich auf ihn zurück, ein deutliches Zeichen seines Erschreckens. „Das hat nicht nur mit deiner Familie zu tun. Nach den Erfahrungen, die wir beide gemacht haben, glaube ich nicht mehr, dass dieses Konzept noch tragfähig ist, wenn ich in Jahrhunderten denke, was ich im Gegensatz zu dir tue. Der zweite Grund hat mit deiner Familie zu tun. Du weißt, welche Schwierigkeiten du hattest, weil du das Licht nicht sehen kannst.“

Arthur schien sich daran zu erinnern, erneut zog sich sein Lichtkleid auf ihn zurück. „Ich erinnere mich sehr genau.“

„Niemand aus deiner Familie hat diese Fähigkeit gezeigt. Und sogar wenn, wer von ihnen würde uns denn glauben? Nein, das Konzept hat sich überholt.“

„Ich habe jemanden gefunden, der mir glaubt und der das Licht sehen kann.“ Wellen des Triumphes füllten das Zimmer. Trotz aller Schwierigkeiten, so glaubte Arthur, hatte er gewonnen, er hatte das Unmögliche geschafft. Im Augenblick seiner Eröffnung schien er hundert Jahre jünger. „Und eigentlich müsste sie längst hier sein. Ich habe ihr gesagt, dass sie sich ein Taxi nehmen soll.“

So blieb uns also nur zu warten. Als es an der Tür klingelte, ließ

Arthur es sich nicht nehmen selbst zu öffnen. Obwohl ihm das auch schon Mühe machte. Ja, er wusste sehr gut, dass er bald sterben würde und seine Nachfolge war das Letzte, das er noch regeln musste. Ich gab ihm noch ein Jahr, und genau wie deine Angaben sind meine auf den Tag genau. Er hatte mich danach gefragt, und ich habe ihm nicht geantwortet. Es ist nicht gut, wenn der Mensch den Tag seines Todes kennt.

„Du bist ein alter Mann, Arthur", hatte ich versucht abzuwiegeln.

„Das weiß ich, ich will wissen, wie lange ich noch Zeit habe." Für Arthurs Verhältnisse war er sehr ungehalten.

„Regle, was zu regeln ist."

Damit hatte er sich bis heute zufrieden gegeben. Und wie es schien, hatte er geregelt, was noch zu regeln war.

Arthur kam mit Joy ins Kaminzimmer, Joy war eine seiner Urenkel. Ich hatte einmal Fotos von ihr gesehen. Sie hatte einen Collie bei sich, der sich kaum noch auf den Beinen halten konnte. Sie blieb in der Tür stehen und musterte mich von oben bis unten. Ich wich ihrem Blick nicht aus.

„Setzt dich, Kind", bot ihr Arthur einen Platz an.

Sie setzte sich mir genau gegenüber. In diesem diffusen, emotionalen Halbdunkel, das zwischen mir und Arthur herrschte, wirkte dieser Mensch wie eine Flamme. Sie strahlte anders als die meisten Menschen kaum Energie aus, ganz im Gegenteil, die emotionale Energie in diesem Raum schien auf Joy zuzustreben. Ich war beeindruckt, so sehr, dass es dieser Grashüpferin, die nur den Bruchteil meiner Lebensspanne durchschritten hatte, gelang, dass ich die Augen abwendete.

„Lassie braucht etwas Wasser."

„Du könntest etwas höflicher sein!" wies Arthur sie zurecht. Ungeduldig winkte ich mit der Hand ab, in solchen Situationen bedenke ich nicht, dass Arthur die subtilen Ebenen energetischer Kommunikation verborgen bleiben. Dann empfinde ich ihn eher als störend. Eine Welle von Liebe ging von ihr zu ihm.

„Ich bin sicher, dass man hier etwas Wasser für einen Hund bekommen kann", sagte sie mit leiser zärtlicher Stimme, so als habe er sie nicht kritisiert.

Ich holte Wasser. Und dann kamen wir zur Sache, ohne Umschweife, ohne Höflichkeiten.

„ Arthur hat mit mir gesprochen, ich habe die Tagebücher von Erik gelesen."

„Tagebücher von Erik?" Ich hoffte, dass Arthur mir das erklären würde.

„Erik hat Aufzeichnungen hinterlassen, die dich und ihn betreffen. Er hatte sie im Haus verborgen. Niemand von uns wusste davon oder konnte sich daran erinnern. Wir fanden die Dokumente im Rahmen einer Renovierung. Erst danach habe ich wirklich verstanden, was ein Wächter ist und welche Aufgaben er hat."

„Ich denke, es bringt uns nicht weiter, über die Vergangenheit zu diskutieren." Womit Joy die Aufmerksamkeit wieder auf sich zog. Was ihr mühelos gelang. „Ich habe mich jahrelang mit Schamanentum und Esoterik befasst. Ich halte es also für möglich, dass die Aufzeichnungen die Wahrheit enthalten. Aber ich bin auch schon einer Menge Scharlatanen über den Weg gelaufen. Wenn Sie wirklich in der Lage sind zu heilen, dann beweisen Sie es."

„Natürlich kann Helena es", empörte sich Arthur, dem ich den Beweis seit Jahren erbrachte.

Wir ignorierten ihn beide.

„Haben Sie deswegen diesen todkranken Hund mitgebracht?"

„Nein, wir leben schon länger zusammen. Ich dachte, es ist eine Gelegenheit, die ich nutzen könnte."

„Er hat eine ziemlich große Geschwulst im Bauchraum."

„Das sagt der Tierarzt auch, wenn Lassie nicht operiert wird, wird er daran sterben."

Die Energie, die von ihr ausging, war kühl, beobachtend und herausfordernd.

„Also gut. Erik hat noch geglaubt, Arthur hat gehofft und Sie, Joy, wollen einen Beweis.“ Beim LICHT, war das absurd. Aber nach wie vor beeindruckte Joy mich. Ich zog mir die Kleider aus. Das wurde mir im letzten Jahrhundert anscheinend zur Gewohnheit. Eine Frau wie Joy würde sonst ein Täuschungsmanöver nicht ausschließen. Arthur rief schockiert meinen Namen und wandte die Augen ab.

„Möchten Sie in meinen Mund schauen, um sicher zu stellen, dass ich dort keine Steine oder etwas ähnliches verborgen habe?“

„Das ist nicht notwendig.“ Ein mildes, ironisches Lächeln ging von ihr aus.

Lassie lag mit geschlossenen Augen, den Kopf auf den Pfoten, zu Joys Füßen. Als ich ihn streichelte, rührte er sich nicht. „Die Geschwulst ist zu groß, um ihr nur die Lebensenergie zu entziehen. Auch eine Harmonisierung des Energiekörpers ohne den materiellen Krankheitsherd zu entfernen wird keine Heilung bringen.“ Genau so hatte mir Kartes-SE mir ihr Vorgehen begründet, als ich das erste Mal sah, wie Kartes eine solche Veränderung aus dem Rücken eines Mannes entfernte. „Wir werden die belebte Materie also in nicht belebte verändern müssen.“

Natürlich begriffen die beiden Menschen nicht, was ich ihnen erklärte. Das war aber auch nicht so wichtig, sie wollte eine Vorführung, sie würde eine bekommen. Ich griff mit der rechten Hand in den Bauchraum des Tieres - eine einfache Übung, denn schließlich ist das hier nur die Vorstellung eines Körpers - während ich gleichzeitig seinen Schmerz trank. Einen kurzen Augenblick ging eine Welle der Überraschung von Joy aus. Dann hatte sie sich wieder im Griff, ein gutes Zeichen. Ich veränderte die energetische Struktur des Tumors, der sich daraufhin in eine steinharte Masse verwandelte, was sich zeitgleich im Lichtkörper des Tieres zeigte. Ich zog meine Hand mit der veränderten Geschwulst aus dem Tier zurück. Arthur saß mit offenem Mund da, die mutige Joy leckte sich über die Lippen. Ich warf ihr die Steine in den Schoß. Joy bewegte sich nicht.

„Als nächstes muss man dem umliegenden Gewebe die Information geben, wie es regelgerecht wächst.“

Ich hielt meine Hände über den Hundebauch. Lassie lag ganz ruhig.

„Und zum Schluss harmonisiert man das Energiefeld, und verstärkt die Lebenskraft des Patienten.“

Ich ließ etwas Energie in die Schnauze des Hundes fließen. Ich hatte keinen Zweifel daran, dass Joy das Strömen der Energie gesehen hatte.

„Ihrem Hund wird es morgen wieder gut gehen.“

„Ich habe nicht geahnt, dass du so etwas kannst“, sagte Artuhr und sah mich halb erschrocken, halb ungläubig an.

„Sie haben erstaunliche Fähigkeiten. Das haben Sie gerade unter Beweis gestellt.“ Sie sagte es, als sei sie ein Wissenschaftler, den man überzeugt hat. Aber hatte ich das nötig? Nein, ganz und gar nicht. Ich merkte, wie Ärger in mir aufstieg, offensichtlich war die junge Dame sich nicht darüber im Klaren, dass dieses Kunststückchen einen hohen Preis hatte. Ich brauchte etwas Zeit, um mich zu erholen und musste trinken. Es ist nicht so, dass ein solcher Eingriff für mich eine leichte Übung ist. Ich zog mich wieder an.

„Freut mich, dass es Ihnen gefallen hat. Nur haben diese kleinen Wunder ihren Preis. In der Zeit der Kooperation gab die Familie des Kranken die Energie den Kalimbi zurück, die von diesen gegeben wurde, und Sie sagten selbst, Sie und der Hund sind eine Familie.“

Ich grub meine Fangzähne tief in ihren Lichtkörper. Joy stöhnte auf. Mit beiden Händen umklammerte sie die Lehne des Sessels, in dem sie saß. Ich trank noch etwas mehr, und ihre Augen drehten sich nach oben.

„Was machst du mit ihr? Lass sie in Ruhe!“ schrie Arthur auf.

„Ich zeige deiner kleinen Joy, wer ich wirklich bin.“

Zitternd und totenbleich sank er in seinen Sessel zurück. Er war zu alt für so etwas. Ich nahm Joys Hand in die meine und wartete, bis sie sich von diesem Aderlass erholt hatte. Sie war mindesten so bleich wie ihr Urgroßvater.

„Diese Demonstration meiner Fähigkeiten hat dich hoffentlich genauso überzeugt wie die erste. Ich bin nicht einer eurer Wunderheiler, die durch Handauflegen eure Akne vertreiben; ich bin kein Schamane, den ihr in eure Turnhallen einladet, um ihm bei seinen Ritualen zuzusehen; und ich bin auch keiner eurer Heilsbringer, der gekommen ist, um die Welt zu retten. Ich bin Kalimbi und wenn ich noch einen Schluck deiner Lebensenergie nehme, wirst du tot sein. Das Einzige, was mich daran hindert, dich sofort zu töten, ist das Band zwischen mir und deiner Familie. Ich rate dir, fordere mich nie wieder heraus."

Lassie fiepte leise und kam noch etwas unsicheren Schrittes zu mir. Tiere haben wirklich eine unverfälschte Wahrnehmung. Ich streichelte ihn und ließ etwas von der Lebensenergie seiner Herrin in ihn fließen.

„Ich werde dir zeigen, wo du heute schlafen kannst, und wenn wir Glück haben, finden wir in der Küche noch etwas Essbares. Das wird den Energieverlust ausgleichen."

Die Freundlichkeit, mit der ich das sagte, und das meine ich ganz ernst, schien sie sehen zu können. Damit jedenfalls hatte Arthur Recht. Er hatte jemanden gefunden, der das Licht sehen konnte. Nur bezweifelte ich, dass ich jemanden gefunden hatte, dem ich die Aufgaben eines Wächters anvertrauen würde.

Ohne ein Wort, mit schmalen Lippen, folgte sie mir.

„Sie hat es nicht so gemeint. Und es war sehr beeindruckend", war das erste, das Arthur sagte, als ich zurückkam. Er schien auf den richtigen Zeitpunkt zu warten, unser ursprüngliches Thema wieder anzusprechen. Wir beide hatten durchaus nach wie vor unsere Schwierigkeiten miteinander.

„Wirst du sie auswählen?"

„Ja, das werde ich. Ehrlich gesagt, glaube ich nicht, dass sie mich auswählt."

„Ich weiß, dass du mich für einen vertrottelten Greis hältst, aber ich kenne dieses Mädchen, sie wird an meine Stelle rücken. Jetzt habe ich alles geregelt, das ich noch zu regeln hatte." Er schaute auf seine Hände. „Vor einem Jahr haben die auch noch nicht gezittert. - Ich möchte nicht als sabbernder Greis enden, der sich selbst beschmutzt."

Er schloss die Augen wie jemand, der einen furchterregenden Anblick nicht mehr erträgt.

„Ich dachte mir, noch ein paar Tage mit Joy, was für ein furchtbarer Name, zu verbringen, das wäre ein schöner Abschluss für mein Leben. Ich wollte immer an einem Sonntag sterben. Der nächste Sonntag ist ein guter Tag, um an einem Sonntag zu sterben." Er sah mir direkt in die Augen. „Wirst du da sein?"

„Es ist das Recht eines jeden Wächters, den Tag, an dem er sein Leben den Kalimbi anvertraut, selbst zu bestimmen."

Arthur nickte: „Ja, Sonntag ist ein guter Tag. Ich werde jetzt gehen. Danke, dass du Joy nicht getötet hast."

„Ich bin kein launischer Gewaltherrscher." Manchmal fragte ich mich wirklich, für was Menschen mich alles halten.

„Hast du eigentlich eine Vorstellung, wie sehr alleine deine Existenz Menschen in Angst und Schrecken versetzt?" fragte Arthur.

Die Antwort muss ich ihm bis heute schuldig bleiben.

Nachdem Arthurs Wagen fort war, kam Theodora aus ihrer Werkstatt. Wie immer war sie ihm ausgewichen. Diese Unmenge von Sägespänen, die diese Frau mit ins Haus brachte. Ich wusste wirklich nicht, wo die alle herkamen. Alleine beim Restaurieren von Möbeln konnten die nicht anfallen. Ein weiteres Talent deiner Mutter. Ein Vorteil von Unsterblichkeit ist, dass man genug Zeit hat, allen seinen Neigungen nach zu gehen und seine Talente zu entwickeln. Ich glaube, dass deine Mutter irgendwann begriffen hatte, warum ich mir die Zeit nahm, monatelang immer den gleichen Baum zu malen.

„Zwei sind gekommen, einer ist gegangen, daraus schließe ich, dass wir einen Gast haben?“

„Ja, wir haben einen Gast, einen sehr misstrauischen Gast, der sogar vom Tod einen Beweis verlangt, dass er kein Scharlatan ist.“

„Wer ist es?“

„Arthurs Urenkelin, ein Mensch mit einem hohen Potenzial.“ Jetzt hatte ich Theodoras volle Aufmerksamkeit.

„Arthurs Urenkelin? Soll das heißen, dass er sie als Wächter vorgeschlagen hat?“

Ich nickte.

„Weiß sie Bescheid?“

Ich nickte wieder.

„Mein Gott, Isasa, lass dir nicht alles aus der Nase ziehen.“

Ich mag es, wenn deine Mutter vor Neugierde fast platzt.

„Natürlich hat er Joy als Wächter vorgeschlagen. Sie erfüllt die Bedingungen für dieses Amt. Ohne den geringsten Zweifel. Sie sieht das Licht, und dafür, dass sie so jung ist, hat sie schon eine Menge Bewusstheit.“

„Na, der Posten ist nicht mehr so anspruchsvoll, wie er mal war. Wenn du das nächste Mal aus dem großen Schlaf erwachst, werde ich dir den Weg weisen. Oder hast du etwas dagegen, meine Liebe?“

„Wie könnte ich, aber trotzdem ist es wichtig, dass Joy die Zusammenhänge begreift, damit sie in der Lage ist, sie an ihre Kinder weiter zu geben.“

„Das überrascht mich jetzt, wir hatten doch diskutiert, dass sich die Institution des Wächters überholt hat. Aber anscheinend willst du jetzt daran festhalten.

Natürlich hatte ich meine Zweifel und ich habe sie auch heute noch. Aber nach wie vor brauchen wir jemanden, dem man materiellen Besitz vermachen kann. Jemanden, der nicht alle fünfzig Jahre eine neue Identität annehmen muss, dessen Herkunft nicht im Dunkeln lag. Und bei aller Liebe zu deiner Mutter, die noch lange leben wird, das Erwachen mit einem Wächter ist einfacher als das Erwachen alleine. Ich dachte also schon an die Zeit nach deiner Mutter.

Theodoras Perspektive

„Wenn du ein richtiger Vampir wärest, könntest du diesen Tisch alleine hochheben. Habe ich gestern erst wieder gelesen, in ‚Nächte des Schreckens'. Der Vampir schleuderte das Opfer mehrere Meter weit. Und du schaffst nicht mal dieses Monstrum von Tisch„, sagte ich voller Ironie zu Helena.

„Wenn ich den Tisch auch nur einen Meter weit werfe, wirst du ihn aus Sägespänen wieder zusammensetzen müssen, so wurmstichig ist er“, erwiderte sie.

„Du könntest die Lebensenergie trinken, dann würden die kleinen Biester einfach aus dem Holz fallen.“

„Den Teufel werde ich tun, das ist genauso schmackhaft wie Fliegen zwischen den Zähnen haben.“

Ich lachte, weswegen mir der Tisch aus der Hand rutschte und mir gegen das Bein schlug. Mit den Tränen kämpfend bemerkte ich Joy. Sie machte einen sehr erschöpften Eindruck, ihre Haut war von einer unnatürlichen Blässe, die Lippen blutleer und die Augen ohne Glanz. So kam sie mit dem Collie über den Hof auf uns zu. (Wir lebten damals auf einem ehemaligen Bauernhof, wo ich genug Platz für die Möbel hatte.)

„Du hast sie ziemlich zugerichtet.“

Helena schenkte mir ein strahlendes menschliches Lächeln.

„Wer nicht glauben kann, muss fühlen.“

Der Hund sprang auf die Ladefläche, schwanzwedelnd leckte er Helenas Hände, die als Antwort Lebensenergie in ihn fließen ließ. Die er genauso dringend benötigte wie Joy, die zu uns hoch schaute, Helena direkt ins Gesicht, ohne eine Spur von Angst in ihrer Aura, konzentriert und beherrscht. Es war offensichtlich, warum Helena sie einen Menschen mit einem hohen Potential nannte. Aus Kalimbi-Sicht war Joy das ganz sicher.

„Mein Lehrer, Weißer Elch, sagte mir schon, dass ich mir einmal eine blutige Nase holen würde, weil ich mit dämonischen Kräften zu sorglos umginge."

Ich beugte mich noch etwas tiefer, um mein Gesicht zu verbergen und rieb intensiv mein Knie. Helena ist solchen Dingen gar nicht zugänglich.

„Ein weiser Mann, ihr Elch."

Ich explodierte vor Lachen und versuchte ein „Tschuldigung" hervor zu bringen.

„Nefe, wie wäre es, wenn wir unserem Gast noch ein gutes Frühstück anbieten?"

„Kein Problem." Wir gingen zum Haus und ich versuchte immer noch, mein Grinsen zu beherrschen. Helena hatte ihren Arm um Joys Schulter gelegt, was ihr leicht fiel, weil sie damals gerade ziemlich groß war. Es war die Form mit den unnatürlich grünen Augen. Ja, man konnte diese Frau mit den langen schwarzen Haaren, in Jeans und Flanellhemd, für einen Menschen halten. Auch Joy würde mit den Jahren lernen, dass man Helena für einen Menschen halten konnte, aber nie so beurteilen durfte.

„Sie sollten mich nicht einen Dämon nennen. Das ist nicht sehr nett. Trotz allem werden wir jetzt zunächst mal frühstücken."

Joy befreite sich aus Helenas Umarmung.

„Ich frühstücke nie."

„Sie sehen ganz furchtbar aus, Essen wird Ihnen die verlorene Lebensenergie zurückgeben und das brauchen Sie dringend", mischte ich mich ein.

Wir Menschen frühstückten allein, für Helena war es ein Opfer, mit ihr und mir am Tisch zu sitzen. Für Kalimbi stinken unsere Lebensmittel unerträglich. Wenn es nicht sein muss, dann vermeidet deine Mutter es, mit Nahrung in Berührung zu kommen. Außer, diese ist lebendig. Joy fuhr anschließend zu Arthur.

Und damit sind wir bei Arthur, der mir an diesem Tag eine Einladung schickte.

„Arthur Schnoppner, Rechtsanwalt und Notar, lädt ein zur Feier des eigenen Todes: Sehr geehrte Theodora, bitte erweise mir die Ehre am Sonntag zu Sonnenaufgang 5 Uhr 34 meinem Tod beizuwohnen."

Noch ganz unter dem Eindruck dieser Einladung ging ich zu Helena.

„Ich gehe doch nicht zu einem Selbstmord und schaue dem zu. Der Mann hat doch seinen Namen vergessen. Wir müssen was dagegen unternehmen."

„Nein, dagegen müssen wir nichts unternehmen, er hat das Recht, den Tag seines Todes selbst zu bestimmen."

Ich war wie vom Donner gerührt.

„Du weißt davon?" Im gleichen Augenblick wurde mir klar, dass Helena nicht nur davon wusste, sie würde ihn töten.

„Das kannst du nicht tun, du kennst ihn, seit er geboren wurde, er hat auf deinem Schoß gesessen, du hast mit ihm gespielt, das hast du selbst erzählt. Noch heute wird deine Aura ganz sanft, wenn du von seinem Urgroßvater erzählst. Das kannst du doch nicht tun. Du kannst doch nicht so herzlos und kalt sein."

„Er hat das Recht, selbst zu entscheiden. Das hat er getan. Ich werde ihn töten, weil er entschieden hat, sein Leben den SE anzuvertrauen."

Ich schluckte: „Eine merkwürdige Logik."

„Das hat nichts mit Logik zu tun, es hat mit Loyalität zu tun. Arthur wird sich töten, mit oder ohne meine Hilfe. Ohne mich hat er nur die Alternative, seinen Körper zu zerstören. Und so etwas ist nur selten ein sanfter Tod. Es ist voller Schmerz und Gewalt. Ich werde ihn töten und es wird ein sanfter Tod sein."

„Und ich werde auf keinen Fall dabei sein. Punkt um!" sagte ich mit fester Stimme, die keinen Zweifel zuließ

„Das ist deine Entscheidung."

Ich hasse es, wenn Helena so kurz angebunden ist. Obwohl sie nur das sagte, was sie meinte. Damit war das Gespräch zwischen Helena und mir beendet, ich verschwand in meiner Werkstatt. Was ich immer tue, wenn ich nachdenken muss.

Helenas Perspektive

Pünktlich zu Sonnenaufgang fanden Theodora und ich uns bei Arthur ein. Theodora war angespannt und nervös und versuchte immer wieder, den Kloß in ihrem Hals herunter zu bekommen.

Joy öffnete uns die Tür, ihr Lichtkleid lag eng an ihr und genau wie bei Theodora war Anspannung, Nervosität und Trauer zu erkennen. Sie sagte nichts, wahrscheinlich, weil sie es nicht konnte, ein braunschwarzer Klumpen schien in ihrem Hals zu stecken. Joy führte uns in Arthurs Wohnzimmer.

Arthur hatte den Raum vorbereitet: Bis auf vier Sessel, die im Halbkreis vor dem Fenster standen, und ein Teewagen, der neben einem der Sessel platziert war, war der Raum ganz und gar leer. Nicht einmal Bilder hingen an der Wand. Was etwas merkwürdig aussah, konnte man ihre Umrisse doch noch auf der Tapete erkennen.

„Kommt zum Fenster. Entschuldigt, wenn ich sitzen bleibe, ich glaube, in meinem Alter steht mir das zu." Mit den Händen wies er jedem von uns seinen Platz zu. Joy saß rechts von ihm, ich auf seiner anderen Seite und Theodora links neben mir. Wir schwiegen und schauten zu, wie die Sonne über den Horizont kletterte.

„Es ist ein besonderer Tag, der einzige Tag meines Lebens, den ich kommen, aber nicht werde gehen sehe. Wenigstens eine Sache in meinem Leben ist einmalig."

Die Menschen waren nicht in der Lage, etwas zu erwidern, beide starten wie versteinert aus dem Fenster.

Er schaute zu mir herüber: „Einen Vampir zu kennen ist sicher noch einmaliger."

Wieder folgte Schweigen, Joy begann zu weinen. Ich biss mir auf die Lippen, um ihre Tränen nicht zu trinken. Arthur nahm ihre Hand. Theodora wurde noch etwas starrer.

„Es gibt noch ein paar Dinge, die ich sagen muss. Und es gibt etwas, das ich beurkunden möchte, bevor - ich gehe. Isasa-SE", zum ersten Mal in seinem Leben benutzte Arthur meinen richtigen Namen, „ich habe dir Joy vorgestellt, sie ist aus meinem Haus und sie kann das Licht sehen. Wirst du sie als Wächter akzeptieren?"

„Das Haus SE akzeptiert."

Er stand auf und gab Joy und mir ein Zeichen, uns ebenfalls zu erheben. Auf seine Art hatte er ein Gefühl für Rituale. Etwas, das durchaus meiner Art entspricht. So standen wir uns dann gegenüber. Arthur sah mich an.

„Das Haus SE wählt dich als Wächter, das Haus SE wird Krankheit und Tod von dir fern halten, so lange, wie Leben in dir ist. Es wird dich gegen deine Feinde verteidigen, dein Leben trinken, wenn du es wünscht. Das Band, das zwischen uns geknüpft wird, soll auch gelten für den deiner Nachkommen, der das Licht sehen kann."

„Mmh, na gut, ich bin der Wächter des Hauses SE, ich werde über das Haus in der Zeit des Schlafes wachen, seine Interessen wahren", sie sah zu Arthur hinüber, hatte sie doch vergessen, was sie sagen musste. Er bewegte die Lippen und Joy fuhr fort, „seine Mitglieder ins Leben zurück begleiten. Und in der Zeit des Erwachens über die Menschen wachen."

Arthur straffte sich und sprach:

„Ich, Arthur, der Wächter des Hauses SE, bezeuge das Band, das zwischen euch geknüpft wurde. Es soll zerschnitten sein, wenn der Eid gebrochen wird."

„Müssen wir uns jetzt die Pulsadern aufschneiden?" versuchte Joy die Spannung abzubauen, die in ihr tobte.

„Das ist, glaube ich, nicht notwendig", gab ich zur Antwort. Joy blieb unschlüssig stehen. Arthur gab ihr ein Zeichen, woraufhin sie sich setzte.

„Der letzte Akt geht nur uns beide etwas an", sagte Arthur. Er legte seine Arme um meine Taille. „Ich konnte an dich immer nur als Frau denken, obwohl du es mir hundertmal gesagt hast, dass du keine Frau bist. ‚Ich bin nicht einmal ein Mensch, Arthur'. Einige Jahre meines Lebens wären leichter gewesen, wenn ich das begriffen hätte." Er zuckte die Schultern. „Dass du mich damals in meinem Arbeitszimmer so bloßgestellt hast, hat mich sehr verletzt."

„Das weiß ich, Arthur, und ich bedaure es aufrichtig." Ich formte ein paar Tränen und weinte, so dass Arthur mein Bedauern und meine Trauer sehen konnte.

„Ich wusste nicht, dass du weinen kannst." Vorsichtig wischte er mir die Tränen aus dem Gesicht und verrieb sie zwischen seinen Fingern. So, als wolle er prüfen, ob sie echt sind.

Ohne mich los zu lassen, wandte er sich an Theodora:

„Wir haben uns nie gut verstanden. Ein Grund ist, dass ich eifersüchtig auf dich war, weil du mit der Frau zusammenleben durftest, die mir so am Herzen lag. Und weil sie dir mehr gab als mir. Andererseits hast du mir damals in meinem Arbeitszimmer das Leben gerettet. Dafür danke ich dir."

„Nicht der Rede wert", gab ihm Theodora mit erstickter Stimme zur Antwort: „Ich habe mich auch mehr als einmal benommen wie ein Idiot, auch deswegen, weil ich an Isasa nur als Frau denken kann. Das jedenfalls haben wir gemeinsam."

„Wir haben beide ein großes Abenteuer erlebt. Wie würde Isasa sagen, wir haben die Erfahrung des Universums bereichert. Leb wohl, mein Kind", wandte er sich an Joy.

„Ich habe immer davon geträumt, dass du mich küssen würdest. Ich denke, es ist Zeit, dass du das jetzt tust", sagte er zu mir, mit ruhiger klarer Stimme.

„Die SE danken dir für das Leben, das du ihnen anvertraust." Er legte seine Lippen auf die meinen, sein Atem roch nach Pfefferminz, so wie ich ihn kenne, hatte er es extra wegen mir benutzt. Langsam, dass er Zeit hatte, sein Sterben wahrzunehmen, trank ich sein Leben.

Wenn man langsam tötet, erleben die Menschen ihr Leben noch

einmal und nähern sich durch die Jahre, die sie gelebt haben, ihrem Tod. Das ist auch für uns Kalimbi anders, als wenn wir ihnen ihr Leben entreißen. Und so durchwanderte ich mit ihm sein Leben vom ersten Atemzug an. Ich sah mich selbst, wie Erik und ich ihm einen Drachen bauten, wobei wir kaum weiter kamen, weil er wie ein wild gewordener Derwisch um uns herum sprang. Es kamen noch andere Erinnerungen, meistens sind es solche, die emotional stark aufgeladen waren. Und dann betrat Arthur den Raum seines Todes.

Durch einen Wald hindurch schlängelte sich ein schmaler Pfad, der an zwei, drei Stellen von einem kleinen Bach durchschnitten wurde, den man ohne Probleme überspringen konnte. Es roch intensiv nach Frühling und Arthur, etwa sechs Jahre alt, in einem Matrosenanzug, lief so schnell es seine Beine zuließen den Pfad entlang auf einen Bootsanleger zu, der in einen See hineinragte. Am Ende des Bootsanlegers wartete Erik als alter Mann auf Arthur, der ihm aus vollem Lauf in die Arme flog.

„Opa, ich habe das Geheimnis herausgefunden Das Geheimnis, von dem du mir erzählt hast, ich habe es herausgefunden."

Erik gab ihm einen Kuss: „Ich wusste, dass du das kannst, mein Junge, und jetzt machen wir uns auf den Weg, ein neues Geheimnis zu entdecken."

Arthurs Körper sackte in meinen Armen zusammen.

Der Raum war voller Trauer, von bleierner Schwere. Die beiden Menschen wandten den Blick nicht von Arthurs Leiche ab. Keiner von beiden sprach ein Wort. Ich bedauerte, dass ich dem neuen Wächter der SE nicht zeigen konnte, wie ihr Vorgänger gestorben war. Theodora würde ich es zeigen, wenn sie es sehen wollte. Nur war jetzt sicher nicht der richtige Zeitpunkt dafür. Ich ließ die Menschen mit ihrer Trauer allein.

Theodoras Perspektive

Arthurs Tod, das war so ein Ereignis, nach denen ich immer das Bedürfnis nach einem ganz normalen Leben habe.

„Er wollte unbedingt, dass ich bei diesem Schauspiel dabei bin. Ich habe ihn bekniet, es nicht zu tun, ich wollte ihn noch so vieles fragen. ‚Ich habe schon mehr Leben gehabt als alle die zu meinem Jahrgang gehören. Und ich will in Würde abtreten' sagte er. Nachdem ich das hier jetzt erleben musste, glaube ich, dass er mich warnen wollte. ‚Sie sind nicht wie wir, sie denken nicht wie Menschen, sie fühlen nicht wie Menschen, sie handeln nicht wie Menschen. Sie können sehr gefährlich sein, es ist nicht einfach und nicht ungefährlich, sich mit ihnen einzulassen, das hast du schon am eigenen Leib erlebt. Aber sie brechen nie ihr Wort, breche du deins auch nicht.'"

Joy kniete sich vor Arthur und studierte sein Gesicht.

„Er sieht ganz friedlich aus." Sie schloss ihm die Augen, scheu und ängstlich, den Toten zu berühren. „Es geht genauso einfach, wie man in den Filmen immer sieht."

Ich fühlte Erleichterung, in diesem Satz blitzte die lebensfrohe Joy auf.

„Ich möchte jetzt alleine sein. Ich habe noch eine Beisetzung zu organisieren. Ach übrigens, was soll ich dem Arzt sagen? Ein Vampir hat ihn ausgesaugt?"

„Nenn sie nicht einen Vampir, das vertragen sie gar nicht gut", wies ich Joy zurecht. „Und was den Arzt angeht, du hast deinen Urgroßvater heute Morgen in diesem Sessel sitzend gefunden. Arthur ist hundertachtzehn Jahre alt geworden, Todesursache Altersschwäche. Mach dir keine Sorgen."

Ich gestehe, ich war froh, dass ich gehen konnte. Es war ja noch früh am Morgen und so machte ich einen langen Spaziergang. Ich musste weg, einfach nur weg von hier und ich war dankbar, dass ich in dieser Zeit auch wusste wohin.

„Ich werde einige Zeit weg gehen“, teilte ich Helena mit.

„Zu Sara?“

„Ja, ich brauche etwas Normalität.“

Helena nickte: „Möchtest du trinken, bevor du gehst?“

Der Gedanke entsetzte mich: „Nein danke, ich möchte nicht Arthurs Leben auf den Lippen haben. Außerdem brauche ich noch nichts.“

Es war offensichtlich, dass Helena nicht damit rechnete, mich in den nächsten Monaten, oder auch Jahren, wieder zu sehen. Solange wollte ich nicht weg bleiben, dafür hatte ich auch zuviel Arbeit. Ich packte ein paar Sachen ein und nahm den Geländewagen.

Entschuldige, wenn ich auch diesmal nicht sage, wo ich hinfuhr. Helena und ich haben uns darauf geeinigt, keine genauen Orts- und Zeitangaben zu machen. Einige der Zufluchtsstätten existieren noch und wir wollen sie nicht leichtsinnig auf Spiel setzen.

Sara, die auch nicht Sara hieß, hatte ich auf einem meiner Ausflüge in die Normalität kennen gelernt. Auf einer einschlägigen Party. Ich hoffe, dass du die Vorteile deiner Langlebigkeit genauso genießen kannst wie ich. Es ist gerade bei solchen Veranstaltungen ein großer Vorteil, wie dreißig auszusehen, wenn man in Wirklichkeit schon um die siebzig ist. Und es ist genauso günstig, mit Kalimbi Augen sehen zu können. Und ich hatte damals schon soviel Kalimbienergie getrunken, dass ich die Aura der Menschen genauso gut sah wie ein Kalimbi. Nun, ausgestattet mit diesen Vorteilen war es mir nicht schwer gefallen, Sara für mich zu interessieren. Wir tanzten und redeten und tanzten bis zum frühen Morgen. Und wir tranken unglaubliche Mengen Wein. So war das: Wir tranken, nicht ich trank alleine und Sara saß mir gegenüber und schaute mir zu, wobei sie ihren angeekelten Gesichtsausdruck zu verbergen suchte. Wie ich es naturgemäß von Helena gewöhnt war. Ich genoss es, an diesem Abend und an jedem weiteren. Als ich das erste Mal eine Affäre begann, hatte ich erhebliche Bedenken, ob es mir gelingen würde, eine glaubwürdige Geschichte zu erfinden. Begründungen dafür, warum ich keine Familie hatte, ob meine Biographie schlüssig war und so weiter. Als ich Sara kennen lernte, hatte ich diese Unsicherheit abgelegt.

Eigentlich mochte sie es nicht, wenn ich unangemeldet bei ihr auftauchte. Etwas, das ich durchaus als angenehm empfand, dass Sara auf ihre Autonomie Wert legte. Es machte es leichter, die meine zu wahren. An diesem Tag hatte ich Glück, ich war willkommen.

„Was für eine Überraschung, mit dir habe ich ja gar nicht gerechnet." Sie küsste mich, das Bild von Arthur, der Helena küsste, schoss mir durch den Kopf. Und ich schreckte zurück.

„Alles OK mit dir?" sagte Sara verwirrt und etwas erschrocken.

„Heute ist ein langjähriger Freund von mir gestorben."

Ich sah Saras Betroffenheit: „Das tut mir leid, wie lange kanntet ihr euch?"

„Lange." Das war die Art von Fragen, die ich hasste.

„Ich wollte mit Lucy in die Ausstellung, Ägyptischer Totenkult, das ist für dich bestimmt langweilig, ich meine, du hast es studiert. - Entschuldige, das war jetzt wohl etwas daneben. Ich kann ihr absagen."

Dass ich mal Ägyptologie studiert hatte, hatte ich Sara erzählt. Ich war in den Jahren routiniert darin geworden, Dichtung und Wahrheit im richtigen Verhältnis zu präsentieren. Mein Gott, wenn sie geahnt hätte, dass ich Ägyptologie studierte, als sie geboren wurde.

„Wegen mir nicht. Ich bin diejenige, die hier einfach so reinschneit. Ich wollte einfach nur bei dir sein, das kann ich auch noch, wenn du zurück bist."

„Wenn du meinst", sagte sie zweifelnd, ging dann aber doch.

Den ganzen Tag verbrachte ich damit, meine Erinnerungen an Arthur aufzuschreiben. Obwohl ich doch bei seinem Tod dabei gewesen bin, begann ich mit einem Brief an Arthur, in dem ich ihm alles sagte, zu dem ich nie gekommen war. (Genau wie dieser Brief der Versuch ist, dir die Dinge zu sagen, zu denen wir nie gekommen sind.) Das nahm einige Stunden in Anspruch. Als ich fertig war, verbrannte ich alles in einem

Messingübertopf. Erst am späten Nachmittag kamen Sara und Lucy zurück. Beide mit Einkaufstüten beladen wie die Esel.

„Theodora! Was für eine Überraschung!"

Lucy küsste mich auf beide Wangen. Ihre Stimme war überschwänglich herzlich, die Energie, die von ihr ausging, enthielt allerdings mehr Ablehnung als dazu passte.

„Ich dachte mir, wir verbringen einen schönen Abend mit Fondue. Oder möchtest du alleine sein?" fragte Sara.

„Wenn Theodora alleine sein wollte, wäre sie jetzt nicht hier", antwortete Lucy für mich. Das würde den ganzen Abend so weiter gehen. Sie war nicht eifersüchtig, sie machte sich Sorgen um ihre beste Freundin, nach ihrer Einschätzung war ich nicht die richtige Frau für ihre Sara. Ich würde Helena bitten, ihr Leben zu trinken, dann hatte ich meine Ruhe. Denn Lucy war zweifellos ein Feind, gegen den man mir beistehen musste.

Erschreck nicht, ich habe deine Mutter nur einmal gebeten für mich zu töten. An Arthurs Todestag fiel es mir wieder ein. Ich hatte es nicht vergessen, das wäre falsch, ich dachte nur nicht jeden Tag daran. Und heute bin ich froh darum. Wenn ich ehrlich bin, warf ich es Helena vor, dass sie Arthur getötet hatte. Aber sie hatte ihn getötet, weil er sie darum gebeten hatte. Und ich hatte töten lassen. Ich hatte es mir gut überlegt, es brachte mir keinen Vorteil, wenn es das ist, was du vermutest, meine Bitte beendete ein unerträgliches Leid.

Monat um Monat hatte ich dem Sterben deiner Urgroßmutter zugesehen. Dreimal die Woche, nachmittags zwischen siebzehn und zwanzig Uhr. Ich versuchte alles, um es aufzuhalten, ich redete mit ihr über die Vergangenheit, zeigte ihr Photoalben, als sie begann sich selbst zu vergessen. Ich rieb sie mit den ihr vertrauten Düften ein und spielte ihre Lieblingsmusik, als sie über Worte nicht mehr zu erreichen war. Dreimal die Woche am Nachmittag zwischen siebzehn und zwanzig Uhr.

Ich stritt am Telefon mit meinem Vater, der ihr Vormund war, darüber, ob die künstliche Ernährung eingestellt werden sollte. Er weigerte sich. Ich könne nicht verlangen, dass er seine eigene Mutter verhungern ließ. Ich flehte ihm an, den Arzt zu veranlassen, die Herz-Kreislauf-Medikamente nicht mehr zu geben. Er antwortete, die Oma hätte das so gewollt. Und in der Zwischenzeit sah ich ihrem Sterben zu, dreimal in der Woche nachmittags zwischen siebzehn und zwanzig Uhr.

Dann nahm ich Isasa mit zu diesem Lebewesen, das einmal meine Großmutter gewesen ist. Isasa stand an ihrem Bett und schaute mich an. Sie sah mich einfach nur an. Ich brauchte ewig, bis das ich sie zu fragen wagte:

„Wie lange wird sie noch leben?"

„Was nutzt es dir, wenn ich es dir sage?"

„Sag´s mir einfach - weil ich dann wüsste, wann dieses Leid ein Ende hat", sagte ich wütend.

„Zwei Jahre, vier Monate, sechs Tage."

Ich sah in Isasas ausdrucksloses Gesicht. Ich war wie vor den Kopf geschlagen, innerlich war Schweigen. Dann zerriss der Vorhang in mir. Da war Entsetzen darüber, diesen Menschen so schnell zu verlieren, da war Entsetzen darüber, diesen Menschen noch so lange in seinem Dämmerzustand gefangen zu sehen. Das war es, was übrig blieb, Entsetzen. Entsetzen war es, was das Nicht-mehr-ertragen-können nährte. Das Nicht-mehr-ertragen-können formulierte die Bitte um Erlösung.

„Das kannst du nicht zulassen."

„Ich?" fragte Isasa

„Ja, du, du tötest. Erst vor vier Wochen hast du jemanden getötet. Also, warum nicht auch meine Oma?"

„Ich töte um zu essen. Ich bin nicht auf der Welt, um darüber zu entscheiden, wer leben und wer sterben soll."

„Du kannst es doch einfach tun, es würde niemandem auffallen und du siehst doch, wie sie leidet."

„Ob deine Großmutter leidet, kann ich nicht beurteilen. Ich sehe, wie du leidest."

„Ja, weil ich im Gegensatz zu dir zu Mitleid fähig bin. Die Kalimbi sind es offensichtlich nicht." In diesem Augenblick hasste ich sie und ihr ausdrucksloses Gesicht.

„Warum bittest du mich, einen anderen Menschen zu töten, damit dein Leid beendet wird?"

Ich fand keine Antwort. Angst und Entsetzen packten mich erneut. Setzten erneut den Kreislauf aus Gründen in Gang, warum es besser für meine Oma sei, tot zu sein. Ich nannte alle Argumente, die ich auch meinem Vater entgegen schleuderte. Isasa entgegnete nichts, sah mich nur an, zwischen uns meine Oma. Ich ließ mich ausgelaugt auf den alten Sessel sinken, der noch aus Omas Wohnung stammte. Das war das Einzige, das übrig blieb, ich war ausgelaugt. Ich hatte nicht mehr die Kraft, meine Großmutter am Rand dieses Abgrunds, über dem sie schwebte, fest zu halten. Und niemand erlaubte mir, sie los zu lassen, es war zuviel.

Isasa beugte sich über das Bett, und genau wie bei Arthur trank sie vorsichtig und zärtlich das Leben deiner Urgroßmutter.

Heute weiß ich, dass Helena durchaus in der Lage ist, schnell und brutal zu töten. Und das wollte ich Lucy doch eher ersparen.

Wir bereiteten das Fondue zu, redeten über Gott und die Welt. Über gemeinsame Bekannte tratschten wir in angemessener Weise. Und stritten leidenschaftlich über politische Tagesereignisse. Lucy und Sara stritten leidenschaftlich. Nicht, dass mich Politik nicht interessiert, nur sind mir die Unterschiede zwischen den Meinungsmachern nicht mehr so klar. Nach den vielen Jahren Kalimbischulung fehlt mir das nötige Feuer. Sara nannte mich einen buddhistischen Mönch. Ja, erst in der Interaktion mit anderen Menschen bemerke ich die Veränderungen. Die Einschätzungen meiner Person gehen von ruhig über gelassen bis unbeteiligt und gefühlskalt. Je nach Geschmack. Kommunikation unter und mit den Kalimbi ist so anders als die von Menschen. Emotionen werden sofort und direkt wahrgenommen, man muss nicht erst warten, bis sie dem Individuum bewusst sind. Es gibt keine Fehlinterpretation des gezeigten Verhaltens, es ist immer authentisch. Und wirklich grundlegender Austausch zwischen den Einzelnen findet im Grunde in der gemeinsamen Bewusstseinsebene statt. Von Jahr zu Jahr wird es für mich schwerer, mit der indirekten, oft unbewussten Art und Weise, wie Menschen miteinander umgehen und reden, klar zu kommen.

Ich genoss jedenfalls jede Minute dieses Abends, jeden Handgriff, der nötig war um vorzubereiten, was wir gemeinsam verzehren wollten. Weder Sara noch ich konnten die Finger voneinander lassen. Das war auch etwas, das ich genoss. Auch so ein Problem, ein Kalimbi würde die damit ausgedrückten Gefühle unmittelbar wahrnehmen und unser Handeln einfach akzeptieren, weil er auf der emotionalen Ebene vielleicht nicht beteiligt war, aber auch nie ausgeschlossen. Diese feinen Unterschiede zwischen den Kalimbi und dem Nefe einerseits und den Menschen andererseits lässt die ersteren die Einsamkeit suchen. Dass Lucy sich von unserem Verhalten gestört, verunsichert und auch ausgeschlossen fühlte, bemerkte ich schon, bevor Lucy es erkannte, und in ihrer Körpersprache ausdrückte. Darauf angesprochen stritt Lucy ihre eigene Befindlichkeit natürlich ab. Schließlich ist man kein Spielverderber. Genauso gut ist es aber auch möglich, dass sie es selbst nicht bemerkte. Solche Nuancen von Befindlichkeiten in einer großen Gruppe sind ausgesprochen anstrengend. Das alles gibt es zwischen Kalimbi und Nefe nicht.

Der ganze Abend ging einem freundlichen Ausgang entgegen, bis Lucy ihre innere Ablehnung meiner Person gegenüber nicht mehr zurück halten konnte, wohl auch dank des Alkohols. Sie nutzte die Gelegenheit, mir ihre Meinung zu sagen, als Sara neue Zigaretten holen ging.

„Weißt du, ich kannte mal einen Typen, der war genau wie du. Der tauchte einfach auf, wenn es ihm in den Kram passte. Und dann verschwand er wieder. Ein echter Scheißtyp."

„Danke", sagte ich trocken.

„Bitte, stimmt doch, du tauchst doch nur hier auf, wenn du Stress zuhause hast. Oder dich etwas amüsieren willst." Lucy schenkte sich noch etwas ein. „Aber nur um als seelischer Mülleimer zu dienen, dafür ist Sara zu schade. Wenn du es ernst meinen würdest, dann wärst du doch schon längst mit Sara zusammen gezogen."

„Ich glaube nicht, dass dies in Saras Sinne wäre."

„Da siehst du doch, dass du keine Ahnung hast. Sie liebt dich, deswegen bedrängt sie dich nicht, weil sie Angst hat, dass du dann abhaust. Das bisschen, das du ihr von dir gönnst, darauf könnte ich auch verzichten. Aber diese vor Liebe blinde Frau gibt sich damit zufrieden." Wellen tiefer Zuneigung gingen von ihr aus. Die sicher nicht mir galten. Und ein langes, zehrendes verletzt sein.

„Wenn das alles zwischen euch so toll ist und du sie liebst, so wie sie dich liebt, warum verlässt du dann nicht diese andere Frau? Darauf hast du keine Antwort. Darauf bleibt mir Sara die Antwort ebenso schuldig. Mann, das ist doch alles total kaputt!"

„Ich habe Sara nie darüber im Unklaren gelassen, unter welchen Bedingungen diese Beziehung (ich wagte nicht, es eine Affäre zu nennen) funktioniert. Und sie sagte, dass es OK ist."

„Mann, so ein Gerede macht mich total wütend. Dein Gequatsche ist so hohl. Du nutzt sie nur aus und wenn du sie nicht mehr brauchst, wirfst du sie weg. Egal, ob Mann oder Frau, so Typen wie du, ihr seid echte Scheißkerle." Lucy verfiel in mit Wein geschwängerte Trauer.

„Obwohl es schon solange her ist, bist du immer noch verletzt. Er hat dir sehr wehgetan." Als ich das gesagt hatte, wusste ich, dass es ein schwerer Fehler war. Ohne die energetische Ebene der Kommunikation hörte es sich auch für mich wirklich hohl und überheblich an.

„Du bist so billig." Lucy spuckte die Worte fast auf den Tisch.

Sara kam vom Zigaretten holen zurück und beendete dieses unerfreuliche Gespräch. Soviel zum Thema Normalität. Wir plauderten noch etwas angestrengt, bis Lucy sich auf den Heimweg machte.

Ich war so erschöpft von diesem Tag, dass ich ins Bett fiel. Auch eine von mir geschätzte Erfahrung von Normalität, mit einem anderen Menschen das Bett zu teilen. Die Körperwärme des anderen fühlen und beim ersten Kuss am Morgen seinen Mundgeruch ignorieren. Diese menschliche Normalität ist immer wichtig für mich gewesen. Vielleicht ist das einer der verborgenen Gründe, warum ich dich geboren habe.

„Nein!" schrie Angélique. Das konnte nicht sein. Was sollte das bedeuten? Diese Frau konnte sie nicht geboren haben. Aber es war vielleicht doch möglich. Theodora - oder war es das Wesen, das sie Helena nannte - eine von beiden hatte geschrieben, dass Theodora noch schwanger werden konnte, obwohl sie tot war. Angélique wurde schwindelig. Sie wusste nicht mehr, was sie glauben konnte.

Ich badete eine Weile in Saras Wärme und lauschte ihren regelmäßigen Atemzügen. Dann schickte ich meinen Geist auf die Reise zu Isasa.

Ich traf sie liegend an einem Strand. Leise streichelten die Wellen den noch sonnenwarmen Strand. Der Mond schien auf Isasas weißen geschlechtslosen Körper und verlieh ihm einen bläulichen Schimmer. Wie so oft war Isasa nackt. Ich legte mich neben es. Wir hörten den Wellen zu und beobachteten den Mond, der von keiner Wolke verborgen wurde.

„Wie geht es dir, Nefe?" sagte es, ohne mich anzusehen.

Als Antwort ließ ich einen warmen Wind uns wie eine Decke umschmeicheln. Mein Bild für Behaglichkeit und Geborgenheit „Das ist gut, es war ein schwerer Tag. Möchtest du sehen, wie Arthur starb?" Ich fühlte in meinem Inneren nach, ob ich das erfahren wollte. Und ich spürte, dass es mich trösten würde. Ich ließ dieses Gefühl als Antwort auf Isasas Frage zu ihm fließen. Langsam veränderte sich unsere Umgebung, es wurde heller, Bäume wuchsen um uns herum. Und dann schwebte ich scheinbar über dieser Landschaft, erkannte den Pfad im Wald und sah einen kleinen Jungen diesen Weg entlang laufen. Ich hörte scheinbar rechts hinten in meinem Kopf Isasas Stimme: „Das ist Arthur." Ich sah alles so, wie Isasa es gesehen hatte. Und ich fühlte Arthurs Begeisterung, seine Freude und seinen Stolz, als er in die Arme seines Urgroßvaters flog. Ein erfülltes, glückliches Leben, das war es, was Arthur als Bilanz fühlte.

„Ein schöner Tod", sagte ich zu Isasa.

„Ein gutes Leben", entgegnete es.

Ja, und das brachte mich zum Lächeln.

Das Bild löste sich auf. Ich war alleine inmitten von Schwärze. Isasa war fort. Ich kehrte mit meinem Geist zu Sara zurück. Das nicht vertraute Geräusch eines Weckers störte mich in der Welt der Träume. Neben mir bewegte sich Sara, streckte sich. Ich hielt sie fest, wollte nicht, dass sie aufstand. Zog ihren Körper zu mir hin, aber energisch befreite sie sich von mir. „Ich muss aufstehen, es ist Montagmorgen und ich bin keine reiche Erbin so wie andere Leute, die ich kenne."

„Ich bin keine reiche Erbin."

Ich drehte mich auf die andere Seite. Sara gab mir einen Klaps auf den Po, bevor sie endgültig aufstand. Ich liebe diese Normalität, Helena hatte mir nie einen Klaps auf den Po gegeben. Bis heute noch nicht. Ich erinnere mich noch, dass ich Sara einen schönen Tag wünschte, bevor ich wieder einschlief. Dankbar dafür, dass ich mit einem Vampir zusammen lebte, der Jahrhunderte Zeit gehabt hatte, ein Vermögen für seinen Lebensabend zusammen zu stehlen. Gegen Mittag stand ich auf mit dem Gefühl, ein Haus sei mir auf den Kopf gefallen. Jetzt schon litt ich unter Helenas Abwesenheit. An ihrer Stelle nahm ich zwei Aspirin. Anschließend widmete ich mich der Küche. Wie Wota sagt, eine saubere Küche säubert den Geist. Oder so ähnlich.

Wir verbrachten eine wundervolle Woche. Wir verabschiedeten uns am Sonntag nach Arthurs Tod. Ich sehe es noch genau vor mir. Ich wollte schon in den Jeep einsteigen, als Sara mich zu sich herum drehte, mir mit ihrem Körper den Weg blockierte und mich küsste, lange, mit beiden Händen meinen Kopf haltend. Auch das ist etwas, was man genießt: Geküsst zu werden, ohne fürchten zu müssen, anschließend tot zu sein. Dieser Kuss aber war leidenschaftlich, verzweifelt und etwas bitter. Ich umfing Sara mit meiner Liebe, der liebevollen Vertrautheit, mit der ich ihren Körper berührte, der Geborgenheit, die mir ihre Zärtlichkeit schenkte und der Leidenschaft, die dieser Kuss in mir gebar. Und nichts davon fühlte sie, nichts davon erreichte ihr Sein. Niemals würde ich eine Decke aus diesen Gefühlen weben und um sie legen können, um sie spüren zu lassen, was ich empfand, so wie ich das bei Isasa konnte.

„Ich liebe dich", sagte ich, und angesichts der Vielfalt dessen, was ich wirklich fühlte, war dieser Satz flach.

„Ich weiß noch nicht, ob das genug ist. Fahr vorsichtig!" verabschiedete sich Sara von mir.

Ich fuhr vorsichtig und hielt an, als meine Tränen mir die Sicht versperrten. Ich wusste nicht, um was ich weinte, um die Einsamkeit meines Menschlichseins oder um das Alleinsein meines Vampirwesens. Und ein Vampir war ich sicher. Ich lebte unendlich lange und ernährte mich, wenn auch nicht ausschließlich, von der Lebenskraft anderer Menschen.

Drei Tage später wusste Sara, dass das, was ich für sie empfand, nicht genug war. Sie schrieb mir einen Brief, in dem sie erklärte, sie könne so nicht weiter leben und werde es auch nicht. Ich verbrannte ihn, wie ich es mit all diesen Briefen tue.

Ein paar Jahre später hätte ich Sara sowieso verlassen müssen, wenn ihr aufgegangen wäre, dass ich keine grauen Haare bekam.

Nach Arthurs Tod verbrachte Joy ein paar Monate bei uns und Helena lehrte sie die Rituale und Bewusstseinskontrolltechniken, die sie unter Umständen brauchen würde, obwohl es unwahrscheinlich war, dass sie ihre Rolle als Wächter je antreten musste. Als wir uns besser kannten, legte sie ihre jugendliche Arroganz ab, was es angenehmer machte mit ihr zu leben. Genauso wenig wie Helena selbst hatte Joy, unser Strohmann in Sachen Geld, Lust, sich um Vermögensangelegenheiten zu kümmern und so übergaben wir alles einem Profi. Der zwar im Laufe der Jahre an der merkwürdigen Anlagestrategie seiner Mandantin verzweifelte, aber uns allen eine Menge „Klein-Klein" ersparte.

Wie immer wechselten wir nach einiger Zeit unseren Wohnort und mehr gibt es aus den restlichen Jahren vor deiner Geburt nicht zu erzählen. Außer vielleicht, dass Wota eine Geschichte des Mittelalters verfasste, die ihn in die Schlagzeilen und Talkshows brachte, was nicht Helenas Vorstellungen von einem unauffälligen Leben entsprach. Wotas diebische Freude über Helenas Ärger sah man noch Jahrzehnte später. Gott sei Dank sind die Menschen ignorant genug, um ihn als einen Spinner ab zu tun. Und dafür bin ich dem LICHT dankbar.

Und dann kündigte Kartes-EL ihren Besuch bei uns an.

An dem Tag, als wir Kartes erwarteten, war ich so nervös, als müsste ich mich bei meinen Schwiegereltern vorstellen.

„Helena, bitte, sag mir, soll ich dieses Kleid anziehen oder eher das blaue?"

„Theodora, es ist nicht der Besuch deiner Schwiegermutter, auf den du dich vorbereitest. Du musst keinen guten Eindruck machen. Du bist Nefe-SE."

„Aber Kartes-EL, es ist eine Kartes."

„Die Kartes ist keine Prinzessin und keine Göttin. Es gibt keinen Grund, so nervös zu sein", versuchte mich I'-SE zu beruhigen, gerade I'-SE, die sich vor einer Kartes verbeugt, wenn auch nur ganz leicht.

„Ich bin so aufgeregt. Wir haben noch nie ein Familientreffen gehabt." Um meine Nerven in den Griff zu bekommen, trank ich einen Schnaps, was auch nicht half.

„Theodora, wenn du in diesem Zustand bist, werden sie dich für die Vorspeise halten."

Ich streckte ihr die Zunge raus. Na, wenigstens musste ich mich nicht ums Essen kümmern.

Als Kartes dann endlich da war, machte Helena Gott sei Dank die Tür auf, damit die Kalimbi nicht schon an der Haustür mein Leben tranken. Ich sagte mir selbst, ich bin ganz ruhig.

„Du bist sicher Nefe-SE, ich bin Kartes-EL." Die Welle von Herzlichkeit, die mich berührte, nahm mir den letzten Rest von Aufregung. Die Frau, die aussah wie eine Asiatin, war sicherlich nicht gekommen, um mich zu begutachten. „Entschuldige, dass wir so kurzfristig bei euch beiden einfallen. Ich hoffe, es macht dir keine Umstände." Kartes-EL beherrscht menschliche Konversation besser als Helena.

„Ich musste ja nichts kochen", entgegnete ich ihr. Der Mann mit der Statur eines Siegfrieds lachte. Ein richtiges Lachen, nicht das Lachen der Kalimbi.

„Das hier", stellte ihn Kartes-EL vor, „ist Nefe-SETA. Und das ist Nefe-EL. Ich dachte mir, du würdest dich freuen, die anderen Nefe kennen zu lernen." Ich freute mich nicht nur, ich war sprachlos. Ich war nicht alleine auf der Welt, es gab noch andere wie mich. „Außerdem habe ich noch Altin-CAL gebeten, mit uns zu kommen."

Von Isasa ging ein Gefühl von Ergriffenheit aus. Ja, ich würde es so bezeichnen.

„Ich kann mich kaum daran erinnern, wann das letzte Mal drei Nefe an einem Ort versammelt waren", sagte Helena.

Wir hatten alle Platz genommen.

„Ich halte das für ein gutes Zeichen, Isasa", entgegnete Kartes-EL, und mich beschlich das Gefühl, dass unsere Gäste nicht nur einen

Höflichkeitsbesuch machten. Nur schien keiner von ihnen mit der Tür ins Haus fallen zu wollen.

„Wie geht es dem Tempel des Lichts?“ fragte I'-SE Altin.

„Die CAL haben diesen Weg verlassen.“

„Ja, das vermutete ich, hast du doch jetzt Marys Form.

„Oh ja, es war recht amüsant zu sehen, wie überrascht Mary war, als sie merkte, dass kein Leben in sie hinein floss, sondern aus ihr heraus.„

Der beißende Zynismus, der die Worte von Altin begleitete, sorgte dafür, dass ich Altin auf Anhieb unsympathisch fand. Was Altin deutlich spürbar genoss. Von Nefe-EL kam Erschrecken hinzu.

„Habt ihr sie alle getötet, oder war es dein persönliches Vergnügen, das Vertrauen dieses Menschen zu missbrauchen?„ fragte Helena.

„Nein, das war es nicht. Ihre Gurus verschwanden und jemand musste den Tempel auflösen. Wer eignete sich besser, als die engsten Vertrauten der Erleuchteten? Mary lag mir am Herzen, weswegen ich ihr die Ehre erwies, ihre Form anzunehmen. Die Wächter zu töten war eine taktische Entscheidung.„

Der Sarkasmus, der von Altin ausging, und die Verachtung und die tiefe Abscheu für dieses Handeln, die I'-SE ausstrahlte, machten die Atmosphäre im Raum unerträglich. Vielleicht nur für einen Menschen, für mich auf jeden Fall, und wie es mir schien auch für die junge Nefe-EL.

„Ich denke, wir Menschen können einen Kaffee gebrauchen.“

Kartes-EL, die sich bisher auf die anderen Kalimbi konzentriert hatte, wandte ihre Aufmerksamkeit mir zu, überrascht und erfreut. Wobei Kartes-EL sich sicher nicht auf eine Tasse Kaffee freute. Sie beobachtete mich, genau das war es. Warum, blieb mir verborgen.

„Entschuldigt mich einen Moment“, sagte ich. Nefe-EL sprang auf, um sich mir anzuschließen, als ich hinausging.

„Die Luft ist da drinnen wie zum Schneiden. Scheint so, als wenn Isasa und Altin nicht gut aufeinander zu sprechen wären.“ Nefe-EL schien damit vertraut zu sein, dass mehrere Kalimbi an einem Ort waren. Im Gegensatz zu mir, die ich mich ängstlich und unsicher fühlte, ging von ihr nur Leichtigkeit aus. Obwohl sie noch so jung war, ich schätzte sie auf zwanzig Jahre, hatte sie überhaupt keine Probleme, die vielen unterschiedlichen energetischen Felder wahrzunehmen, und in ihrer Komplexität richtig zu deuten. Beim Zusammentreffen mit den anderen Nefe wurde mir das erste Mal bewusst, dass ich von ihrem Aussehen nicht auf ihr Alter schließen konnte. Wenn die Kalimbi sie mit zwanzig Jahren getötet hätten, würde sie wie zwanzig aussehen, obwohl sie schon fünfhundert Jahre alt war.

„Wie alt bist du?“ fragte ich deshalb Nefe-EL.

„Ich? Siebzehn“, gab sie zur Antwort. Und ich schreckte etwas zusammen. So jung noch, ich hatte immer gedacht, die Kalimbi würden warten, bis das jemand erwachsen war, bevor sie das Band der Blutsgeschwisterschaft anknüpften.

„So jung!“

„Wieso? Wie alt warst du denn, bevor dich Isasa geholt hat?“

„Ich war älter, und sie hat mich nicht geholt.“

„Ich war sechs, als Tute-EL mich geholt hat.“ Bilder von Entführung schossen mir in den Kopf.

„Er hat mich nicht entführt!“ entgegnete die kleine Nefe lachend. Offensichtlich verfügte sie über Fähigkeiten, die meine weit überragten.

„Meine Eltern wussten nicht mehr, wie sie mir noch helfen sollten. Der Heiler sagte, ich sei von einem Geist besessen, und meine Eltern beteten zu Allah, aber ich blieb verrückt. Das wirst du kennen. Als Tute ins Dorf kam, erkannte ich ihn sofort. Er hat mit meinen Eltern gesprochen, und als die sahen, dass es mir wirklich besser geht und er sie nicht belog, als er sagte, er könne mich gesund machen. Ich durfte mit in die Kooperation (Du weißt ja, wo die Kooperation ist.) gehen. So war das. Er hat mich nicht entführt.“

Ich erfuhr das erste Mal von der Kooperation durch Nefe-EL. Als wir beide zurück ins Wohnzimmer kamen, schienen die Energiefelder der Kalimbi ineinander zu fließen. Es war unmöglich zu erkennen, wer was „sagte". Wenn sie überhaupt etwas „sagten", auch so etwas hatte ich noch nie gesehen.

„Was machen sie da?" fragte ich Nefe-SETA.

„Ich würde sagen, sie versöhnen sich."

Ich verstand kein Wort. „Sie tun was?"

„Warst du noch nie dabei, wenn mehrere Kalimbi zusammen kommen?" fragte Nefe-SETA

Offensichtlich hatte mir hier jeder was voraus.

„Jedenfalls ist es hier noch ganz schön hoch hergegangen, so dass die Kalimbi wohl erst mal die Harmonie wieder herstellen müssen. Das kann jetzt dauern." Er nahm sich einen Kaffee. „Das tut gut. Ich dachte schon, du würdest uns verdursten lassen." Ein Necken ging von ihm aus.

„Die Harmonie wieder herstellen?" Das war die letzte dumme Frage, die ich stellen würde.

„Die Kalimbi empfinden sich als Elemente eines großen Ganzen. Wenn die Teile zu sehr auseinander treiben, müssen ihre Schwingungen wieder synchronisiert werden, damit das Größere, das Haus, nicht zerfällt. Was alle Elemente namenlos zurück lassen würde", erklärte mir Tute-ELs Nefe.

Was tatsächlich dauerte, uns Menschen aber die Gelegenheit gab, unsere Geschichte zu erzählen und Erfahrungen auszutauschen. Nefe-SETA war von Fil-SETA offensichtlich aus einer unerträglichen Gefangenschaft befreit worden.

„Als sich mein Geist begann zu verwirren, mauerte mein Vater die Fenster meines Zimmers bis auf einen Spalt zu und verschloss die Tür mit eisernen Riegeln. Wenn er betrunken war, versuchte er, die Dämonen mit der Peitsche aus mir heraus zu prügeln. Ich war, glaube ich, zwölf Jahre, als Fil zu meinen Eltern kam. Er, ich meine Fil, bot meinem Vater eine Menge Gold für mich an. Das mein Vater ablehnte, er verkaufe seinen Sohn nicht an einen Mann, der mit dem Teufel im Bunde sei. Mein Vater hätte seine Seele verkauft, wenn der Preis stimmte. Fil entgegnete ihm, es sei doch schade, dass ihm das Wohl seines Sohnes nicht am Herzen liege. Dann trank er sein Leben."

Es beruhigte mich zu erfahren, dass Nefe-SETA schon 762 Jahre alt war, und auch in den Zeiten, als Fil-SETA schlief, keine Probleme gehabt hatte zu trinken. Wota hatte mich also nicht belogen. Am kommenden Tag, die Kalimbi saßen immer noch wie tot im Wohnzimmer, machte ich unseren Gästen den Vorschlag, in der nächsten Stadt bummeln zu gehen. Nefe-EL war sofort Feuer und Flammen.

„Einer von uns muss ihre Körper bewachen. Was wohl meine Aufgabe ist, ihr Frauen könnt gerne eurem Vergnügen nachgehen und allerlei Tand erstehen", lehnte Nefe-SETA ab, und in seinen Worten war keine Ironie. Er meinte es genauso, wie er es sagte. Das ist es, was ich eine Herausforderung nenne, ihn nicht immer wegen seiner antiquierten Ansichten anzugehen. Ich fürchte, dass ich in fünfhundert Jahren genauso sein werde. Bei aller Anpassungsfähigkeit werde ich den Jüngeren wie ein Dinosaurier vorkommen.

„Was soll ihnen hier passieren?" wandte ich ein.

„Sie sind ohne weitere Schutzmaßnahmen in den kleinen Schlaf gegangen, weil sie uns vertrauen. Es ist jetzt an uns dieses Vertrauen nicht zu enttäuschen", war seine Antwort.

So beschützte Nefe-SETA die Kalimbi und wir Frauen gingen bummeln.

Nefe-EL, die noch nie in Europa gewesen ist, wurde von den neuen Eindrücken überwältigt und redete unablässig. Mit Dutzenden von Einkaufstaschen kamen wir am späten Abend zurück. Nefe-SETA hatte seine Aufgabe getreulich erfüllt und niemand hatte die drei Körper entwendet. Nefe-EL zeigte ihm alles, was sie gekauft hatte, machte eine richtige Modenschau und wir hatten doch eine Menge Spaß zusammen. Dabei fiel mir auf, dass es eigentlich recht ruhig zuging. Wir sprachen wenig miteinander. Obwohl wir uns prächtig amüsierten, lachten wir wenig. Von außen gesehen waren drei Menschen zusammen, die sich nicht viel zu sagen hatten und ohne erkennbares Interesse einem jungen Mädchen beim Vorführen ihrer Einkäufe zusahen. Wir waren den Kalimbi so ähnlich, wir verdienten den Begriff Blutsgeschwister.

Ich muss nicht extra erwähnen, dass Nefe-SETA auch die Nachtwache übernahm. Morgens, als ich nach ihm sah, waren die Kalimbi erwacht, Altin, mit der ich mich heute noch schwer tue, ließ Nefe-SETA gerade von sich trinken, als ich herein kam.

„Theodora, entschuldige, dass wir euch so unvermittelt alleine gelassen haben. Die Ereignisse zwangen uns dazu", begrüßte mich Kartes-EL. „Ich hoffe, dass machte dir keine Umstände."

„Nein, mir nicht, Nefe-SETA hat auf euch aufgepasst."

„Und wie ich sehe, hat Nefe-EL die Gelegenheit genutzt, einen ausgiebigen Stadtbummel zu machen." Kartes-EL war amüsiert. Ich vermisste meine Kalimbi.

„Wo ist Helena?"

„Isasa füttert die Katze. I´-SE wird wohl jeden Moment zurück sein."

„Apropos füttern, ich könnte schon etwas Gutes vertragen", meinte Nefe-SETA und klopfte sich auf den Bauch.

„Wenn du beim Essen nicht die Knochen hinter dich wirfst, dann können wir gemeinsam frühstücken."

Sein Lachen kann man nur als dröhnend bezeichnen. Mich nervte es.

Die Kalimbi gingen töten.

Wir Nefe verbrachten einen weiteren gemeinsamen Tag, die Kalimbi kamen abends nach Hause. Alle drei wunderschön leuchtend. Ich zeigte Nefe-EL gerade eine kleine Holzschatulle, die ich restauriert hatte, als sich Kartes-EL zu uns gesellte. Sie schaute sich um, und wir unterhielten uns über die verschiedenen Stücke, die in der Werkstatt standen, dass es nicht immer so einfach war, ein geeignetes bauliches Objekt zu finden, in dem eine Werkstatt Platz hatte.

„Nefe-SE, sicher hast du dich schon gefragt, warum wir gerade jetzt das Haus SE besuchen. Wo doch solche Zusammentreffen eher selten sind. Ich gestehe, dass der Grund nicht ist, dass die Nefe sich kennen lernen, obwohl es ja Nefe gibt, die mir schon Wochen vorher den letzten Nerv raubten.“ Kartes-EL hüllte Nefe-EL mit zärtlicher Liebe ein, was diese damit beantwortete, dass sie sich an Kartes zu kuscheln schien.

„Der Grund, warum wir in so großer Zahl hierher gekommen sind, bist du.“

Genau wie ich bemerkte Nefe-EL die Veränderung in der Stimmung der Kartes und ging. Ich war überrascht und verwirrt.

„Ich? Inwiefern?“

Kartes-EL räumte zwei Hocker frei. „Setzen wir uns.“

Ich bemerkte ihre Unsicherheit.

„Nach dem großen Sterben war das Ziel der überlebenden Kalimbi immer, in Harmonie mit ihrer Umwelt zu leben. Die Regeln, um das zu gewährleisten, sind streng, Und sicher kennst du sie alle. Wir wollten damit unser Überleben sichern. Das Haus SE steht vor der Namenlosigkeit, nur noch Isasa und Wota haben einen Namen und in anderen Häusern sieht es nur wenig besser aus. Es gelingt uns nicht mehr, die Bluttrinker bis zur Reife zu bringen.“

Ich nickte, weil mir das alles bekannt war. „Wie viele seid ihr noch?“

„Einundvierzig und nur noch Kartes-SETA und ich sind alt genug, die Formgebung zu vollziehen. Nur noch zwei von ehemals sieben. Das ist nur ein Aspekt des Problems. Unsere Kinder überleben nicht. Sie brauchen zu lange, bevor sie vor den Menschen sicher sind.“

„Helena ...“, ich unterbrach mich, es erschien mir plötzlich unpassend, I'-SE mit einem Namen zu bezeichnen, den sie nur trug, damit ihr wirkliches Wesen verborgen blieb, „I'-SE hat mir von Fil-SE erzählt.“

„Es war das letzte Kind der SE, danach hatten sie nicht mehr die Kraft, ein weiteres zu zeugen.“ Hoffnungslosigkeit kam von Kartes-EL. „Altin-CAL bezeichnet die Bluttrinker als Frühgeburten, unausgereift oder zu wenig angepasst an die Umwelt. Egal, wie du es nennst, wenn wir als Rasse überleben wollen, müssen wir einen anderen Weg beschreiten."

Gefühlsmäßig gab ich ihr Recht. Wie dieser andere Weg allerdings aussehen sollte?

„Ich habe lange darüber nachgedacht, schon seit wir in CAL waren und ich glaube, der einzige Weg ist eine neue Kooperation."

„Die Kooperation?" fragte ich.

Von ihrer Seite kam Zustimmung. „Die Kooperation existiert erst hundert Jahre und noch kann niemand sagen, ob es gelingen wird, aber die Zeit drängt. Und die Kooperation alleine genügt nicht." Von Kartes kamen Zögern, Ängstlichkeit und Anspannung. „Wir möchten einen neuen Kalimbi formen."

„Was?" unterbrach ich Kartes.

„Mit deiner Hilfe."

Ich war sprachlos. „Warum mit meiner Hilfe, und wie soll das gehen?"

„Weißt du, wie Kalimbi Kinder bekommen?"

Ich konnte nur mit dem Kopf schütteln, mehr brachte ich nicht mehr hervor.

„Wenn du erlaubst, werde ich es dir zeigen."

„Du meinst, wir teilen eine Realität? Ich dachte, das könnte ich nur mit Isasa."

„I'-SE ist noch jung und hat noch lange nicht alle Fähigkeiten ausgeprägt." Kartes lachte. „Vertrau mir!"

Wir gingen zurück ins Wohnzimmer, wo die Kalimbi gewartet hatten. Auch hier lag eine unerträgliche Spannung in der Luft. Auf Kartes Wunsch hin legte ich mich auf die Couch und entspannte mich. Ich ging zu einer meiner Lieblingsplätze, einer Blockhütte auf einem baumlosen Plateau, von wo aus man einen unbegrenzt weiten Blick hat. Auf der Veranda steht ein Schaukelstuhl. In den setzte ich mich jetzt. Ich brauchte nicht lange zu warten, schon von weitem sah ich eine Gestalt den schmalen Weg hinauf kommen, der von der Hütte weg führte. Erst dachte ich, es sei Isasa in ihrer Kalimbigestalt. Dann meinte ich, eine Frau zu erkennen, aber je näher die Gestalt kam, umso mehr veränderte sie sich. Als sie noch zwei Meter von mir entfernt war, erkannte ich einen Mann. Um die dreißig Jahre alt, so groß wie ich, mit einem Dreitagebart, strahlend blauen Augen, die mich an einen See erinnerten, schmalen Händen mit langen Fingern. Von der ganzen Erscheinung ging ein leichtes Schimmern aus.

„Kartes-EL?" fragte ich ungläubig.

„Ich bin es", sagte der Mann mit einer angenehm dunklen Stimme. Ich hätte mir die Kleider vom Leib reißen können. Was ging hier nur vor?

„Du hast eine Frau erwartet, aber das hier ist dein Geist, und wir beide reden vom Kinder kriegen, das scheint für dich der ideale Mann für diesen Zweck zu sein." Sie lachte.

„Findest du meine Vorstellung nicht zu klischeehaft?"

Sie lachte wieder. „Ich fände ihn verführerisch genug, um ihn zu töten, wenn ich nicht Kartes wäre, könnte ich seine Form annehmen. Gib mir noch etwas Zeit um die männliche Form zu genießen."

Sie begann herum zu laufen und sich zu bewegen, dann veränderte sich der Körper, wurde muskulöser, ein wenig größer, seine Bartstoppeln verschwanden. Direkt darauf wuchs ihr ein Vollbart. Ich war erstaunt über die große Zahl der Veränderungen, die sie an der Form vornahm, wobei sie sich immer bewegte. Jede Formveränderung ging mit anderen Bewegungsmustern einher. Dann hatte sie anscheinend genug. Weil Zeit in dieser Dimension nicht wirklich existiert, kann ich dir nicht sagen, wie lange Kartes die Form genoss. Als sie damit fertig war, war ihr ganzer Körper von feinen Schweißperlen bedeckt.

„Die Schweißperlen sind von dir. Du bist es, die glaubt, dass man schwitzt, wenn man sich bewegt."

„Oh, entschuldige, ich möchte nicht, dass du schlecht riechst", erwiderte ich. Sie lächelte, und ich ließ den Schweiß verschwinden.

„Bereit, mir die Kontrolle über deinen Geist zu überlassen?"

„Ja.“ Ich vertraute diesem fremden Wesen meinen Verstand, meine Seele an.

Das Bild änderte sich, weißes milchiges Licht umgab uns, dieser Ort war mir vertraut, ich bin auch schon mit Isasa hier gewesen. Kartes hatte ihre Kalimbierscheinung.

„Wir werden nur zusehen.“ Die Stimme, die das sagte, kam gleichzeitig aus allen Richtungen. Sie klang etwas wie Kartes. „Energie und Materie sind eine Zustandsform des Willens. Der Wille ist es, der die Materie erschafft.“

Vor uns entstand ein Raum, in den wir hineinsahen, als sei es eine Bühne. Sechs Menschen verschiedenen Geschlechts saßen im Kreis um eine Frau herum. Alle schienen zu schlafen oder tot zu sein. Die sechs Menschen im Kreis schienen sich aufzulösen, was blieb, waren in rot, orange, grün, blau, violett und gold schimmernde Wesen, die nur noch in ihren Umrissen an Menschen erinnerten. Von jeder Gestalt ging ein Lichtstrahl aus.

„Was ist das?“

„Das sind die Elemente der Häuser der Kalimbi, z.B. ist das Element Isasa gelb: Glück, Stärke und Wachstum.“

„Ziemlich verrückt, oder?

„Ich muss Bilder und Symbole verwenden, die du verstehen kannst. Um dir zu zeigen was geschieht“

„Was tun sie?“

„Sie formen Isasa-SE.“

Damit hatte ich nicht gerechnet. Ich war bei Isasas Geburt dabei. Die Farben konzentrierten sich über der Frau, die in der Mitte saß.

„Dann nehme ich an, das ist Kartes-SE.“ Von Kartes-EL kam Zustimmung.

Die verschiedenen Lichtstränge verbanden sich miteinander und begannen, in die Frau hinein zu fließen. Sie sammelten sich in ihrem Uterus und formten einen Körper. Von der Zelle bis zum Embryo.

Das Bild veränderte sich erneut. Die Kalimbi hatten wieder eine deutlich wahrnehmbare menschliche Gestalt. Verließen den Kreis aber nicht, so wie ich geglaubt hatte. Im Körper der Kartes-SE wuchs das Kind weiter. Ich sah, wie die Kartes im gleichen Tempo wie das Kind wuchs, ihren Körper veränderte. Eine menschliche Schwangerschaft im Zeitraffer.

„Wie lange dauert dieser Vorgang wirklich?“

„Höchstens einen Tag.„

„Isasa hat einmal ein Geschwür aus einem Hund entfernt …“ Ich brauchte nicht weiter zu sprechen, Kartes-EL wusste, was ich meinte.

„Das hier ist ein vergleichbarer Vorgang.“

Wir konzentrierten uns wieder auf das Geschehen. Die Kartes-SE hatte unterdessen das Kind geboren, so wie es jede menschliche Frau tun würde. Allerdings schien sie dabei keine Schmerzen zu haben.

„Wenigstens kommen die Bluttrinker auf dem gleichen Weg wie Menschen auf die Welt.“ Das beruhigte mich doch sehr.

„Nicht unbedingt, wir können das Kind auch in einem männlichen Körper formen. Der Energieaufwand ist allerdings so hoch, dass wir darauf verzichten.“ Warum war bei den Kalimbi nichts so, wie man es erwartete?

In der Zwischenzeit hatte ein Mann den Raum betreten. Die Kartes-SE hielt das Kind im Arm, als wolle sie es stillen. Der Bluttrinker, winzig wie ein Säugling, schrie laut, und ich meinte, seine winzigen Fangzähne zu sehen. Ein unwiderstehlicher Drang, das Kind zu hegen und zu pflegen, ergriff mich. Ich konzentrierte mich auf das, was weiter geschah. Der Mann, der den Raum betreten hatte, brachte sich mit dem Messer eine Wunde am Arm bei.

„Das Kind braucht Blut, der Mensch wird es ihm geben. Vor der Kooperation gaben Menschen uns ihr Blut nicht feiwillig. Tierblut geht auch, ist aber nicht so gut geeignet“, beantwortete Kartes-EL meine gedachte Frage.

Tatsächlich legte der Mann seinen Arm an den Mund des Säuglings, der unbeholfen, aber gierig begann zu trinken.

„Seine Zähne sind jetzt noch nicht fest genug um selbst eine Verletzung herbei zu führen, das wird erst später der Fall sein."

Als Isasa-SE gesättigt war, schloss einer der Kalimbi die Wunde und dankte dem Mann.

Übergangslos fand ich mich auf der Veranda sitzend.

„Können wir zurückgehen?"

Als Antwort beendete ich die Verbindung.

Die Kalimbi warteten, bis ich richtig in dieser Realität zurück war. Wofür ich mir viel Zeit ließ.

„Und was hat das alles mit mir zu tun?"

„Wir haben darüber nachgedacht. Wir glauben, dass es uns gelingen kann, eine deiner Eizellen durch das gezielte Zuführen von Lebensenergie zur Teilung zu veranlassen."

„Wie bitte?" Was in diesem Moment in mir vorging, dafür habe ich keine Worte.

„Nach meiner Meinung würde dadurch ein Kind entstehen, halb Mensch, halb Kalimbi. Ein Kind, das nicht gezwungen wäre Blut zu trinken, das nicht durch sein Äußeres als Nichtmensch zu erkennen wäre, und sich wahrscheinlich schneller vom Kind zum Erwachsenen entwickelt, als es die Bluttrinker tun."

„Ihr wollt meinen Körper als Brutkasten für, für was eigentlich gebrauchen? Würde ..., könnte ..., glaube ich ..., etwas wenig um ...", ich verstummte.

Ich erinnerte mich an die Jahre mit Isasa, an mein Leben mit Wota, und an mein Leben mit Isasa in der geteilten Realität, wo ich sie noch anders kennen gelernt hatte als in diesem Leben. Die Kalimbi hatten ein Recht, auf diesem Planeten zu leben, es war nicht an mir zu beurteilen ob sie gut oder böse sind. Sie sind ein Aspekt der Schöpfung. Ich holte tief Luft für das, was ich jetzt sagen würde, damit mich nicht der Mut verließ.

„Ich bin einverstanden.“

Von Kartes ging Erleichterung aus, Altin war überrascht, von Isasa kam Sorge.

„Nefe, niemand von uns ist in der Lage zu sagen, ob es gelingt und wenn ja, welche Folgen es hat. Überlege es dir noch einmal. Wenn das Kind so schnell wächst wie ein Bluttrinker, wird es deinen Körper zerfetzen.“

„Ich glaube nicht, dass so etwas geschieht. Wenn etwas schief geht, werde ich das Leben des Kindes trinken. Ich werde alles tun, das dir nichts zustößt, Theodora“, sagte Kartes, die ihre Hoffnung nicht aufgeben wollte.

„Ich bin dagegen, weil ich es für zu gefährlich halte“, sagte Isasa und ihre Ablehnung war nicht zu übersehen.

„Ich werde es tun. Wie habt ihr euch vorgestellt, es zu durchzuführen?“

„Kartes und ich werden die Energie geben und lenken, die das Kind formen soll. Isasa und du, ihr werdet in der geteilten Realität sein. Wir glauben, dass die Tatsache, dass dein Geist dort weilt, den Stress reduziert, den die Formung normalerweise für dich bedeuten würde. Isasa wird euch dann zurück bringen, wenn die Zeugung erfolgt ist“, beantwortete Altin meine Frage.

Angst stieg in mir auf bei der Vorstellung, dass jemand mit meinem Körper etwas tat, das ich nicht kontrollieren konnte.

„Die Tatsache, dass du Kalimbienergie trinkst, ist ein Vorteil. Dein Körper ist daran gewöhnt, ohne diesen Umstand würde ich es nicht wagen. Du bist die einzige, bei der wir es riskieren können. Nefe-EL trinkt noch nicht, und Nefe-SETA ist ungeeignet.“

Kartes hatte Recht, mein Körper war daran gewöhnt, brauchte es sogar.

Ich nickte, um mein Einverständnis zu bekräftigen.

„Wann?“

„Wann immer du willst“, sagte Kartes.

„Dann jetzt."

„Nefe, bitte schlaf noch eine Nacht drüber." Isasa war fast in Panik.

„Jetzt!" sagte ich mit Nachdruck, ich fürchtete, dass mich morgen die Courage verlassen würde.

Die Kalimbi und die Nefe taten alles für meine Bequemlichkeit, lasen mir jeden Wunsch von den Augen ab. Isasa trank meine Angst, als ich sie darum bat.

Ich kann dir nicht sagen, was die Kalimbi mit mir taten, was ich weiß ist, dass ich in der ganzen Zeit Sex mit Isasa hatte, also nicht nur, aber auch. Schließlich ging es um Fortpflanzung. Isasa sah aus wie mein Traummann und auch wie meine Traumfrau, je nach Wunsch. Die sexuellen Phantasien deiner Eltern gehen dich nichts an. Ich will nur sagen, dass es mir viel Spaß machte und ich einen Orgasmus nach dem anderen hatte, mehr, als ich in dieser Realität je gehabt habe. Und dass Helena, ob Mann oder Frau, eine ausgezeichnete Liebhaberin ist.

Ich erwachte drei Tage später in meinem Bett. Kartes saß auf einem Stuhl neben mir. Wärme und Wohlwollen umhüllten mich. Sie legte ihre Lippen auf die meinen, und ich trank gierig. Lebensenergie floss in mich, die Kalimbiart, sich für einen erwiesenen Dienst zu bedanken.

„Es ist alles in Ordnung."

„Bin ich schwanger?"

Sie nahm ein Päckchen vom Tisch und warf es mir aufs Bett. Ein Schwangerschaftstest.

„Kannst du es nicht sehen?" fragte ich überrascht.

„Isasa sagte, dass du nur glaubst, was du mit eigenen Augen siehst."

Ich nahm die Herausforderung an, zehn Minuten später stellte ich fest, dass ich schwanger war. Mein erster Gedanke war, ich bekomme ein Christkind.

Wir zogen alle in die Kooperation und unter den wachsamen Augen von Kartes wuchst du heran, ganz normal in neun Monaten. Ich habe dich ohne Schmerzen geboren, genau wie eine Kartes. Bei deiner

Zeugung war ich nicht mit meinem Körper verbunden, bei deiner Geburt schon. Darüber bin ich sehr dankbar.

Angélique sah nur einen Weg, Klarheit darüber zu bekommen, was und wer sie war. Sie rief Juan River an.

„Angélique, wie geht es dir?"

„Danke, es geht."

River gab einen skeptischen Laut von sich.

„Ich hoffe, dass du mir weiterhelfen wirst. Ich wollte dich bitten, einen Genscan von mir zu machen."

„Was?" River sah ihr ungläubig vom Bildschirm entgegen. „Du und Tom, ihr habt das immer abgelehnt. Entschuldige, wenn ich das so sage, aber jetzt, wo Tom tot ist, wie soll dir da eine Genanalyse helfen? Für ein Kind ist es zu spät."

„Darum geht es nicht. Ich kann es dir nicht erklären, es sind sehr persönliche Gründe. Und ich wäre dir dankbar, wenn du mich nicht weiter fragst. Tu es einfach, weil du unser ..., mein Freund bist."

River versuchte ein Lächeln. „Nächste Woche Mittwoch, fünfzehn Uhr?"

„Geht es nicht heute noch? Es ist wirklich wichtig!" drängte ihn Angélique.

„In Ordnung, heute Abend um acht."

„Danke."

River winkte ab und unterbrach die Verbindung.

Pünktlich zur vereinbarten Zeit betrat sie Rivers Praxis, vielleicht zum letzten Mal. Die letzten Patientinnen waren gegangen und auch seine Helfer hatten schon Feierabend. River machte einen müden Eindruck, als er ihr Blut entnahm. Sie war ein Mensch, sie blutete, wenn man sie verletzte. Und jetzt, hier, würde sie diesem Spuk ein Ende machen.

„Und du willst mir wirklich nicht sagen, warum du nach all den Jahren ein Genprofil willst? Immerhin habe ich dir das schon vor Jahren vorgeschlagen, um eurer Kinderlosigkeit auf die Spur zu kommen."

„Du hast getan, was du konntest."

Von ihm ging Erleichterung aus, das Gefühl von Versagen, das sie vorher gespürt hatte, verschwand. Angélique schloss erschrocken die Augen. Das war es, was Helena und ihre Mutter beschrieben hatten. Genau diese Wahrnehmung war es.

„Wie lange wird die Auswertung dauern?" fragte sie River, um sich abzulenken.

„Zehn Minuten."

Angélique starrte wie gebannt auf den Bildschirm der Analysegeräte, um sich von den unterschiedlichen energetischen Schwingungen abzulenken, die von River ausgingen. Dann bedeckten Buchstabenkolonnen den Bildschirm.

„Das gibt es doch gar nicht!" kommentierte River ungläubig die Ergebnisse.

„Was ist? Stimmt was nicht?" Angéliques Frage war nicht mehr als ein Hauchen.

„Nach diesen Ergebnissen sind alle deine Chromosomensätze völlig identisch, so, als hätte sich deine Mutter noch einmal selbst gezeugt, oder anders ausgedrückt, du bist ein Mensch ohne Vater, und das ist nach unserem Wissenstand unmöglich. Dieses verdammte Ding ist kaputt." Er schlug mit der Faust auf den Monitor.

Angélique

Angélique öffnete die Tür zu ihrem Elternhaus. Sie fühlte sich müde und schob es auf den langen Flug. Aber jeder, der sie sah, wusste, dass ihre Erschöpfung tiefer reichte. Sie war bleich, ihre Wangen eingefallen, unter den Augen hatten sich tiefe dunkle Schatten eingegraben. Sogar ihr Haar war ungekämmt, wobei ihre Kleidung deutlich zeigte, dass sie eine Frau war, die auf ihr Äußeres Wert legte - unter normalen Umständen, nur lebte Angélique schon länger nicht mehr unter normalen Umständen.

Theodora schien sie gehört zu haben.

„Da bist du ja endlich, wir haben dich schon früher erwartet. Du hättest anrufen können, dass du um diese Zeit kommst."

Theodora umarmte sie, Angélique tat es ihr nach. Eine mechanische Geste.

„Du siehst schlecht aus. Du musst mehr schlafen, du schläfst zu wenig!"

„Ich glaube, wir haben wichtigeres zu besprechen als dieses", unterbrach Angélique Theodora abrupt, „Helena ist zu Hause?"

„Ja, natürlich!"

Gemeinsam gingen sie in den Wintergarten. Der Duft von frisch aufgebrühtem Kaffee erfüllte den Raum. Helena saß in einem der Sessel und machte nicht die geringsten Anstalten aufzustehen. Angélique schüttelte den Kopf, um die Farben zu vertreiben, die sie um Helena herum erkennen konnte. Theodora hatte sich ebenfalls in einen Sessel gesetzt und rieb ihre Hände unablässig an ihrer Hose ab. Eine unerträgliche Spannung erfüllte den Raum. Angélique wusste nicht, wie sie beginnen sollte, aber wie es schien, hatten die beiden anderen Frauen nicht die Absicht, den Anfang zu machen.

Theodora sah zu Helena herüber, ein kurzes Lächeln verschönerte ihr Gesicht. „Danke, so ist es besser."

Angéliques Mund wurde trocken.

„Gut, ich habe das hier gelesen.“ Sie nahm den Schnellhefter mit den Briefen aus ihrer Handtasche. Theodora wollte etwas sagen.

„Nein, nein, lasst mich beide ausreden. Also, am Anfang habe ich gedacht, es handelt sich um eine Art Massenpsychose. Oder ihr seit beide zu sehr aufeinander fixiert. Oder irgendetwas in dieser Art. Wahrscheinlich, so glaubte ich, hatte ich mich nicht genug um euch gekümmert. Weil ich zu selten anrufe. Das ist ja das, was mir Theodora ständig vorhält. Ich habe jede Zeile gelesen, ihr braucht mir also nichts weiter zu erzählen. Von euch beiden bin ich einiges gewohnt. Ich bin gut damit fertig geworden, dass es in meiner Familie keinen Vater, aber zwei Mütter gibt. Als junge Erwachsene konnte ich zwar nicht verstehen, warum ihr aus eurem Lesbischsein ein Geheimnis macht …“

Helena lachte ein kurzes Lachen, wovon sich Angélique sich jedoch nicht ablenken ließ.

„... aber das war ja eure Entscheidung. Und mir hat es nicht geschadet, wie auch mein Therapeut meint. Das ist nicht das Problem. Es kümmert mich auch nicht, dass ich meinen Vater nicht kennen gelernt habe. Auch das habe ich gut verkraftet, weil ihr mich beide liebt. Das Gefühl hatte ich immer, trotz allem. Aber in diesem Ding hier steht, dass ich ein Vampir bin! Das ist doch völlig verrückt. Das müsst ihr doch zugeben. Ich meine, lesbische Eltern zu haben, das ist dagegen ja schon kleinbürgerlich.“

Jetzt lachte auch Theodora.

„Ich finde das alles nicht witzig! Ich hätte nichts von euch gelernt, wenn ich nicht auch das Unmögliche in Betracht ziehen würde. - Ein Teil von mir kann es ja immer noch nicht glauben, dass ich überhaupt darüber nachdachte. Wenn ich diesen Text als Grundlage nehme und mir mein Leben anschaue, wird vieles, für mich bis dahin unerklärliches, für mich verständlich. Zum Beispiel, dass die Menschen, die mich kennen, mir sagen, dass ich noch immer aussehe wie dreißig, obwohl ich schon fünfundvierzig bin. Das hat mir von allen Komplimenten immer am besten gefallen. Die Erklärung, die ich jetzt habe, ist, dass ich seit meinem dreißigsten Lebensjahr nicht mehr gealtert bin?"

„Ja, so ist es", beantwortete Helena die Frage.

„Nächster Punkt: Dass ich ein Vampir bin, ist der Grund, warum ich keine Kinder bekommen habe, obwohl nach den Aussagen der Kollegen, die ich konsultierte, ich kerngesund bin und eigentlich ein Dutzend Kinder haben müsste." Angélique versuchte, ruhig und sachlich zu bleiben, um nicht die Beherrschung zu verlieren.

„Vermutlich ist das der Grund."

Angélique sah Helena direkt an.

„Vermutlich? - Das heißt, du weißt es nicht?"

Helena schüttelte den Kopf zur Antwort.

„Kannst du mir das beantworten: Warum kann ich mich seit Monaten nur noch von Haferflocken und Wasser ernähren? Warum bin ich schon seit Jahren nicht mehr in der Lage, normal zu essen? Sobald ich etwas zu mir nehme, bekomme ich Durchfälle, Ausschläge oder andere allergische Reaktionen, für die mein Arzt keine Erklärung findet und es, übrigens genau wie die Kinderlosigkeit, als psychosomatisch definiert, weswegen ich und Tom jahrelang von einem Therapeuten zum anderen gerannt sind. Auch ohne Erfolg. Du schuldest mir eine Antwort." Tränen rannen über ihr Gesicht.

Helena war versucht, ihre Gefühle zu trinken, ließ es aber, als sie Theodoras Kopfschütteln bemerkte.

„Ich glaube, dass sich dein Körper verwandelt. Dein - besser mein Erbe setzt sich durch. Wenn du unseren Brief aufmerksam gelesen hast, dann weißt du, dass eine solche Verwandlung auch reine Kalimbi durchmachen. Bei dir verläuft sie wohl etwas anders, weil du zum Teil menschlich bist."

„Du meinst, ich vertrage keine Nahrung mehr, weil ich jeden Tag etwas mehr zum Vampir werde? - Wenn das der Fall ist, wovon werde ich mich also in Zukunft ernähren? Habt ihr beide darüber schon nachgedacht?"

„Du wirst Licht trinken müssen", sagte Theodora

„Das kann ich nicht. Das ist einfach unmöglich, ich bin kein Mörder. Lieber sterbe ich."

Die beiden Frauen schwiegen.

„Das könnte bedeuten, dass du Jahrtausende in einer Art Totenstarre existierst. Die gesamte Umwelt erlebend, ohne darauf reagieren zu können", brach Helena das Schweigen zwischen ihnen. Sorge, Angst und Entsetzen gingen von ihr aus.

„Ich werde nicht töten", wiederholte Angélique wie ein trotziges Kind.

„Du hast keine Wahl, früher oder später holt sich dein Körper, was er zum Leben braucht. Glaub mir, ich habe das oft genug erlebt."

„Ich werde nicht töten." Entschieden schüttelte Angélique den Kopf.

Wieder breitete sich die Sprachlosigkeit zwischen den Dreien aus.

„Du weißt nicht, wovon du redest", sagte Helena.

„Aber du weißt das. Du bist ein Killer. Wie viele Tausend hast du auf dem Gewissen?!" Angélique schrie jetzt.

Theodora fühlte, wie Helena ungeduldig wurde. Aber noch, bevor sie etwas sagen konnte, hatte Helena sich wieder unter Kontrolle.

„Das Töten ist nur ein Aspekt unseres Lebens. Es macht uns nicht aus. Ich vermeide das Töten, so gut ich kann. Ich hatte gehofft, dir das in unserem Brief vermittelt zu haben."

Angélique machte eine geringschätzige Handbewegung.

„Ich töte vier bis sieben Mal im Jahr um zu essen."

„Essen, wie kannst du das als essen bezeichnen?"

„Ich bezeichne es so, weil es genau das ist. Ich töte nicht zu meinem Vergnügen. Ganz im Gegenteil, die Art, wie ich mich ernähre, könnte man als Diät bezeichnen."

„Das ist doch alles absurd. Deine ganze Ausdrucksweise ist absurd, ein Menschen verachtender Euphemismus."

„Ich werde mich mit dir nicht um Worte streiten. Beantworte du mir eine Frage: Warum, glaubst du, haben wir dir diesen Briefe geschrieben, warum jetzt?"

„Woher soll ich das wissen!" Das kindlich Patzige war in Angéliques Stimme zurückgekehrt.

„Weil Tom tot ist."

„Oh, nein! Ihn wirst du aus dem Spiel lassen!"

„Das kann ich nicht. Warum stirbt ein gesunder Mensch, während er mit seiner Frau schläft, an Herzversagen?"

Angélique wurde rot im Gesicht, was sie ärgerte. Sie war eine erwachsene Frau, die keinen Grund hatte sich zu schämen. Sie zuckte die Schultern.

„Dafür hatten die Ärzte keine Erklärung."

„Wie hast du dich gefühlt?" fragte Helena weiter.

„Also bitte, das geht dich doch nicht das Geringste an." Angélique war empört, diese Dinge gingen nur sie und Tom etwas an. Tom, der tot war. Sie begann erneut zu weinen. Unerbittlich fuhr Helena fort:

„Ich werde es dir sagen, du hattest das Gefühl, dein Körper dehne sich aus, du konntest einen Augenblick dich und Tom sehen. Und dann war da dieses pulsierende Gefühl, zum ersten Mal hast du deinen Körper ganz gespürt, bis in die letzte Haarspitze."

„Ein Orgasmus fühlt sich eben so an." Angélique würde sich hier keinen Hokuspokus erzählen lassen.

„Bei mir nicht." Theodora setzte ihre Kaffeetasse ab.

Angélique sah Theodora an, als wolle sie sagen, was versteht eine Frau in deinem Alter davon.

„Dein Mann stirbt und du hast einen Orgasmus?" Helena runzelte die Stirn.

„Ich habe ihn nicht ermordet!" Angélique sprang auf und lief zur Tür.

Helena wollte ihr folgen, wurde aber von Theodora zurück gehalten.

„Wie kann jemand, der so alt ist wie du, so ungeduldig sein?"

„Ich bin nicht ungeduldig. Wenn mich etwas aufregt, dann das, wenn jemand den Tatsachen nicht ins Auge sehen will." Helena war gereizt.

Dann warteten sie.

„Wo bleibt Wota eigentlich?" fragte Theodora, um sich von ihrer Sorge um Angélique abzulenken. „Auch so ein Kind, von dem ich froh bin, das wir es bekommen haben. Ohne Wota hätte ich vielleicht niemals von dir getrunken."

Bevor Helena antworten konnte, kam Angélique zurück.

„Ich habe ihn nicht ermordet." Sie sagte es ohne jede Abwehr. Für sie war es eine Tatsache. „Es war so wie du beschrieben hast. Noch Tage später fühlte ich mich so Energie geladen wie noch nie. Ich trauerte um ihn, wirklich, und gleichzeitig war dieses Prickeln in mir. Mein Therapeut sagte etwas von Verdrängung oder so. Auch ohne dieses Machwerk", sie deutete auf den Schnellhefter, „war mir klar, dass etwas mit mir nicht stimmte. Ich brauchte keine Brille mehr, der Ausschlag an meinen Beinen war verschwunden. Und noch einiges mehr." Sie setzte sich wieder. „In den letzten Tagen geht es mir wieder schlechter. Ich kann es nicht richtig beschreiben, es ist eine gesichtslose Unruhe, ich fühle mich müde und erschöpft. Manchmal denke ich, dass meine Fingerspitzen nicht mehr da sind. - Psychosomatisch, sagt Kollege Miller, ich sei körperlich so gesund wie nie. Psychosomatisch, das ist sein Lieblingswort, jedenfalls, wenn ich bei ihm bin."

„Du hast Hunger", unterbrach Helena sie.

„Nein danke, ich möchte nichts." Sie sah Helena an. Erst jetzt schien ihr klar zu werden, dass diese ihr nichts zu essen angeboten hatte.

„Oh nein, ich werde nicht töten. Hör mir genau zu: Ich werde nicht töten." Sie betonte jedes Wort.

„Angie, sogar ich kann sehen, wie schwach du bist. Deine Aura ist sehr matt. Glaub mir, wir beide sind es nicht, die dich dazu zwingen werden, dein Körper wird es tun, so wie bei Tom."

„Ich kann es nicht."

„Angélique, in deinem jetzigen Zustand bist du eine Gefahr für alle Menschen, auch für Theodora."

Angélique sah bestürzt aus. Wieder trieb diese Unruhe sie auf die Beine. Sie begann zu zittern. Theodora setzte sich unwillkürlich in ihrem Sessel aufrecht hin. Helena war im Nu auf den Füßen. Beide wussten, was jetzt geschehen würde. Schon griffen feine Lichtfinger nach Theodoras Leben. Theodora wich in ihrem Sessel zurück, als sie diese gierigen Zähne nach sich tasten sah.

Helena presste ihren Mund auf den Angéliques, die glaubte, in ihrem Kopf Helenas Stimme zu hören, die sagte: „Trink das.“ Und dann war dieses wohlige, warme Gefühl wieder da, das sie das erste Mal bei Toms Tod gespürt hatte, und das einfach nicht sein durfte. Ihr Zittern hörte auf. Sie musste sich selbst eingestehen, dass sie sich das erste Mal seit Toms Tod ausgeglichen fühlte, körperlich und seelisch. Theodoras Anspannung wich.

„Das ist es, was ich meine, du greifst, ohne es steuern zu können, nach der erstbesten Lebensenergie in deiner Nähe. Wenn du nicht lernst, dich bewusst zu ernähren, wird deine Mutter dein erstes Opfer sein.“

Angélique stand etwas verloren da:

„Warum habt ihr das getan? Warum habt ihr mich auf die Welt gebracht?“

„Warum hast du so viele Jahre versucht, ein Kind zu bekommen?“ fragte Helena zurück.

„Ich werde dir sagen, warum ich Kartes-ELs Vorschlag annahm. Weil auch die Kalimbi ein Recht haben zu leben. Sie sind ein Teil der Schöpfung und haben genauso wie Menschen das Bedürfnis sich fortzupflanzen.“

„Wie soll das jetzt weiter gehen? Wie soll ich leben?“

„Wir wissen es nicht. Du bist die einzige, die mit Hilfe eines Menschen geboren wurde.“

Angélique hörte Helena gar nicht zu.

„Du tötest vier Menschen im Jahr. In hundert Jahren werde ich ein Dorf ausgerottet haben. In zehntausend Jahren eine Kreisstadt. Und in einer Million Jahren habe ich London entvölkert."

„Niemand von uns weiß, wie alt er wird. Wir sind nicht unsterblich."

„Ein milder Trost. Du hast nicht geschrieben, wie ein Vampir sich selbst umbringen kann."

„Jetzt werde ich es dir auch nicht sagen", sagte Helena.

Wie Dunkelheit legte sich das Schweigen wieder über den Raum. In dieses Schweigen hinein entschuldigte sich Helena unerwartet und ging zur Tür.

Aus der Halle hörten sie eine weitere Stimme:

„Entschuldige, ich habe mich verspätet."

Helena brachte einen Jungen mit ins Zimmer. Sein geschorener Schädel, die schwarze, mit Nieten verzierte Lederkleidung und die schweren Stiefel gaben ihrem neuen Gast ein martialisches Aussehen.

Mit den Worten: „T'-SE, du hast dich in den letzten fünfundvierzig Jahren überhaupt nicht verändert!" drückte er Theodora an sich, um sich gleich Angélique zuzuwenden.

„Angie, du bist aber groß geworden. Du bist doch Angie, nach deiner Aura zu urteilen, bist du es. Erinnerst du dich noch an mich? Ich bin Wota-SE."

Er fuhr sich mit der Hand über den Kopf, als habe er vergessen, dass er kein Haar trug, das er richten musste.

Angélique war sitzen geblieben und sah verwundert und ablehnend zu ihm auf. Sie kannte diesen Mann nicht, aber das Licht, das ihn umgab, seine charakteristische Art, die kannte sie. Es war Wota, den sie als Kind, als Frau gekannt hatte. Der Kalimbi beugte sich mit einer schnellen Bewegung zu ihr hinunter und küsste sie, wobei er ein wenig Lebensenergie von sich zu ihr fließen ließ. Der junge Mann lachte, als er seine Lippen von den ihren löste:

„Nicht so hastig, du trinkst mich ja leer."

Angélique wusste nicht, was geschehen war. Eine plötzliche Gier nach Leben hatte sie überfallen.

Wota hatte sich mit ausgestreckten Beinen in einen der Sessel fallen lassen.

„Du bist Wota?“ fragte Angélique, umgeben von Unsicherheit.

Er breitete die Arme aus, als stehe er auf einer Bühne.

„Ich bin es. Und ich bin sehr hungrig. Wir alle drei könnten etwas zu essen vertragen. Lasst uns was essen gehen. Ich freue mich schon darauf, seit ich mich auf den Weg hierher gemacht habe.“

Angélique wurde kalkweiß im Gesicht.

Dann schlug er sich mit einer theatralischen Geste die Hände vor das Gesicht.

„T'-SE, ich bin wirklich flegelhaft und rücksichtslos. Ich hoffe, ich habe dich nicht verletzt.“

„Nein, das hast du nicht. Dafür lebe ich schon zu lange mit deiner Art zusammen. Trotzdem solltest du nicht so reden, als wolltest du zu einem Imbiss um die Ecke.“

„Es tut mir sehr leid.“ Auch diesmal glaubte man ihm jedes Wort.

„Wie alt war der Mensch, von dem du diesen Körper hast?“ entgegnete Theodora, und ihr war anzusehen, dass sie nicht glücklich war.

„Er war sehr jung, sechzehn oder siebzehn. Ich wollte ihn nicht töten. Aber er stand mir mit einer Pistole gegenüber und wollte mein Geld, meinen Körper und mein Leben. Alles drei wollte ich behalten. Die Jungen in dem Alter sind nicht mehr so wie zu deiner Jugend, nicht diese. Sie glauben, dass man Angst vor ihnen hat, weil sie eine Knarre haben. Das macht sie gefährlich. Einer Menschenfrau hätte er schaden können. Ich brach ihm das Genick, während ich sein Leben trank. Das hat seinen Freunden sehr imponiert. Sie verließen den Ort des Geschehens so schnell, dass sie den Rest verpassten“, er wendete sich an Helena, „du hast mir verschwiegen, was für ein berauschendes Gefühl es ist, Menschen so zu töten. Das Leben schießt in einen hinein wie eine Fontäne. Darüber, dass du mir so etwas schönes nicht gezeigt hast, bin ich dir lange böse gewesen. Heute gönne ich mir das ab und an. Das

Schlimme an der Transformation war, dass ich mir gerade neue Wäsche gekauft hatte - alles vom Feinsten: wunderbare BHs, Slips, die mir wie angegossen passten. Ich hatte diesen Frauenkörper erst ein halbes Jahr, es war eine wunderschöne Form, danach hatte ich sie ausgesucht. Und dann das …“, er deutete mit beiden Händen auf sich selbst. „Ich konnte alles wegschmeißen. Jetzt ist mir das gute Stück“, er schlug sich selbst vor die Brust, „schon etwa zwanzig Jahre treu. Aber glaubt mir, ich bin froh, wenn ich alt genug bin, die Transformation unterdrücken zu können.“

Abrupt verließ Angélique den Raum. Es war ihr unmöglich, diesen Grobian weiter zu ertragen, der über den Tod eines Menschen sprach, als sei es ein Spiel. Es musste doch Mittel und Wege geben diesem Schicksal zu entkommen. Auf keinen Fall wollte sie so werden wie dieser Kerl.

Es dauerte einige Zeit bis Theodora zu ihr kam.

Ohne Theodora anzusehen, sprach Angélique sie an:

„Du hast mich zu einem unendlichen Leben voller Mord und Totschlag verurteilt, warum?“

„Ach Kind, diese Dinge zu erklären das ist so schwierig. I'-SE spricht nicht darüber. Aber ich lebe schon lange mit ihr zusammen, länger als du dir heute vorstellen kannst, sie leidet sehr darunter, dass ihr Volk ausstirbt. Menschen können das nicht verstehen, wir kämpfen immer noch gegen die Überbevölkerung. Deswegen habe ich es getan. Weil ich ihr Leid nicht mehr ertrug.“

„Und mein Leid, spielt das hier keine Rolle?“

„Doch, das tut es ganz bestimmt. Wir haben unser Bestes getan, das war vielleicht nicht genug, aber das Risiko gehen alle Eltern ein. Unser größter Fehler war wohl dir nicht gleich zu sagen ...“

„Dass ich ein Ungeheuer bin.“ Resignation war es, die Theodora wahrnahm.

„Wir hätten dir früher sagen müssen, wo deine Wurzeln sind und was das für Konsequenzen hat. Als du damals den Vogel wieder belebt hast, hielten wir es für besser, die Kooperation zu verlassen. Auf keinen Fall wollten wir riskieren, dass die Menschen, die mit den Kalimbi zusammen leben, merkten, dass du nicht so bist wie sie. Das wäre nicht der richtige Zeitpunkt gewesen."

Angélique starrte vor sich auf den Fußboden. Sie konnte ihre Mutter nicht ansehen.

„Die meisten Folgen kennen wir selber nicht", sagte Theodora mehr zu sich selbst, „und auch mein Zeitgefühl hat sich in den vergangenen Jahrhunderten verändert. Aus unserer Sicht bist du noch ein Säugling. Du bist erst fünfundvierzig, I'-SE erinnert sich an die letzte Eiszeit, und ich sehe nur aus wie um die dreißig."

Angélique war überrascht.

„Du bist so alt wie ich!"

„Nein, ich sagte, ich sehe nur so aus. Ich wurde vor 231 Jahren in Europa geboren. Theodora ist nicht mein Taufname. Es ist der Name, der in meiner ersten gefälschten Geburtsurkunde stand. Als ich einunddreißig war, kam es zu dem Unfall, wie ich es im Brief geschrieben habe. Seitdem ist mein Körper nicht mehr gealtert."

„So wie bei mir?"

„Nein, er altert nicht, weil ich in meinem einunddreißigsten Lebensjahr angefangen habe Licht zu trinken."

„Das glaube ich nicht!"

„Ohne die Energie, die ich von deiner Mutter bekomme, wäre ich längst tot. Anders als wir Menschen normalerweise annehmen, hat deine Mutter mich zu einem Vampir gemacht. Möglicherweise ist es so, dass sie einen Menschen im Jahr alleine für mich tötet, damit ich nicht sterbe. Das ist die Wahrheit: So wie ihr alle, lebe auch ich vom töten."

Theodora ließ ihre Tochter alleine.

Im Wintergarten wurde zu dieser Zeit ein anderes Gespräch geführt.

„Da bin ich ja offensichtlich im richtigen Augenblick gekommen." Wota-SE zündete sich eine Zigarette an.

„Du rauchst?" Helenas Stimme klang eher verwundert als vorwurfsvoll.

„I'-SE, ich kann nicht trinken, nicht essen, ich kann noch nicht einmal Sex mit einem Menschen haben, was ich allerdings auch nicht bedaure. Das einzige menschliche Laster, dem ich frönen kann, ist rauchen. OK, raus mit der Sprache, was liegt dir auf der Seele?"

„Versprich mir, dass du dich um die beiden kümmerst, wenn ich schlafe. Theodora muss trinken, sie wird sonst sterben. Versprich es mir, dass du sie trinken lässt."

„Ein Leben ist des anderen wert. Sie ist SE, ich werde mich um sie kümmern. Ich bin nicht so den Traditionen verhaftet wie du es bist, aber ich bin ihnen verhaftet."

„Gut, das ist aber noch nicht alles, um das ich dich bitten muss. Angélique wird deine Unterstützung genauso brauchen."

„Bitte I'-SE, ohne dich wäre ich bereits im Licht. Das habe ich nicht vergessen. Das werde ich nie vergessen. Jeder Kalimbi wird sie unterstützen, niemand wird ihr etwas tun, für uns ist Angélique Kalimbi. So lange sie ihren Namen weiß, ist sie Mitglied der Häuser der Kalimbi. Noch nicht einmal die verrückten CAL werden das in Frage stellen. Warum auch? Sie waren ja selbst an ihrer Zeugung beteiligt."

Helena lachte. Gleichzeitig drehten sie sich um, als es klopfte. Angélique stand in der Tür. Das Gesicht fahl und der Lichtkörper glanzlos. Sie holte tief Atem.

Wota eilte auf sie zu und legte seinen Arm um Angélique.

„Angie, komm mit deinem großen Bruder Wota, er wird dich das Töten lehren."

„Ja, lass uns essen gehen", gab Angélique mit fester Stimme zur Antwort.